藏地密码 5

一部关于西藏的百科全书式小说

何马=著

重庆出版集团 重庆出版社

目录

第三十一章　雪山仆从 /1

"冈日普帕？"卓木强巴和胡杨队长同时愣了一愣，在他们的记忆里都对这个名字有点印象。这个名字的意思是雪山的仆人。卓木强巴朦朦胧胧地记得，自己不仅听说过这个名字，而且还有所接触，可是再仔细想想，又觉得不是那么回事，似乎缺少一个关键的联系。

"对。"玛保道，"听说，他是唯一知道上山的路的人。"

第三十二章　紫麒麟猜想 /39

冈日点头道："是，光军在吐蕃时代就是一个谜，没有人知道他们在什么地方经历怎样的训练，就连那些权贵大臣甚至是藏王，也只能看到已经合格的光军。同样，也没有人知道他们用什么方法来驯养战斐，我们只能猜测。不过，刚才那种假设并不是突然灵光一闪凭空想象出来的，也是前人们经过无数次猜想和反复考虑之后才得出的结论，它的确可以解释今天我们看到的一些珍稀斐种的非常之处。"

第三十三章　绝没见过的狼 /71

只见狼群将羊群赶到牦牛群可以看见的地方，羊群分散开来，开始在那最后一块草地上自由地吃草，狼群则在羊群中穿梭自如。那群羊不仅不怕这些狼，反而还时不时低下头去，用脸挨一挨狼头，以示友好。这一幕，别说把野牦牛看傻了眼，就连卓木强巴等人，又何曾见过与羊共舞的狼？！岳阳喃喃道："攻坚之战，攻心为上，这群野牦牛，怕是要抵不住了。"

第三十四章　水晶宫 /109

莫金叹息一声道："没想到啊，原来那张地图也是将路指向这个地方，看来西米的回忆是正确的，如今就只能看那张地图究竟详细到何种程度了。数百公里的山脊被笼罩在雾里，大约只有一个一米的缺口可以卜去，那些古代的密教徒究竟是怎么找到这个地方的？真是不可思议……"

第三十五章　极南庙 /147

亚拉法师充耳不闻般继续说道："极南庙又称雪山水晶庙，全庙由雪山水晶所建，以坛城为缩影，分上中下三层，上层为法器珠宝阁，中层乃经典阁，下层是佛像殿堂，四圈轮回图分别雕绘于穹顶和各层外墙，环寺一周，有冰晶法轮共一百零八，高三丈，重九千九百斤。若能以人力推动法轮一周，等若转普通法轮千遍，可得正法身；转动一百零八尊者，可令六道轮回众生皆得享安乐。"

第三十六章　死亡西风带 /183

胡杨队长忽然想起了方才亚拉法师那惊人之举，伸出一只手臂试探风势，风势似乎在进一步减弱。但胡杨队长知道，在这狂乱的西风带，造成这样的情形是因为，另一股更强烈的气流正在逐步形成，它的庞大在削弱强西风的风势，一旦它成型，就不会是死亡西风这样简单了——那叫剃刀风，甚至将超越最可怕最黑暗的南极杀人风。

第三十七章　唐涛的日记 /221

黑色的笔记！张立似乎想起了什么，怀着惴惴不安的心情，他翻开了笔记的封皮。两行清晰的中英双排文字跳入他的眼帘："我叫唐涛，如果有谁从我的尸体上发现了这本笔记，请按照下面的联系方式……"张立猛地合上笔记本，心情久久不能平息。竟然在这里……竟然是在这里找到了唐涛的日记。

第三十八章　人生的宿命 /261

亚拉法师苦笑道："问题是，那种用来洗血的古生物，任何人都没见过、没听过，已经不存在于这个世界上了……"说着，亚拉法师望向卓木强巴道，"由于我查阅的经典残缺不全，所以再找不到别的方法。如果说还有别的解除蛊毒的方法，那些完整的经卷，只有一个地方还有可能存在……"

第三十一章　雪山仆从

"冈日普帕?"卓木强巴和胡杨队长同时愣了一愣,在他们的记忆里都对这个名字有点印象。这个名字的意思是雪山的仆人。卓木强巴朦朦胧胧地记得,自己不仅听说过这个名字,而且还有所接触,可是再仔细想想,又觉得不是那么回事,似乎缺少一个关键的联系。

"对。"玛保道,"听说,他是唯一知道上山的路的人。"

卓木强巴的心事

时间过得很快，方新教授的腿伤已经完全康复了，如今多了一个胡杨队长，两人很聊得来。事实上，胡杨队长比当初的艾力克更善谈，和谁都聊得来，连巴桑都愿意和他称兄道弟。胡杨队长嗓门大，心思却是粗中有细，说话有些粗俗但诙谐有趣，别看他长得凶神恶煞，其实是很容易亲近的，在这三个月的接触中，早就和大家打成一片。虽然没有接受系统的特训，但极限队长的名头不是随便叫的，除了在徒手格斗和机关方面稍差，他在体能上完全不亚于方新教授，同时也是一个长期玩枪的，对各种枪械和爆破武器的了解几乎能和特种兵媲美，而且他对极地气候和环境的了解也给了大家很多启发。

随着时间的推移，离特训结束的日子越来越近了，大家的心情也越来越兴奋。只有岳阳隐隐感到一丝不安，因为他发现，教官除了开始宣布特训的那几天显得很兴奋外，后来神情渐渐黯淡下来，离出发的日子越近，反而越显得忧心忡忡。到底是什么事能让教官变得忧愁，岳阳想不明白，他将吕竞男这一细微的变化告诉了张立和胡杨。

终于，还有一天特训就算正式结束了，接下来就将离开营地前往将要攀登的雪山附近进行适应性训练，夜里灯火阑珊，想到明天就要出发，大家毕竟有些兴奋。在空旷的训练场地上——进入训练营第一天卓木强巴待过的地方，胡杨队长一根接一根地抽着烟，张立手握一根树枝，在地上画着圈，两人脸上写满了疑虑和担忧。

张立道："这几天教官似乎越来越着急了，前往雪山的时间也提前了，以前不曾见她这样，难道是，国家有终止这次行动的意向？"

胡杨道："不可能，已经到最后一站了，一切运行良好，没理由半路刹车。难道是，这支队伍因为别的什么原因而即将解散吗？会不会是她的身体有异况，已经无法坚持太长时间？"

"不会。"张立斩钉截铁道，"教官的身体壮得跟钢筋似的，铁娘子是随便叫的么，会不会是亚拉法师年事太高？"

胡杨道："我看不像，亚拉法师和老方虽然岁数大我们一些，但是两人都是人中老极品，就他们那身体，再活二三十年没得说。而且，就算我们这些队员出现了什么异常情况，到时候大不了换人或者少人就是了；如果是谁的身体出现了问题，那一定是行程中某个关键的人物。"

张立疑惑道："那会是谁呢？"

胡杨道："所以，若说谁的身体不行了，除了吕竞男，我想不到别人。"

不一会儿，岳阳几步小跑，急赶而来，边走边道："查到了，查到了。"

张立道："如何？"

岳阳道："和我们想的差不多，上级领导已经给出了最后期限，如果这次我们仍旧无法找到帕巴拉的话，这支队伍就要解散了。看来这次，教官是用尽了浑身解数也无法延长时间了。毕竟我们只是支试验性质的队伍，拖了两年多，没有找到任何更有价值的东西，也难怪教官如此担忧。"

张立道："可是我们这次不是有地图吗？"

胡杨队长摇头道："不，你们不知道，那张地图，只能从图像中比对出类似的山头，它可没给我们标注出上山的路线。说实话，我和吕竞男讨论过，这次我们成功找到帕巴拉的几率不会超过百分之五十，我们仍旧在冒险。那个山头的有关信息明天你们就会知道，很不乐观的。"

岳阳道："如此说，如果在雪山上没有发现的话，我们又要回各自的地方去了。"

浓烟从胡杨队长的嘴里喷出，他默不做声地点点头。

张立道："唉，现在我最担心的是强巴少爷，他的一腔热情这次恐怕……我看他这几天也是心事重重，多半已经知道了。"

"说我什么呢？"卓木强巴从灯火中走来。

"强巴少爷。"张立和岳阳各自挪了个地儿，卓木强巴在两人中蹲下。岳阳说起这次的情况，张立道："其实，强巴少爷你不用太担心，我们这支队伍如今已是钢铁铸成，这次一定成功。"

岳阳嘟囔道："可是我们从未攀过大雪山啊。"

张立伸手过去拍了他一下，道："不说话会死啊。"

胡杨道："关键是这座山……总之，是很麻烦。"

卓木强巴道："我知道，所谓谋事在人，成事在天，我相信，上天给我们那么多考验都已经通过了，这一次考验与生死抉择比起来，算不上什么。"

胡杨友好地拍拍卓木强巴的肩头道："你能这样想就最好了。"

卓木强巴笑道："说实话，以前我从来不信神佛，也不信天，我知道自己肯努力付出，那就没有做不了的事情。可是，经历了这一切之后，我发觉，好似冥冥中真的有天意，很多事情发生得很突然，一步步走下去，就好像有谁在给你指引着。对帕巴拉神庙的事情知道得越多，我越有这样的感觉，去那里，就像是我宿命的回归，有很多疑惑，仿佛只有那里才有答案。以前我只是期望在那神庙附近发现紫麒麟的踪迹，现在看来，不去神庙是不行啊。"

张立惊异道："强巴少爷真这样想吗？我还以为，你因为知道了这件事情而气馁呢。"

卓木强巴感激地向张立微微一笑，道："你是说我这几天情绪不好吧，不是因为这件事，是一些个人问题。"他停顿了一下，才道，"再过几天，就是我女儿十八岁生日了，我发了个电子邮件过去祝贺。这几天有些想她们母女。"

岳阳道："你女儿在哪里？从来没听你提起过啊。"

张立道："电子邮件？怎么不打电话？"

卓木强巴道:"在加拿大。打电话吗,说实话,我有些犹豫。既不知道女儿会不会原谅我这个不称职的父亲,又担心前妻的丈夫误会,让他们夫妻间起口角就不好了。或许是我的传统观念在作怪吧,离婚了,就尽量不要去打扰人家的新生活,他们远赴加拿大,或许也是不想我打扰吧。"

胡杨道:"这就不对了,不管怎么说,那毕竟是你和你妻子的女儿,打个电话有什么要紧的?哪对夫妻间不起口角,如果他们是真心相爱,我想那个男人也不至于如此不通情理吧!是你自己束缚住自己,是不是觉得有点对不住你太太,还在愧疚而选择了逃避?当个逃兵可不好啊。"

岳阳问道:"其实强巴少爷人挺不错的,你妻子为什么要和你离婚?"

张立瞪了他一眼,胡杨打个哈哈道:"就算是侦察兵,也不用什么都问吧。"

卓木强巴低头道:"不,没什么。其实,女人的要求很简单,她们只需要一个能时常陪伴在身边的丈夫,一个和睦的家庭,就很满足了,可惜,我却做不到。人是一种社会性动物,总有许多想法需要有人倾听,寂寞对人而言是一种折磨。"

说到这里,卓木强巴自己苦笑一声,摇头道:"看我,都不知道自己在说些什么。张立或许知道一些,只有我的导师方新教授了解以前的我,那时我是一个工作狂,长期在外面跑,很少回家,我女儿七岁才知道她爸爸长什么样。而且就算回到家了,我也不怎么说话的,张立刚刚遇见我的时候,我还是那个样子。我记得张立还说过,就我这样的体型,如果不说话的话,能压得人喘不过气来。如今回想起来,我前妻和我在一起生活的日子,一定是相当的沉闷压抑了。她努力做好一个妻子的本分,而我,却没有尽一个丈夫的职责,就连情人都算不上。哼,或许,我和前妻的结合本身就是一个错误吧。我和前妻的婚姻,没有你们想象的浪漫与激情。当时,我父母希望我考虑一下人生大事,而在公司

第三十一章 雪山仆从 | 5

的众多员工中,她表现很突出,一起吃过几次饭,将关系定下来,半年后,我们就结婚了。"

"啊!"岳阳大失所望,他原本以为,这个以前有着传奇经历的男人,婚姻也会刻骨铭心,百转千回,听强巴少爷这样一说,果然平淡无奇。

卓木强巴接着道:"结婚后不到一年,我们的女儿就出生了,然后她就在家带孩子,我就在外面到处跑。你们或许听过一些我以前的事,好像那些经历挺让人羡慕,其实,我很对不住我妻子。我经常一年半载不在家,回家待不上十天又跑了,那时在外面风光无限,我确实没顾及英的感受。"

张立小声道:"嫂子,好可怜……"

卓木强巴苦笑道:"或许是对我的惩罚吧,当她遇到能打开她心扉的男人时,才知道了真爱,义无反顾地就……当我发现时,一切都已经铸成了。真是一段静如止水的婚姻,就连离婚都是那么平淡,我们也没有争吵,她也不要求家产,一纸协议,十多年婚姻关系,就此终止。女儿愿意跟着她,我也希望女儿跟着她,要是跟着我,唉……我都无法想象。"

岳阳恍然道:"原来是第三者插足。"

胡杨队长道:"你还是很悲伤,你并非像你自己所说的那么无情。"

卓木强巴怅然道:"是啊,就像胡队长你说的,我很伤心。对动物也能产生深厚的感情,更何况是一个共同生活了十余年的人。正如那名言所说,人是一种奇怪的动物,当他拥有时感觉无所谓,直到失去,才追悔莫及。说起来,前妻走的那天晚上,我在上海一家酒吧喝得酩酊大醉,还和酒吧里一群人大打了一架,后来被人家打得在医院里躺了一个多月,我也不知道自己是怎么了。后来我照例全身心投入工作,可是却始终怅然若失,如果不是后来遇到紫麒麟这件事,我还不知道要沉沦多久。"

只见卓木强巴神色越来越黯淡,张立道:"这是怎么啦,明天我们就要出发了，说点高兴的事吧……"

岳阳接口道："啊，对，强巴少爷，说说你和敏敏小姐的罗曼史啊。看你们平日幸福的样子，我特羡慕……"

张立故意猛地拍了岳阳后背一巴掌，道："你这小子，又打听人家隐私！"

卓木强巴嘴上道："哪有什么罗曼史，只算是……缘分吧……"他的心，却飞回了一年多以前，在美国的那段日子……

当唐敏摘下鸭舌帽，那一头流云飞瀑般的黑锦秀发披散开来的一瞬间，卓木强巴实实在在地听到了自己心跳的声音，体内的血仿佛都泵向了头部，头骨里都是热烘烘的。虽说唐敏有一副人见人怜、娇小可人的怯生生邻家女孩模样，但卓木强巴阅人无数，这样子的女性也算见得多了，他不明白，为什么这一次会有这种怦然心动的感觉。那感觉，直想把她抱入怀中，紧紧地抱着，要好好保护，片刻不能离开身畔。他甚至感觉，有些无法克制自己这种冲动，贴着裤缝的手指微微弹动。正是由于初次见面时这种奇异的感觉，导致他在离开医院时对这位小他很多的女孩说道："唐敏小姐，不知道能否请你共进午餐，我知道这样很唐突，但是，我很想知道更多关于你哥哥的事……"

在一间小小的中餐馆里，这个女孩撑着腮，靠着窗，她看起来很美，但算不上特别美，像一朵白色的玉兰，很娇嫩，似乎轻轻一碰就会凋谢。她的眼里却闪烁着与年龄不符的深沉，或是一种淡淡的忧伤。她似乎承担了太多，双亲已故，亲哥哥又疯了，她如何能承担得了？

光线透过窗户照亮那张清秀的脸庞，长长的睫毛，高挑的瑶鼻，樱桃红唇。特别是那张脸，唐敏的脸很白，在那柔和的自然光下，她那一动不动的姿势，就像是一尊白玉雕像。卓木强巴思索着，这个女孩很像一个人，那个人一定在自己心里占据了极为重要的地位，那种感觉，竟然比妻子在自己心中的位置还要重要，会是谁呢？女儿？不，她和女儿一点相似之处都没有。啊！妹妹……

第三十一章　雪山仆从

尘封已久的记忆之窗被捅破了一个小小的窟窿，坚毅的防线霎时决堤，所有悲伤夹杂着痛苦铺天盖地地涌来。那些曾令他刻骨铭心，再也不敢去想的，只有在梦中才会出现的，突然清晰地浮现在眼前。那张稚嫩的脸常带笑靥，两行贝齿玉雕瓷琢，睫毛下那双眼睛又大又明亮，没有丝毫世俗的浑浊，清纯得好似冈仁波齐峰顶的白雪。那个成天跟在自己身后，"哥哥，哥哥"叫得最响亮、也最亲切的小丫头，她的面容，正渐渐与眼前这个女孩儿重叠。卓木强巴很清楚，眼前这个女孩儿，绝不是自己的妹妹。如果妹妹还在世的话，她应该成家了吧，或许有一个七八岁大的男孩，还有个小女儿；她的丈夫是牧民，家里养着一大群牛羊，大帐篷坐落在那碧绿的草原上，面朝青山，背朝蓝天……

"来一份……加……呵，我特别喜欢吃上海菜。卓木强巴先生，你要点什么？嗯，卓木强巴先生？"唐敏点好菜，发现卓木强巴直勾勾地看着自己，不知为什么，心中有些紧张。很快她又发现，他只是对着自己，但他眼里看的却绝非她本人，似乎有些出神，不知想到了什么。唐敏微感失落之余，又叫了卓木强巴一声，但她声音很小，生怕打断了卓木强巴的回忆，为什么自己会这样，她也不知道。

而卓木强巴却想起那青山草甸，那小山坡上，妹妹坐在自己肩头，眺望远山。"哥哥，上海大吗？"

"嗯，很大。"

"有多大？有我们村子大吗？"

"嗯，比我们村子大多了……"

"比我们村子还要大啊，那真的是很大了！"

"哥哥……"

"嗯？"

"上海就在山的那边吗？"

"嗯，就在山的那边……哥哥带你去上海，好不好？上海的……可好吃了……"

想着想着，卓木强巴的眼眶不禁有些湿润了。

"卓，卓木强巴先生，我，我说错什么了吗？"不知道为什么，看到卓木强巴的眼神，唐敏有些手足无措起来。

"对不起，"卓木强巴收起眼泪，微笑道，"不，不关你的事。我有个妹妹，应该比你大些，不知道为什么，我一看到你，就想起她来。"

"啊，看来你对你妹妹很好，她现在在哪里？"

"不知道，在她很小的时候，被匪徒绑走了……"

"啊，对，对不起，我不知道，我……"

"没关系的，这不是你的错。我那个妹妹呀，她老是做错事，每次做了错事，就知道找我去替她顶罪，其实，她心里是想做好的，但每次都做笨事。那时候我常想，如果有一天，我不在她身边，她该怎么办，我从未意识到，这种想法会带来厄运。"卓木强巴微微苦笑，脸上写满忧伤。

唐敏也感同身受道："是啊，有个哥哥真好，从小到大，不管什么事情，哥哥都会帮你。如果被谁欺负了，可以大声地说，我告诉我哥哥去！可是，我哥哥他，他……"说着，她的眼泪涌了上来。

一开始卓木强巴并未太在意，安慰了两句。可是唐敏的眼泪越涌越多，像断线的珠子般不住往下落，他才意识到问题的严重性……

"怎么啦？大家都不去睡觉，聚在这里聊天，还在为明天的事情兴奋啊？这可不是我们特训队员应该有的素质。"方新教授也来了。岳阳赶紧让出位置，同时道："啊，刚刚强巴少爷说起一些往事……"

说着，他将卓木强巴刚刚说过的话大致重复了一遍。他知道，但凡强巴少爷说过的，教授都清楚。方新教授的确清楚这件事，但他不曾想到，这个外表刚毅的男子，内心依旧放不下。他拍拍卓木强巴的后脑，道："过去的事将成为你人生的记忆，不要背负太多放不下的包袱。你要这样想：现在的她过得肯定比以前更好，她自己选择的人生道路，你就应该尊重她的选择，而你，有你自己的选择。在人的一生中，总要经历许多事，要学会珍惜，也要学会放弃。你不能老是想着把所有的东西都归咎于自己，既然失去过，就应该更加珍惜现在在你身边的人。唐敏是个好姑娘，虽说你们年纪有所差距，但我看得出，她对你是真心的。我想你也知道，一开始，我是不怎么喜欢这个小丫头的。可是，你知道为什么吗？"

雪山

果然，一听说唐敏，卓木强巴从一种自责状态回复过来，看着方新教授，不禁有些腼腆地不知所措起来，呢喃道："不……不知道。"

张立也是知情人，的确，教授和敏敏小姐第一次见面时就不愉快，这个问题他也是百思不得其解，他自己就感觉敏敏小姐没什么啊，除了和强巴少爷年岁上有所差距。

方新教授淡淡道："因为打我第一眼看见她，我就不喜欢她。"说着转向岳阳和张立道，"她或许是你们年轻人喜欢的那种类型，小巧又可爱，刁钻机灵又古怪；但我看她的时候，她的那双眼，有一种天然的魅，那是一双不需要装饰就能够吸引男人的眼睛。以我的人生阅历来看，这样的女孩子很难对一个男人忠贞，加上你们的年龄差异那么明显，当时我便觉得，这个娇生惯养的小公主是不可能和你长久在一起的。"

卓木强巴一脸愕然，没想到方新教授第一次看见敏敏时是这样的印象，难怪他对敏敏一直没多少好脸色。方新教授已经微微低头，道："事实证明我错了，在这里我正式向你道歉。"

卓木强巴慌忙站了起来，道："导师，千万别这么说，你做的每一件事情都是为了我，我怎会不知道。其实当时我……我还以为……"

方新教授道:"知道是什么时候打动了我吗?既不是在训练时能忍受一切苦楚,也不是在阿赫地宫里舍身拼死救护你,就算在倒悬空寺那种绝望凄迷的目光也没能,是在医院里。"

"医院里?是我们两人进医院的时候吗?"

"不是,当然不是你们手牵手上手术台,是在手术后。你这个人总是大大咧咧的,从来就没注意到敏敏在医院里做的事情。她的伤刚刚好,就要来亲自照顾我、亚拉法师,以及这两个小鬼和巴桑,那种细致入微的照顾,是她将对你的爱,倾注到对你身边的每一个人身上,那是绝对假装不来的。如果你真的细致观察就会发现,她仔细叠起的每一张床单,她计算点滴的滴速时那专注的目光,每次为我们洗面拧干的手帕要在空中停留数秒,她的每一个动作每一个细节,都流露出对你深深的眷恋。而且她不仅是对你,而是对你身边的每一个人,可见那已经不是一种普通的爱了,人的一生中能遇到这样一位红颜,就该知足了。当然,对你这个粗人而言,肯定是什么都没感觉到。"

卓木强巴惭愧地深深低头,心中暗叹道:"唉,还是导师了解我啊……"

岳阳看着卓木强巴的愧意,心中不由得想着:"恐怕不仅仅是敏敏小姐这样吧。教官,还有那几个常来的护士小姐,我都能察觉同种感受,还有偶尔从窗户外跑来跑去的那只猫。哼,你这个雌性杀手!"他和张立对了个眼神,两人心知肚明地暗暗点头。

方新教授突然明白过来似的,问道:"对了,强巴,你刚才那种欲言又止,吞吞吐吐的表情,是什么意思?你说你以为,你以为什么?你当时是不是在想,我这个糟老头看上了你的妞!"

"啊……呀……"卓木强巴赶紧又站了起来,好像心事被人看穿一般慌忙摆手道:"我……我没有这样说过……我是没有这样说过吧,啊?"张立突然道:"我好像听见了,当时强巴少爷小声嘀咕的,你也听见了吧,岳阳?"

"喂,你们两个……东西可以随便吃,话不能乱说啊……"

第三十一章 雪山仆从 | 11

"是啊，听见了，听见了，听得很清楚。"岳阳附和道。

胡杨队长露出了笑意，卓木强巴心中的荫翳终于淡了。

这一夜，微风习习，虫草低吟……

第二天清早，趁着薄薄雾霭，一行人背着背包，站在高岗上，看着身后凹地处，这里有他们训练了近两年的营地，如今，不论成功还是失败，都不会再回来了。大家的心情是复杂的，既渴望成功又有些不忍，紧张、兴奋、不安的情绪交杂在一起，只觉得一颗心跳得比任何时候都快，都更有力。

直升机扎扎地降落在高岗平台上，队员们鱼贯而入，螺旋桨由快而慢再次由慢而快，徐徐腾空，载着一群满怀梦想的人升入碧空。

看着渐渐缩小的层峦雪峰，卓木强巴心中升起一种奇异的感觉。他们要去的那地方，早在两年前，拉巴大叔就给自己提点过，那是片被神谕咒过的土地，不祥的黑云带来永远的阴霾，暗夜被邪恶的气息笼罩。只有失去良知的生命，才被抛入那永不能回头的地狱。如今一晃两年过去了，绕了一个大圈子，他们最终前往了大雪山，命运似乎给自己开了个不大不小的玩笑，宿命绕了一圈，又回到了起点。唯一不同的是，如今他们的目的更加明确，而随行的人也由当时的两个变成了今天的十个。

早在出行前，吕竞男就已经告诉了大家，这次他们的目的地，是一座尚未被人征服的大雪山，国际上虽有正式命名，但周边藏民都叫它女神斯必杰莫。它在喜马拉雅山脉的山脊上，与周边的雪山比起来，它算不上很高，却是最危险的。事实上在过去，由洛扎往西，沿着喜马拉雅山脉背脊一直到普兰，都被划入了人类禁区，周边的当地人称——死亡西风带。尤其是此次前往的斯必杰莫大雪山，照拉巴大叔曾说的，那里海拔七千多米，平均风速十八级，平均气温零下三十度，平均氧饱和度仅为10%。山峰主要有六条山脊，西北－东南山脊为喜马拉雅山脉主脊线，其他还有北山脊、西山脊、西北山脊、西南山脊。在陡峭的坡壁上布满了雪崩的溜槽痕迹。山腰部是一个由北向南微微升起的冰坡，面积较大。北侧如同刀削斧劈，平均坡度达 75 度以上。北山脊上的卫峰名叫喇莫岗奇，海拔高度为 6816 米。西北山脊的卫峰为赞郭夏瓦如仁，海拔 6640 米。东南山脊的卫峰多结玉仲玛稍高，海拔 7010 米。这些峰体上都覆盖着厚厚的冰雪，坡谷中分布着巨大的冰川，冰川上多锯齿形的陡崖和裂缝，冰崩雪崩也十分频繁。从卫星地图上看，隐约可见卫峰巅呈狼牙形，几座卫峰相互交错倾轧，好似一只魔鬼的嘴牙，冰崖壁立，山势险峻，顶峰终年被雪雾弥漫笼罩，朦朦胧胧如一片海市蜃楼。就连被称为雪山向导的夏尔巴人也不愿意去那里，似乎那里是一处有去无回的地方。而他们要寻找的地方，估计是两峰之间的一片山坳，被群山环绕，形成了西风带里的避风港，要想找到这片地方，首先要爬上那终年不见真容的雪山顶峰。

女神斯必杰莫的名字其实大家都熟悉，翻译过来就是死神的意思。此神眼闪电光，鼻吹狂风，耳出雷声，头发上竖，如云盘绕，身着黑红色的尸体装饰，形象极为可怖。

直升机一直朝西南方向，沿着巨大的山谷前进，两岸雄峰峻岭，雪顶蓝天，就像行进在驼峰航线里一般。卓木强巴隐约感觉山峦渐渐熟悉起来，这种感觉愈发明显，终于，他突然想到，如果飞行路线没错的话，他们正在向达玛县前进。若是达玛县的话，卓木强巴就太熟悉了，它位于喜马拉雅山脉中段，地处中、印、尼三国交界，三面被雪山包围，地势高峻险要，气候受印度洋暖湿气流的影响，雨量充沛；山谷中林深葱郁，有着大片的原始森林，且进山的道路和墨脱一样，都是在笔直的悬崖上开凿的，那进山的小路远远看去，就像用绳索在山岩的肌肤上勒出深深的印痕。如今很多旅行爱好者已熟知墨脱是秘境，但知道秘境达玛的人却不多，而卓木强巴和方新教授的足迹，几乎踏遍达玛县。

他们对它熟悉的原因无二，因为古本资料中记载，这里出产最凶狠最忠心护主的獒。如今达玛县南侧还保留着古代的摩崖石刻，汉人所写，楷书凿刻，年代久远，字迹大多剥落，唯有天竺、獒州等几字清晰可见。据考证，一些野史杂记里略有提到，去天竺，必经达玛——汉人称獒州——那里乃是进出咽喉，兵家必争之地云云。那些野史年代，可以上溯至唐。不过当卓木强巴他们进入达玛调研时，曾经的獒州已经没落，他和方新教授在这里做了诸多努力，仍旧一无所获。而且让他们困惑不解的是，獒州距离党项相去甚远，也不是当年与象雄最后大战的地方，这里却出产最凶猛、最护主的獒，有些说不通。

估计是在达玛县境内，直升机将他们带到海拔四千多米接近五千米，听吕竞男说这里有最接近神山的一个村落——纳拉，是他们进山的前哨站。卓木强巴想了想，对这里似乎没什么印象，不由皱眉。

纳拉是位于雪山群峰之间的一条沟谷，地形与大漠里的月亮湾相仿。

周围的雪山一座高过一座，竞相比肩，峰顶至山腰的雪线起伏绵延，形成一道天然的冰雪长城，长城内外，唯余莽莽。

凛冽的风从山脊呼啸而过，一年四季，永不停歇。但两岸的高山阻断了寒意，山谷内温润多雨，绿草茵茵，多有牛羊，从空中俯瞰，像在雪山山腰铺了一张巨大的月牙形绿绒毛地毯。

冰雪融化的甘洌清泉在绿毯上融汇成大大小小的湖泊，湖泊倒映着雪峰，湖水都是乳白色的，远远看去，像一颗颗大小不一的珍珠。一条河流像一根链子将这些珍珠湖泊串了起来，绕过草地，穿过民宅。

由于这里是中国乃至世界上海拔最高的人类聚居地，加之气候严寒，这里的民居都很低矮，在空中看去，像一个个扁平的火柴盒，不少是石砌碉楼结构，也有木制小屋。这里的藏民都将房屋修建在有水流淌的地方，河从门前过，窗外有湖泊，容易让人联想起江南水乡民居。

牛羊都散放在草地上，松松散散、悠悠闲闲。岳阳在直升机上万分羡慕，说道："看起来这里的人都不用做事，早上羊自己出去，晚上羊儿自己回来，打开窗户就能看到湖泊草场，还有雪山和蓝天白云。每天就在屋里喝喝茶，下下棋，或是骑马出去溜一圈，哎呀，这种日子，啧啧，我也想在这里长住啊！"

胡杨队长笑骂道："你小子，如果真的在这里住下来，恐怕不出两个月，你就嚷嚷着要回城了。"岳阳很不屑地哼了一声。

下得直升机他们才发现，这里的气候比他们想象的还要干燥、寒冷，岳阳忍不住捂着鼻子打了个冷战。直升机的噪音惊动了当地居民，村民们纷纷从家里走出来一看究竟，当他们发现是来了客人时，显得十分热情，脸上纷纷洋溢着笑容。岳阳又是感慨和在工布村实有天壤之别。

"我们这里很久都没有来过这么多客人了，外面风大，请到我的屋里去休息吧。那飞行员也一起去喝点热酒，暖暖身子吧。"人群中走出一位年纪稍长的，大概是村长，笑容满面地对大家说道，"部队里的同志已经告诉我们了。我叫玛保，我将帮助你们解决食宿。"

亚拉法师、方新教授、卓木强巴和巴桑等人都不觉有异，但岳阳他们一听就傻眼了，他们完全听不懂这位五十上下的村长说些什么。岳阳轻轻拉了拉亚拉法师的衣襟，小声问道："法师，他说的是什么语？"

"藏语啊。"亚拉先是一愣，旋即微笑道："他们说的就是藏语，只是发音有所不同，属于方言，你们仔细听就听懂了。"

岳阳等人正是先认为是藏语，一听不对，再按古藏语的思维去接受，也完全不明白。现在经亚拉法师一提点，才知道是方言，细细揣摩了半天后，总算摸出点门道，就好比上海或广州人说普通话一样，他们说的确是藏语，只是发音完全不一样。

吕竞男看了看时间，对卓木强巴等人道："我们要在这里休整几天，一是适应这里的高山环境，二是等候气象局的通知，看什么时候山上会出现适宜登顶的天气。登山的时间，或许在四五天后，也可能就在明天。我们必须做好对周围山势的勘察和了解，定制可行的登山路线。现在是11点，在正午前山顶的雾最有可能会散去，我们分做三组，分别从东、南、北三个方向对登顶路线进行勘察。现在我来分配人手，卓

第三十一章 雪山仆从 | 15

木强巴、胡杨、岳阳一组去东面，亚拉法师、巴桑、张立去南面，方新教授和我还有敏敏去北面，听清楚了吗？玛保，我们需要三名向导。"

玛保点点头，从人群中叫了两名身强力壮的中年汉子，问道："不进屋去歇一歇吗？需不需要把一些背包放在屋里？"

吕竞男道："不用了，我们必须尽快适应在这种环境内的负重活动，如果在山下都无法背着这些仪器和必需品行动，那么，又如何上雪山呢？"

玛保叹息一声道："上雪山……难啊！"

雪山仆从

卓木强巴一组是去勘察东南卫峰多结玉仲玛和主峰之间的沟谷是否适合攀登，这条路远且难走，玛保亲自给他们领路。

一路上，通过交谈卓木强巴才知道，玛保并不是什么村长，这个名义上的村子其实是牧民自发形成的一个聚居区，村子里有四五十户人家，大家亲密得像一家人，遇到什么事情只要说一声，全村的人都会去帮忙。而且这么多年来，村子里也没有过什么大事，最大的事无外乎生老嫁娶。

村里都是达玛人，卓木强巴知道，达玛县的达玛人大多是在清末从尼泊尔迁徙到喜马拉雅山腹中的，但他们坚信自己是藏族后裔，也有说是克拉底遗族，他们没有文字，解放前同样过着一种非常原始的结绳记事、刀耕火种的生活。由于这里是中尼交界，他们也常常在中尼之间来回行走，很多达玛人的家属亲人都居住在尼泊尔，但是他们坚持居住在中国境内，他们认为中国正逐渐强大，以后的日子会一天比一天好。现在玛保他们基本和藏民的生活无异,说藏语,吃糌粑,只是宗教信仰较少,仅有转经转山等活动,而且采用的是苯教的反转方向。

至于去雪山,玛保摇着头告诉他们,某年某年,国家考察队就来过,十三组人进去,能活着出来的还不到一半人;还有某年,英国的探险队也来过,压根儿就没见回;后来美国的、德国的,各种仪器,比他们设备先进得多了去,都是十人来顶多一两人回去。死亡西风带不只是一个名词,珠穆朗玛能攀,她是仁慈的女神;但死神斯必杰莫,她是脾气暴躁的女神,任何人都无法正面承受她的怒火。

他们来到观测点,山顶依然云遮雾障,仅能看到山腰以下。胡杨队长仅望了一眼,就断定道:"这条路无法通行。"接下来胡杨队长非常熟练地进行了勘测,并将那些危险指给卓木强巴和岳阳看。他认为不能通行的原因有三点:气候太恶劣、地形太复杂、坡度太大。以他们目前的人力和装备,上山就是送死。

玛保笑着告诉他们,他们看到的还算是较好的情况了,因为这是多结玉仲玛峰,这位传说中的女神脾气比起其他几位神灵来还算好的了。在平时,她是一位非常美丽的白色女神,脸上永远洋溢着亲切的笑容,她脖子上带着宝石、黄金白银和鲜花编成的花环,平时喜欢骑一头松耳石颜色的狮子。但当她生气的时候,会变成暴戾的黑面女神,嘴里滴血,两眼冒火,鼻孔喷出烟雾,她的衣服也变成了从死尸上剥下的人皮衣服,手持装满人血的颅骨碗。

卓木强巴觉着这个故事好熟悉,好像在什么地方听过,但一定不是小时候听说的故事,一时却想不起来。只听胡杨队长询问道:"那你的意思是说,其他两个小组的观测结果,比我们这边还要糟糕?"

玛保道:"应该是的。"

岳阳听了之后要想一会儿,才能大概猜明白玛保的意思,他嘟囔道:"只看半山腰就这么难走了,不知道云雾散开后,那山顶是怎么样的。"

玛保对岳阳说的话却能听懂,他连连挥手道:"不可能的,山顶的雾一年四季都有，我从小到大都在这里，就从未见它散过。以前老人们说，因为女神毕竟爱美，她不希望被人们看到她凶恶的样子，所以就把自己的脸遮了起来。这座山峰几千上万年来一直如此，不会有散雾的时候。"

胡杨队长脸色忧虑起来，揪着自己的大胡子道："这次糟糕了，如果山顶的雾是终年不散的话，我们就必须在盲区进行攀登，这种情况是被称为自杀式攀登的。而且就算雾气散开，这种地形，攀登难度将远高于登珠峰，只怕比南迦巴瓦峰还难，这绝对是5.12级的攀岩难度。"

一时三人短暂沉默，他们都知道，5.12级就是攀岩最高级了，而胡杨队长并不是信口开河的。这时候，玛保道："就算你们能爬上山腰，后面的路也无法通过，我们以前见过很多能人爬进雾里，然后就再没回来了。"见卓木强巴等人的脸色更难看了，玛保道，"除非冈日普帕为你们领路。"

"冈日普帕?"卓木强巴和胡杨队长同时愣了一愣，在他们的记忆里都对这个名字有点印象。这个名字的意思是雪山的仆人。卓木强巴朦朦胧胧地记得，自己不仅听说过这个名字，而且还有所接触，可是再仔细想想，又觉得不是那么回事，似乎缺少一个关键的联系。

"对。"玛保道，"听说，他是唯一知道上山的路的人。"

胡杨队长道："他怎么会知道上山的路?"

玛保道："不知道。不过很多年以前，国家的科考队来过一次，当时是冈日普帕的妻子为他们领路的，那次他们失败了，听说一个人都没回来。后来另外一些队伍想找冈日普帕领路，他再也没有答应过。"

"我想起来了。"胡杨队长用拳头捶着自己的手掌道，"以前我还在西藏冰川科考队的时候就听说过，国家一直想去勘测一座雪山，只是冈日普帕不肯领路，所以一直没法出行。那时候经常提到这个名字，哎呀，我说我怎么听过这个名字呢! 听说这里的冰川资源很独特，和纳木那尼峰下的冰川可以比肩。"说着，胡杨队长神往地望着从迷雾中延伸下来的巨大白色冰川。那就像一个少女，露出半截雪白的手臂，在招引着，有一种魔力。

"对了玛保，那时候怎么会知道冈日能找到上山的路呢？他也是达玛人吗？"卓木强巴问。

玛保道："不是。以前听老人们说，在我们祖先到这里之前，冈日普帕他们的祖先就居住在这附近了。所以我想，他们比我们知道得更多的原因就在此吧。"

他指了指方向道："他们一直住在靠南一端，还要往上走。那里的环境没有我们住的地方好，人很少，当时就只有一两户人，现在，就只剩下冈日普帕一个人了。"

卓木强巴看了看岳阳，他们都想到了工布村的村民们，那个冈日普帕，他们是否也有类似的使命？

胡杨队长道："带我们去找他。"

玛保想了想，道："没用的，以前不是没有人去找过他，自从他妻子失踪之后，他就拒绝带任何人上山。"

胡杨队长道："你帮我们找到他，至于他愿不愿意带我们上山，我们要和他谈过才知道，是不是？"

玛保皱起眉头道："可以，不过我要提醒你们，靠近他家是一件很危险的事情，他养了一条大狗，很凶，而且除了冈日普帕，那狗谁都不认。它或许不会咬我，但是你们……"

"大狗！"卓木强巴一下子就想起来了，大叫道，"冈拉！冈拉梅朵！我想起来了！"

"咦？"玛保露出怪异的神情道，"你怎么知道它的名字？"

卓木强巴大笑道："我说我怎么认识他，冈拉梅朵，冈日普帕，我怎么会不认识他，我在他家住了半年！"他拉着玛保的手道，"你不用担心我们的安全。"

早些年他和方新教授在达玛县寻獒，意外地在冈日普帕家发现了珍稀奇獒海蓝兽，就是冈拉梅朵，藏语意思是雪莲花。为了让冈日普帕同意他带着冈拉梅朵出巡，向全世界展示神獒海蓝兽，他在冈日家一住就

第三十一章 雪山仆从

是半年，只是他一直管冈日普帕叫阿果（即大哥），骤然听到冈日普帕全名，反而没反应过来。

胡杨队长和岳阳都看着卓木强巴，卓木强巴激动地告诉他们两人道："海蓝兽！冈日有一条稀世海蓝兽，它叫冈拉梅朵，美丽动人的雪莲花。它还在吗？"最后一句却是问玛保的。

玛保耸耸肩道："还在。"他似乎下了很大决心，才道，"跟我来吧。"

岳阳好奇道："海蓝兽是什么？"

卓木强巴道："藏獒的一种。八年前我和方新教授在达玛县的唯一收获，就是找到了这只海蓝兽。我在阿果家一住就是半年，他还是不能没有冈拉，哪怕一天都不行。现在人们认识的藏獒，大多知道铁包金、雪獒、红獒、黑獒，像金狮、狼青、豹斑这些品种见到的人就比较少了，如果是黄金眼、海蓝兽这些品种，估计连听过的人也没几个。"卓木强巴不禁回想起那种美丽的蓝色，泛着银光的淡蓝色，是任何画家无法调出的颜色，卓木强巴也不知如何描述，只能赞美大自然的恩赐。

"十年难得黄金眼，百年不见海蓝兽。"卓木强巴不禁想起那些人迹罕至的山区老牧民口中流传的神獒、宝獒。黄金眼和海蓝兽都是普通藏獒的变种。所谓黄金眼，就是铁包金的那一对假眼，铁包金的眼睛上方还有两个黄色的圆斑，看起来就像有另一双眼睛，俗称四眼铁包金。寻常的铁包金那对假眼是淡黄色或棕黄色还有棕红色的，而其中一个变种便是假眼成了金黄色，据说此獒长大后要比寻常獒大上一号，力大无穷，其爪如虎，啸如狮吼。特别是那一对醒目的黄金眼，似乎是一种尊贵身份的象征，寻常獒见了，自会收爪潜行，目露谦卑。

海蓝兽则是雪獒的变种。普通雪獒通体雪白，毛发好的还会泛出银色光泽，叫染银裹雪。海蓝兽平时与雪獒无异，奇异之处便在于当它奔跑在蓝天白云下，过一段时间之后，它的毛色渐渐会变成淡蓝色，并非海洋那种深蓝，而是有些像青藏高原那些海子在蓝天下那种奇异的淡蓝色，又或是冰雪堆积得太深太厚而呈现出的那种淡蓝色，同时泛着银光，很淡，很美，因此得名海蓝兽。此兽在传说中的评价是，此獒通灵，能读人心，矫若灵狐，轻若雁翎，奔跑如风，踏雪无痕，它们不怕冰雪严寒，能在雪雾漫天的雪山上找到正确的出路，能破冰下水捕食，通常是度母和菩萨的坐骑。而海蓝兽体型较同类獒稍小，通常发生变异的都是母獒，它们在老牧民的心中几乎能与紫麒麟媲美，唯一有所区别的就是紫麒麟仅仅出现在传说里，而海蓝兽在现实中却偶有出现。

卓木强巴忆起，当他第一眼看到冈拉时，曾激动地对方新教授道："海蓝兽！是海蓝兽！看到了吗，导师，那就是海蓝兽，它们并不是只在神话里才出现的。有海蓝兽，也会有紫麒麟！"

卓木强巴将思绪从回忆中抽出来，赶紧联系了方新教授，他像个小孩子似的问道："导师，你猜我们要去找谁？"

"找谁？"方新教授愣了一愣，马上道，"冈拉梅朵！我说这地方怎么这样熟悉，你们要去找海蓝兽啊？"

吕竞男在通讯器里道："怎么回事？你们的勘测结束了吗？"

胡杨队长答道："是的，这条路无法通行。现在我们要去找一个知道上山的路的人，希望他能给我们一些帮助。"

"好的，注意安全，随时向我汇报。"

路上，玛保说起冈日普帕。"他是个好人，虽然脾气古怪了点。很多次，他都帮我们找回了丢失的羊，而且还告诉我们哪些是危险的地段，不要把羊带到那边去了。有时候也有村民看到，在没有外来人进山的时候，他会一个人进山。"

这次岳阳听得半懂，他询问道："你是说，他一个人住在山上？"

玛保点头，岳阳惊呼道："他一个人怎么生活？"

玛保道："一个人怎么不能生活？他有一大群羊，有个大窖室，大概一年出山两次，用羊换生活必需品。每年驻边官兵来看我们的时候，也会给他准备一份生活用品。我们村里人也都是这样生活的。"

岳阳讳莫如深地看了看大雪山，心想，一个人在这种苦寒之地，怎么熬得下来？都没有人陪他说话，那是一种何其的孤独和寂寞。

一路上玛保说了些关于冈日普帕的传言,大约又走了半个小时,脚下的草茎渐渐少了,巨大的卵石多了起来,寒气袭人,那些光溜溜的卵石十分湿滑,很不好走。胡杨队长又看了看大雪山,指着地上的卵石道:"看到了吗,这些石头表明,在很早以前,冰川原本已经覆盖到我们所占的区域了,现在,已经萎缩到那上面去了。"胡杨队长不无感慨道,"我记得那年,我们对冰川考察的结果是,再过不了多久,喜马拉雅山上将看不到冰川。"

随着胡杨队长一声叹息,那寒意更浓了。"强巴少爷,快看!"岳阳指着远处一块山岩。那黝黑的山岩像一面墙矗立在半山,在它下方有几个天然的岩穴,岳阳所指,正是那些岩穴。

卓木强巴道:"嗯,看到了。我记得上次来时,导师告诉我,这估计是旧石器时代的古人居住过的地方,但是这种露天岩穴太容易被破坏了,所以里面什么都没有。在达玛县有很多处旧石器遗址,达玛县也是古人的聚居区。"

胡杨队长也道:"不仅是这里有,从阿里最西到最东的金沙江畔,整个喜马拉雅山脉弧区,都有这种岩居洞穴。根据初步推测,在人类文明萌发的初期,喜马拉雅山脉中经历了一段很漫长的岩居人时期。"

"噢。"岳阳有些失望道,"我还以为是戈巴族的遗弃地呢。"

卓木强巴心中一震,看来有类似想法的不止自己一个。但岳阳的说法却让他想起戈巴族和青藏高原的旧石器时期古人,是否一脉相承,将一万年前的原始文明一直继承到现代呢?在他脑海里,出现了一幅身着兽皮、手持木棍的原始人生活画面,那些原始人扛着猎物归来,身后跟着一群……等等,怎么会出现这样的画面?卓木强巴的视线重新回到那黑黝黝的天然岩洞,刚才那画面就像过电影一样,他看得很清楚,那些岩居人身后跟着的是———一群狼!

玛保对原始人知之甚少,他领着路道:"从前面那个坳口翻过去,再走半小时,就可以看到冈日普帕的房子了。"

坳口的风很大,刮在脸上生疼,两边的山像两个巨人,将腿交叉靠在一起，如今，他们就要从这折叠的腿缝间穿过去。忽然，风似乎更大了，那呼啸的风中隐隐透着森然气息，那种看不见摸不着的气息让四人同时停下脚步。枯草在狂乱的风中抖动，似乎也想逃避那种看不见的神秘力量。

卓木强巴闭上眼睛，凭着直觉道："有什么东西朝我们来了，速度很快！"他刚说完，就听到岳阳大叫，"小心！强巴少爷！"

卓木强巴睁开眼睛，就看到了风中那抹蓝色的闪电……

冈拉梅朵

没有人看到它从何处来，怎么来的，仿佛是从虚空中突然出现，所有的人只看到，那是一种闪电才能发出的蓝光，直向卓木强巴扑去。岳阳张开的嘴正待合上，胡杨队长一脚在前一脚在后正准备摆开一种防御的姿势，玛保则来不及做任何反应，在那蓝色的光芒面前，一切都显得缓慢而迟钝。当大家从那种行动变迟缓的状态中恢复过来时，那道淡蓝色的光芒，已经扑在了卓木强巴的身上。

就在蓝光接触到卓木强巴的一瞬间，突然又发生了变化，它轻柔下来，并未将卓木强巴扑倒在地，而是与卓木强巴甫一接触，立刻折返。在蓝光转折的一瞬间，岳阳才看见，那是一只巨兽，同时他心中的不安和恐惧，胜过了他经历的任何危险。因为他发现，如果站在那里的是自己，不管自己做出什么反应，也躲不开那蓝色巨兽的扑击。

那只巨兽以惊人的速度奔出十几米远，又马上折回来，再次向卓木强巴扑去，刚刚碰到卓木强巴，马上又折返，如此三四次，最后一次才算停下，将两只前爪搭在卓木强巴的肩上，伸出长舌，喉咙里发出粗重

第三十一章 雪山仆从

的喘息。

岳阳等人这才看清，那是一只巨大的雪獒，站立起来几乎和卓木强巴等高，一身纯白的长毛银光闪闪，可刚才看到的怎么会是蓝色呢？难道出现幻觉了？岳阳仔细想了想，那似乎不是蓝色，而是一种从未见过的颜色才对。

只见卓木强巴伸手抱住雪獒，抚摸着那蓬松的围脖，大声笑道："冈拉，冈拉，好姑娘，好姑娘！你还记得我！"那雪獒用鼻音不住地发出短促而尖锐的呜呜，似乎在回应着卓木强巴。

看到这一幕，岳阳和胡杨队长都愣住了，就如同张立第一次看到卓木强巴和狼说话一样。此时的卓木强巴，整个人都散发着一种亲切，那是一种挚友之间的亲切。那眼神，那笑容，好像他们是分别几十年的亲兄弟，又好像是携手走过一生的老夫妻，或者说是战场上一同活下来的生死至交，当时卓木强巴和那头雪獒拥抱在一起，散发出来的亲和力甚至让风都变暖和了，真是怎么形容都不过分。胡杨队长不仅对卓木强巴的变化感到惊讶，那头雪獒也让他感到震惊。他也曾见过不少獒，在他的印象中，那些大块头的家伙总是阴沉着脸，一双眼睛以剽悍的目光盯着你，要不就是一副高傲且狂野的尊容，他从未见过，獒也有这样柔情的一面。此刻伏在卓木强巴肩头的冈拉，不仅鼻腔里发出呜呜，那颗硕大的头颅也在卓木强巴肩上来回蹭着，就像满腹哀怨的少女在向离别多年、等待了多年的情郎诉说着思念和委屈。

那一人一犬，长久地紧紧拥抱在风中窃窃私语，旁边三人则呆呆地看着。也不知过了多久，卓木强巴才将冈拉放下，抚触它的额间。冈拉伸长脖子，很惬意地闭着眼睛。卓木强巴道："给你介绍几位朋友，冈拉。他们都是我的同伴。"接着，在岳阳等人不可思议的目光下，卓木强巴煞有介事地将他们一一介绍给冈拉认识。

这时，胡杨队长总算见到了他经常见到的藏獒模样，冈拉只是在听到他们名字的时候睁开眼瞟一下，那神情，就像一位正在享受按摩的老总，旁人给他介绍是否录用新来的员工，它半睁开眼，随后微微地点点头。岳阳不满道:"哎呀,看它那个样子,这么拽!"冈拉突然一瞪眼,朝着岳阳龇牙咧嘴,岳阳心中一个激灵。站在岳阳身旁的玛保受到的惊吓更为明显,忍不住退了两步,若非胡杨队长搀扶一把,险些跌倒。

胡杨队长笑道:"我见过的藏獒大多是这样的,成年藏獒体型硕大,孔武有力,而且它们对陌生人通常保持着敌意和警惕,在它们眼里,普通人根本就不是它们的对手,它们有资格骄傲。除了它们的主人之外,想要得到它们的尊重,除非你也尊重它们,当你用看宠物的目光去看它们时,它们也会用看宠物的目光来看你。以它现在这种姿势和态度,表示它已经认可你了,当然,这是看在强巴的面子上。"

"冈拉,冈拉?"岳阳不信,试探着叫了两声。冈拉脸转向一旁,瞅都不瞅岳阳。

卓木强巴见玛保脸色一阵惨白,忍不住道:"你没事吧?"

玛保面有难色道:"这里,你找得到路了吗?"

卓木强巴环顾四周道:"当然,这里离冈日的小屋已经很近了。如果你有什么事的话,可以不用送我们了,我们能找到回去的路。"看着玛保的面色,卓木强巴宽慰他道。

玛保谨慎地看了冈拉一眼,犹豫片刻,终于道:"那,我就送你们到这里了,你们自己小心。"

卓木强巴和胡杨队长与玛保握手告别,表示了感谢。

玛保离开之后,冈拉突然睁开双眼,从卓木强巴的手下蹿了出去,跑了两三步,回头一望,接着又跑了两步,再次回头,随后撒开四蹄,像一阵旋风似的跑走了。卓木强巴看着冈拉的背影在风中渐渐变成一朵蓝色的云,微笑道:"走吧,它已经迫不及待要将我们到来的消息告诉冈日普帕了。"

岳阳看着玛保的背影,奇怪道:"他怎么了?"

胡杨队长道:"不知道。"

岳阳和胡杨队长还以为房屋近在眼前,谁知道山大路远,又走了十几里地,这才从山坳峡谷间穿过,眼前一阔,云清天低,小蒿草铺成的草甸如绿茵球场，那卵石和嘎达土混凝而成的石屋就在绿茵场一端，屋后数十根枯树桩围了一个大大的圈。不过岳阳却发现那羊圈里空无一物，草地上也没有牛羊。

来到门口，只见木门上绘着日月和雍仲符号，门楣很低。门内传出一声犬吠，不是"汪汪"的，而是"嗯……嗯……"这样的发音，随后屋内有人道："强巴，你又来了！"声音苍劲雄浑，中气饱满。

岳阳等人大吃一惊，屋里人竟然知道是卓木强巴，难道那头叫冈拉的雪獒已经能与人交流了，要不屋里的人怎么会知道来者是谁？卓木强巴也问道："阿果，你怎么知道是我？"

一个满脸笑容的人出现在门口，他的脸色白里透红，有些蓬乱的头发从狐皮帽下支出来，脸上皱褶很深，但两眼有神，头发乌黑，看不出有多大年纪。这人外面套了件紧身豹皮镶边的加翠氆氇，左袖扎在腰间，右袖搭在肩上，用结辫带将里面的羔皮坎肩扎得紧紧的，一把长刀随意插在腰带上。这就是冈日普帕了，那劲服疾装和古朴长刀使这个一米六几的红脸膛汉子更像武林中人。

冈日普帕道："能让冈拉这样高兴的，除了你还有谁。"只见冈拉将头从冈日裤腿边挤出来，一双大眼睛打量着众人，不一会儿又将头缩回去，从另一侧挤出来，就像一位狡黠又害羞的小姑娘。

虽然上一次来没能借到冈拉，但是居住的那半年，卓木强巴却和普帕结下了深厚的友谊，如今这座石屋，有一半还是他修筑的。

冈日普帕让出道来，道："快，屋里坐。"

石屋很奇怪，没有窗户，屋里光线暗淡，大白天也要点着酥油灯；门极矮，连岳阳也不得不猫腰才能钻进去，卓木强巴几乎是半蹲着进去的。屋内又陡然宽敞，正中放了个火塘，上面有大盆热水，水里泡着一个瓮，不知道里面是什么。

在酥油灯昏黄的光照下，屋里乱七八糟地堆着家具衣物，头顶悬挂着大块油腻腻的风干肉，四壁黑得发亮，那是被油烟熏的。此外用绳子穿了许多一块块像茶砖的东西挂在墙上，一张长板床又当床又当坐榻，褥子凌乱得像被狗啃过，床旁倒有一条干净整洁的圆形毯子，不过那是冈拉睡觉的地方。冈拉一进屋就趴在上面，只用一双大眼睛一瞬不瞬地盯着卓木强巴。

看着一屋堆得满满的衣物，岳阳都不知道该坐哪里，去看强巴少爷，只见卓木强巴将衣物往旁边一推，大大咧咧地坐在了床上，他也捡起衣服，选了张凳子坐下。冈日将一些杂乱物什统统扔到床上，把凳子弄出来，然后揭开水中的瓦瓮，一股酒香顿时扑鼻，原来他在温酒。

胡杨队长告诉岳阳，这里是高寒地区，访客往往历经风寒，所以待客之道是以酒代茶，喝了暖心暖胃。

冈日拿了四个大茶杯，斟了满满四杯酒，递给卓木强巴和岳阳等人，一面递酒一面喃喃细语，像在念咒，又像在唱歌。

岳阳依稀记得这种待客酒要先喝三口，但是不能喝完，扭头一看强巴少爷也没有一口喝完，但是那一口灌得很凶，于是他也喝了一大口。这一口下去，岳阳顿时如炭在喉，腹中如火中烧，却喷不出来，一张脸立刻憋红了。没想到这不是寻常米酒，更像烧刀子或二锅头。

一见岳阳不住哈气挥手的滑稽样，屋里的人都笑了起来，连冈拉都眯缝着眼睛，下颌频点，如同一只媚笑的猫。胡杨队长道："这可不是青稞酒。这里是高寒地区，人们喜欢喝烈酒，据说有的酒精浓度在百分之七十，那几乎就是酒精了。你以为你和强巴拉一样能喝啊！"

冈日普帕面有得意之色道："这就是历史中的阿次吉酒，外面都说是阿拉伯传入西藏的酿酒法，其实我们的祖先早在唐代以前就会这种酿造技艺了。阿次在古藏语中的意思就是树汁，本来这酒是用树汁和蜂蜜调和酿制的，这里没有蜂蜜，我用别的东西替代的，比其他酒还要烈一些。"

岳阳不敢再喝，他的身体已经像被火包裹着了。冈日也不在意，和卓木强巴叙叙旧情，然后道："说吧，这次你来的目的。"

卓木强巴道："紫麒麟。"

冈日瞪了瞪眼睛，露齿而笑，看了看冈拉，又看了看卓木强巴，道:"你依然相信……有海蓝兽,就一定有紫麒麟?"

卓木强巴肯定道:"这次我一定能找到的。"

冈日道:"我能帮你什么忙?你该不会想把我的冈拉……它已经过了那个年纪了啊?"

卓木强巴一愣,旋即笑了。他知道,冈拉应该已过了十五周岁,按照獒的寿命,它已经属于中老年,显然冈日认为自己想让冈拉去与紫麒麟交配,但是冈拉已经过了生育年龄了。卓木强巴道:"这件事情说来很复杂,我只能简单地告诉你,我们要上雪山。"

冈日的笑容顿时收敛起来,道:"不可能,紫麒麟不可能在雪山上存活。"

卓木强巴道:"我知道,我们要去的地方,应该不是雪山顶上,我们估计是一个与达玛人居住区类似的地方,那里有适宜紫麒麟生存的环境。但是我们找不到上山的路,听说你是唯一知道上山的路的人。"

冈日沉着脸道:"我不会带你上雪山的。"

卓木强巴急道:"为什么?阿果。"

冈日道:"你知道的,拉珍就是因为带别人上雪山,所以雪山收去了她的魂魄,那是对我的惩罚。从那以后我就发誓,不管是谁因为什么原因,我都不会带人上雪山了。"

卓木强巴紧眉,思索着该如何解开冈日这个心结,这时,胡杨队长道:"其实,我们不仅仅是去找紫麒麟,我们是代表国家去寻找一座消失在历史中的庙宇,它可能是全西藏最大的伏藏……"原本,胡杨队长是打算利用神秘的帕巴拉来打动冈日,没想到,这一说,冈日冷笑道:"帕巴拉!那就更不可能了,帕巴拉只应该存在于它存在的地方,不应该被人打扰。强巴,这下,我可不管你有什么理由,绝不带你们上山!"

岳阳心中暗道:"糟糕,胡杨队长忽略了,冈日是唯一知道上山的路的人,以前来找他的人说不定多少也透露过帕巴拉的事,这下弄巧成拙,可能连强巴少爷也被看做骗子了!"他灵机一动,抛出杀手锏道:"冈日大叔,强巴少爷可是圣使,以前我们都不知道,圣使!"他重重地强调了一遍。

没想到，冈日干脆地回答道："我管你是什么使，就算他是钦差大臣，我说不带就不带！"

岳阳一愣，没想到圣使这个名字在这里不好用。

冈拉似乎察觉到什么，反复看着它的主人和卓木强巴，两人脸上没有笑容，沉默着，它也感到一丝无助。突然它蹿出来，在冈日的脚边蹭着，用那大脑袋顶着，满腹委屈地低鸣。冈日摸了摸冈拉的头，叹息着对卓木强巴道："我相信，你是去找紫麒麟。"他又看着胡杨队长和岳阳道："他们是去找帕巴拉……"他停了停，道，"不过我还是要提醒你，传说中的帕巴拉被光军藏匿起来是有原因的。它和它所在的香巴拉虽然象征着可以满足人类所有欲望，可是你不要忘记，在那无尽的财富背后，藏匿着的是毁灭一切的诅咒，你得到多少，就将失去多少。世上没有从天而降的财富，也没有凭空幻想就能得到的满足。"

卓木强巴眼前一亮，追问道："你知道帕巴拉和光军？你知道多少？"

冈日哼笑一声道："我知道的，只怕比你能想到的要多得多。"

卓木强巴道："能告诉我们一些你知道的关于帕巴拉的事吗？"

冈日沉思着，卓木强巴悄悄给冈拉递了个眼神，冈拉又开始在冈日腿边拱他，嘴里"呜呜"地叫着，使劲昂着头，一双大眼睛可怜兮兮地望着冈日，仿佛在哀求冈日："告诉他吧，告诉他吧。"岳阳和胡杨队长看得目瞪口呆，心中剧骇，唯有卓木强巴知道，什么叫通灵之獒，怎么算是能读人心，这就是灵獒海蓝兽！

冈日轻轻敲了敲冈拉的头，道："小妮子，别以为你在那里偷偷和他眉来眼去的我没看见，我会不知道你那点小心思？"

冈拉呜呜了两声，趴在地上，两只前脚抱住头扮委屈，一双乌黑的大眼睛却滴溜溜打转。冈日作势再敲，冈拉趁其不备，一溜烟蹿到床上，躲在卓木强巴身旁，然后伸出舌头，向冈日扮了个鬼脸。

冈日无奈笑骂："小叛徒。"冈拉哼哼着，索性枕在卓木强巴的腿

第三十一章 雪山仆从 | 29

上，伸长脖子，眯着眼睛，一副你奈我何的模样，让卓木强巴给它整理毛发去了。

冈日似乎下了很大决心，最终道："好吧，有些东西，我原本打算带进坟墓的。我问你，强巴拉，八年前你来这里，真的只是为了冈拉？"冈拉一听提起它，赶紧睁开眼睛，竖耳倾听。

卓木强巴半怒半急道："这是什么意思？八年前，我连帕巴拉是什么都不知道！"

冈日点点头，道："你们可知道光军？"

戈巴族的信仰

卓木强巴点头，冈日苦笑道："吐蕃王朝的最强战力，竟然没有在任何历史文书上留下只言片语，哼哼，真是让人不可思议啊！"话锋一转，随后道，"你们对光军知道多少？"

卓木强巴看看胡杨队长，随后将他所了解的光军大致说了一遍。冈日不住点头，然后道："看来你们下了很大工夫啊，竟然被你们挖掘出这么多资料。那么对于戈巴族，你们的了解又有多深？"

卓木强巴整理了一下思路，又从象雄十八岩居小邦说起，讲述他们所知道的戈巴族。冈日静静地听着，有时露出赞许的微笑，等卓木强巴说完，冈日才道："能从神话故事和历史残片中搜集到如此多有用的信息，你们一定付出了很多。不过我有一点疑问，你们对戈巴族的来历、过渡到光军的历史和他们的生活方式了解较多，可是对于他们的信仰，似乎没有涉及？"卓木强巴迟疑了，虽然他从父亲那里得到关于光军信仰的推测，可是他并不敢肯定，所以就没有说。

"信仰？"岳阳质疑道，"军人不是只需要服从吗？"

冈日道："别忘了，军人首先是人。在古代高原，可以说人人都有信仰的，而且他们的信仰极其坚定，那是铭刻在他们的灵魂和骨子里，任何人都不能改变的，军人也不例外。在吐蕃军中，就有专门的军辛一职，乃是军队中的苯教祭师。卜卦预知凶吉，战后招抚亡魂，吟诵平息军心，这些都是军辛的工作。"

岳阳道："这样说来，那时候的光军信仰的是苯教喽？"

冈日道："的确，那时候的军队大多信仰苯教，但光军……可以说是，也可以说不是。"

"可以说是，也可以说不是？"岳阳猛然一震，惊道，"难道说，光军他们既信苯教，也信佛教！他们是介于两种宗教之间的融合信仰？"

冈日第一次仔细打量这个看起来无忧无虑的年轻小伙子，冈拉也瞅了岳阳一眼，不过那表情显然是嗤之以鼻。冈日道："反应很敏捷啊，看来你们也在这方面有所了解了，不过不全对。戈巴族，他们有着自己的信仰，那是一种我们称之为原生巫教的信仰。"

"原生巫教？"胡杨队长和卓木强巴神情都专注起来，他们还是第一次听到这样的说法。

冈日道："对，就是在人类文明萌发之初，对于河川山石、电闪雷鸣，乃至一草一木、飞禽走兽，皆奉为神灵，无所不拜，无所不尊。也可以把这种宗教看做是苯教的雏形，直到后来苯教祖师辛绕出世，他将这些神灵统一整合，将原始的宗教系统化、规范化，这才形成了后来的苯教。当然，也有人说，苯教是自波斯传入大食，再由大食传入青藏高原的，但是缺乏确凿的证据，只能说两者信仰相似。不过我认为，古人的原始崇拜，大多都是山川自然，它们当然会相似。"

岳阳道："这样说来，戈巴族的历史岂不是非常久远？"

"那当然。"冈日道，"象雄岩居十八小邦，那已经是戈巴族没落之后的事情了，早在象雄建国之前，戈巴族就已经存在并且辉煌过。当然，在历史文献中不可能找到那么古老的资料，但是，在神话故事中却留下了无数戈巴族的身影。戈巴族他们有自己独特的神灵，也有自己的宗教领袖，不过要说清楚，先得从他们的来历说起，在他们成为象雄十八岩居小邦之前，继续往远古追溯，一直可以追溯到藏族的起源……"

他看了卓木强巴一眼，道："自魔女与猴生下后代之后的……四族时期，你知道吧，强巴拉？"卓木强巴若有所思地点点头，冈日感慨道："我想，或许那也是戈巴族最辉煌的一个时期……"

岳阳不明就里，询问道："四族时期是指什么？"

卓木强巴道："你们都知道我们西藏有个很有名的关于人类起源的故事，是山中的一位魔女与一只渴望修成正果的猴子结合，他们诞下六只小猴，成为人类最原始的祖先。后来繁衍越来越多，最后就分为了四个大的部落，也就是藏族的四大血统。那个时代，又称为四族时期，究竟有多久远，恐怕比我们熟悉的三皇五帝时期还要古老。我一直觉得，那只是一个神话故事，不过现在看来，那个故事的真实性，恐怕也和三皇五帝的故事相似。"

岳阳明白道："也就是说，那段时期真实存在，只是一些人和事被神话和夸大了。"

胡杨队长道："不对啊，我记得以前看到的资料是说那六只猴子后来就形成了六个氏族，而且那些氏族的名字也不尽相同。我只记得有一个党族，不知道是不是党项的先祖。"

卓木强巴道："我知道，胡杨队长说的那是佛教典籍中记载的内容，我说的是我们家那本古经里提到的内容。"

冈日道："按照古籍的记载，西藏的四人种分别是斯族、穆族、桐族和冬族。那时候他们已经开始信仰原始巫教，他们将部落的最高统领称为苯波。苯波的意思就是大巫师，是古代人们的精神领袖，这种称谓一直保留到象雄、吐蕃等新兴的王国建立之前。"

岳阳不解道："这里面没听到戈巴族的名字啊，这和他们有什么关系？"

冈日道："在四族时代结束之后，根据神话传说出现了玛桑九族，然后分裂为二十五小邦，后来又有了十二小邦、四十小邦，那应该是指出现了无数小部落族群相互征伐的战乱时期。这些小邦都是互不统属的氏族和部落，他们中开始出现自己的王和臣，只不过随着历史的变迁，种族的名字早已流逝，不能一一追根溯源。我们只能推测，戈巴族正是四族之一的后裔，应该是某一族衰落解体后遗存的小邦，居于二十五小邦之中。"

岳阳道："为什么这样说？"

冈日道："因为他们的信仰。戈巴族信奉的是四族历史上最杰出的四人巫王，他们的称号分别是党·苯波、赛·苯波、东·苯波和莫·苯波。这种信仰和戈巴族与狼同居的生活方式，应该是自戈巴族诞生之日或是在他们诞生之前便有，并一直延续至今，据说当年藏王松赞干布将四座镇边庙改称四方庙，正是为了迎合光军的信仰。后来很多戈巴族人加入了光军，为了迎合战争的需要，他们又在众多宗教中挑选出一位破坏力强大的神灵作为他们的战神，梵音叫摩醯首罗。其实那就是佛教中的大自在天。在印度教里是象征破坏之神的湿婆。他拥有毁灭一切的力量，可以将整个宇宙重新清洗，就算后来被吸纳入佛教里，他也拥有不低于释迦牟尼的力量，独立于诸天神佛之外。另外还有一点很奇怪，在拥有战獒之前，他们崇拜的图腾或神兽不是狼，而是一种与蛇相似的生物，据说是一种会飞翔的蛇形生物。这种信仰，在古老的苯教中同样存在，正因如此，当中原的龙传入西藏之后，才会很快被藏民接受。"说到这里，冈日停下道，"对戈巴族的历史和信仰，我知道的大概就是这么多了，毕竟光军和戈巴族一直都是一个神秘的存在。"

三人面面相觑，消化了半天，岳阳才道："对，对不起，我有些糊涂了，那四大巫王的名字怎么和他们的种族完全不同啊？还，还有，戈巴族的信仰不是融合了佛教和苯教的信仰吗？怎么又成了与他们完全不同的信仰了？"

冈日道："首先，那四个称号并不是巫王的名字，它们仅是一种象征代号，在古代发音中的意思没有人知道，不过我想大概相当于我们今天所说的智慧天王、威武天王这一类吧。不过传说中那四位巫王的后人倒直接将自己的姓氏改为了党、赛、东和莫姓，至于是不是真的就不知道了。至于戈巴族的信仰问题，那又得从另一头说起，同样很长。"

冈日起身，又斟了一杯酒，一饮而尽，道："关于那种介于佛教和苯教信仰之间的融合信仰，得从藏王松赞干布说起。你们知道，在佛教传入西藏之前，几乎高原上所有部落信奉的都是原生苯教。当然，那时候的苯教历经千余年，已经详细规整化了。但是苯教有一个特点，那就是多神论，它继承了原生巫教的特性，世间万物皆有神灵，而且那些神每一个都是独立的，他们各自有各自的领域，各自管辖各自的范畴，如果两位神之间爆发了冲突，那么大家打一架，有输有赢，没有哪一位神凌驾于另一位神之上，也不存在谁的地位更高或是更低。而且苯教巫师靠预言来决断国家大事，今天我们已经知道，那种巫卜预言之说，缺乏科学性和实效性，所以，当藏王松赞干布继位之后，他决定改变这一切。你们可知道，藏王松赞干布，原本是一名苯教徒。"

"啊！"岳阳轻轻惊呼。谁不知道藏王松赞干布是观音菩萨的化身，在藏传佛教中有极为尊崇的地位，现在冈日竟然说他是苯教徒，着实令岳阳大吃一惊。不过看胡杨队长和强巴少爷的反应，显然这是真的。

冈日道："宗教的产生，往往是为了抚慰人们的心灵，但是一旦和政治挂钩，那么它们的首要作用就成为了统治阶层的工具。不管哪种宗教，在统治者看来，只要它能让百姓变得更容易接受统治，它就是好的宗教，反之，它则是统治者的绊脚石。苯教的多神论和国家大事问天机制，显然是不利于统治的，所以藏王松赞干布的前半生是一名苯教徒没错，可是他很快发现，那些苯教的巫师将国家大事交给上天去决定，严重地影响着他的统治。他需要的是中央集权，国家大事由他说了算，而不应该靠上天，所以，改革必须进行！而佛教中佛祖诞生时那一句'天上地下，八荒六合，古往今来，唯我独尊'的十六字真语显然非常适合统治者。其实，早在松赞干布推行佛教前，佛教已经传到了西藏，结果却遭到了苯教的强烈排斥，根本没有立足之地。要知道，让人们改变千余年的信仰,去信奉一种新的宗教,这是极为艰难的过程,除了藏王松赞干布,还真没有哪位统治者敢开这个头。为此藏王松赞干布做了许多工作,通过和亲引进佛教,颁布一系列的法令和条例给僧侣大开方便之门,制定一系列信奉佛教的优惠政策等等。"

岳阳皱眉,这些好像不关戈巴族什么事。只听冈日继续道:"不过当时藏王松赞干布面临的压力,恐怕比我们所能想象的还要大。要想让百姓接受新的宗教,首先就要从自己做起,从身边的高官大员开始,而当时的环境,上至官员贵族,下至百姓农奴都是忠诚的苯教信徒,朝堂内外反对声一片。这些,都还不是藏王要担心的,真正让他担心的是军队,在那个时候,军队里的士兵也全是信奉苯教的,如果士兵哗变、叛逃、反抗、暗杀,那么后果将不堪设想。所以在很早以前,藏王就做好了准备。"

这时候,"戈巴族"三个字,已经出现在卓木强巴等人心中了。果然,冈日道:"现在你们知道了,为什么藏王松赞干布不选别的人,而执意要把戈巴族人训练成光军了吧。正是因为他们的信仰与别的藏民信仰都不同,只要不触碰他们信仰的核心,也就是四大苯波的地位,其余不管是苯教的年、赞、魔,还是佛教的释迦牟尼或密教的大日如来,他们都可以信奉,与他们的原始信仰不会有任何冲突。所以后来光军一直担任着皇家亲卫军的职务,他们的实力是最强大的,而他们的信仰包容性也是最强的。"

岳阳不解道:"可是,为什么,他们后来连佛教和苯教都一起信了呢?"

冈日道:"说到这个,就不得不提一提佛苯之争。你们应该知道,佛教和苯教在高原上争斗了几百年,可以说从藏王松赞干布将佛教正式引入西藏起,到吐蕃王朝崩溃,这两大宗教的斗争从未间断过。为什么会这样呢?因为原生的苯教不仅在信仰上与佛教有所差异,更重要的是,无数的权贵大臣,他们的利益与苯教是息息相关的,通过原始苯教的仪轨和占卜方式,使他们在一些国家大事上具备发言权,可是佛教进入宫廷之后，那些大臣在重大决策和利益分配上，就失去了主导地位。藏王松赞干布乃是不世雄才，他在位的时候没有人敢反对，可是他去世后不久，那些从苯教得到利益的大臣们就开始重新拥护苯教了。表面上看，吐蕃王朝时期是佛教和苯教在进行争斗，实际上，这是皇家与那些握有重兵的大臣在进行权力的争夺啊！此后的几百年，在大臣的引导下，一些君王信奉苯教，另一些君王又坚持佛教，就这样反反复复、来来往往，历史上的尊佛抑苯、尊苯抑佛不知道发生过多少次，还有无数次发生过流血冲突。只不过末代藏王朗达玛做的那一次最为彻底，所造成的后果也最为严重，直接导致了王朝的瓦解，所以才被人们所熟知。而在这期间，作为藏王的亲卫军，最接近藏王直属部队，由戈巴族人组成的光军，他们的信仰，就不得不随着藏王信仰的改变而改变。所以到后来，他们的信仰变成了一种很奇怪的模式，能最大限度地将原本格格不入的佛教和苯教包容在一起。也只有这样，最高领导才能放心让他们负责安全保卫工作，而光军也从未让藏王们失望过。"

岳阳道："不对啊，吐蕃历史上还是发生过很多次暗杀事件的。"

冈日道："光军只是负责外围的警戒，在藏王外出时防止刺客的暗杀，对宫廷内部的阴谋和斗争他们却是无能为力，那高原之主松赞干布的死因至今还扑朔迷离，你不能说是光军没有尽到他们的职责。事实上你们仔细查阅吐蕃史，真正在公共场合死于刺客刺杀的，只有藏王朗达玛，而其余意外死亡的藏王，都是死于原因不明的宫廷斗争。"

岳阳自言自语道："如此说来，戈巴族和藏王之间，似乎不存在什么大的矛盾，那他们为什么要突然离开，并且带走了四方庙里的全部珍宝呢？"

冈日脸上露出悲愤的神情，叹息道："不知道啊，这正是光军留下的最大谜团。谁也想不到，号称吐蕃最强战力的光军，会在一夜之间消失得无影无踪，他们一定是早就策划好了的，但是究竟发生了什么事情导致他们要这样做，就没有人知道了。我仅知道有传言说，是藏王灭佛灭得太过彻底，似乎连光军也无法容忍；另一种说法则是源自娘氏和韦氏两大家族的斗争，毕竟这两大家族的人都曾出任过光军的最高指挥官。但是这些说法都缺乏证据，不足信，不足信啊……"说着，冈日露出深深的疲惫，眼神落寞。

冈日提供的信息让岳阳陷入了深深的思考，他正努力将倒悬空寺与光军的失踪联系起来，他隐约觉得所有独立的事件就像被打乱的拼图碎片，只要找到它们发生的前后顺序，就能组成一幅完整的拼图。可是一番努力之后，终因线索不够而只能放弃，拼图中还缺少一些关键的碎片，他无奈地摇摇头。

这时候，冈日对卓木强巴道："对了，还有一条线索或许对你们有所帮助。强巴拉，还记得你第一次来，给我说的那个九狗一獒的故事吗？就是挖个坑，将小獒崽都扔进去那个。"

卓木强巴点头，这是方新教授给他上第一堂课时讲述的内容，也是他小时候经常听到的故事，他也常将这个故事告诉他的朋友，但是那次……

冈日继续道："那次我嘲笑了你，还记得吧？"卓木强巴当然没有忘记，那次向冈日说起这个故事时，冈日露出似笑非笑的表情，好像在嘲笑卓木强巴班门弄斧，后来他问起冈日为什么发笑，冈日只是道："没什么，很好的故事，很真实，我听过。"但卓木强巴总感到冈日似乎还有什么没说出来。

这时，冈日才道："因为当时，你只知其然，而不知其所以然。现在，你应该知道那种九狗一獒的训练方法是怎么来的了吧？"

卓木强巴猛地一震，惊呼道："光军！战獒！那是战獒的训练方法！"这一刻他才明白，为什么那次冈日欲言又止，当时他根本就不知道光军是什么，恐怕就算冈日说出来，他也未必会相信，自己在那里夸夸其谈，在冈日眼中恐怕是井底之蛙，夏虫语冰。

第三十一章 雪山仆从

第三十二章　紫麒麟猜想

　　冈日点头道："是，光军在吐蕃时代就是一个谜，没有人知道他们在什么地方经历怎样的训练，就连那些权贵大臣甚至是藏王，也只能看到已经合格的光军。同样，也没有人知道他们用什么方法来驯养战獒，我们只能猜测。不过，刚才那种假设并不是突然灵光一闪凭空想象出来的，也是前人们经过无数次猜想和反复考虑之后才得出的结论，它的确可以解释今天我们看到的一些珍稀獒种的非常之处。"

紫麒麟猜想

岳阳也是格外震惊，他们一直在研究光军和战獒，却从未将九狗一獒的故事和战獒联系在一起，或许是潜意识里，只把故事当做故事。他一面暗骂自己思维狭隘，一面道："原来挖个大坑，将十条幼獒扔进去，只让一只獒活着出来，竟然是真的，真有这样的驯养方法？战獒，竟然是从乳獒开始就进行淘汰，太残酷了！"

"残酷！"冈日冷笑道，"残酷的是战争！光军和战獒，都不过是战争的牺牲品。你们可知道，那些戈巴族人，不仅在对战獒的选拔上如此，他们对自己也是如此。相信你们都听说过，在雪山上有这样一个部落，当他们的婴儿刚生下来，只要是男孩，就用一条普通的羊毛毡子一裹，便扔到冰天雪地里过夜，能熬过这一夜的，才被承认是合格的族人……"

岳阳惊得从座椅上跳了起来："你，你是说……"

冈日冷冷道："那，就是戈巴族，那，就是光军！"他有些哀叹道，"如果说其他军队是统治者手中的棍棒、铁锤，那么光军，就是统治者手中的一把剑。初时，这把剑厚重无锋，随着战争的需要，这把剑变得越来越薄，但却越来越尖锐，越来越锋利，剑锋所指，无人能敌。但谁又知道，在那无敌之名的背后，藏着怎样的残酷与辛酸。"

看了看众人变了脸色，他缓和了语气道："虽然说这个传言或许夸大了事实，但就我所知，在吐蕃解体前夕，戈巴族对光军的挑选，的确是从婴儿就开始抓起。具体怎么操作的我不清楚，不过无敌军队这个称号，可不是随便加上去就可以的。"

卓木强巴听得入神，忘记了给冈拉挠痒痒，冈拉张嘴打了个大大的哈欠，又发出短促的咪呜声，卓木强巴抚摸了几下，它才惬意地眯上眼。冈日看了看冈拉，又对卓木强巴道："嗯，还有一个关于紫麒麟的观点。记得以前你向我提过，紫麒麟是由于隔代大遗传而产生的。"

卓木强巴道："是。"

冈日道："其实，对于这一点，我还听说过另一种观点，只不过当时不知道该如何跟你说。"

卓木强巴探了探身，道："哦？也和光军有关？"

冈日点头道："那种观点认为，紫麒麟，有可能是光军人工繁育出来的产物。"

卓木强巴震惊无语。冈日接着道："你知道的，除了神话传说中，紫麒麟在历史上仅出现过一次，就是藏王朗达玛狩猎遇袭那次，你应该记得……"

卓木强巴点头，冈日道："不过就我所知，那次藏王朗达玛出巡，并非狩猎，而是得到了准确的线报，发现了光军的踪迹。"卓木强巴道："你是说……"

冈日道："那紫麒麟，有可能是光军放出来威慑追兵的。你想想，作为吐蕃的最高统治者，一直有一队光军组成的亲卫军守护在身边，他怎么可能不知道光军的可怕，这样一支军队突然失踪，他能不担心吗？要是这支队伍哪一天掉转枪口，恐怕任何一位知情的藏王都会寝食难安的。所以，除了光军，还有什么力量能让一位藏王卧病不起？"

岳阳道："怎么会？难道说，当时光军是反叛？他们不是只忠于最高统治者吗？"

冈日笑道："谁说他们忠于最高统治者？虽然他们的信仰符合最高统治者需要，但他们并不对统治者效忠。据说，这个约定是藏王松赞干布收服戈巴族时就许下的承诺，他们只听命于最高指挥官，但保留自己的信仰和精神领袖。而他们的最高指挥官，是来自象雄的两大贵族，娘氏和韦氏；他们真正效忠的，是他们的精神领袖，也就是他们族里的大苯波，据说是四大巫王的一支后裔血脉。那次光军失踪事件，一定和那位大苯波有关，因为除了他，没有什么人能让所有的光军突然间就消失得无影无踪。不过要说反叛，那倒谈不上，毕竟他们没有对藏王或当时的吐蕃军队做出任何不利的举动。他们只是消失了，从这个世界上，彻底地消失了！"

岳阳又道："这次我是真的糊涂了，不忠于最高统治者的军队，最高统治者敢用吗？"

冈日道："这个事情解释起来就太复杂了，这牵涉到最高统治者的力量权衡之术，我只能说其情形与清军入关时分封三大藩王有些类似。要让外来的家族为自己卖命，如果那家族能征善战的话，就得给他们军队和一些自治权，但是又要让他们不会造反。这需要统治者不仅要有足够的自信和魄力，还要有相当精妙的手段。你想想，娘氏家族和韦氏家族听命于藏王，光军又听命于娘氏和韦氏，而光军的最高统帅是在两大家族中轮番选任，也就是说藏王随时都可以撤换两大家族对光军的最高统帅。如果你想造反，对不起，光军真正绝对效忠的只是他们的大苯波，但是大苯波又没有实权，不直接领导光军。因此藏王、光军的最高统帅、光军的精神领袖，这三者之间的关系错综复杂，形成了微妙的权力平衡，最终的结果就是，后两者都必须抢着向藏王效忠。但就光军失踪一事，显然问题也是出在三者之间，我们唯一能知道的就是，当时发生了某件事，那件事足以影响每一位光军成员，注意，是每一位。因为要是其中有一人告密，光军都不可能做到毫无声息地消失，还要带走四方庙的全部珍宝啊！就我所知，藏王朗达玛对此事是绝不知情的，因为守护在他寝宫门口的光军一夜消失，这件事对他的震撼比任何人都要大，否则他就不会命人掘地三尺也要找出光军的下落，也不会亲自带兵去追查光军的线索。就是他在死前，都还在怀疑是否自己灭佛太彻底才导致了光军的离开，甚至准备反省，重新考虑佛教在国家中的位置。至于娘氏和韦氏家族与光军的关系，在吐蕃时期有过传言，一是说娘氏与戈巴族订有秘密协议，毕竟是他们提出招抚戈巴族加入光军的，而另一说法则是韦氏利用药物控制了光军和戈巴族的族长苯波等等。这些传言，在光军消失的那一夜也就不攻自破了，但是有一点，他们似乎对光军的离去知道一些内幕。毕竟光军离去后，他们不像藏王那样着急寻找，而是在藏王去世后，直接加入了新的权力争夺之中，他们似乎并不担心光军成为他们的威胁，不知道他们究竟掌握着什么秘密。"

岳阳道："那，韦氏和娘氏还有后人吗？"

"没有。"冈日沉声道，"热衷于权力的人，最终都将被权力所摧毁。就我所知，昔日辉煌的两大家族，最后都灰飞烟灭在战火的硝烟中，而他们所知道的一丁点儿内幕，也被带入了坟墓。再没有人知道光军的下落和他们消失的原因，此后凡是想探知帕巴拉和光军秘密的人，都得到了应有的惩罚！"他口气突然严厉起来，卓木强巴等人都是一愣，冈拉也从卓木强巴腿上直立起来。冈日自知失言，又缓和了口气道："说远了说远了，我本来是想说紫麒麟的，你瞧，扯到哪里去了。"

冈日又给自己灌了一口酒，但显然没有平息下来，大口地咳嗽起来，一张脸更红了。冈拉柔声低鸣着靠了过去，两只前爪搭在冈日后背一阵轻轻拍打，就像丫头在给老爷捶背。胡杨队长和岳阳被彻底震惊了，岳阳忍不住暗想，冈拉，真的只是一只獒吗？要是我有这样一只獒，该多好！

冈日挥手示意不用，好一会儿咳嗽止住了，才开口道："你们都知道，戈巴族与狼同居这种生活方式，几千年来从没改过，就算后来，战獒加入了他们，狼的地位也没有丝毫变动，只是将獒也纳入了与狼同等的地位。那么，就带来了一个新的问题……当獒与狼在一起的时候，它们是如何生活，如何相处的呢？此外，因为战争的需要，原本的獒无论是从体型还是力量或速度上，都不可能完全达到标准，光军需要他们的战獒拥有更大的体型、更快的速度、更锋利的爪牙、更敏捷的身手等等，要如何才能做到呢？于是，在此基础上，我们就有了一种假设，或许一开始，只是一个偶然，那就是，獒与它们共同生活的狼，产生了下一代，当光军发现这样的物种拥有更强的战斗力，就开始人为地培育一些……"

卓木强巴惊讶得忘记了给怀里的冈拉梳理毛发,愣道:"你是说,那紫麒麟……"

冈日点点头,道:"根据这种假设,那紫麒麟,或许不仅是紫麒麟,还有其他一些圣兽灵獒,它们也许就是一种狼獒,或者是獒狼,就好像今天的狮虎兽一样。"

岳阳道:"为什么是假设?你只是猜测,没有证据?"

冈日点头道:"是,光军在吐蕃时代就是一个谜,没有人知道他们在什么地方经历怎样的训练,就连那些权贵大臣甚至是藏王,也只能看到已经合格的光军。同样,也没有人知道他们用什么方法来驯养战獒,我们只能猜测。不过,刚才那种假设并不是突然灵光一闪凭空想象出来的,也是前人们经过无数次猜想和反复考虑之后才得出的结论,它的确可以解释今天我们看到的一些珍稀獒种的非常之处。"冈日顿一顿,又道,"比如说冈拉……"

冈拉一听叫它的名字,伸着舌头望着冈日。冈日捧着冈拉的脸庞道:"我的冈拉,它祖先或许就是一头狈獒,或者是獒狈。"

"狈獒?"胡杨队长对这样的提法大感新鲜。

冈日指着卓木强巴道:"强巴拉知道,他应该可以理解。"

卓木强巴已经想到了,这种假设比他提出来的隔代大遗传假设,可靠性要高很多。的确,如果是狈獒的话……卓木强巴欣喜不已,这是一种全新的思考方式,以前冈日不告诉自己,显然是因为光军的事情。他突然发现,光军和战獒竟然有着这样紧密的联系,这些领域,都是他从未涉及的。

岳阳见卓木强巴低头不语,面色时喜时讶,忍不住道:"强巴少爷,别一个人偷着乐啊,说说,狈獒是怎么回事?"

卓木强巴道:"狈,是狼的变种,也有人说是完全不同于狼的一个物种,但它们与狼生活在一起确是毋庸置疑的,只是在今天,从没有人见过。在历史记载中的狈,通体雪白,前肢天生残缺,需要别的狼背负着它走，但是它拥有极高的智商，在狼群中担任军师的角色。一旦某个狼群出了一只狈，那么这群狼的狩猎能力将提高数倍，就算是进入农耕时代的古人，都远不是它们的对手，只能痛骂狼狈为奸，这个成语就是这么来的。如果说，海蓝兽就是狈獒的话，就能解释它们为什么如此聪慧了，的确，是个很有可能的假设……"

岳阳看着冈拉道："冈拉，很聪明吗？"

没想到，他刚说完，冈拉很高傲地一昂头，竟然发出"哼……"的一声，岳阳又是一阵愕然。

冈日又给大家盛满飘香热酒，道："我能告诉你们的，就只有这么多了，其余的线索，你们多半能从别的资料中查到。当然，如果你们能找到戈巴族的后人，或许他们能告诉你们更多。"

岳阳讶然道："戈巴族的后人？他们不是全都去了香巴拉吗？"

冈日道："谁说的？小伙子，你要搞清楚光军和戈巴族的关系，光军是由戈巴族人组成的，但并不是光军就代表了全部戈巴族人！当年戈巴族加入吐蕃王朝，就被分作了三支，最强壮的士兵挑选加入光军，普通士兵则留在普通的军队进行混编，其余的族人依然是百姓。带着四方庙珍宝一夜消失，后来又建立帕巴拉的，只是光军！而戈巴族人，依然辗转生活在高原，不过，他们也不得不隐匿行踪，过着躲躲藏藏的生活……"说着，冈日露出一丝悲怆的笑意，道，"就在解放前，还有人见过戈巴族人呢，说他们就像那些达玛人一样，生活在喜马拉雅山脉腹地，过着最原始的刀耕火种、逐水木而栖的生活。"

"他们为什么不跟着光军离开呢？"岳阳震惊道，"难道说，连他们也不知道光军去了哪里？"

冈日点头道："是的，光军的消失是很突兀的。那些戈巴族人在光军走了之后，生活很是悲惨，他们自诩为被流放的民族，原本该保护他们的士兵——戈巴族和吐蕃王朝的最强支柱，就那么消失了。王朝大厦倾覆的同时，戈巴族也遭到极大的打击，能够残延至今，也算是一个奇迹。"

第三十二章 紫麒麟猜想 | 45

岳阳心中充满了疑问，只听卓木强巴道："谢谢你，这些信息对我们来说，真是太重要了……"

"等一等！"岳阳突然打断，他满脸疑虑，看着冈日，严词询问道："你究竟是什么人？"卓木强巴和胡杨队长都是一愣，看向岳阳。岳阳道："强巴少爷，这里面有问题。你想想，为什么他会知道这么多事情？这些事，我们研究调查了这么久，可是却从未听说过的！在那些前人研究的资料中，也没有提到过。"他又面向冈日道，"你是从哪里得到这些消息的？你为什么会住在我们上山的路上？你究竟是谁？你……"

卓木强巴制止道："够了，岳阳，不要胡乱猜疑，你……你太没有礼貌！"他不知道该怎么批评这个爱刨根问底的小伙子，更糟的是，他也产生了和岳阳同样的疑问。

冈拉一见这个年纪不大，又不是很熟的小伙子敢质疑冈日，它霍地就站在了冈日身前，这次，眼里闪过凌厉的杀气，明明站着没动，却给人感觉它随时会扑上前来。不知道为什么，岳阳竟然感到有些害怕。

冈日一抬手就按住了冈拉，哈哈笑道："小伙子，你们调查研究帕巴拉和光军才有多少年？"

岳阳一时语塞，冈日道："我听说，当年探听到帕巴拉神庙的人，不过是从说唱诗人口中听到了一段传说，真正追溯起来，还不到两百年历史，而我们国人得知帕巴拉的时候，已是清末民初，堪堪百年而已。你可知道，我们家族和光军纠缠在一起的时间，已经超过了一千年！一千年哪！从他们失踪的那一天起！"

岳阳突然想到了什么，肃然起敬，道："你……你就是戈巴族后人！"

冈日微笑摇头道："小伙子，别那么自信，这次你就错了，我不是戈巴族后人。"他难掩脸上的苍凉，叹息道，"但是我们家族，却背负了和戈巴族后人同样的命运，所以，我能感受到那些被遗弃在高原的戈巴族后人的遭遇。他们经历的一切，和我们家族的经历，应该是很相似的。"

岳阳道："你们究竟是？"

冈日露出悲痛的神色，冈拉呜呜着，用大脑袋抵在冈日胸口，轻轻地蹭着。胡杨队长道："够了，岳阳，每个人都有他的秘密……"岳阳停止了询问，突然回忆起吕竞男曾经指导自己时说的话来："记住，岳阳，每个人都有他的秘密。你在询问时，必须分清楚什么时候是在审讯敌人，什么时候是在和朋友对话。询问，也需要很高的技巧！"

就在卓木强巴不知道怎么向冈日表达歉意时，冈拉突然自冈日怀里站起，警惕地望着门外，耳朵也竖了起来，微微转动，似乎在捕捉空气里的信息，忽地对冈日吠了一声，声音如此响亮，连卓木强巴都被吓了一跳。

冈日从悲痛中猛地醒来，对冈拉道："要开始了吗？"冈拉回应了两声，冈日手一撑从床榻上跳下，对卓木强巴道："现在不谈这些，我带你们去看场大戏，保证你一辈子没见过。我拿点东西，冈拉，把门打开。"

灵獒海蓝兽

岳阳靠门最近，原本打算去开门，没想到冈拉轻轻将他挤开，抢先一步扑到门前，身体一跃，立起来，把门闩一扒拉就打开了门，冲向了那广袤的绿野。

冈拉欢腾着奔跑了几步，回过头来，只见那雪白的身体轻快地行走在凛冽风中，直与那青草蓝天白云融为一体，岳阳脑海中竟闪现出一个词来——"英姿飒爽"！

第三十二章 紫麒麟猜想

没错，英姿飒爽！此时的冈拉气宇轩昂，银白色的皮毛闪现出缎子一般的光泽，紧紧地包裹着流线型的身躯，沐浴着阳光，就如同天空的云朵轻轻掠过草场。

那轻快的步伐好似贵族马踏起的盛装舞步，更似捧着洁白哈达的藏族少女在草原上翩翩起舞。好俊秀的一头藏獒，岳阳一时看得痴了！

卓木强巴轻轻拍在岳阳肩头，道："很漂亮吧！"

岳阳叹息道："我真不敢相信，世间还有这么美丽的犬，真是天工造物！"

冈拉奔跑过来，绕着卓木强巴的腿边转了两圈，岳阳看它，它却扭过头去，不拿正眼看岳阳。岳阳道："它好像不喜欢我呢。"

卓木强巴笑道："谁叫你一见面就说人家很践，冈拉可是记着你说的话呢。"

"不会吧！"岳阳睁大眼睛道，"'很践'这么抽象的词它也听得懂？"

卓木强巴道："你没看过科学家的分析报告吗？普通成年宠物犬能拥有人类三四岁孩童的智商，像獒、狼犬这些大型犬科动物更是拥有人类六七岁儿童的智商，如果加以训练，它们可以达到人类十一至十二三岁的小孩智商水平。一个十二三岁的孩子，你认为她还有什么听不懂的？特别像冈拉这样的灵獒海蓝兽，它的智慧，恐怕比你想象的还要高，和它接触久了，你就知道它能带来怎样的惊喜。"说着，卓木强巴微笑起来，似乎想起了往事。冈拉蹲坐在他旁边，眺望着远方，不时扭过头去朝屋里一长一短地呜呜。

岳阳看冈拉的样子，似乎在催促冈日，他想了想，又道："我记得我说的是普通话，难道它还能听懂几种语言？"

卓木强巴道："如果是简单的命令，哪怕再多几国语言，冈拉也记得住。不过平常说话，它未必只用耳朵听，它可以靠观察你的动作、表情，倾听你的语调语速，还有，它能嗅到你说话同时身体散发出来的信息素，捕捉你的心跳频率和汗腺分泌，就好像测谎仪一样。它能观察到你的真实心态,是轻视它,赞美它,讨厌它,或喜欢它。在神话传说中,灵獒海蓝兽是一种可以猜测人内心世界的通灵动物,甚至你还未开口说话,它就已经知道你想的是什么了。"

岳阳忍不住又看了冈拉一眼,冈拉早早地就换了个方向蹲着,背对岳阳,神态昂然地将目光投向远方。卓木强巴道:"你真心诚意地向它道个歉,冈拉会原谅你的。是不是,冈拉?"

岳阳好一阵愕然,在强巴少爷鼓励的目光下,他试探着道:"那个……冈拉小姐,这个……,是我不对,我,我,我,我前面说的话,太没礼貌了……你能原谅……"

话音未落,冈拉站起身来,对着石屋又叫了两声。岳阳看着卓木强巴道:"这……"

卓木强巴笑道:"好了,它已经原谅你了。冈拉不是小气鬼,是吧,冈拉。"冈拉嗔怒地望了卓木强巴一眼,鼻腔里"嗯呜"一声长鸣,分明在说:"你这人,怎么竟帮着外人说话。"

冈日拎着一个小包风风火火地跑出来,嘴里念道:"催,催,催,再急也要把家伙带齐不是?"

胡杨队长紧随其后,语气诚恳道:"你再考虑考虑?"

冈日却好似没听见,对冈拉一挥手,道:"我们走。"冈拉带着大家继续往南行。

"我们这是要去哪里啊?"岳阳问道。

冈日神秘地一笑,道:"到了你就知道了。你们一定会感兴趣的。"他向卓木强巴递了个眼色。

岳阳没想到这位大叔还玩神秘,老大没趣地不再追问。胡杨队长似乎还气不过冈日拒绝他的邀请,也没说话,气氛一时沉闷,他们四人就静静地跟在冈拉后面。

冈拉速度极快,它似乎不愿意停下慢慢踱步,总是飞快地向前跑一段距离,然后飞快地跑回来,好让大家能跟上。看着它那纵横驰骋的身影,岳阳突然生出一丝感悟,他也想像冈拉那样在蓝天白云下自由地奔跑，尽情地呼吸这自由的空气，然后躺下来，身心都舒展开，与大草原融化在一起。

没多久，冈拉的毛色就开始起了变化，那种令人心碎的颜色，如梦如幻，那骄傲的，自由的，奔跑着的身影，仿佛随时能踏云而起，直冲云霄。那一刻，它的确是从天界不小心流落到人间的神兽。

岳阳赞道："好美的颜色。这，这究竟是一种什么颜色啊？"岳阳搜肠刮肚，却找不出一个好的形容词，只能沉醉于那种美丽的色彩。

胡杨队长也惊叹道："从来没见到会变色的獒，它是怎么做到的？"

卓木强巴道："导师说，这或许是和汗血宝马差不多的生理机能造成的，就像人生气了会面红耳赤一样，当海蓝兽开始急速奔跑时，那皮毛下的皮肤会因运动而使毛细血管充盈，皮肤改变了颜色，影响到银色的毛发，加上天气、光线的反射折射等多种因素共同作用，就呈现出我们看到的这种色泽了。海蓝兽善于奔跑，它们喜欢奔跑，在所有犬科动物中，除了紫麒麟，它们就是跑得最快的，而且它们能将这种急速持续下去，耐力可以像战马一样持久。传说里的雪山女神赐予它们三种祥瑞：赐予它们妖冶的海蓝色皮毛，比那蓝宝石还要诱人；赐予它们云朵一般轻巧的身体让它们能自由地奔跑，成为追风的精灵；赐予它们一颗聪慧的心，使它们可以读懂世间一切语言。"

岳阳咂舌道："我也想养一头海蓝兽啊。"

卓木强巴笑道："这是可遇不可求的。在小獒长大之前，没有人会知道这是只什么獒，甚至无法和普通的小狗区分开来。"说到这里，他不禁怜悯地看了冈拉一眼，想当年，冈拉也是一只人类弃獒呢。

又走了一段路，岳阳开口问道："冈日普帕大叔，我们要去的地方是不是很危险？"

冈日道："没错，是有些危险，不过只要小心就不会有问题。"

胡杨队长道："这里风和日丽，也没听到有什么野兽嚎叫，你怎么知道有危险？"

岳阳道："胡队长你忘了？来的时候，玛保说过有的地方危险。"

冈日道："嗯？你们是从玛保的村子里来的啊，我还以为是强巴拉直接带你们来的。"

岳阳道："不是，是玛保带我们来的，不过半道他就折回去了，不知道什么原因。"

卓木强巴微笑道："我看他有些怕冈拉哦。"

冈日笑了笑，道："是，几年前他家里丢了羊，在还没有调查清楚的情况下他来质询过我，当时争辩得很激烈。冈拉可不允许别人到家门口来吵架，我一时没喝止住，就让玛保受了点惊吓。后来我帮他把羊找到了，他也道了歉，但是他见到冈拉就一直有些……呵呵。"

"冈拉很厉害吗？"岳阳看着前方飘逸的身影，总不能将那个把头埋在卓木强巴怀里撒娇的大狗与厉害二字联系起来。

冈拉好像听到了风声，掉过头来，对着冈日不满地吠了两声。冈日道："别小看我们家冈拉，人家都说母老虎发威怎样怎样，要是冈拉生起气来……"

冈拉一听急了，冲上去咬住冈日衣摆，不停地甩动，喉咙里发出低沉的喉鸣，那威胁的意味更浓了，分明在说："不准再说！不准再说了！"

冈日大笑道："好了，好了，不说，不说了。其实冈拉温柔起来，没有人比它更知心了。"冈拉这才松口，一溜烟跑远了，冈日凝望着冈拉的背影，眼中饱含深情。看着冈日眺望冈拉的眼神，岳阳似乎有些明白了，难怪强巴少爷借不走冈拉，冈拉就是冈日生命中的一部分啊，别说一天，哪怕一刻，他也离不开冈拉。没有冈拉，那冈日怎能独自在这孤寒的雪山脚下一待就是十几年呢。

又南下走了十几分钟，他们渐行渐高，已踏入大山沟壑之中，不知身在何处了。岳阳看了看周围的环境，辨认着方位道："我们好像一直在向南行。"

胡杨队长道："没错。"

岳阳道："不知道会不会遇到亚拉法师他们。"

第三十二章　紫麒麟猜想　51

"嗯?"冈日道,"你们还有人?"

卓木强巴将他们分作三组前往三个方向探查上山路径的事情说了一遍,冈日严峻道:"他们有危险了!"

卓木强巴想了想,亚拉法师、巴桑、张立,这三个人在一起,他们能遇到什么危险?他道:"他们不会有事的,他们三人的身手比我都好。"

冈日摇头道:"人们不惧怕危险,是因为人们不知道危险的可怕。"

岳阳突然踮着脚尖望了望,大声道:"咦,那不是亚拉法师他们吗?张立!巴桑大哥!亚拉法师!这里!我们在这里!"

冈日这才松了口气,道:"还好。"冈拉也跑了回来,看着远远的四个生人。

亚拉法师等人走近了,岳阳迎了上去,询问道:"怎样?"

巴桑摇头,看样子他们也没找到合适的攀登路径。随即,他们就看到了冈拉,那通体的海蓝色正淡淡隐去,看起来就像缀满了时隐时现的蓝色星辰。但是冈拉看到他们,却没有多少好感,它警惕地盯着巴桑,不怒不吠,爪子也小心地收了起来,但那眼中蕴涵的气势,竟连巴桑都有些吃不住。冈日也收起了笑意,不等卓木强巴介绍,径直向前走去,目标直指巴桑,冈拉不动声色地跟在后面。

巴桑警觉起来,出于一种本能,他的手握在了匕首刀柄上。不料,冈日仅仅是从巴桑身旁穿过,淡淡扔下一句:"你身上的杀气太重了,冈拉不喜欢你,小心点。"冈拉瞟了他一眼,也从巴桑身边走过。巴桑不经意地发现,这一人一獒靠近自己时,那种气势上的压迫,竟然令自己的呼吸都显得困难起来,这可是连强巴少爷也做不到的。

冈日和冈拉最后站定的地方,竟然是亚拉法师身前。冈日露出冷酷的笑意,低声道:"很久都没遇到真正的高手了,是吧,冈拉,你也迫不及待想与他较量一番了吧?"冈拉精神抖擞,四肢站定,与冈日一左一右面对法师,两人一獒呈品字形站立。

亚拉法师还没弄明白,疑惑道:"你是?"蓦然,他看到了冈日刀柄上的纹饰，大声道，"你是——"

话音未落，冈日的刀已出鞘，凭空划过一道银弧，直削法师面门。亚拉法师心随意动，不退反进，在钢刀削落的一瞬间探出手去，空手入白刃，竟是直接要去擒拿冈日握刀的手腕。此举早在冈日意料之中，他手腕一翻，改为下切，若法师不收手，就等于自己将手往刀锋上凑，若是收手续势再打，那么冈日的刀马上会变切为刺，法师就陷入被动了。

好一个亚拉法师，在千钧一发之际，竟然不收手，跟着刀口变动，也是顺势翻腕，同时手掌一扬，拍击在刀身侧面。冈日只感到手中一麻，那刀差点拿捏不稳，等他重新握刀变招时，亚拉法师已将他手腕罩在五指之下了，只要五指一聚，就将钳住冈日的手腕。关键时候，冈日轻喝一声："冈拉！"

命令一下，冈拉动了，那离地而起的身影，比起方才冈日划过的那道刀光竟是不遑多让，一口森然白牙对准了法师的手臂。如果这次法师再不缩手，只怕难以保全。法师想也不想，将手抽回，避开冈拉的利齿，跟着又从冈拉头上将手探了出去，这一缩一伸，竟然快得好像根本没动过一样。

没想到，冈拉跃在半空中的身体，仿佛被缰绳拉得直立的马，说停就停，突然将头扭了回来，仍然是对准了法师的手臂，而此时冈日也重新握紧了刀，从冈拉的腹下重新刺了出来，亚拉法师避无可避，只能收手，同时退了一小步。

冈日那一刀明明已刺不到法师了，但他却没有丝毫犹豫，一刺到底。就在亚拉法师认为这是一个老大的破绽时，不可思议的事情发生了，那冈拉在空中的身体一扭，蹬在冈日伸直的手臂上，借力变向，突然向亚拉法师面门扑了过来。

面对这么一个庞然大物直扑过来，电光火石之间，亚拉法师将自己所学的招式都在脑子里过了一遍，却依然找不到一种适合出手的姿势。银光再现，那冈日的刀像毒蛇一般紧随冈拉而至。亚拉法师刚退了一小步，立势未稳，此番无计可施，只能顺势再退，这次，法师"噔噔噔"

第三十二章 紫麒麟猜想

退出三步，才避开冈拉一扑之势。冈日和冈拉也不追击，呵呵笑道："不知上师法号。"

亚拉法师道："亚拉格果。"

冈日肃然起敬，道："果然是密修者，厉害。"

亚拉法师看了卓木强巴等一眼，低声道："想不到，在这里竟然会遇到——白银末裔。"

亚拉法师和冈日冈拉交手，瞬间胜负即分，总共也就是眨两下眼的工夫，然后就看到法师大步后退，卓木强巴想出声制止，还没喊出口就已经结束了，而忙着与岳阳说话的张立更是连看都没看到。卓木强巴赶到二人身边，此时气氛已经融洽，他给二人稍作介绍，然后困惑道："阿果，法师，你们刚才……"

冈日对卓木强巴笑道："没什么，冈拉刚才察觉到，这里面有一个很厉害的高手，我一时手痒，验证了一下。呵呵，没想到竟然有密修者帮你们，这一路上，你们应该不会遇到太大阻碍的。"

亚拉法师苦笑道："密修者也是人，刚才我不是就敌不过你和你的雪……海，海蓝兽！这是一头海蓝兽！"法师这才看清冈拉的神韵，不禁叹息道，"难怪能有这样的速度和如此巧妙的变化，竟然是传说中的灵獒！"他微微点头，似乎刚才那一败，也败得不冤。

卓木强巴虽然曾和冈拉一起生活过很长时间，但他也从未见过冈拉战斗的一面。刚才冈拉在空中腾挪翻转，那一招一式竟是精妙独到，与冈日心意相通，更是配合得严丝合缝，这又岂是普通獒能做到的，恐怕只有传说中的战獒才有如此本事。他有些埋怨道："阿果，冈拉是一头战獒吧，你竟然一直没告诉过我！"

冈日摸了摸冈拉的额头，冷笑道："战獒吗？哼哼，如果冈拉是一头战獒的话，恐怕刚才，这位亚拉法师已经躺下了。"

卓木强巴惊讶道："你说什么！"

此时冈日正在看与法师同来的人。这位亚拉法师刚交过手自不用说，旁边那位冷酷得不用化装就可以去演杀手，也不知道杀过多少人，显然是从战场上活下来的；另一位和岳阳说话的小伙子也是长得精壮结实，一看也是受过训练的好手。他对卓木强巴道："你们等我一下。"径直向带亚拉法师他们过来的那位达玛小伙子去了。

狼

亚拉法师仔细打量着冈拉，点头道："没错，战獒它们不需要人来下达命令，它们会自己根据战场的情况判断出敌我交战双方的实力。如果刚才那次交手，旁边守护着的是战獒，它就会在我招数用尽、变化已穷的瞬间出手，攻其不备，一击致命。"不知为什么，看到冈拉战斗的身影，又听到法师说起战獒，卓木强巴却不自觉地想起了在可可西里遇到的灰狼三兄弟。分开快两年了，也不知道那三兄弟过得怎么样，他的手摸到了那个贵重的袋子，胯笛静静地躺在那里。

岳阳和张立也赶过来了，岳阳问道："刚才是怎么了，我好像看见大叔和法师打起来了？"

"没什么。"法师淡淡道，"这位冈……冈日普帕是一名武士，方才我们切磋了一下。"他看了冈日一眼，只见冈日和那个叫坚增的达玛小伙子说了几句，那小伙子面色一变，一个劲儿地摇头，又往这边看过来，然后不停地点头……

"各位，各位！"冈日大声道，"各位，我打算带强巴拉去一个地方，但是那里呢，有些危险。我看大家都是受过训练的人，不知道你们是否愿意与我们一同前去？如果不愿意呢，坚增要回村子，他会带你们回去。"

张立已经听岳阳说起这事，大声问道："大叔，是去什么地方啊？"

冈日朝岳阳和张立道:"小伙子,你们怕不怕狼?"

岳阳未答,卓木强巴的眼睛却是一亮,就像六七岁的孩子突然听到要去看迪斯尼一样,忙道:"狼!这里有狼?什么时候发现的?上次我来时可没有听你说起?"

冈日道:"我说过你一定感兴趣的。这些狼是你走了之后才来的,前后来了三批,特别是这最后一批,我保证你没有见过。它们今天有一次大动作,怎么样,要不要去看看?"

岳阳道:"什么大动作?"

冈日道:"前几天有一群野牦牛从狼的领地经过,被狼群包围了。今天,它们就要展开决战。冈拉已经嗅到了硝烟的气息,现在赶快些,刚好能看到。"

"什么,狼群和野牦牛群的对决!"岳阳激动得声音都变调了,他们听过亚拉法师说起兽战后,就一直感慨晚生了一千年,如今眼前就有这么一幕,想来比兽战也差不了多少吧。

冈日一看岳阳这样激动,马上又道:"我先说清楚,那群狼与你们在电视上或别的什么地方看到的狼都不一样,一旦被它们发现,就有九死一生的危险。你们自己考虑好噢!"

卓木强巴看着大家,岳阳和张立是叫嚷着一定要去,亚拉法师无所谓,胡杨队长思索片刻,道:"也好,顺道去勘测勘测地形。"巴桑似乎在回忆什么,嘴角抽动着,没有说话,岳阳望过来,他又坚毅地点了点头。

大家商量了一下,都愿意去,坚增就提前回村去了,大家继续跟在冈拉身后,向南爬坡。

冈日看了看,连自己共八名成员,不由喃喃道:"八个,有点多了,也不知道是好还是不好。"他看到张立手中的勘测仪器,忽然想到了什么,对卓木强巴道,"你们是不是有即时通讯仪器?"

卓木强巴点头,冈日连声道:"关掉,关掉,会被发现的。"卓木强巴愣了愣,不知道电磁波传递会不会引起狼的警觉,既然冈日如此担心，他向吕竞男讲明了情况后，大家就关掉了通讯设施。

走了一会儿，卓木强巴问道："这些狼是什么时候迁徙到这附近来的？"

岳阳也在问："一共有多少野牦牛？刚才大叔的口气，好像狼群更具优势？"

冈日看了看左右二人，先对岳阳道："那群野牦牛大概有五六十只。不过狼群是野牦牛群的天敌，有时三五头狼就可以把一群野牦牛吓得惊慌失措，更何况这次，牦牛群在数量上并不占优势。我认为它们的失败是一定的，就看狼群是怎么个赢法。"

听到牦牛群在数量上不占优势，卓木强巴不禁望了冈日一眼。冈日知道他想说什么，答复道："你去看了就知道了，这群狼，和你以前见过的狼群都不一样。"然后他看了一眼，见冈拉在远方奔跑，才回答卓木强巴的第一个问题，道，"我前面说了，前后来了三批狼，第一批大概是你走后不久就迁徙到这里来了，是冈拉发现它们的。以前的首领我没见过，不过现在那群狼的头领是一匹白狼，一匹白眼狼！"

冈日恨恨地说着，声音却放得很低，接着又道："第二群狼是四年前到这里的，它们与第一批狼分山头占了，一直没什么冲突，领头的狼应该老了吧，那背就和野生牦牛有些像，我管它叫驼背。这前面两批狼，都和普通狼群没什么区别，一群是家族狼，数量在十五只左右；第二群是集团狼，大约有二十七八只，据我观察大概是四个家族组成的，若不是冈拉，我或许都不会去关心它们的存在。但是这第三群狼就有点古怪了，如果我几次统计的结果正确的话，它们总数大约在两百只左右。"

胡杨队长瞪大双眼，道："这不可能啊！"

岳阳好奇道："怎么不可能？"

胡杨队长道："你不了解狼，虽然狼是群居动物，但群居不代表无限度的集结，这是由环境、食物、家族等多种因素综合决定的。通常一群狼，就是一个家族，由一对夫妻带领数个子女集体狩猎，数量以七到

第三十二章 紫麒麟猜想 57

十二只为最优，极少超过二十只。只有到了冬天，猎物减少，需要围捕大型猎物时，相互熟识、领地相邻的几个家族才会组合成一个大的集团，不过最多的时候，数量也就是三四十只左右，由最优秀、经验最丰富的一对夫妻作为集团的领导。两百头狼聚在一起，至少我没见到过，小说里才会这样写吧。这里面牵涉了一个猎物数量和分配问题——狼群狩猎时，那是每一头成年狼要加入战斗的，而且必须保证每一头成年狼都要分配到足够的食物。要知道，狼是以肉食为主的杂食性动物，而就生物学家们计算，当一群狼的数量超过二十只时，猎食的效率不仅不会提高，反而会大大降低，整个狼群的生存就很难维系下去。两百头狼要一起生活，除非它们学会了开荒种地，吃大米还差不多。"

岳阳想了片刻，似懂非懂，张立却是听得莫名其妙，喃喃道："我还是不懂，不管怎么说，一个种群，总是数量越多越好嘛。"

冈日开口道："胡队长说的狩猎最有效团队组合我也听说过，那是有先决条件的。那是指，在食物数量有限的情况下，狼群与狼群之间差别不大，各自都有各自的领地，被限定了捕猎范围，为了保障自己的族群能继续生存下去，那才需要限定狼的数量。当数量超过这片领地可以供养的最大值时，狼群会自动驱逐体弱的狼，就和大公司在经济不景气时裁员是一样的道理。不过，这套理论是在纸上论证出来的，那些生物学家实在太小看狼了。你也知道，在冬季食物稀缺时，家族与家族之间会放下成见，组合成大的集团进行集团狩猎。那么，你知不知道，狼的家族与家族之间，是靠实力的强大来划分领地的范围；你又知不知道，狼的家族与家族之间，除了组合，还有驱逐和吞并，你知道两个相邻的家族是如何谈判、挑衅，继而发动起战争，进行埋伏、围堵，对敌方的家族首领发起斩首行动，或挑唆对方年轻的狼离群，或去找那些独行狼，让其成为安插进敌营中的钉子，这些你都听说过吗？"

胡杨队长等人听得目瞪口呆。冈日一口气说这许多，站在山坡稍许歇息，才跟上冈拉的步伐，对胡杨队长道："事实上，因为观察狼群是一件非常危险的事情。加之狼群本身不易被追踪，数量又越来越少，别说是你们，我守着两群狼这么多年，也只在暗中看过几次。所以我说，这次带你们去看的狼，和你们想象中的完全不同。"

岳阳呆立片刻，追上来道："大叔说的，都是第三群狼吗？"

冈日暗赞这小伙机警，仅凭自己说的前两群狼都很普通就猜到了后面所说的都是第三群狼所为，他点头道："是的。你不知道，原本狼的领地观念是很强的。一是依赖性，毕竟是自己出生成长的地方；二是它们不会在自己不熟悉的环境中作战，每一头狼，可以说对自己家族的领地都了如指掌，这对它们来说，是狩猎必须掌握的技能。但是，狼的领地也并非一成不变的，如果遭遇天灾，比如干旱、酷寒，导致食物无法维持生计，这时候，就会出现一种罕见的情况，也就是我们将要看到的。"

"是什么？"岳阳急不可耐地问道。冈日看了看卓木强巴，微笑道："这些都是强巴拉告诉我的。"

"迁徙狼！"卓木强巴接着道，"这需要有先决条件的。首先，得出现一个特别强大的家族。狼和人一样，也讲天赋的，有时候，某个家族会突然出现一位特别强壮，或是特别有谋术的族长，在它的带领下，那个家族肯定会比周边的家族强大。当那个狼家族强大到可以无视周边的家族时，同时它们也就会无视所谓的领地潜规则。在这个家族面前，将不再有领地的边界，它们会霸占别的家族的领地，那些弱小的家族，只能选择顺从或是被驱逐，这个时候，整个狼群已经开始由家族转变为集团，聚集在这个优势家族周边的附属家族将会渐渐增多。所不同的是，它们不是单纯的合作集团，而成为一种有阶梯关系的等级分明的战略型集团。第二个条件，就是环境改变。物资丰裕的领地不会出现强大得可怕的家族，只有在那些物资匮乏、领地无法维持生计的地方，家族与家族之间反复地战斗，才会突然有某个家族崛起。当它们聚集成集团，而那巨大的领地内依然没有可养活它们的食物，那么，整个集团就将发生质的改变，它们会从领地狼转变为迁徙狼。它们将被迫从自己世袭居住的地方迁徙几千乃至数万公里，以寻求可以生存的环境。领地狼和迁徙狼最大的区别就在于数量，在长途的迁徙中，未知的困难是无法估量的，没有足够的数量来维持，狼群根本就不敢大范围的迁徙。迁徙狼是狼群为了生存下去而被迫采取的手段，这时候狼就不是几十头、几百头，多的时候甚至会出现上千头狼聚集在一起。不过，这些现象只会出现在没有人的地方，你们没看到过类似报道，那是因为没有人见过，见到的人，存活的几率几乎为零。而且，今天我们国内的狼，已知的也就几千头，能看到上百只狼聚集在一起，恐怕都将是我们这一生唯一的一次。"

张立惊呼道："上千头狼聚集在一起的迁徙，强巴少爷你是从哪里知道的？"

卓木强巴道："如果你再大三十岁，又是生活在西藏、新疆、内蒙古等地，你有可能看得到。"

岳阳道："这么说，强巴少爷亲眼见过迁徙狼。跟我们说说，你见到的迁徙狼是什么样的？"

卓木强巴道："就算我没亲眼见过，我起码也该听说过，你们和我在一起这么久，该不会忘记了我是动物学犬科专业的吧。要说迁徙狼，里面涉及面太广，得先和你们说说狼的基本知识，这样就好理解了。"卓木强巴娓娓道来，让同行的人对狼群有了一个基本的了解。

狼群通常采用家族式群居，数量从三五头到十几头不等，最常见的方式有两种，一是一对夫妻带几个子女，另一种情况是兄弟姐妹几人，和大家的孩子一起。有时候狼对爱情显得很忠贞，一夫一妻维持终身，通常情况下，夫妻子女型的家族，那对夫妻会成为家族首领；兄弟姐妹型的，雌雄不论，谁的经验丰富，谁的捕猎技巧最好，大家就听谁的……

狼的等级制度十分森严，在进餐的时候尤为明显，头狼最先享用食物，等它们吃完，其余的狼才敢靠近食物；就算一同进餐，也要分清头、身体、腿，不同等级的狼吃不同部位的肉，只有那些怀着幼崽的母狼有时会有优待，不过很少。通常狼在初冬发情，寒冷地区的狼则在四月，怀胎四五月，产崽六七只，多的也有一次产崽十几只的，只有头狼夫妻享有随时交配的权利，其余的狼则需要请示头狼，经过批准才可以交配。那些兄弟姐妹型的家族狼，往往大家的狼崽都集中喂养，每头母狼都有做母亲的机会……

狼的领地大多是世袭的，建立在生物群落丰富的平原或是迁徙动物必经的交通要道上，一群七匹狼组成的团体，通常需要一块直径五十公里以上的领地才能维持生计，稍微大一些的狼群领地直径，甚至超过一百公里。狼群除了捕猎和休息，往往在自己领地边缘巡逻，就像小狗一样，选择一些标志性大树或石块撒下排泄物，那些石块和大树就成了领地与领地之间的界碑，不同家族的狼群一般不会越界。狼群的领地往往不会直接相连，领地与领地之间有缓冲地带，当猎物进入那些公共区时，往往会引来两个不同家族的狼群争斗……

狼是学习型生物，和记忆遗传型不同，需要母狼教会小狼如何捕猎。捕猎的时候，由头狼锁定目标，其余的狼都有各自的线路和位置，从各个方向围追堵截猎物，通常这种默契，经过几次实战演练就能配合娴熟，许多家族狼都是从小就一起配合捕猎的，其默契程度非同一般。当猎物数量众多时，狼群就驱赶猎物，造成猎物群的混乱，跑几圈下来，它们会将目标锁定在跑得最慢、有疾病残缺的猎物，或是失去成年猎物保护的幼崽，然后缓慢合围，集中优势力量对付单一个体，这就是后来演变成经典战例的狼群战术。当猎物落单时，特别是那些大型猎物，或是年老独自离开族群的猎物，狼群反而不急，它们会远远地跟在猎物身后，追寻猎物留下的足迹，看猎物是否有残疾；嗅猎物的粪便，看猎物是否消化不良；观察猎物啃噬过的青草和树叶，看它们的牙口是否还好……

狼群的狩猎成功率很高，它们是最讲究效率的团队，能不费力的时候它们不会穷追猛打，能避开危险的时候也绝不贸然突进，如果它们发现一头垂死的猎物，而那种猎物又能对它们构成威胁的话，它们就会一直跟在后面。十几头狼，围成一个弧形，距离猎物十米左右，如果猎物反击，它们就退散开来；等猎物继续向前，它们又围上来，保持队形，只要不是饥饿到极点的狼，它们都很有耐心。它们会一直等待，等到那些大型猎物老死、病死，或是被活活吓死……

谈到自己的专业，卓木强巴信手拈来，已经尽量精简内容，还是让岳阳张立他们听得入神，都说如果当年老师讲课能讲这么精彩，他们也不会成绩低下了。说完狼的基本习性，卓木强巴才告诉他们迁徙狼的事情。迁徙狼是由于物资匮乏，才不得不离开世袭领地，只有在出现大面积饥荒时才会形成迁徙群落。它们是由某个狼集团率先发起，沿途走过的地方往往会有新的狼群加入，因为在饥荒年代，不加入别的狼群，唯一的下场就是被别的狼吃掉。它们仍然以家族为最基本的作战单位，在整个迁徙部落中，狼群自发排列出金字塔式的等级制度，最下层的是最后加入的狼群，也就是迁徙部落所处地域的本地狼。在迁徙过程中，不战而降的狼群几乎不存在，所以那些本地狼是以俘虏或奴隶的角色出现在迁徙群落中，它们往往走在整个迁徙群落的前面，一是带路，二是抵御别的部落或大型猛兽的袭击，但是如果前方有猎物出现，它们又得停下，让身后的狼前去猎食，就算捕到食物它们也不能自己享用。在金字塔中部是那些早一些加入迁徙部落的狼群，相处一段时间，或是离开了它们的领地之后，它们就不用扮演开路先锋的角色了，而是护卫在狼群的最末，防止别的猛兽从后面偷袭。金字塔的高层，是以发起迁徙的狼集团为首，加上它们周边的数个家族或集团，它们是第一批迁徙跟随者，所以获得高规格待遇，而在这里面，又以正中的迁徙集团为尊，在迁徙集团中，那个最强大的家族占据了金字塔最高层，而这个家族的族长，就是金字塔的顶点，整个迁徙群落都由它指挥。

卓木强巴告诉大家，他们管一个狼家族的最高领导叫头狼，在数个家族合并成的集团里，最高领导他们称狼头领。只有在迁徙群落中，才会出现真正的狼王。

最后，卓木强巴长叹道："狼群的迁徙，就像长征一样，是一段悲壮的历程。在迁徙的过程中，会上演无数幕征战，几乎每一匹狼都伤痕累累，任何资源都不会被浪费，在迁徙中倒下的狼，马上就成为同伴们的食物，实在没有食物的时候，它们连草皮都啃。在迁徙途中，母狼的发情期会推迟甚至消失，狼群自发减少交配次数，低等级的狼会被禁止交配。它们不会笑，缺少语言和肢体语言，彼此间交流的次数变得极为稀少，它们走路的姿势都和普通狼不同，尾巴夹得很紧，耳朵始终是竖立着的，迈步时小心翼翼，尽可能用最轻的步伐跟上大部队，眼睛会像狐狸一样随时四处张望，那鼻孔里哪怕只嗅到一个血液分子，都能让它们的眼睛变成红色。没有见过迁徙狼的人，就不会知道，当贪婪、饥饿这些词加在狼群身上时，究竟是怎样一种可怖的场面。"

兽战

卓木强巴的话一直都是那么低沉，却给人震撼，连冈拉也放慢了脚步，一面带路，一面竖着耳朵倾听，时不时回头看一眼。张立正想问为什么迁徙狼里面才会产生狼王，却听岳阳抢先问道："不对啊，强巴少爷，你说在大饥荒年代才会出现迁徙狼，可是现在不像是饥荒的样子。"

卓木强巴点头道："这也正是我困惑的地方，照理说不应该聚集这么多狼才对。而且附近的村子里人畜无恙，这群狼不像是为了食物而聚集起来的。"

冈日道："大家小声，我们到了。"他低声嘱咐大家，看见冈拉趴下就趴下，如果冈拉调头，大家就跑，能跑多快跑多快。

大家现在所站之处在半山腰上，前方那道山脊像刀刃一般一直延伸进高山云雾处，不知道山脊背后是什么。却见前面带路的冈拉突然猫下腰，以一种奇怪的姿势匍匐前进，冈日双手拼命下摆，让大家都蹲下，半蹲着或是趴着朝山脊高处挪移。在山脊当风处有几丛杂草，卓木强巴辨认出几丛红柳和一些水泊枝。冈拉趴在草丛后往外瞅，冈日也让大家慢慢靠过去，路过时将一株不知名的草连根拔起，咒骂道："这些疯草，竟然长到这里来了！"

岳阳小心翼翼地探头一望，只见山脊背后是一道道冰川侵蚀留下的巨大深沟，后来冰川消融，这里则成为了布满卵石的河床，如今这些沟壑已被蒿草和地衣装扮得黄绿相间。

岳阳张口道："这面山坡好怪，长这么多褶皱。"

"这是冰蚀地形。"胡杨队长的手掠过那棱角分明的山脊，道，"这些褶皱，都是冰川融蚀出来的刃脊，下面被 U 型槽谷环绕的是古冰斗遗迹。"

正如胡杨队长所说，从他们的位置往下看，那一道道冰川沟像台阶一样逐级往下，放眼望去，像是奥运场馆的看台，他们就在看台的最顶端。可岳阳瞪大了眼睛，别说是狼，连牦牛那么大的块头都没看到，他怀疑自己的视力是否出了问题，揉揉眼再看，还是没有啊？不过风中似乎隐约传来狼嚎牛哞。

冈日张开五指，将手伸出山脊，然后道："好极了，我们是迎着风的，只要小声说话就不会暴露。"

岳阳道："狼呢？"

冈日道："别急，用这个看。"说着，从他准备的包袱里取出一架炮筒似的观鸟镜。岳阳一看标志，放大 30-80 倍，冈日正不断将放大倍率调大，他顿时就傻眼了。如果是这种放大倍率，那目标最少也在两三公里外，那牦牛落在眼里恐怕比蚂蚁大不了多少，那冈日还让他们小声说话，又趴着前进，弄得好像狼近在眼前似的。

冈日小心地调试着焦距和方向，神色凝重。岳阳等人也纷纷拿出望远镜，不过他们的折叠望远镜，只能看到远处有几个模模糊糊的黑影。

张立抱怨道："大叔真是的，隔这么远，怎么可能被发现嘛。"正打算举着望远镜站起来，被冈日一把按住。冈日恶狠狠地威胁道："你看不见它们，不代表它们看不见你！如果不想送命的话，还是乖乖地趴着吧，说话都给我小声点！还有，别被石头什么的划伤了，要知道，狼能捕捉到十公里以外的血腥味。"

胡杨队长没有往下看，他的目光顺着山脊往上，看着那冰川留下的巨大沟槽，喃喃道："这个地形……"他马上取出背包里的仪器，开始勘测山上的路径，亚拉法师在一旁帮忙。冈拉也围了过去，对这些它没见过的仪器充满了好奇。

卓木强巴从望远镜里看到，"U"型槽下段坡势稍缓，经过冰川河流的长期冲刷，形成一大一小两个深坑，连在一起，远望去像个葫芦。葫芦里有一群芝麻大小的黑点，时而出现移动的痕迹，显然就是被堵在里面的牦牛群了，而狼群在什么地方，他的望远镜里却看不到。

岳阳也从望远镜里看到了下面的地形，暗叹好狡猾的狼。他已从卓木强巴那里得知，狼群善于将要捕获的猎物赶往不利于猎物行动的地方，比如冰面，或是湖旁。像现在这个地方，从大处看，两壁陡峭，难以攀爬，葫芦嘴狭窄细长，恐怕两头牦牛也难并排通行，狼群只需要在葫芦底部一堵，这群牦牛就如瓮中之鳖；从细处看，葫芦里全是长满地衣的大块卵石，牦牛体重，踏入卵石堆中就会陷蹄，而且这些地衣将地面弄得又湿又滑，牦牛根本跑不起来，这简直就是砧板上的鱼肉，只能任由宰割了。

冈日调试好第一架观鸟镜，对卓木强巴道："你来看。"跟着，又从包袱里取出第二根炮筒，跪在地上搭支架。

卓木强巴凑近一看，观鸟镜将远处的景物拉近至眼前，连牦牛脸上的表情，都看得清清楚楚。只见几十只野生牦牛围成一个蛋形圆弧，公牛面对这葫芦底，母牛在尾段，将小牛护卫在中间。这群野生牦牛也算野牦牛家族中的翘楚了，那些公牛个个生得高大威猛，牛角又尖又长，眼睛犀利凶狠，一看就是在高原上横惯了的主。那牦牛头领正值壮年，毛长肉多，背脊高高坟起，一对牛角就像在磨刀石上磨砺过的钢枪，站在牛群尖峰位置，只看那块头就能与其他牦牛明显地区别开来，卓木强

第三十二章 紫麒麟猜想　65

巴见过的野牦牛不少,不过这种体型的倒是少见,那体重估计得接近两吨。只是此刻它怒视前方,多少又显得有些无奈。观鸟镜视场有限,不知道牦牛群正对着的狼群又是怎样的。

卓木强巴轻轻挪移镜头,对准葫芦底部,定睛一看,却是大失所望。只见与牦牛距五十步的地方,有十几头狼稀稀拉拉地卧在草地上,眼里充满了戏谑,有的悠闲地晃来荡去,有的蹲坐在地,用前爪整理着嘴边的毛,在那里搔首弄姿,有的追逐嬉戏,全然没把那群随时准备鱼死网破、拼命一搏的野牦牛放在眼里。高原狼体型本身就小,卓木强巴眼前这群更是瘦弱不堪,恐怕这十几头狼加在一起,都没有那牦牛头领重。那冈日所说的上百头狼聚集的场面,与眼前这种景象,完全就是天壤之别。这十几头狼,连葫芦底的缺口都堵不上,那些野牦牛集体向西南方做一次冲击,完全有可能突围的。

不对,狼群怎么会留下这么明显的破绽呢,肯定有后招。卓木强巴想到这里,赶紧将镜头移向缺口位置,沿着狼群留下的缺口向外望。果然,在缺口后的凹地里,还潜伏着一支队伍。这群狼约有二十来只,以牦牛的位置应该看不到它们。不过它们也是一副哈欠连天、昏昏欲睡的表情,趴在草丛里,慵闲懒散,给卓木强巴的感觉,这些狼都不像是来狩猎的,倒像是来郊游的。

卓木强巴愕然地抬头向冈日看去,冈日也正微笑地看着他,仿佛在说,告诉过你,是你绝对没看过的狼,它们的行为,也是你绝对猜测不到的。冈日架设好第二台观鸟镜,对岳阳道:"小伙子,来,用这个看。"岳阳喜滋滋地一把抓住镜头,却见冈日像变戏法一般,居然又从包袱里取出一根炮筒来。

岳阳惊讶道:"大叔,你一个人住在这山上,准备这么多家伙什干什么?"

冈日解释道:"强巴用的那台,是早些年他送给我的,他说这里山高人稀,野兽群多,要是走丢了牛羊什么的,用这个方便。后来那群狼来了之后,我常用这望远镜看,那时我就想,什么时候他和教授再回来，我好带他们一起来观狼，就又准备了两根，没想到，还真派上用场了。你先看着，可别乱叫乱动。"说完，开始搭第三台观鸟镜。

岳阳也是先看到牦牛群，他很快辨认出，有二十三头成年公牛，十七头母牛，七只小牛，看那些野牦牛的样子，虽然成年牦牛腹部还有些膘，但小牛却饿得"哞哞"直叫，那两三头更小的牛犊子想去叼母牛奶头，却被母牛凶暴地赶开了，看起来这群牦牛被堵在这里不是一两天了。

接着他也看到了狼，同样也是大吃一惊，差点就叫出声来。他曾做过多种假设，可怎么也想不到，居然看到的是这么弱的狼。难道那几十头看起来彪悍的野牦牛，就是被这样的狼围困住了？怎么也说不过去啊。

岳阳看了两眼，见张立守在一旁，又让张立来看。卓木强巴也让巴桑来看，但巴桑犹豫了一下，摇摇头，拒绝了。胡杨队长和亚拉法师正忙着调试观测仪，一时也不会来看。

"这是什么狼啊？这样的狼有……有战斗力吗？"张立一看，心直口快地问了出来。岳阳挤开张立，附和道："就是，就是。"

这时候，冈日已调好最后一台观鸟镜，他将眼睛凑近目镜，问道："你们说的是哪一部分狼？"

岳阳道："正对着牦牛的那群，就在那葫芦地形的底部。"

"看到了，看到了。"冈日肯定道，"嗯，这一定是故意示弱。这才几只狼啊，别的地方一定还有埋伏。这群狼，我们不能用看狼的眼光去看，我们得用看猎人的眼光去看它们。大家在附近找找，看看别的狼都分布在哪里。"

"看到了！"冈日刚说完，岳阳就有了发现，"就在正对我们的山脊上，好大一群！"

卓木强巴和冈日都调焦镜头，很快就发现了，在对面的高处，的确有一群狼，不过那是十几头母狼，带着二三十只小狼崽，显然那群狼的目的和卓木强巴他们一样，居高临下，是来观战的。冈日道："唔，那群狼是不参加战斗的,是母狼带着小狼来学习的。"

"嗯?"岳阳一错愕。卓木强巴告诉他道:"狼就是这样,在观察中学习,在实践中磨砺,它们的捕猎技巧都是这样练就的。"

冈日道:"再找找,还有。"

不过这山头如此之大,与狼群隔得远了,又不见狼群有什么大的动作,要想找到散布在山间的狼还真不容易。没多久,岳阳又道:"有了,牦牛西侧,顺着葫芦地形的腰身往上大约两百米处,这应该是主力部队了。"他一有发现,就让开让张立来看。

卓木强巴和冈日都发现了岳阳说的那群狼,这群狼的毛色深暗,和其余的狼比起来果然要强壮不少,数量在二十头上下。冈日道:"这就是驼背的队伍。它在队伍的中央,看到没有,那只背有点驼的就是,青灰色的狼。"卓木强巴循声找去,果然在队伍的中央发现一头背有些弓的狼,毛色青灰。旁边一头狼稍有异动,它一龇牙,那头狼就乖乖地伏了下去。

岳阳奇怪道:"大叔,我们看到的究竟是第几批来的狼?那驼背你不是说它们是第二批……"

冈日道:"怪我没说清楚,现在这里只有一群狼了,那驼背和白眼带领的狼群,都加入最后来的第三批狼了。"

张立道:"那第三批狼,就是那些懒洋洋没气的狼?"

"懒洋洋没气,照我说,那应该是胜券在握,胸有成竹才对。"冈日道,"那驼背和白眼狼两个,在这里相互争斗了三四年,谁也不让谁,谁也不服谁,但是第三批狼一到,它们就全投降了。"

"有这么厉害?"张立兀自怀疑。岳阳若有所思,似乎有些相信了,忽然对张立道:"让我看看。"

没多久,听岳阳一声叹息,道:"这第三批狼,果然厉害啊!"

张立道:"你看到什么了?"

岳阳缓缓道:"在葫芦嘴的方向,两壁上方各有一群狼,在葫芦底部西线延伸百米开外还有一群狼,再延伸百米,又有一群,两百米外,还有更大的一群。这些狼加起来，应该和大叔所说的数量，差不多了。"

卓木强巴、张立、冈日三人纷纷掉转镜头，果然，与岳阳说的一丝不差。张立道："这是怎么回事？这些狼就是你说的很厉害的狼吗？它们厉害在哪里了？你是怎么发现的？"

岳阳道："没错，正因为我发现了它们，所以才说它们厉害。我一开始，是打算从山脊往山下进行地毯式搜索，所以一来就发现了那些观战的母狼。后来我发现，这样搜索不行，范围太大，目标太小，于是我就改变了策略，我在想，如果我是被困在中央的牦牛群，我要怎么脱困，如果我是狼，那么我又应该守在哪里？首先，我看到葫芦底部的西面山坡，坡度不高，牦牛奋力应该可以爬上去。一旦爬上去了，那里是一条南北走向的宽阔沟谷，到时候朝南或者朝北，都可以离开狼群，以牦牛群集体冲刺的力道，狼群不敢正面抵挡吧，但是……"

岳阳语音一重，道："但是就在山坡与沟谷的交汇关键处，我发现了驼背带领的狼群，只要它们从半山坡杀出来，那爬坡的牦牛群将不战自乱。后来，我又想到了明知不可为而为之，那葫芦嘴地势狭窄，只容单头牦牛冲过，但是，如果野牦牛头领带头冲击，只要冲出葫芦嘴，前面就是开阔地。一开始我是在葫芦嘴的外面寻找狼踪，没有发现，后来我才想到，那葫芦嘴两壁高不过十米，如果在那里埋伏一队狼，当野牦牛排队冲出葫芦嘴时，从上往下攻击，那牦牛群还不任由宰割？这样的布置，还能让狼群避开牦牛头领的锋芒，只攻击后面的母牛和小牛，那野牦牛头领或许能逃走，但它的族群，就全军覆没了。这样一想，果然，我在葫芦嘴的两岸发现了另外两群狼。"

岳阳有些口舌干燥，却依然一口气讲下去："最后，我不得不考虑野牦牛群最不愿面对的问题，就是与狼群正面交锋。这时候，那些故意示弱的狼，就显得至关重要了，虽然它们很弱小，虽然它们数量很少，但它们毕竟是狼，牦牛群要正面冲击，需要多大的勇气？而这群狼旁边露出的空隙，显然会让牦牛群心动。攻城之时，围其三面而网开一面，本来就是战术的要旨，这样做的目的正是为了全歼敌人。想到这里时，我心里已经有了准备，在这空隙的外围，肯定有狼！所以，我在百米开外发现了第一群狼，但是它们数量也只有二十来只，我就想，如果牦牛发了狂，也未必不能冲破这第一道防线；于是，我很快又发现了第二道封锁线，那群狼有四十多只；说实话，我已经没敢再往远处想了，那第三群狼的发现，纯粹是因为数量太多，无意中进入我的视野的。不敢想象，它们竟然布下了三道封锁线。你想想，如果你是牦牛群中的一员，当你冲破第一道防线遇到第二群狼，再冲破第二道防线遇到第三群狼时，你会怎么想？狼群越来越多，你的体力却越来越弱……"

岳阳吸了口冷气，沉沉道："一鼓作气，再而衰，三而竭，在那种情况下，牦牛群哪里还能有作战的勇气，要么被赶回葫芦里，要么横尸草甸上。换言之，如果被围在那里的不是野牦牛，而是我们，我能想到的突围法子，都被狼群堵得死死的，我是冲不出去了。你说，这些狼厉害不厉害？"

听完岳阳如此分析，张立惊出一身冷汗来，那感觉就像曹操败走华容道时，每次他踌躇满志、放声大笑时，诸葛亮早已埋下的伏兵就杀将出来，直吓得曹操屁滚尿流。张立手拿离观鸟镜，一手的冷汗，喃喃道："这是……一群什么狼啊！"此时他才明白，冈日早先告诉他们的，这是他们绝没见过的狼，究竟指的是什么。

第三十三章　绝没见过的狼

只见狼群将羊群赶到牦牛群可以看见的地方，羊群分散开来，开始在那最后一块草地上自由地吃草，狼群则在羊群中穿梭自如。那群羊不仅不怕这些狼，反而还时不时低下头去，用脸挨一挨狼头，以示友好。这一幕，别说把野牦牛看傻了眼，就连卓木强巴等人，又何曾见过与羊共舞的狼？！岳阳喃喃道："攻坚之战，攻心为上，这群野牦牛，怕是要抵不住了。"

绝没见过的狼

这时，冈日才抬起头来，对岳阳道："不对，我以前看到的狼群不止这个数，还有别的狼，被安排在别的位置。"

"你说什么！"岳阳差点大叫出来。这两军作战就好比两人对弈，你需要知道对手下子的用途和对手将要走的棋路，才能想出破解对手的招数来。如果说，你连对手的下棋意图都看不出，那就说明二者之间棋力相差太大，那是必输无疑的。岳阳作为一个局外人，已将战场演变精辟地分析了一遍，他也自认为算无遗策，可冈日这样一说，无异于告诉岳阳，狼群还有些想法和作战意图，是你没有考虑到的，这对岳阳打击太大了。

岳阳的反应却在冈日意料之中，他反过来安慰岳阳道："不用灰心，毕竟这群狼在这里已经经营了一年多了，而你却是在一瞬间就想到了各种策略，已经很不错了。"

岳阳很想哭，心中呼喊道："可它们是狼，那只是一群狼啊！"

岳阳眉头紧锁，瞪大了眼睛用观鸟镜寻找，同时也在苦苦思索，到底还有什么地方是自己没想到的。找了半天也没有新发现，终于，他一咬牙，把心一横，不得不承认，自己想不出来了。

卓木强巴这时却道："找到了，对面山壁，距离母狼群以南，大约一千米处，它们在移动。"

岳阳赶紧察看，果然，有四头狼在山坡上，它们行动的方式很古怪，急速奔跑一段距离，就停下来，昂首张望一番，随后嘴微张，似乎在发出低吼。他突然有种感觉，其中一只狼，似乎有意无意朝自己看了一眼，岳阳吓了一跳，再看时，那狼又跑开了。

"是巡逻兵！"冈日道，"那是白眼的手下，它们负责外围的警戒工作，如果有别的敌人来打乱它们的作战意图，它们就向狼群发出警告，这样的巡逻兵肯定不止一队。"

张立惊奇道："大叔，你能认出那是白眼的手下？"

冈日道："白眼那群狼来得最早，到这里都快七年了，那白眼狼还在我家附近住过半年，我怎么会不认识？"

"嗯，在大叔你家附近住过半年？"

冈日看了看卓木强巴，又看了看冈拉，悠然叹息道："唉，还不是因为冈拉！"他压低音量道，"强巴你不知道，你走了之后，冈拉心情很不好，每天都蹲坐在门口，天黑了也不肯回来。就这样过了半年，一天晚上，它突然把那只白眼狼领了回来，安置在我家后山那草坡上，从那时候起，我才知道，白眼的家族移居到了我家附近。当时那只白眼，估计是挑战头狼的失败者，一身都是伤，长得又瘦，在风里直哆嗦。你是知道的，冈拉是喝狼奶长大的，它和狼之间一直就有某种情愫，那时候你又刚离它而去。那白眼狼别的倒没什么，只是一身白毛和冈拉有几分相似，估计也就是这个原因，冈拉才把它救下来，在那山坡养了大半年的伤，冈拉经常把自己的食粮藏一部分起来，偷偷地给它。那狼也知恩，伤好了之后也会捉些野兔什么的，给冈拉打打牙祭。有时能看到它们在一起，虽然那狼小了点，但冈拉似乎很开心，也没从前那么忧郁了，我想它也到了那个年纪，就睁一只眼闭一只眼了。谁知道并不是那么回事，虽然有时候它们显得很亲密，但冈拉根本不允许那匹狼碰自己，每次那匹狼要有什么越轨的举动，冈拉就会狠狠地教训它。有一次教训得狠了，那匹狼跑掉了，就没回来了。原来，它又一次去挑战头狼，而且成功了，在冈拉和狼群之间，它选择了后者。"

卓木强巴叹惋道："可惜了，冈拉为什么不接受那匹狼呢？"

冈日低声埋怨道："你是真不知道还是……，冈拉它真正喜欢的，是你啊！"

卓木强巴一愣，岳阳和张立也是相当的惊奇，不过他们很快对了一眼，同时想起他们的雌性吸引论，果不其然！

冈日低声道："你不知道，当年我们让冈拉自己选择，是留下来还是跟你走，对它来说是件多么痛苦的事，你走了之后它在我怀里委屈地哭啊，哭得我心都碎了。这些年你写的每一封信，我都要念给它听，每次听完，它都会坐在家门口，望着你走的方向，它一直都在等你回来……"

那一人一狗，在草甸上自由地嬉戏奔跑，追兔子，扔树枝，下河泡澡，不管走到什么地方，一蹲下冈拉就会扑到怀里；躺在草地上看蓝天白云，冈拉就会坐在一旁；给它插朵小花，它会去河边映照，冈拉是头罕见的有我识的灵獒，它知道那个水中的倒影是自己……

刹那间，与冈拉生活的点点滴滴都涌上心头，卓木强巴觉得心尖一酸，眼眶湿润了。

岳阳和张立也收起戏谑的心情，回头看冈拉，只见冈拉背对着他们蹲坐，仰望着胡杨队长手中的精密仪器，双肩隐隐抽动。他们可以想见，当年强巴少爷离开时，冈拉需要做出怎样痛苦的抉择，一面是养育自己长大的亲人，一面是自己心中喜欢的人，对冈拉而言，那才是真正的爱在心中口难开呢。

为了避开这个伤感的话题，岳阳对冈日道："冈日大叔，我看现在它们一时也打不起来，不如你跟我们说说，这第三群狼，究竟是一群怎样的狼，它们的首领在哪里？我倒要看看，是不是长了两个脑袋。"

冈日苦笑道："首领啊，呵呵，我从来没见到过，但它肯定是在狼群中，我一直有种感觉，那首领知道我在暗中观察，它只是不揭穿我。哼，毕竟吃人的嘴短，拿人的手短。"

"什么，什么？什么拿人的手短，吃人的嘴短，大叔你说清楚啊。"

冈日道："你们到我家的时候，有没有看到我的羊？"

羊？冈日这么一说，岳阳想起来了，道："没有啊，你的羊圈是空的，难道说……"

冈日点头道:"对,我家的羊,都被这群狼给偷……哦,是被借走了!"

卓木强巴也暗吃一惊,道:"你是说,你的一百多头羊,全都被狼房走了?冈拉呢?"他看了冈拉一眼,冈拉假装望着远山,耳朵却竖得高高的。

冈日无奈道:"冈拉,唉,别说冈拉了,就连我这么个大活人,亲自睡在羊圈里,还不是没守住?我觉得吧,它们就是在试探我忍耐的极限, 开始还只是三五头三五头地借,到后来胆子是越来越大,愣是一头也没给我留下。"

岳阳道:"难道,大叔就没采取防御措施?"

"防御措施!"不提还好,一提这茬,冈日重重地哼了一声,道,"下套,捕兽夹,抹药,挖坑……我告诉你,古往今来,所有人类能想到的招我都用完了,人家是照借不误。就这些手段在人家眼里,跟玩儿似的,我和这群狼明争暗斗几十次……"他突然把头一低,"没一次赢过它们。"

他叹息道:"也不是冈拉不尽职,只是这群狼太狡猾,跟它们斗法,什么调虎离山、瞒天过海、借尸还魂、李代桃僵、暗度陈仓,计谋是层出不穷,反正每到夜里,它们就能把羊从我和冈拉的眼皮底下借走。那羊也老实,连吭都不吭一声,就乖乖跟着人家走了。不光是我,那纳拉村里,哪家哪户,没被借走过羊。"

岳阳道:"那村民怎么不联合起来对付狼呢?"

冈日叹道:"唉,你是不知道它们的狡猾。对其他村民的羊,它们每次只借三五只,又都是在白天放牧时,那些村民还以为是羊自己走失了的,而且它们玩了一套借东家补西家的把戏,那些村民的羊身上又没做标志,都说自家的羊跑到别家的羊圈里去了,自己在那里闹腾。只有我家的羊,它们是铁了心有借不还,大大咧咧,连根羊毛都没给留下。"

岳阳心道:"大叔啊,你一个人住在这荒山野岭,前不着村,后不着店的,那狼来了,它不管你借羊,它找谁去啊!"

张立却道："我怎么听不明白啊，为什么借村民只借三五只，你的羊却全被借走了？"

冈日道："这件事，得从头说起。这群狼，大概是一年前到这里的，刚开始，它们用一种以物换物的方法，找我借羊。大概就是去年的今天，我早上一起来，那羊圈里莫名其妙多了三头藏野驴，我就觉得不对劲，结果一点数，羊少了五头，我问冈拉，它竟然不知道，这就奇怪了。第一次我以为是谁给我开玩笑，就把藏野驴放了，那群狼也有意思，它们以为我不喜欢藏野驴，又给我赶了四只长毛羊到羊圈里来，又换走我五头羊，这次，我发现羊圈围栏上有狼爪子扒拉过的痕迹，我知道，这是遭了狼，同时我也知道，这次遭遇的狼，与以往任何一次来我家的狼都不一样！我就是那时候和这群狼开始铆上的，我和冈拉在羊圈蹲点，一连七天，没有动静，刚刚松懈下来，隔天我的羊又少三头，把我气得，我和狼的战斗，就这样打响了。一开始吧，我想这些狼都是国家保护动物，它们吃了我的羊，国家会给补偿的，我没打算用枪，只想吓唬吓唬它们，让它们别那么嚣张。所以刚开始时，无外乎是扎草人、挂铃铛、埋绊线、挖大坑，没想到这法子不灵，我家的羊，照样今天三头明天五头地丢，更可气的是，它们能瞒过冈拉的眼睛把羊偷走。普通的陷阱没有用，那我就把陷阱升级，我弄了七八个绑了鲜肉的捕兽夹子，埋在暗处。结果你们猜怎么着，那七八个捕兽夹，统统被拖到了我家门口，我一开门，差点就中招，不仅如此，它们还把里面的肉给吃光了。我是怎么都想不明白，这狼还成了精了！后来你们也可以想象，我自然把十八般法宝统统用上了，那些陷阱设计得，我自认就算是最厉害的猎人，他也要中招，我还玩不过几只狼么？没想到，它们给我上了很深刻的一课。我也记不清有多少次了，我被我自己设计的陷阱搞得狼狈不堪，要不是冈拉，好几次我就掉陷阱里出不来了。"

张立不敢相信道："这也太神奇了吧？它们怎么做到的？"

冈日没好气道："那谁知道，我要知道我就不是人了！不过有几次，它们像是表演给我看的，也故意在我面前强抢走几头羊，你猜它们怎么弄的……"不等张立答话，冈日接着道，"你绝对想不到，就在我家母羊发情那期间，它们不知道从哪里赶来几头英俊高大的公羊，一下子就把我家养的公羊给比了下去。你说那些羊婆娘，也是傻不啦叽的，都不看看那些公羊背后站着的是狼还是别的什么，就屁颠屁颠跟着人家跑了，赶都赶不回来。"

冈日愤愤不平地道："而且那些狼的意图很明显，你用多狠的招，它们就用多毒的计。比如有一次，我给羊腿上都抹上辣椒水，那些狼只要敢动我的羊，就让它们的鼻子开花，这一招够狠了吧，连冈拉我也不敢让它靠近那些羊，没想到，它们竟然用了招更毒的！"

"是什么？"

冈日苦笑道："它们怎么把羊弄走的我不管，不过随后而来的报复行为，却让我差点承受不了，它们……它们竟然把纳拉村里，那些村民的羊赶到我的羊圈里来了。第二天，那些村民就找到我来兴师问罪，我是有口难辩，有苦说不出啊！想我冈日普帕，自问行得正，坐得端，没干过一件坏事，却被一群狼搞得声名狼藉，后来村里丢了羊，大家都来找我，唉……"

张立、岳阳张着大嘴，下巴就差没磕到地上。卓木强巴也陷入呆立状态，脑子里想的是：冈日说的是狼吗？这是不是狼？是什么品种的狼？

岳阳最先醒过神来，忙道："等等……大叔，你刚才说狼赶着公羊来勾引你家的母羊，还把别的村民的羊赶到你的羊圈里，难道，它们不是为了吃羊而掳羊的？"听岳阳这样一说，张立也反应过来，没错，听冈日的说法，那些狼并不是为了猎食才来盗羊，它们的行为，仿佛只是为了和冈日斗法。不吃羊的狼？那它们把羊又掳到哪里去了呢？

冈日赞道："这个问题问到了点子上。没错，那些狼，不吃羊。"他回过头去，放眼山脉，对岳阳他们道："这大山脚下，地肥草青，栖息了大量的藏野驴、长毛羊、马麝、野猪什么的，这群狼的数量虽然不少，但这里的生态系统要养活它们还是绰绰有余的。"

第三十三章　绝没见过的狼

"那它们为什么要来偷羊?"张立不解道。

冈日道:"这又是一个谁也想不到的问题,如果不是我亲眼见过,我自己都不会相信,它们偷走这些羊,竟然是为了喂养它们!"

卓木强巴一愣。喂养牲畜,这绝对是人类才拥有的行为,这群狼,实在是太令人意外了。

冈日指着前方道:"就在对面那道山梁后面,估计也是古冰川遗迹,形成了一个像盆子一样的地形,所有的羊都被放养在那里,还有许多野生食草动物。这群狼比最优秀的牧羊犬干得还要好。它们将羊群整合成编队,划定了范围,指挥着羊群有计划、有规律地啃食青草。它们为什么要偷家养的羊呢,就是因为它们知道,家养的羊好管理,你让它们去西边就去西边,让它们去东边就去东边。"

"嗯?"大家更加迷惑了,岳阳奇怪道:"它们喂养羊,又不吃羊,目的何在?难道是想把羊养肥了再吃?"

张立道:"难道是为了可持续性发展?有效利用再生资源?"

冈日道:"别说是你们,我想了半年之久,也是打破脑袋都想不出来,它们究竟是为什么这样做,直到一周前,这群野牦牛突然出现……"

看着周围的地形,想到被困住的野牦牛,再想想狼群的所作所为,岳阳似乎突然明白了什么,背后嗖嗖地冒着冷气,"你,你是说……"

冈日道:"现在你知道我没有说假话了吧,这群狼,的确是从一年前就开始算计这群野牦牛了。我估计,一年前,他们就是跟踪着这群野牦牛来到这里的。这群野牦牛,在喜马拉雅山脉间进行有规律的迁徙,它们从南吃到北,又从北吃到南。对面的谷地里是一片极大的草甸,而要到达那里,需要翻越高海拔的山脊,因此,没有什么野生动物去到那里,对那群野牦牛来说,那里简直就像极乐园。每年这个季节它们就迁徙到那里,那里的青草足够它们吃上好几个月,它们可以在那里修养生息,完成交配。只可惜这次,当它们翻山越岭到达那里的时候,留给它们的,只是一块连草根都不剩的荒地,还有几百头恶狼。"

每一步都经过了深思熟虑，每个过程都经过了精密算计，岳阳感到了前所未有的后怕，仿佛他所看到的、所听到的，都不是一群狼，那是一群阴谋家。别说对付一群野牦牛，就连冈日，也被它们玩弄于股掌，折腾得够呛。它们仿佛看穿了人性，小小的一个计谋，就能让人与人相互怀疑，相互猜忌，或许人在它们眼里，也就是一种普通动物，比牦牛聪明不了多少。

狼的奇计

冈日淡淡道："知道我第一眼看到那些放牧的狼时，是什么感受吗？在我眼里，看到的不是一群狼，而是一支有组织、有纪律的部队。它们分工协作，各司其职，整个族群运转起来，就像开足马力的机器，任何试图阻止这台机器运转的力量，在它面前都显得有心无力。"

"它们会不会是战狼？就是与戈巴族同居的那些狼？"许久没有说话的卓木强巴突然开口道。

冈日道："我也考虑过这种可能性，但是被我排除了。这些狼，是由不同家族组成的，至今它们还保留着各自的家族单位，而且许多家族，都是就近加入狼群的。"

卓木强巴道："如此说来，只有第二种可能了。"冈日点头。

张立道："是什么？"

冈日道："在这些狼群中，诞生了一位了不起的首领，在它的带领下，整个狼群的社会形态发生了翻天覆地的变化。要知道，狼是一种善于模仿和学习的动物，只要有一匹狼会某种技能，在它愿意的情况下，它就能教会所有的狼同样的技能。"

岳阳道："但是你却没有发现过那位首领。"

冈日道："这也是我困惑的地方，我观察这群狼有些时候了，但就是没发现，究竟是谁在统一指挥着狼群。有时候，好像有好几头狼在各自发号施令，每个家族的族长也会对自己的族狼下达命令。进餐的时候，我也看到是好几匹狼同时进餐，没看到哪一头狼独立于狼群之外。"

卓木强巴道："看来是那位狼首领故意混迹在群狼之中，对于这样精明的统领来说，应该知道如何保护自己。不过，从别的狼对统领的态度中，还是可以观察出区别来的。"

冈日道："奇怪就奇怪在这里，据我的观察，那些狼群对好几头狼都表现得十分恭敬。"

卓木强巴皱眉道："难道同时有几位首领？"

冈日道："我也考虑过这种可能，但是从冈拉的表现来看，似乎只有一位。"说着，他又把声音压得极低。

"冈拉？"

冈日低声道："如果我没猜错的话，冈拉见过那位首领。"

"什么？"

冈日道："方才我和那位法师交手，你们觉得冈拉的身手如何？"

"厉害。"

"那我告诉你们，一年前，冈拉可没有这么厉害。在我家的羊被偷之后，有天晚上冈拉曾偷偷地跑出去，后来满身是伤地回来，在家养了三个月才好。虽然它没说，但我知道，它一定气不过那群狼，找人家打架去了。打那以后，我发现冈拉身体灵动了许多，学会了很多新的动作和跑步姿势。它每天奔跑的次数明显增多了，我看得出来，它心中憋着一股气呢，它似乎想把自己身体练得更强壮，再去找别人挑战。不过到目前为止，我再也没看见它半夜出去。冈拉心高气傲，如果是群殴的话，它早就打回去了，我认为一定是单挑输给了别人，它到现在还没有把握，所以才没有……"

岳阳道："你是说，那晚与冈拉单挑的，就是那狼首领？冈拉就是与那位狼首领挑战之后，才学会了新的格斗技能，但是以它现今这种实力，却连向人家发起挑战的勇气都没有……"

冈日几乎对着卓木强巴等人的耳朵小声道："这件事，千万别当着冈拉的面说。你们想想，除了那狼首领，普通的狼哪能和它打呀。"

卓木强巴等人想想也是，冈拉虽然相对别的獒而言，体型稍显娇小，但是和狼比起来，那可大了不止一两号，若论单挑，实在很难想象，会有什么狼能打得冈拉连反抗的勇气都欠缺。可是，若反过来想，那狼首领，也太厉害了吧！岳阳突然想到了什么，询问道："冈日大叔，这海蓝兽与紫麒麟比起来，谁更厉害？"

冈日忍不住好笑，道："紫麒麟是传说中的众獒之王，海蓝兽、黄金眼这些虽然是稀世之獒，但顶多也就算王者旁边的良臣猛将，再厉害也只是为人臣者。萤火之光，岂敢同日月争辉。"岳阳顿时哑口无言，只能呆呆看着卓木强巴。

"好！"在旁边勘测山峰的胡杨队长突然兴奋地小声叫了起来，对大家道，"这条路可行！"他用手指着狼群蹲守的山坡道，"已经勘测过了，这冰川溶蚀出的坡谷，是我们目前所能发现的最安全的上山路径！"

卓木强巴等人都僵在原地，胡杨队长道："怎么了？这还不能让你们兴奋啊？"

岳阳看了看守着山坡的狼群，苦笑道："最……最安全的路吗？呵呵，胡队长，你还，你还真会开玩笑。"他忽然注意到，在一旁协助的亚拉法师，一直在看冈日。对呀，这冈日大叔知道的事不少，难道说，法师知道他的来历？岳阳打定主意，回去后定要细问亚拉法师。

这时候，张立突然道："快看，牦牛群行动了！"

野牦牛的队形已经作了调整，公牛们集中到了南翼和尾端，母牛和小牛推进到了那十几只瘦狼面前。领头的公牛仰天一声嘶鸣，牛蹄将卵石踏得"咔咔"直响，只见南侧的公牛向南坡冲去，尾翼的公牛则冲向葫芦嘴方向，母牛和小牛则往葫芦底的空隙冲过去。

这一招倒是出乎卓木强巴等人的意料，冈日道："原来是想来一个四面开花，如果狼群在哪个地方有疏忽的话，就会让牦牛冲出去了。"

张立道："可是这样一来，牦牛的实力不是更分散了吗？如果是一群散狼，用这个方法还行，可惜它们遇到的是这群狼……"

岳阳抢过观鸟镜，道："不对，如果是想四面突围的话，应该每一队都有母牛、小牛和几只公牛才对。难道这群牦牛认为敌人将重兵放在葫芦嘴和南侧山坡上，想利用公牛拖住敌人，给母牛与小牛逃生的机会？"

张立道："那它们怎么敢让母牛和小牛朝狼堆里冲？它们就不怕这是陷阱吗？"

岳阳道："嗯，放在正面诱敌的那十几只瘦狼看起来应该是狼群里最弱小的，而且它们后面也没有后续部队，我认为狼群采取的是虚则实之、实则虚之的战术，赌的就是牦牛群不敢正面冲锋。难道说，那领头的公牛竟然看穿了狼群的策略？在它们那个位置，可是看不到狼群后面的情况啊。"

卓木强巴道："别吵，它们战术变了。"

只见冲向葫芦嘴的公牛们没有冲进葫芦嘴，冲向南坡的公牛也只爬上一小半，两群野牦牛都在中途转向，朝着母牛和小牛的方向冲了过去。母牛和小牛站在狼群与公牛群之间，它们的身体完全挡住了那十几头瘦狼的视线，就在公牛冲到一半的时候，母牛和小牛才同时向左右两侧退开，已经集结成团的公牛群，以奔雷之势，朝着狼群冲去！

岳阳大呼道："哦，原来是拉开一定的起跑距离，做好冲刺的准备，就像打人时要先把拳头收回来，然后才朝着敌人最薄弱的环节，给他致命一击！同时还能扰乱敌人的视线，让敌人来不及做出调整，这牦牛首领也不是盖的呀！"

张立又凑上去看了看，道："可是，那些狼好像不怎么紧张啊？"

岳阳再看，狼群依然稀稀拉拉地或坐或卧，一头棕狼张大嘴连打两个哈欠，的确没有丝毫紧张的迹象，其余地方埋伏着的狼也都静静地等待着，没有慌乱和骚动。岳阳却紧张起来，他道："别急，那些狼唱的是空城计，在它们身后没有援助，它们自然不能表现出紧张来。现在它们和牦牛群，比的就是谁能坚持到最后，如果它们这时候乱了，牦牛群自然就会冲出去，而它们只有保持稳定……就看牦牛的首领能把牦牛群带到与狼相距多远的时候才停下。"

"要是牦牛群不停下呢？"

"这群狼会被踩成肉泥。你看，母牛和小牛没有加入奔跑的行列，它们只是小心地跟在后面，也就是说，牦牛群给自己留下了后退的空间，一旦发生什么变故，它们就会退回去。"

野生公牦牛平均体重在一吨以上，二十几只公牛奔跑起来，那大地都在微微颤抖，大块的卵石被牛蹄踢得四处横飞，山坡上的石头又不断往下滚落……

牦牛群距离狼群还有八十米，岳阳手心攥着汗，心想，这些狼还真沉得住气啊。若是以此刻狼的目光看着牦牛群，就好像一个人看见一群野象朝自己冲过来，距离不到六十米了，这时候，还能悠闲地抽烟喝茶吗？张立在一旁按着岳阳的肩，岳阳稍有松懈，他就挤过去看上两眼。

一头狼站了起来，卓木强巴以为狼群要有所动作了，没想到那匹狼轻蔑地看了牦牛群一眼，又趴下了，好像事不关己一样。卓木强巴赶紧调节镜头，牦牛群距离狼不足五十米了。

以冈日对这群狼的了解，它们肯定有后招。可是他瞪大了眼睛在两岸峰谷搜寻，侧面高地没有埋伏，狼群身后没有支援，就这么大块地儿，还能玩出什么花样来？牦牛群距离狼群越来越近，冈日的心只怕比那狼还要紧张，他一遍遍在心中问自己："为什么那些狼不紧张？到底还有什么布置？它们为什么就不紧张？"

胡杨队长和亚拉法师微笑地看着这两大两小，对着观鸟镜又是激动又是兴奋，就好像四名在赌马场看跑马的狂热赌徒；巴桑冷漠地看着青天白云，对他来说什么都不重要；而这个时候，冈拉则警惕地看着周围，稍有风吹草动，它都会盯上两眼。

没有滚滚的烟尘，也没有怒吼嘶鸣，只有厚重的喘息和纷沓的牛蹄

第三十三章　绝没见过的狼

声,它们埋着头,眼睛怒视着前方,它们是高原上体型最大的动物,它们横冲直撞的时候,谁敢挡路?!那些小小的狼,竟敢不把我们放在眼里!踩扁它们!

领头的公牛奋蹄前冲,它感到自己的心跳从未如此有力,每一次大踏步前进,连山都要给自己让路,这些长着短毛短尾巴的四脚兽,却让自己的族群吃尽了苦头,让它如何不愤怒?如今还敢出现在视野中,还敢摆出一副趾高气扬的姿态,它已经出离愤怒了,它下定决心,冲过去!踩扁它们!

距离狼群还有四十五米,四十米,三十五米。"哞——"突然旁边一声悲鸣,将怒火冲昏头脑的牦牛头领唤了回来。距离狼群还有大约三十米的时候,冲在前面的一头公牛突然前腿一软,跪倒在地,那迅猛的冲势却丝毫不减,翻滚着朝狼群而去。紧跟着是第二头、第三头,那些倒下的公牛又拦住了身后仍在奔跑中的公牛,连锁反应下,顿时倒了一大片,到处都是翻滚的硕大身躯和响彻山谷的牛鸣。

当魔术师揭密魔术的时候,看过的人总是露出一副不屑的表情,大呼原来是这样简单,有什么了不起的,只是我没想到罢了。此刻卓木强巴等人的心情,就有些像看过魔术揭密的人,原来竟然是捕兽夹,就这么简单个事情,他们只是没想到。狼群在诱敌的那十几匹瘦狼前面,竟然放置了好几个捕兽夹,不知它们还从哪里找来了带泥块的草皮掩盖在上面,只要没有踩上,还真看不出来。

冈日摇头道:"这些捕兽夹一定是从山下那些盗猎分子的陷阱里拖来的。应该是昨天晚上放在石堆里的,到了晚上,牦牛的视力不如狼。"

岳阳拍着自己的大腿道:"我说会有什么后招呢,竟然是这个。我早就该想到的,当年它们不就利用这个对付过大叔……"

"吭。"卓木强巴轻咳一声,岳阳就不说话了。

冈日道:"那草皮太厚了,捕兽夹没有发挥出真正的效用,牦牛只是被夹住了腿,看起来没有伤筋断骨,它们还有战斗力。"

岳阳感叹道:"知道用草皮来伪装,已经很不错了。而且就算牦牛没有受伤，但腿上套了这么个铁夹子，一走一打滑，那战斗力也是大大地被削弱了。"

张立道："看，它们又在干什么！"

当牦牛群跌得牛仰马翻时，那十几头诱敌的瘦狼才站起身来，抖擞精神，而缺口外的三道防线的中间一群狼迅速换防，增援诱敌的狼，其余两道防线岿然不动。此时的牦牛群跌跌撞撞滚到了狼群面前，就像自己送到狼口面前去一样，想起身逃走却是有心无力。

狼群竟是对着牦牛头领，一拥而上，那牦牛头领运气不济，也被一个捕兽夹夹住了前蹄，见群狼围上，拼了命地四蹄乱蹬，一翻身，又带着捕兽夹站了起来。狼群拉开距离，几匹狼在牦牛头领面前上蹿下跳，吸引它的注意力，一匹花脸狼趁其不备，一跃蹿上了牦牛背，两只前爪一搭，就蒙住了牦牛头领的眼睛。

牦牛头领目不视物，惊骇得"哞哞"大叫，也顾不得腿上伤痛，发足狂奔，那匹花脸狼竟似轻车熟路，稳稳当当站在牦牛头领背上，怎么也摔不下来。奔走一段距离之后，牦牛头领力竭，伤痛复发，又软倒在地，那花脸狼才从牛身跳下。牦牛头领一看，顿时魂飞魄散，自己一路狂奔，竟然是奔到了狼群之中，身边挤挤挨挨全是狼！

牦牛群失了头领，顿时慌乱起来，那些没受伤的牦牛，早已退回葫芦地形之中，和母牦牛待在一起。伤得轻的也都一拐一拐逃了回去，只剩几头难以行走的，僵卧在狼群里，逃也不是，走也不是。

卓木强巴看着被截留在狼群里的三头牦牛道："这群狼摆放捕兽夹的位置也很有讲究，估计一共也就放了四五个，但是利用牦牛群自己的冲势，就能让它们全部翻倒。"

岳阳道："我还有一个疑问。这群狼花这么大精力，把这群野牦牛困在这里，究竟是什么意思？难道，牦牛肉比羊肉好吃一些吗？还是有别的什么目的？"

张立方才听岳阳说起紫麒麟有可能是狼獒相交的产物，突然很有想法地说道："啊，我知道了，这些狼见牦牛头领长得高大威猛，说不定

第三十三章　绝没见过的狼　85

想来个狼牛杂交，弄几头小牛狼出来。"

岳阳扑哧一声，道："还小织女呢，小牛狼！亏你想得出来。"

冈日道："仅凭想象，我们确实很难猜得出这群狼的意图，再看看吧。"

遭遇

野牦牛头领陷入狼群之中，左突右冲，却怎么也冲不出去，只要它一松懈，狼群就采用叠加战术，所有的狼都往牦牛头领身上扑，生生把那体型硕大的野牦牛压倒在地。只要牦牛头领一挣扎，狼群就退散开去，牦牛头领又站起来，挣扎着跑了几步，又被狼群按翻在地，如此反复几次，饶是那野牦牛头领体力再好，也有些吃不消了。毕竟它带着牦牛群翻山越岭几乎已经耗尽了体力，又被困了好几天没吃东西，如今与这群狼激战，情势完全往一边倒。

终于，在那牦牛头领第八次被掀翻在地时，它也清楚地认识到挣扎和反抗是徒劳无功的，索性趴在地上不起来了，鼻孔里吭哧吭哧喘着粗气。狼群也不过分紧逼，而是绕着牦牛头领急走，个别胆大的狼上前去，用爪子扒拉扒拉那头领的前蹄后腿，或是站在牛头上，摇摇牛角，观察牦牛头领的反应。只见那牦牛头领身体吓得发抖，却一动也不敢动，眼里充满无奈。狼群似乎意识到了自己的胜利，一头体型瘦小的狼站在了牦牛头领身上，其余几十头狼围成个圈，昂起头仰天长啸，山野中伏兵尽出，所有的狼群前呼后应，一时间满山遍野响彻着狼嚎。

张立急道："快看，那是不是狼群的首领？"

冈日道："不是，那是取得胜利的士兵。它就是第一个扑到牛身上那匹狼,所以有资格享受这份殊荣。"

野牦牛首领躺在地上不动,狼群胆子渐渐大了起来,只见几头狼似乎咬住了牦牛头领的一条前腿,在拼命撕扯,张立道:"嗯,怎么,准备享用胜利的大餐吗?"

岳阳挤开张立,瞅了一眼道:"你什么眼神,它们是想拉开捕兽夹呢,咦?它们究竟在干什么?"

只见狼群一齐用力,捕兽夹被拉开了缝隙,牦牛首领腿一抬就拿了出去,立刻有几只狼冲上前去,在牦牛首领的腿边嗅,接着伸出舌头来舔那牦牛首领的伤腿。

卓木强巴震惊道:"它们在医治那头牦牛首领,狼的唾液里有消炎的成分,能抑制细菌生长,它们受了伤就会舔自己的伤口。它们究竟是在干什么?"

岳阳也好奇道:"捉住了对方首领,却不杀了它,反而替它疗伤?这群狼,究竟想干什么?"

冈日道:"看来我们一开始都想错了。狼群在捕兽夹上铺那厚厚的草皮,就是不想让牦牛群受太重的伤,它们压根儿就没打算让牦牛群受到无法恢复的损伤。"

张立道:"那它们究竟是要做什么啊?"

没多久,一匹狼从远处赶来,最让岳阳等人错愕的是,它嘴里,竟然叼着一大簇青草,青草扔在牦牛首领面前。此时的牦牛首领,已经又站立起来,它瞪着一双牛眼,打量了一番这群让自己颜面扫地的狼,这么小的个头,我就是被这群小家伙打败了的吗?牦牛首领鼻孔里喘着气,别过头去,看都不看那青草一眼。

而与此同时,那些退守在葫芦地形里的牦牛群,也享受到了同样的待遇,在东侧陡坡上,不断有狼抛下带着泥块的青草,很快就堆成了一个小草堆。面对这惊人的诱惑,公牛群筑起一道防线,将母牛和小牛拦在身后,不让它们靠近那草堆。但这堆青草,对饥饿了好几天的牛群诱惑实在太大了,那小牛发了疯似的"哞哞"乱叫,母牛的奶头干瘪着,

第三十三章 绝没见过的狼 | 87

不吃草，它们就没有奶水，听着小牛那令人撕心裂肺的叫声，终于有母牛按捺不住，冲破了公牛群的防线，朝着草堆冲了过去。有了第一头母牛，就有第二头、第三头，起初公牛们还在观望，待看到没有危险后，也挤了过去，反而把母牛和小牛挤到一旁，自己狼吞虎咽起来。

那草堆里土多草少，没几下工夫就吃光了，只怕连一头牦牛都喂不饱，牦牛群原本凭借着意志抵御着饥饿感，如此尝到了甜头，那饥肠辘辘的感觉，反而更甚了。不少母牛不堪忍受小牛的呼唤，纷纷扬起头，朝着山坡上的狼群发出了恳求似的叫声，而这时狼群却又不投青草了，都将头望向一个方向——牦牛头领的方向。

牦牛头领和牛群间隔约百十来米，它可以看到牛群，牛群也可以看到它，这显然也是狼群精心计算过的。此时那首领依旧不肯吃眼前的青草，孤高桀骜地立在狼群之中，那体型优势是如此之明显，这形势又是如此之怪异。

不多时，狼群似乎开始交头接耳，好像又有所动作。果然，很快，在山坡的另一侧，一队狼领着一大群羊赶了过来。冈日一愣，道："那是我的羊。"

只见狼群将羊群赶到牦牛群可以看见的地方，羊群分散开来，开始在那最后一块草地上自由地吃草，狼群则在羊群中穿梭自如。那群羊不仅不怕这些狼，反而还时不时低下头去，用脸挨一挨狼头，以示友好。这一幕，别说把野牦牛看傻了眼，就连卓木强巴等人，又何曾见过与羊共舞的狼?! 岳阳喃喃道："攻坚之战，攻心为上，这群野牦牛，怕是要抵不住了。"

就在岳阳说话的同时，狼群中似乎有狼发出了号令，周围的狼群都聚在一起，排成了一个金字塔形的方阵，金字塔的尖端，正对着那牦牛首领。张立低声道："快看，狼首领，这次一定是狼首领没错了！"

只可惜，从卓木强巴他们的位置望去，只能看到那狼首领的背影，看起来也是棕灰皮毛，和别的狼没什么不同。但那牦牛首领的眼里，显然与卓木强巴他们看到的情形不同，当它正面对着狼首领时，眼里充满了惊恐、慌乱、不安，它就像喝醉了酒一样四蹄踉跄，在原地来回摇晃着，仿佛站都站不稳了。陡然间，狼群突然安静下来，羊群也突然安静下来，远处的野牦牛群一样安静下来，只有冷冷的风依旧呼啸着。一股无声的气息弥散开来，岳阳等人都感到一股从脚底升起的寒意，那绝不是风带来的，这古怪的寒意。亚拉法师首次将关注的目光投向了狼群，冈日不经意地握住了刀柄，冈拉的毛色在没有奔跑的情况下也渐渐显露出淡蓝，脖围上的毛蓬散开来，像雄狮的鬃毛。这群人里面，只有卓木强巴没察觉到变化。

站在一旁的巴桑淡淡道："好强的杀意。"他嘴角一哆嗦，似乎想到了什么。

那牦牛头领再也坚持不住，前腿一软，这次不是因伤痛，却仍然跪了下来，它低下那高昂的头颅，老老实实将眼前的青草吃得连渣都不剩。那迫人的气息突然间随风消散，张立疾呼道："快看，快看，那野牦牛头领投降了！它屈服了！它屈服了！"

岳阳也惊呼道："原来，狼群不是要吃掉这群牦牛，它们是要征服，征服这么大一群野生牦牛啊！"

冈日的手压在冰冷的岩石上，冻得通红，却丝毫不感到疼痛，他喃喃道："原来是征服，竟然是征服！我真的佩服这群狼啊。"他用手指着狼群的方向，对卓木强巴、岳阳他们道，"知道吗，一万年前，我们人类的祖先，就做过和这些狼同样的事情——驯养野生动物，把它们变成家畜。只是这群狼，比我们祖先做得更加优秀。"

冈日正激动着呢，只听冈拉突然发出了短促的低鸣，撞了冈日一下，又扑上前去咬住了卓木强巴的裤腿使劲拽。卓木强巴正迟疑着，只听巴桑皱眉道："不好！"

冈日也反应过来，急道："快跑，被发现了！"带头向山坡下冲去。岳阳拉了拉张立，张立去拉胡杨队长，胡杨队长道："仪器，仪器还没收呢。"

张立道："哎呀，什么时候了，还管那些仪器。"

第三十三章 绝没见过的狼 | 89

巴桑的手压在刀柄上，按他的意愿，应该是和狼群来一次直接对话，可是一种内心深处的本能，让他做出了速逃的决定。

却见冲到最前面的冈日像急刹车一般停了下来——狼群不在他们身后，而是在他们回去的半道上。那匍匐的身影站立起来，一共有五头狼拦住了去路。冈日道："是巡逻兵，白眼的手下。"

岳阳道："什么时候被发现的，它们怎么会绕到我们后面来了？"

冈日道："恐怕早就被发现了，只是在等那边的事情结束，它们才正式接近我们。"

张立道："大叔，你不是说以往狼首领都是睁一只眼闭一只眼吗？这次怎么……"

冈日道："这次不是带了你们几个来吗？它们嗅到了生人的味道。"

岳阳道："那怎么办？不过还好，它们只有五只，我们冲过去，干掉它们！巴桑大哥，你说呢？巴桑大哥？"岳阳扭头一看，搁平日早就拔刀冲出去的巴桑却像被施了魔法一般，僵硬地站在那里，嘴里说着谁也听不懂的发音，或者是……在哆嗦？

冈日和卓木强巴同时道："别冲动！"冈日看了卓木强巴一眼，对岳阳道："虽然它们只有五只，但是只要其中的一只开口一叫，所有的狼群都会被惊动。到那个时候，我们谁能跑得掉？"说着，他看了亚拉法师一眼，亚拉绷着脸点了点头，狼的数目太多了，确实跑不掉。

冈日道："不过，现在它们这个样子，就是说，还有协商的可能。"

张立道："协商，怎么协商？"

冈日道："交给冈拉去处理，毕竟它救过白眼的命，这些狼还不敢对它怎么样。"

只见冈拉甩了甩头，径直迎上前去，那体型上的气势压迫得五头狼开始后退。这时候，其中一匹秃尾巴老狼跳了出来，喉咙里发出低沉的嗓音，仿佛在说："不关你的事，站一边去，我们不会为难你。"

冈拉细声回应了两下，扭过头来看了看卓木强巴一行人，又对那匹老狼点了点头，意思是："放我们走，这次算我欠你的。"

老狼微微退了一步，眼里闪着凶光，头摇得很坚决，其余四匹狼在它身后一字排开以壮声威。冈拉又"呜呜""喔喔"地和那头老狼交流了一番，不管冈拉怎么说，那头老狼只是摇头。冈拉低沉地咆哮了两声，那匹老狼歪着头想了想，喉咙里咕噜咕噜，不知说了些什么，冈拉突然大为光火，抬手就是一巴掌。

这一掌打得那匹老狼在地上连续翻滚了四五圈，站起来摇摇晃晃，竟有些辨不清方向了。岳阳忍不住赞道："好样的，冈拉。"冈拉转过头，眯缝着眼看过来，嘴角朝两颊微微拉开，在岳阳看来，用"嫣然一笑"来形容冈拉此刻的表情，丝毫也不为过。

老狼怒火中烧，朝着冈拉翻起了上唇，露出一口森然狼牙，喉咙里发出恐吓的颤音，就像在说："别以为你和我们老大有一腿，我们就不敢动你。"叫嚷着，掉头对身后的狼一呼喝，朝冈拉一努嘴，"兄弟伙，我们上！"不过身后的那四匹狼鼻孔里哼哼着，却没有移动。

冈拉一个虎跳涧，落到老狼的身旁，吓得那老狼浑身打个激灵。其余四匹狼见势不好，虽然不想招惹冈拉，还是及时调整战术，五头狼呈梅花形将冈拉包围在了中间。冈日道："看来协商不成功，准备打吧。"

张立小声道："不怕这些狼叫出声来？"

冈日道："现在还管什么出不出声，把它们踢到一边，能跑多快就跑多快吧！"

岳阳道："我们没什么时间了，巴桑大哥的情况不是很好。"只见巴桑虽然双脚生根一般站着不动，那额头却渗出了豆大的汗珠，双目瞳孔失神，显是惧骇至极。

冈日命令道："冈拉，速战速决，别拖延。"

冈拉前掌一探，打飞一头狼，一纵一扑，按倒一匹狼，尾巴一甩，后腿一蹬，将伺机偷袭的狼踹翻，身体侧向一滚，却是撞向了第四匹狼。只有那匹老狼，一见冈拉有所动作，就接连几个翻滚，远远地逃了出去，它刚刚噘圆嘴形准备仰天大呼，冈拉赶上前去，用头一顶，将那老狼吸的一口气顶在了肚子里面，愣是没叫出声来。

第三十三章　绝没见过的狼

冈日道："快走。"卓木强巴和胡杨队长架起巴桑，七个人迅速开逃。亚拉好奇地打量了冈拉一眼，冈拉的动作好熟悉，似乎在哪里见过。

他们奔出不过十来步，横向闪过一道白光，岳阳还以为是冈拉回来了，不躲不避，被撞了个正着，就好像被锤子砸了一下，顿时一阵胸紧气闷，连退了三步才缓过劲来。定睛看时，哪是什么冈拉，撞他的竟然是一头皮毛微白的狼。这头狼的皮毛虽然泛着白色，但白里透黄，像从泥地里出来的，和冈拉根本不能相比，只不过皮毛下能看到肌肉蠕动，显然强于别的狼。

"白眼！"冈日心里顿时凉了半截，那白眼身后还跟着十头狼，个个目露凶光。冈拉从远处一跃而至，守护在大家的面前，见来了头领，那五头被打倒的狼也纷纷站了起来，嘴里咿咿唔唔地鸣屈喊冤。

岳阳低声道："大叔，这匹狼的眼仁不是很白啊。"

冈日道："我家冈拉好心救了它的命，这个狼心狗肺的家伙，投靠第三群狼之后，首先就带着狼群来偷我家的羊，这还不叫白眼狼，叫什么？"

白眼咧了咧嘴，目光锁定在卓木强巴等一干人身上，十六只狼对着卓木强巴六人，形成一道包围圈。它们的意图很明显，这些人，一个也别想逃。

卓木强巴低声道："看来避不了了，大家小心点，狼群是很讲究战术配合的。"

岳阳道："怕什么，我们有冈拉。"

却见冈拉三步并作两步，跑到了卓木强巴的身边，用头在卓木强巴大腿上蹭了蹭。卓木强巴正纳闷呢，只见冈拉对着那头白狼示威地叫了两声。

那白眼看卓木强巴的目光立马就改变了，原本只是执行任务的眼神，刹那间变得杀气腾腾。岳阳对张立道："糟，强巴少爷有难了，看来已经被白眼列为准情敌了。"

张立道："你怎么知道？"

岳阳道："这还用说吗，你没听到冈拉刚才对那白眼说什么吗？小样，看清楚没有，这才是我马子，你那模样，还嫩了点！"岳阳捏着嗓子细声细气地模仿着。

张立扑哧一笑道："你什么时候连狗语也能听懂了？"

岳阳朝冈拉一看，正看见冈拉似乎带着感激望过来，他心中一惊，收敛道："用心聆听，用心聆听……"

张立还在笑，狼群却没有再给他们调侃的机会了，白眼仰天一啸，朝着卓木强巴扑了过去。狼群全然按照头狼的意志行动，每一头狼都奔跑起来，它们的目标，自然也是卓木强巴。

狼哨

卓木强巴打小和狼群混迹长大的，他自己也不知道为什么，好像与狼之间，有一种天然的亲和力，因此，被狼群围攻，这还是第一次。无数张喘着热气的、布满狼牙的嘴在眼前晃动，那漆黑的鼻头，嘴角的髭毛，凶恶的眼神清晰可辨，让人感到地狱莫过于此般光景。

狼群的分工非常明晰，一开始就由两头强壮的狼拖住冈拉，也不硬碰，就在它旁边不断游走，三头狼对付亚拉法师，两头对付冈日，两头对付张立，岳阳和胡杨队长各被一头狼牵制。对于已经失神、早已丧失战力的巴桑，它们理也不理，剩下的狼，全奔卓木强巴而来。

卓木强巴心中叫苦不迭，他非常清楚，狼群习惯从四面八方朝猎物发起攻击，如今自己面对的狼突然有两只绕到了身后，这种情形可谓不妙至极。果然不多时，前面的狼奔来跑去，虎视眈眈，身后突然劲风袭来，卓木强巴屈身避开，侧面的狼又一掠而过，那利爪森牙，毫不留情。没几个回合，"嗤"的一声，卓木强巴的衣服就被划开一道口子，棉絮露了出来，就像被开膛破肚一般，岳阳等人想要救援，却是有心无力。不过还好，亚拉法师已经稳住阵脚，而冈日独立对付两头狼，也是游刃有余。但是好景不长，那白眼扑了几次，都被卓木强巴险险地避了过去，低吼一声，狼群的战术顿时变了。

变化后的战术非常奇特，并非卓木强巴所见过的任何一种狩猎作战方式，它们从中插入，生生将卓木强巴等人分成两拨，狼群聚在中间，形成一个个相互交织的小圆圈。当对付亚拉法师的三头狼吃紧，立刻由旁边对付冈日的狼驰援，当冈日准备增援亚拉法师时，狼群又集体掉头张嘴对准了冈日，这样一来，几乎变成了是每个人都直接面对着一群狼。白眼在战群中不停地游走，不停地呼吼，只见那狼群的站位一变再变，就像那排演多日的盛大开幕式阵列一般，让人眼花缭乱。张立刚抓住一个空隙，准备侧踢靠自己左侧的狼，突然眼前一空，那匹狼已经离开了原位，身后左右两侧，却同时有狼扑来。张立躲避不及，只能将匕首抡得呼呼生风，以求自保。那狼扑在张立背后，并没有张口便咬，反而将张立的身体当做一个支持点，用力在他背心一蹬，立即转向，朝旁边的岳阳猛扑过去。

正如冈拉蹬在冈日手臂上一样，这种借力打力的技巧，显然是冈拉从狼群身上学来的。张立和岳阳本来就近在咫尺，岳阳不是亚拉法师，如此突然的变向，他如何闪躲得开？堪堪抬手护住了脸，那狼爪将衣袖抓下一截，第二匹狼也已弹到，这一口咬下去，恐怕岳阳手臂难保，接下来就会像牦牛头领那般，被群狼压在身下……

正在岳阳心中暗呼"我命休矣！"的时候，蓝光一闪，却是冈拉将那匹狼从空中扑了下去。岳阳细细一望，只见狼群以众人为着力点，奔走跳踯，在空中飞来飞去，除了亚拉法师它们无法近身外，其余的人的身体都成了狼群的踏板。每个人多少都有些狼狈，唯有冈拉，虎踞一旁，就像那扑蝶的猫，看准机会，一个虎跃，空中顿时就有一匹狼被扑下来。那些狼有意无意地躲着冈拉,被扑翻倒地后远远地滚开,又瞄准了其余的人。若非刚才冈拉那一扑……岳阳越想越心寒。

不过没时间向冈拉表示感激了,一旁又有狼袭到,岳阳抽身反击,又加入了战团。

此时卓木强巴已是险象环生,身上的衣物变得像夏威夷的草裙舞服,对于狼群这种冲上来抓一下就跑,紧接着又冲一头狼上来的妖异战术,他始终未抓到破绽。关键是狼群的速度太快了,就算有破绽,也很快被下一个动作弥补。而且山坡上满是布满地衣青苔的圆卵石,明明有机会克敌,却因脚下一滑,或是一崴,或是一拐,而错失良机,在这山坡上,狼群可谓占尽天时地利。

有一两匹狼落在巴桑附近时,发现亚拉法师会拉巴桑一把,接连几次下来,狼群发现,连没有作战能力的巴桑,这些人也会出手援助,它们顿时改变了进攻策略,立刻有两匹狼从主战场撤下,专攻巴桑。巴桑连连后退,亚拉法师要护住巴桑,又要对付狼群,立刻被动起来。自此,卓木强巴等人已是阵脚大乱,而远方的狼群大部队,正朝这边赶来,数公里的距离对狼群来说,也不过几分钟时间。岳阳仿佛都能感觉到狼群碾过布满卵石的山坡,发出的踢踏响声,而从冈拉那一次次越来越焦虑的扑纵,也能感觉到大军正逐渐逼近。

张立手中的匕首被狼扑掉了,胡杨队长的鞋被踢掉一只,岳阳像喇嘛一样袒胸露臂,亚拉法师沾了一身青苔,巴桑在法师护卫下,反倒没受什么伤。

"砰"的一声,却是卓木强巴与冈日撞到了一起。冈日踩上一块卵石,脚下失衡,卓木强巴扶了他一把,冈日抓着卓木强巴的衣服,嗞的一声,那本已丝丝缕缕的衣服又被扯掉一大块。虽然穿了数层衣服,此刻卓木强巴却已经见肉了,最里层贴身的那个小包也露了出来。

冈日刚刚站稳,又有两匹狼从正面冲撞过来,冈日和卓木强巴心意相通,相互用力,猛地向对方一推,各自向两旁避开。就在这一推之下,狼爪已至,朝卓木强巴胸前一抓,那个里包被抓了出来。那里

第三十三章 绝没见过的狼

面可都是卓木强巴的珍贵之物，他伸手抢过，口袋翻转，里面的东西却掉了出来。

冈日眼尖，突然不顾有狼在中间阻隔，反身扑上前来，在那东西没有着地之前伸手一抄，抓在手里的，却是那截骨笛！冈日将骨笛握在手里，只来得及看了一眼，"果然！这个是——"他就地一滚，避开狼群袭击，看了看周围的形势，"没办法，只能赌一赌了！"冈日把心一横，将那根骨笛放入了口中，憋足了全身的力，用力一吹……

"呜……嗷……"随着冈日的全力吹奏，骨笛的声音由低转高，由低沉哀婉变得高亢激昂，大家耳朵里"嗡"的一声，只感到四面八方都被那激越的声音所包围。

冈日预想中的情形没有出现，身边的狼只是稍一停顿，跟着又扑了过来，反倒是卓木强巴等人被冈日的怪异举动吓了一跳。在这种胶着的战局中，谁的反应快，谁就占据了上风，就迟疑这么一刻，岳阳被扑倒了，胡杨队长被扑倒了，猩红的舌头，森白的獠牙，对准了他们的咽喉。冈日心灰意冷地想："完了……"

声波远远地传了开去，仿佛与雪山产生了共鸣，它们翻越了山坡，潮水一般向着山坡的另一端涌去。山坡的卵石"噗噗"地向下滚落，四野的风狂乱起来，牦牛群听到了，集体打了个哆嗦，羊群听到，撒开腿朝着反方向飞跑，狼群也听到了，大多数狼没有反应，但其中的几只狼竖起了耳朵。

多么熟悉的声音，那几只狼突然自狼群中昂起了头颅，朝着声音传来的方向。其余的狼群，竟然全都悄悄低伏下来，唯有那几只狼，各自跃上身旁的小坡，所到之处，狼群退散，伏首贴地，面对那几只狼，它们表现出谦卑，它们也只能谦卑！

"嗷……呜……嚎……呜……"那几只狼，朝着声音传来的方向做出了回应，那铿锵有力的狼啸，不似在月下那般绵长凄厉，也不似对着敌人那种威胁怒吼，那只是一种响应，就像征战前，人们对着战旗许下誓言时，那种铿锵有力的响应。那几只狼用尽全力地响应着，低伏的狼群也纷纷抬头，开始跟着它们一起回应，漫山遍野，再次回荡起狼的嗥叫，比起狼群成功战胜牦牛群时的呼喝，有过之而无不及。没有此起彼伏的叫声，而像唱咏叹调的合唱团，每一声都清越嘹亮，一波未平，一波又起……

声音重新传回卓木强巴等人的战场，前后不过十秒，围攻卓木强巴他们的狼群突然停止了动作，时空仿佛停顿在这一刻。趴在胡杨队长身上的狼，锋利的前爪已伸向胡杨队长的眼睛，爪尖距眼珠不过两毫米，就这么停顿在那里；岳阳身边的狼那血盆大口已对准他的咽喉，狼牙已经将皮肤刺得凹陷下去，那张大嘴就停顿在那里；卓木强巴的身上一共吊了四匹狼，它们咬住了卓木强巴的衣服、裤腿，正准备将这个摇摇欲坠的大汉拉倒，突然就停了下来；冈日的身后一只狼已经抬起了爪，爪子对着这个吹笛人的后颈，就停在那里……

那一瞬间，时间仿佛特别漫长，胡杨队长瞪大了眼睛，不敢眨眼；岳阳屏住了呼吸，只感到狼嘴里的唾液滴落在自己喉咙上，先是潮热，很快又变得冰凉……

不知道究竟过了多久，白眼带着强烈的不甘，低喝一声，狼爪收了起来，狼嘴缓缓松开。狼一只只从人身上退下，聚拢，朝着山坡另一端退去，很快就不见了身影，只留下那风中传来的一阵阵呼嚎。

好像做了一场噩梦，岳阳突然觉得全身已虚脱，只剩下喘息的力气了。冈拉走过来，在他脸上重重地舔了两下，以示对他勇猛作战的奖励，岳阳却险些吓得翻身就跑。

卓木强巴盯着冈日，盯着冈日手中的骨笛，惊愕不已地问道："这个，究竟是……"

冈日脸色发白，坐在地上，一手撑着身体，一手晃着骨笛，道："你不知道这是什么？"

卓木强巴道："骨笛，密教法器……"

冈日嘴一咧，露出一个比哭还难看的笑容道："你见过藏教里的骨笛吗？那些骨笛都是圣品，要裹上金箔，镶嵌银角，你这却是一根裸骨

第三十三章　绝没见过的狼

笛，没有任何装饰的。若是不懂的人，很难吹响。"

胡杨队长翻过身来看着骨笛，摸了摸胡子，道："唔，确实不同。"

卓木强巴道："那这是……"

冈日挣扎着从地上爬起来，牵动痛苦，咧嘴轻呼了一声，一拐一拐道："现在狼群退了，趁它们没改变主意，我们快走吧，边走边说。"

岳阳和张立搀扶着站起来，亚拉法师扶起胡杨队长，两人架过巴桑，冈拉叨起冈日的包袱，大家朝山下走去。不过岳阳看冈拉走路时三步一小跳，五步一扭腰，根本不像是才从生死战场上下来，反倒是摇头晃脑的，好像高兴得很，真不知道它是怎么想的。

"这个，老一点的牧民，管它叫'狼统领的呼唤'。"冈日将骨笛递回卓木强巴手中，道，"简单地说，可以称为一根狼哨。"便在此时，山间竟然又传了一阵奇异的呼啸声，似乎与那尚未消散的狼嚎相呼应，只是声音传来的方向……大家惊愕地将头望向了雪山深处，那迷雾遮绕的地方。

冈日侧耳倾听了片刻，道："不要紧，是夜帝。他们在回应着刚才的狼群，好久都没听到夜帝叫了。"

"夜帝又是什么？"岳阳一听到稀奇的事物，就忘记了疼痛。

冈日道："那个，就是雪妖，一时也说不清，还是先说说这狼哨吧。在古代西藏，有许多特殊的职业，有的非常神秘，诸如呼风唤雨，或是灵魂出窍一类，人们把他们统称为密技师，不知道你们听说过没有。"

卓木强巴点头，冈日道："那就好说了，操兽师你们知道吧……"

卓木强巴看着手中的骨笛道："难道说，这就是操兽师用来……"

冈日道："没错，这就是操兽师用来与狼群沟通的工具。据说，若是遭到狼群攻击时吹响它，狼群就会退散；若是遭到别的猛兽攻击时吹响它，狼群就会来帮忙。不过，它的使用范围仅限于青藏高原，而且，就算是高原上的狼，也不是每个狼群都能听懂，刚才我不过是死马当活马医。"

张立探头道:"那声音,不像是狼叫啊。"

这时,冈拉放下嘴里的包袱,头一昂,"呜……嗷……"那声音,竟然和骨笛有八分相似。

冈日道:"听到了吧,那狼统领的呼唤,指的却并不是狼,那是……"

"战獒!"卓木强巴惊呼道,他想起来了,亚拉法师曾告诉过他们,狼统领,就是战獒的另一个名称。

岳阳敏锐道:"那这骨笛岂不是和光军有关?"

冈日笑道:"那操兽师,本身就是从光军里衍生出来的密技师。这狼哨,原本也是戈巴族的传统手工艺品,只是后来,才随着操兽帅流传到民间的。小时候,我家里便有一支。"

一行人回到村里,出发的时候穿得像登山者,回来的时候就只能像乞丐了,在村口接他们的玛保竟然都没认出来,村里的狗也对着他们一通狂吠。不过他们自己倒不觉得丢人,特别像岳阳和张立两个,简直是雄赳赳地走回村子,在他们看来,他们是面对几百头狼却能安然逃离的人,这简直就像打了大胜仗一样,应该叫做凯旋的英雄们。

当玛保将他们带回自家房屋时,敏敏一看到卓木强巴,就红了眼圈:"强巴拉,你——"眼泪簌簌地往下掉,卓木强巴将她搂在怀里,低声安慰着:"好了,没事,我们都没事,大家都平安回来了!"

方新教授看到他们,也是吃了一惊,不是说去勘测地形吗?怎么会勘测成这般模样,岳阳、张立也就罢了,连一向尘不沾身的亚拉法师也……

"你知不知道,你……你吓死我了!为什么关了原子表……又这么久都不回来……我,呜呜呜……"唐敏在卓木强巴怀里抽泣,正哭着,就听身后的胡杨队长炸雷一般喝道:"喂,小丫头,哭个鸟!巴桑不行了,快来帮忙!"

只见巴桑脸色乌青,牙关紧闭,嘴角冒出白色唾沫。吕竞男快步出来,幽怨地瞪了卓木强巴一眼,没多说话,对岳阳他们道:"快,找个

第三十三章 绝没见过的狼

什么东西让他咬住，把他身体侧过来！小心点！"

唐敏用卓木强巴的破衣衫擦干眼泪，抽动道："我，我去看看，你赶快去换衣服！"

将巴桑安顿好，换好衣服，又忙活了大半宿。卓木强巴原本想让冈日留下，他还有好多话打算和冈日说，但冈日执意要回去，并说他们三两天内没法登山，只和方新教授谈了一会儿就离开了。卓木强巴搂着冈拉的脖子，和它也说了许多话，在答应冈拉一定会再去看它后，冈拉才悻悻离开。不过走的时候，冈拉盯着唐敏看了许久，而后又盯着吕竞男看了许久，似乎看出一些门道来，最后又盯住了卓木强巴，看得卓木强巴非常不自在……

冈拉的身世

待巴桑情况稳定后，吕竞男才出来，张立问道："巴桑大哥情况怎么样？怎么会突然就……就变成那个样子了？"

吕竞男道："当大脑下达指令，而身体却拒绝执行时，大脑的神经会受到损伤，就好像一个人力量不济却非要提很重的东西，肌肉会受到损伤一样。表现为脑神经异常放电，医学上叫癫痫，老百姓俗称羊角风。不过你们可以放心，巴桑的情况没有想象中那么糟糕，他只是突然受到无法接受的刺激，大脑第一反应应该是晕厥来保护自己，但当时显然没有晕过去，回到村子里的时候神经松弛下来，身体才对那种刺激做出应激反应。他可能会将这次经历完全忘记，你们谁也别在他面前提起这件事，知道了吧。"

她扭头看了看，卓木强巴等人和方新教授他们对坐着，岳阳摆开架势，捋起袖子，正唾沫横飞地向方新教授讲述他们的英雄史。吕竞男走过去，对岳阳道："闲话待会儿再说，我们先把今天在当地收集到的信息整理一下！"

大家围坐，将各自收集到的有关雪山的资料都整理了一番。

这里的山并不高，和整个喜马拉雅山脉中部的平均海拔比起来还矮了许多，但是其危险程度，却是整条喜马拉雅山脉之最。诸如雪崩、冰崩、滚石、雪瀑，这些只能算常见的普通危险，其中最强的危险在于山顶的罡风。这里处于季风交汇带，从印度洋刮来的风潮在这里遇到了喜马拉雅山脉最强有力的阻击，由于这里的山脉走势略微呈现内弧形，狂风就在这山中形成了旋涡，那就是有名的罡风。大风带起雪花打在人身上，和冰刀割肉没什么两样，风速还与时辰息息相关，在凌晨出发，抵达山顶时风才会小一些，若是午后出发，抵达山顶时，那大风吹得，就算是牦牛群也能整个儿给吹飞起来。

最诡异的危险则属于雪雾。因为罡风的关系，整个山头的积雪被风吹得漫天乱飞，和沙尘暴没什么两样，进山后相隔三步，两人面对面就看不见人影。在雪雾中，满耳只能听见呼呼风吼，就算滚石落到跟前也浑然不觉。而且那雪雾，当地人又称鬼迷雾，在里面的人不管怎么走，也不可能找到正确的出路。往往在雪雾中迷路的人，绕着山头转圈却浑然不觉，直到精疲力竭，被冻成雪雕，运气好的能留个全尸，运气不好的就被雪妖拖去吃了。

最恐怖的危险便是来自谁也没见过的雪妖，究竟是什么没人说得清，总之传说中形体高大可怖，力大无比，能把活人生裂为两片。一旦起了雪雾，在雾中看见四五米高的影子，你以为是块山岩，说不准就是雪妖。后来专门来过科考专家，认为估计是雪人，但当时天气不好，专家们在村里部署了大半年，愣是没敢进山，也就没亲眼见到那雪妖。

最隐蔽的危险来自冰裂谷，被积雪覆盖，有的冰塔高达百米，面上只覆盖有薄薄的一层冰壳，底下是比铁还硬的冻土层，一脚踏空，别说等待救援，当场摔也摔死了。

第三十三章　绝没见过的狼

当然，这些还只是村民祖祖辈辈流传下来、能说出来的危险，而据说，还有无数危险见到后就再也没活着的人，那些才是恐怖至极的比危险更加危险的。只是听村民述说死亡西风带的恐怖并不足以让队员们感到心惧，真正让他们神经紧绷的是，据官方资料，这座看似不高的山峰，迄今为止还没有人从中国方向登顶。

关于罡风，大家认为当地人吹嘘的可能性比较大，真能碰到那样可怕的罡风还有人能活着回来吗？他们咋知道得那么详细，说得有鼻子有眼的！关于雪雾，胡杨队长深有体会。被狂风带起的积雪，随着雪量的多少而决定雪雾的浓密，雪雾密集时，别说隔三步，它能让你伸手不见五指，因为大风和雪雾而在大山里迷路的事件比比皆是。在雾中不辨方向，加上大风能把人吹得东歪西倒，所以绕圈的事情也并不夸张，胡杨队长就曾亲自经历过。

那是在南极，那时还是没什么经验的科考员，原本是出营取水，水源地离营房不过两百米左右，当时刮着风，但并不大。就在胡杨队长离营前突然风速加快，待他走至取水地时，风速已经足以将人吹倒，一时昏天黑地，眼前只有雪花飞舞，营房就此消失。胡杨队长心中一惊，判定方向，扛着飓风朝营地走去，结果这一走，走出近五百米还没看见营地。胡杨队长慌了，在他认为是来时的方向又折返回去，计算着步数，结果取水处竟然也不见了。就这样，胡杨队长来来回回走了半个多小时，最后风速渐渐减弱，他才看清自己的处境，顿时出了一身冷汗。那半个多小时，他竟是绕着一个直径约为十米的圈子，转了无数圈。虽然没有沙漠中追脚印之说，却更为可怕，大风吹过，你留下的脚印马上被新雪覆盖，消失不见，你以为自己一直在走直线，结果却在绕圈。当时前来寻他的两名队员，竟然也在绕圈，三个人在营房前画了三个品字形圆圈，虽然当时三人相顾哈哈大笑，但其实心里都是又惊又怕。那大风能让人完全丧失方向感，大雪让人视力不足一米远，那段经历让胡杨队长至今心有余悸。

对付雪雾和罡风最好的办法，就是不招惹它们。遇见罡风和雪雾时,想要保命,最好就地找一个洞,躲避风雪;如果想冒风前进,那叫自掘坟墓。运气好的,风即时停了,还有希望活下去;运气不好的,艰难地走了几十公里后,就直挺挺地躺在自己开始出发的地方,被冻成冰棍。

早在出行前,吕竞男就明确地告诉了队员,由于事关机密,并牵涉到翻越国界问题,这次出行,只有极少部分人知道,像玛保这样的领路人也仅知道他们要登山。因此山脚下将没有基地和大本营,而他们所能获得的帮助,也仅限于少数一些顶级权威专家。就是这批专家,也被分为两个团队,知道他们在干什么的,不知道他们在什么地方,知道他们在哪里的,却不知道这群人要去做什么。

因此,此次攀登雪山,完全属于阿尔卑斯式登山,没有既定路线,没有沿途补给,没有前例参考,山间肆虐的罡风令直升机无法靠近,一旦遇险,将没有救援,一切只能靠自己。虽然前面困难重重,前路艰险无比,但对此,队员们只是笑笑,对这支队伍而言,早就已经和死神打成一片,足以称兄道弟。

最后,胡杨队长提到了狼群占领的登山最佳路线。由于时间有限,胡杨队长仅简短地说了一下他们的遭遇。对于那群狼,大家还是心有余悸的,岳阳向吕竞男建议,请边防官兵去驱赶狼群。吕竞男瞪了他一眼,说她自会考虑。

一天的总结工作完成之后,吕竞男带着唐敏照惯例视察队员的身体情况,高海拔适应性如何,由于训练营地便在海拔四千多五千米附近,队员的身体没有发生任何异状。稍晚些巴桑也醒了过来,果然和吕竞男所说的一样,他完全忘记了看狼的事,只记得胡杨队长在那山坡上勘测地形。按照吕竞男事先交代,大家口风一致,都说巴桑是从山坡上踩空滑倒,脑袋被磕了一下。巴桑后脑确实有个肿块,那是被狼撞倒后又撞到了卵石所致。

处理好手中的信息,天色已晚,吕竞男不许大家继续吹牛,命令所有队员就地安歇。

岳阳和张立嘟囔着老大不乐意，难得有一回方新教授他们没有的经历，正兴奋着呢，却被命令去睡觉。这两人与卓木强巴一个房间，夜里反复睡不着，两人硬拉着卓木强巴就白天的事软磨硬泡，非让卓木强巴从到达玛县寻獒说起，说他如何发现冈拉的，如何与冈日结识，这附近有什么风土人情……

卓木强巴被缠得没办法，只能说了与冈日认识的经过，就是四处寻找，追查一切线索，最后找到了这里，很简单，然后道："这达玛县，要说有什么风土人情么，嗯，大概和别的地方差不多，不过县城周边的草场上，这里的居民喜欢赛马，擅骑射。他们的比赛和别的地方不同，那马是不配马鞍子的，哦，还有，驯服野马也是当地人喜欢的运动。歌舞嘛，这里的手镯舞和狮子舞都独具特色……"

听了一会儿风土人情，张立有所察觉道："强巴少爷，你说的达玛县，该不会就是那个县吧？"

卓木强巴道："对，它还有另一个名字，那是常用名，也非常古老了。"

张立道："那为什么你们管它叫达玛县呢？是因为县里居住的达玛人吗？"

卓木强巴道："当然不是。在吐蕃王朝统一这里之前，这里有一个叫达玛的小国家，吐蕃统一这里之后，这里就一直叫达玛的，所以最早的古籍上都叫达玛县。葵州，是后来莲花生大师入藏，才将这里改成了这个名字。不过，我们一提葵州，首先想到的都是达玛县。"

岳阳在被窝里道："强巴少爷，我记得白天冈日大叔说，冈拉是吃狼奶长大的，那又是怎么回事啊？"

卓木强巴忧思道："唉，其实冈拉的身世……"

十五年前，纳拉村的东南面，有一座破败不堪的小石屋。寒冬季节，大雪纷飞，夜已深，天空漆黑一片，仿佛死神的斗篷笼罩着这方小小的天地，万物静寂，天地间只剩下风雪在呼啸。

石屋里和外面一样冰冷，火塘里只剩一堆灰烬，整个屋子死气沉沉，火塘旁坐着一个男人，像是冰雕一座，若非他的眼睛不时还能眨动，恐怕谁都会以为这是个死人。没错，他已经死了，他心中生命的火焰已经燃尽，只剩下，犹如火塘中的，一撮灰。

那是当年的冈日，他妻子于三年前失踪，遍寻大雪山，再也找不到，活不见人，死不见尸。他一直还活着，那是因为，他不相信他妻子已经死去。他坚信，总有一天，拉珍会轻轻地推开门，轻轻地说上一声："我回来了。"

每当距离妻子上雪山的日子临近，冈日就无法入睡，那时的冈日，正在思索明天又该如何痛苦地熬过去。正当黎明前最黑暗的时刻，响起了"咚咚咚"的敲门声……

已被冻得僵硬的冈日迟疑着，没有谁会在这样的冰雪夜赶路。"咚咚咚"，声音又一次响起，很轻，很清晰。冈日不敢相信，突然，他像着了魔一样站起来，旋风般将门打开……

屋外一团漆黑，狂风夹杂着冰雪无孔不入地袭来，什么都没有。冈日不惊反喜，对着那无尽的虚空大声询问："拉珍，是你吗？拉珍——"

回应他的，是风中虚弱的低鸣，冈日取过酥油灯才发现，在门口蜷曲着的，是一匹受伤的母狼。它的后腿拖着捕兽夹，殷红的血像盛开在雪地上的梅花，一直延伸到无尽的黑夜里。

母狼在地上蜷成一团，像一个垫子，它不住地伸出舌头，舔舐着垫子正中的一个小东西，毛茸茸的，还活着，会动。

冈日小心地靠过去，将酥油灯拎到眼前。在那母狼的怀里，是一个白茸茸的小家伙，团着身体就像个雪球，它正使劲蹬着四条腿，想钻到母狼的肚子下面吃一口奶。

母狼的血都快流干了，哪里还有奶？看着母狼的伤势，冈日突然明白了这只深夜来访的母狼的意图，他放下酥油灯，伸出颤巍巍的双手，慢慢地，靠近母狼的身体。

母狼一动不动，只是用双眼看着冈日，深情的，殷切的，那是让冈日无法忘记的，慈爱的目光。冈日将这小家伙捧在手心里，这躁动不安的小家伙停下来，一双漆黑闪亮的小眼睛盯住了冈日那过于苍老的脸，仔细地打量着。冈日也打量着它，那一身白色的绒毛，真是太可爱了，就像那冰川上盛开的雪莲花一般。突然，冈日的手微微一颤，他在这个尚未断奶的小家伙身上，看到一处明显的伤痕，大概有一枚五角硬币大小的圆形瘢痕，那是人类的烟蒂烫伤的痕迹啊！

刹那间，冈日仿佛从这个伤痕上，看到了小家伙过去所遭遇的不幸。母亲被猎杀，它被人类玩虐后，扔到了冰天雪地里，是母狼发现了它，并用自己的乳汁养活了这个小生命。这只母狼，也正是那时失去了自己的孩子吗？而今，母狼也在人类的捕兽夹下，生命的光华正黯淡地走向尽头……不管如何，这个小家伙能活下来，这是怎样的奇迹啊！想到这些，一股冲动突然涌了上来，冈日高高举起那小小的生命，大声地问出了后来让卓木强巴一生铭记的那句话："被人类所伤害，所抛弃，所背叛，还是愿意选择相信人类吗？"

风呼呼地吹着，小家伙突然伸出粉嘟嘟的舌头，在冈日的手心轻轻舔了一下……

温暖的感觉从手心一直蔓延到心底，那早已熄灭的灰烬之中，蛰伏的火苗开始再度复燃。冈日将这个娇嫩的生命塞进自己的袄子里，他决定，要像守护自己的孩子一样守护着它，这朵美丽的雪莲花。

母狼一直默默地凝视着，直到最后，才向冈日投去了感激的目光，艰难地别过头去，将视线投向无限深远的黑暗，投向那个狼群曾经栖息的地方，安然闭上了眼睛。天地交接之际，出现了一抹黎明的曙光，在那个风雪交加的夜晚，冈日有了一个女儿，叫冈拉……

听闻冈拉的来历，张立不由暗叹一声。岳阳却是捏紧了拳头，恨恨问道："强巴少爷，海蓝兽不是很名贵的藏獒吗？为什么……为什么那些人会如此……"

卓木强巴道："不，你想差了，一种物品或动物它是否名贵，是由人们对它的喜好和认识来决定的。十几年前，藏獒可不像今天这样被炒得火热，它们只是藏民看家护院的好伙伴，也没有人用金钱去衡量过它们。还有，藏獒的幼崽和小狗是没有明显区别的，就算是有经验的老藏民，也无法区分那小狗长大后是头藏獒还是普通犬类，盗猎者更不会在意这些。"

说着，卓木强巴不禁想起冈日曾对自己说过的话来："藏獒？你觉得那些关在笼子里，或是拴上铁链，锁在羊圈外的就是藏獒吗？不，它们顶多算是大狗！只有当它们自由地奔驰在蓝天白云下，像风一样掠过高原草甸，那才是真正的藏獒……"

就在岳阳和张立为冈拉的身世欷歔不已的时候，谁也没有想到，冈拉就在小屋外面。它敏锐地捕捉到屋里人的谈话声，似乎勾起了回忆，它低头想了想，随即摇了摇头，回头望着身后的灰衣人，引领着他，朝大山中走去。这一人一獒，都未发出丝毫声音。

冈拉一直将那人领到冈日的石屋前。推开门，屋里的火塘内，柴火正烧得噼啪作响，冈日坐在火塘边，头也未抬道："你来啦。"

第三十四章　水晶宫

莫金叹息一声道："没想到啊，原来那张地图也是将路指向这个地方，看来西米的回忆是正确的，如今就只能看那张地图究竟详细到何种程度了。数百公里的山脊被笼罩在雾里，大约只有一个一米的缺口可以下去，那些古代的密教徒究竟是怎么找到这个地方的？真是不可思议……"

白银末裔

灰衣人走进屋内，竟然是亚拉法师。火塘的火苗挣扎着颤动了一下，火光照在他的脸上，那张苍老而平静的脸。"你知道我会来……"

"那是当然的。"冈日从床榻上拉过一条毯子搭在膝盖上，道，"你一定有很多事想问我，正好，我也有很多事情想问你。一千年过去了，你们始终都没放弃，看来，当年光军带走的，不仅仅是四方庙里的珍宝吧，还有别的什么东西，能让你们如此执著地追寻下去？"

亚拉法师反问道："你们呢？拥有同样的遭遇，同样的命运，你们不也没有放弃吗？"

"不！"冈日入神地看着跳跃的火苗，低沉道，"我们家族早就已经放弃了，我罗隆尼卡－冈日普帕，已是家族中的最后一人，成了名副其实的白银末裔。当我的祖先选了这块地定居下来时，我们就已不再寻找。或许，那个秘密，还是让它淹没在时间的长河中比较好吧。"

说着，冈日抬起头来，朝着亚拉法师笑了一下，道："强巴拉他们，看起来还不知道你们这些密修者的真实身份？"

亚拉法师道："等时候到了，再告诉他们比较好吧。"

冈日道："这个我可以理解。可是，既然让他们帮你们寻找帕巴拉，却好像没告诉他们多少资讯啊？连狼哨都不知道……"

亚拉法师道："我们所收集掌握的资料，大部分已经交给他们了，剩下的问题，就看他们能理解领悟多少了；至于狼哨，我倒是没想到在今天它还能发挥作用；而另一些，则是我们不知道的，这也是我来找你的原因。"

"哦。"冈日露出一个恍然的表情,道,"我们家族,是因为被诬陷,咽不下这口气,所以才想把光军找出来,好洗刷家族蒙受的冤屈。当然,能找到四方庙里的珍宝,重振家族声威,恢复家族的实力也是重要原因。你们呢?"

……

夜已深,冈拉对两人说的内容一点都不感兴趣,它将耳朵耷下来,遮住耳朵眼,靠在火塘旁沉沉睡去,只有那火苗,不知疲倦地跳跃着。

第二天清晨,岳阳起了个大早,只见屋外风景迷人,空气清新,湖光山色,水乡画里,做做早操,呼吸下新鲜空气,神清气爽,忍不住赞叹,住在这里都要多活几年。

他已从强巴少爷那里听说了,这些达玛人他们的生活恬淡而朴实,简单得令人难以置信。成年男子劈柴打铁,织布和收拾家务则是女人的每日必修课,老人们坐在门口搓着纺线,要不就缠绕幻网,天太冷的时候就守着火塘,拾掇柴火。早些年这里的小孩子们少有去接受教育的,大多放任他们在草地上和牛羊或同伴们自由戏耍,长大成年就结婚生子,这就是他们全部的生活,日复一日。当听说十几年前这里的小孩不用读书,岳阳和张立不仅不感到惋惜,反而是一副万分羡慕的表情。

岳阳正陶醉着,张立也走了出来,岳阳打招呼道:"早啊。"

张立道:"集合,集合,教官叫集合了。"

由于气象局的同志告知他们,近一段时间没有适宜的登山天气,吕竞男告诉他们,这几天会一直让村民带着他们去勘测路线,希望能找到除了狼群盘踞的上山路线以外的登山路线。

为了安全,大家还是三个一组,在熟悉地形的村民带领下,小心地避开狼群聚居区,在雪山周围观测。接连两天奔波下来,连卓木强巴都感到有些疲惫,看来体力锻炼还是有待加强。

不仅如此,他们还没有休息的时间。每天回来都要将探测路线整理分析,还要继续研究那张专家标注过的地图。山形走势和大致外观是没

第三十四章 水晶宫

错了，但是地图上并没有明确标注上山的路线，这也是让他们如此劳累的关键因素。吕竞男告诉他们，关于这个地方，这座山头，除了地图，还有另一个佐证。在历史资料中曾有明确记载，当年随文成公主入藏的佛像经书，最后一次出现的地方，就是这达玛县，因此许多年前，国家就曾对这附近的山头进行过科考。不过那时候没有明确的山峰地图，其技术条件也还不是很完备，最后那支科考队，在这附近集体失踪，想来就是玛保提到的那次了。吕竞男说，后来国家又曾多次组织科考队前来勘测，但都因种种原因最后还是不得不放弃了。岳阳马上联想到胡杨队长提到的领路人冈日普帕，他私下告诉卓木强巴，亚拉法师可能知道一些关于冈日的事情，只是还没想好该怎么询问。

卓木强巴惊讶道："还要怎么询问？直接问呗，我这就去找法师。"

卓木强巴找到亚拉法师，询问道："法师，昨天你和阿果交过手，你是否从他的身手或别的什么地方看出点什么？比如他的身份、来历。说实话，我和他相处了大半年，却一直以为他就是普通藏民，但从昨天他对光军和帕巴拉的了解来看，他的身份好像很不一般。"

亚拉法师有些吃惊地看着卓木强巴，显然没想到他这么快就会将自己和冈日联系到一起。不过昨夜和冈日促膝长谈，已经解开心中不少疑惑，法师也就直言道："不错，我知道冈日的身份。他是罗隆尼卡家族的人，我们称为白银末裔。"

见卓木强巴完全摸不着头脑，亚拉法师淡淡一笑，示意他找个地方坐下，然后慢慢给他解释道："这个事情，通常要对吐蕃家族史了解的人才好理解，我先给你说说家族。吐蕃王朝雄踞高原几百年，除了娘氏和韦氏家族这两大权臣世家外，还有许多在历朝历代都受到重用的家族，就好像人们今天熟悉的杨家将、岳家将、薛家将之类。朝代更替，贵族世袭，有许多家族，都伴随着吐蕃荣辱与共。这就是家族，每一朝都有几个强大的家族，我就不一一赘述，单说这罗隆尼卡家族。你知道，光军是藏王松赞干布成立的最强战力，后来以戈巴族人为主体，但是在战胜象雄之前，担任光军主体的是哪一部分，你可知道？"

卓木强巴道："难道就是……"

亚拉法师道："没错，就是罗隆尼卡家族。他们在历史上也被称为光之仆从，他们就是前任光军。后来光军以戈巴族人为主体之后，罗隆尼卡家族被编入了另外的军队，此外，他们还担任着与光军同样的使命，也就是藏王亲卫军。也就是说，在当时，罗隆尼卡家族与戈巴族人在同一个岗位上工作，他们是最接近戈巴族人的人。还有，我记得昨天岳阳提起过，说藏王为什么敢用不是直接效忠自己的部队来担任亲卫军，这罗隆尼卡家族也是其中的一个原因了。这个家族，他们是直接宣誓效忠藏王的，当时在亲卫军这个位置上，他们的人数比戈巴族人还要多一些，大概也有牵制戈巴族人、平衡实力的作用吧。因此，当光军突然消失的时候，这个家族也陷入了重大的危机之中……"

亚拉法师停下来，卓木强巴不解道："光军的消失，和他们有什么关系？"

亚拉法师道："光军虽是吐蕃的秘密军队，但并非所有人都不知情，最起码娘氏和韦氏家族是知情的。而且在当时，那些势力庞大、掌握着国家最高机密的大家族，或多或少也知道一点点。因此，光军自身是如何成为吐蕃王朝的第一战力，这个秘密，一直是各大家族渴望觊觎的。当光军消失之后，各大家族之间的势力平衡被打破，没有了压制他们的力量，这些家族就更渴望得到光军的力量；而且你别忘了，与光军一同消失的，还有吐蕃王朝全盛时期的所有珍宝。仅凭这两点，就足以让那些实力雄厚的大家族，掘地三尺也要找出与光军有关的任何线索来。而要找线索，除了娘氏和韦氏这两大家族以外，首先被怀疑的会是什么人呢？"

卓木强巴这才明白道："罗隆尼卡家族！"

亚拉法师道："没错。他们曾经与光军在同一个地方工作，又是前任光军，在外人看来，他们肯定知道许多不为人知的内幕。所以后来战乱，这个家族的命运就和那些被光军遗弃的戈巴族人一样，成为了各大家族首先对付的目标。稍有实力的家族，都想从罗隆尼卡家族那里找到

第三十四章 水晶宫

光军的线索。连年的征战，虽然罗隆尼卡家族的战斗力极高，最后还是难逃被灭族的悲惨命运，但事实上，他们对光军的消失毫不知情，只是在无意中，成为了外人眼里开启宝库的钥匙。"

卓木强巴恍然道："原来如此。所以他们要洗刷自身的冤屈，要找出光军来，也加入了对光军的查找行列。难怪阿果说，他们家族已经找了近千年了。"

亚拉法师点头道："嗯，后来从战祸中遗留下来的罗隆尼卡家族后人，被迫改了姓名，过着逃亡或隐居的生活。不过为了纪念他们对吐蕃王室的忠诚以及对吐蕃王朝开辟疆土做出的贡献，后人尊称他们为白银末裔，也就是说，战斗力仅次于光军的强大武士。"

卓木强巴道："那么，昨天法师又是如何看出他身份的呢？"

亚拉法师道："这个很简单。首先你要知道，某些家族的历史，甚至比吐蕃王朝本身还要绵长，这些家族都有自己的徽章、旗帜、属于家族独有的纹饰。在那个年代，只要一看见那些特殊的标志，就好像你看见建设银行、工商银行的标志一样，马上就能认出这是属于哪个家族的。我就是从冈日的刀柄纹饰上辨认出了他们家族的标志，其实这些标识，就算今天，我们也常常看到。"

见卓木强巴怀疑，亚拉法师道："因为战争，那些家族常常整族整族地被灭掉，他们的徽章散落在高原上，掩埋在草丛中。被后来的牧民发现时，由于历史已经被遗忘，人们无法辨认出这是什么时候、属于什么人的东西，他们便认为这是从天上掉下来的，是上天的恩赐，常常把那些家族的族徽当做吉祥的象征，如护身符一般收藏起来。那些族徽，也就是人们常说的天铁。当然，天铁也不仅仅包括族徽，还有一些古代宗教使用过的法器，还有天珠上很多奇怪的纹饰，其中也有不少是某些家族的专用纹饰，只是到了今天，还能辨认出来的人，恐怕是没有了。"

这时候，岳阳奔走过来，询问道："强巴少爷，亚拉法师，你们……"

亚拉法师道："谈完了，有什么事吗？"

岳阳道:"强巴少爷,方新教授让你过去说一下昨天看到的狼群情况。"

卓木强巴起身道:"你们没说吗?"

岳阳挠头道:"教授说,我们说得不专业……"

卓木强巴哈哈一笑,大步迈开,岳阳在后面追问道:"怎么样,亚拉法师怎么说?"

回到屋内,敏敏和张立正争论着什么,显然不大相信张立所说,方新教授正往电脑里输入着资料。狼群的事是卓木强巴亲身经历,拣了精要的,很快就让方新教授了解了他们昨天遭遇的一切。

听完卓木强巴的诉说,方新教授道:"这显然是迁徙狼无疑了,但是又和我们所查证过的迁徙狼群都有区别,我想亲自去观察一下……"

"不,不,不,这不行……"方新教授话音未落,就被卓木强巴等人极力劝阻了。这个危险系数太大,但方新教授又岂能轻易放弃,最后还是卓木强巴说要去,也要等武器装备运到之后,然后征询吕竞男的意见,这才让教授淡定下来。

张立道:"对了,我昨天就想问你,强巴少爷,你昨天说,只有迁徙狼里才可能出现狼干,别的种群里都是头狼、狼统领,这是怎么回事?"

卓木强巴看了看方新教授,道:"这个,导师给你们解释会比较清楚。"

方新教授道:"你们知不知道集智?"

张立和岳阳两人一齐摇头,方新教授教育道:"你们瞧,这就是不爱学习的坏处了。集智,指的就是集体智慧。像蜜蜂、蚂蚁这样的细小个体,神经系统非常简单,当它们以个体存在时,几乎是没有什么智慧的。但是,只要它们的个体达到一定的数量,就会自动产生一种集体智慧,它们能搭建复杂的巢穴,遵循复杂的社会规律,有时候看起来,简直就是人类社会的缩影,甚至比人类做得还要精准。为什么会这样?"

岳阳和张立又是一阵摇头,方新教授道:"这就有个层面问题。一个点为点，无数的点连接起来就是线，两条直线相交构成一个平面，将无数的平面层叠就组成了我们生存的立体空间，这就是科学家常说的纬度空间，高纬度的空间都是由低纬度组成的。而科学家们认为，在智力问题上，与这个纬度空间类似，你们发什么呆？哎哟，这样都无法理解？那我再说简单点，你们想象一下电灯泡，一盏电灯点亮或是熄灭，它就只能表示亮了或灭了，对不对？如果说，有一千盏电灯排成一个正方形，那么这时候点亮或熄灭其中的一部分电灯，是不是就能组成各种图形呢？这样能理解了吧，一只蜜蜂就像一盏电灯，它没什么智慧，作为一个个体顶多有些生存本能。可是当一群蜜蜂聚集在一起时，它们就成了社会性动物了，它们有自己的蜂后，有雄蜂，有战斗的士兵，有照顾幼蜂的，有收集食物的，展现在我们面前的，就是一个充满智慧的大家庭。"

岳阳和张立有些懂了，开始点头。方新教授接着道："这种集体智慧，对于大多数群居动物都适宜，包括我们人类的祖先，同样，也包括狼群。当狼群以家族为单位时，它们以捕猎为主，头狼所关心的问题就是守护住自己家族的领地和自己家长的位置，保证这个家族可以延续下去，虽然狼群中产生了社会地位的高低关系，但是智慧有限。当它们演变为集团狼的时候，不仅要有家族内部的社会地位，同时，家族与家族之间，也会发生社会地位的高下区分，集体狩猎，也需要更精密的配合和更准确的协调指挥，但是它们也有一个问题，地域问题。地域限定了它们的活动范围，不敢离开自己的原始生存环境，就始终难以突破集智的产生底限。古人云，读万卷书，行万里路，在没有电子通讯的年代，要想增长见识，就必须游历，而这一点，对狼群也是一样的。只有在迁徙的路途中，才能见识到不同种类的生物，与各地的狼群交流，可以学习到各种独特的捕猎技巧；在迁徙中，才需要去适应不同的生存环境；最关键的一点，迁徙狼群将不断地壮大，当狼群的数量增加到一个临界点的时候，整个狼群就会发生突变，产生我刚才所说的集智。"

方新教授深深吸了一口气，道："这个临界点，在学术界还没有定论,总之,如果狼群的数量达到一个较大基数的话,整个狼群就会发生翻天覆地的变化。要知道,狼群本身就已经进化出多种肢体语言、负责的捕食机制和严格的社会等级,当它们中间产生集智的时候,整个狼群的智慧就会产生一个大的飞跃。有专家估算,那个时候的狼群智慧和社会形态,将有可能达到或超过人类奴隶社会的文明程度。说通俗点,就是如果今天出现了这样的迁徙狼群,它们的智商比石器时期的古人类还要聪明,有可能达到我国夏朝时期的文明程度,或者更高。事实上,整个古人类社会,也是通过类似的集智,而进化出我们今天所谓的文明的,人们常说,人类在劳动中产生了智慧,这是不完全准确的,准确地说,应该是,人类在集体劳动中产生了智慧。"

雪山日出

看着岳阳一脸疑虑,方新教授微笑道:"我知道你想问什么,既然狼群能进化到如此高的社会等级,为什么却并没有出现狼人呢?其实很遗憾,为什么今天没有狼人出现,那正是因为,它们晚了一步,我们的祖先,比狼更早一步进化出了集体智慧,也就是今天所说的文明,当狼群再想进化出属于狼的文明时,历史已经不允许了。你要知道,出现迁徙狼的前提条件是大饥荒,如果说没有人类的话,它们可以得到极大进化,但是很可惜,人类已经比它们先进化了。试想,当大饥荒来临的时候,人类同样面临着饥荒,狼群再厉害,又怎么能比得上饥饿的人群。在历史上出现大面积狼患的时候,我们的祖先,对于消灭狼群,那可是不遗余力的,现在明白了吧。所以狼群只能止步于迁徙狼,而不能得到进一步的进化。但是就算如此,要控制一个庞大的狼群团队,协调好各方面的工作,同样需要产生一位在谋略、见识、行动力等各方面都远超其余的狼的头领,这才是所有狼公认的狼王。"

张立道:"那么我们看到的那群狼里面……"

方新教授摇头道:"你们看到的那群狼里,没有狼王。首先迁徙狼产生集智的数量不够,它们还不足以产生智慧上的突破。其次,如果产生了狼王的话,那狼王的地位是超然的,不需要去仔细辨认,一目了然……呃,当然,我也没见到过,不过大多数专家是这样认为的。我想,就这群狼给我和强巴拉的感觉,它们应该是从一群产生了集智的狼群中分离出来的一支小分队,由几个头领同时带领,至于它们的目的和计划是什么,还需要进行深入的观察才能得出结论。你怎么看的,强巴拉?"

卓木强巴点头道:"我也是这样认为。在狼群与牦牛群的战斗过程中,没有出现唯一的指挥官,它们是分作几大块来运作的。"

方新教授道:"对了,你们说到最后狼哨响起的时候,雪山上有夜帝回应狼啸声?"

岳阳道:"那夜帝就是雪妖,冈日是这样说的。"

方新教授道:"嗯,雪人,雪妖,野人,夜帝,各种称呼都有,不过在发音中叫夜帝的,只有居住在喜马拉雅山脉的夏尔巴人和这里的居民才这样叫。我听说过一个说法,说这个夜帝的发音,是汉族人留下的称呼,夏尔巴人将它直接音译过去,后来又被直接音译到国外,然后再被音译回来了。"

岳阳道:"这怎么可能?"

方新教授微笑道:"你不知道么,达玛县曾经有一条唐蕃古道,据说是文成公主划定修建的,唐朝人能通过这条路一直抵达天竺,嗯,县城外就有用汉字刻凿的碑文。由我们汉人取名字倒是也有可能,只是汉史资料中无迹可寻。我们曾做过大量的搜查,仅在一本宋人札记中发现一首唐代无名氏的诗中提到,'雪山颠毫,有猿夜啼,初月露下,有狼和之……'这夜啼是否就是指夏尔巴人音译过去的夜帝呢,我们不得而知。"

"唐蕃古道？"岳阳奇道，"教官和玛保他们都没提到过啊？"

方新教授道："嗯，是这样的，那条古道早就消失了，有说是文成公主修建，也有说是赤尊公主入藏时所走之路，但是就今天而言，除了一块刻有汉字的石碑，既找不到史料，也找不到古道痕迹。估计是由于这条路翻越大雪山，实在艰险难行，所以没使用多久就被荒废了。我们也是上次到达玛县来时偶然听到的，对吧，强巴拉？"

卓木强巴道："嗯，唔，这夜帝在夏尔巴语中，意思是……岩居人……"他的思绪却飘得很远，夜帝，岩居人，与狼共鸣，戈巴族，他似乎想到了很多。这里面，是否有某种联系呢？

这天夜里，卓木强巴做了一个奇怪的梦。在梦中，他抵达了一个仿佛是月球表面环形山的所在，在山峦环绕间是一个平滑如镜的湖泊，月色融入湖水中，星辰泛在湖面上。在湖泊的一端，坐着一群身影模糊的人，他们高声歌唱着，歌声豪迈嘹亮，仿佛来自远古的呼唤，让梦中的卓木强巴生出熟悉的眷念，好想亲近他们，与他们一起高歌。

而在那些人的周围，还环坐着数量众多的狼，它们蹲坐在人们身旁，昂首向天，随着那粗犷沙哑的歌声也高低错落地呜呜着。狼啸与歌声竟是如此的协和，另有虫鸣伴奏、风声协奏，人群与狼群，就这样在天地间一唱一和。

在这方独特的空间里，卓木强巴感到前所未有的自由，卸掉了心中的枷锁，抛开了尘世一切的烦恼，心灵被释放，仿佛要随着那歌声飞翔。

此后又过了三天，除了狼群占据的那地方，还真找不到可以上山的路径，为此胡杨队长大为光火，连聊天时语气也特别重，就像在骂人。卓木强巴也将方新教授的想法告诉了吕竞男，虽然吕竞男认为考察狼群不是他们应该关心的事情，不过对于胡杨队长精心勘测出来的上山路径，倒是该去看看。只不过气象局的同志迟迟推断不出雪山上的好天气，武器要等确信上山时才会送过来，没有武器，他们也知趣地不去打

第三十四章 水晶宫

扰狼群。

　　再过几天，考察工作基本已经结束，吕竞男让大家每天在山脚下负重练习，就当做是适应性训练了，这时比勘测地形要好多了，最起码下午有半天休息时间。卓木强巴等人常去冈日家里，他和方新教授与冈日本就熟识，无话不谈，若不是大本营在纳拉村，他们早就住冈日家里了。卓木强巴也问起冈日的家族，既然卓木强巴知道了，冈日也没什么好隐瞒的，点头承认了，所说的与亚拉法师所说大致相同。胡杨队长则仍希望冈日带他们上山，虽然这条路通往迷雾区没有问题，但是那雪雾笼罩的地方又是怎样的情形呢？没有上去过谁也说不清。张立和岳阳却是来玩的，他们与冈拉玩得不亦乐乎，特别是岳阳，对这条一身银白，且知人心的雪獒，说不出的喜爱。敏敏对冈拉也是疼爱有加，一见就喜欢，但不知什么原因，冈拉就是不爱答理敏敏，有几次使小性子，或是伙同岳阳他们搞点恶作剧，把小姑娘急得眼圈都红了。冈拉和吕竞男的关系也不好，有时候还对吕竞男张牙舞爪，大有与她较量一番的意思。至于巴桑和亚拉法师，来得较少，说也奇怪，自从到了纳拉村之后，巴桑常常看着大雪山和那山顶的雪雾发呆，有时一想就是半天。但自从发生了那件事之后，大家都尽量不去打扰他，既希望他能想起些什么，又害怕他旧病复发。其实，岳阳还发现，张立也有类似症状，就在与冈拉玩耍时，也能看见他盯住雪山发一阵呆，不知道在想些什么。

　　气象局的天气预测结果终于出来了，也定下了最后上山日期，如今就是上山的路径问题了。武器一拿到手，方新教授和胡杨队长都迫不及待要去狼窝看看，吕竞男叮嘱再三，如果有可能，尽量不要伤害那些狼。毕竟我国境内的狼实在少得可怜，估计和野生单峰骆驼一样，数量比大熊猫还要稀少。

　　没想到，他们还没来得及出行，冈日那边就传来了消息。"你们不用带这么多武器去找它们了，带上你们的勘测设备就行了。"看着整装待发的卓木强巴等人，冈日淡淡道。

　　"什么，为什么？"张立愣头愣脑地问道。

冈日道："它们走了，今天早上我已经去看过了。"

"走了？去哪里了？"这次急迫的是方新教授。

冈日摇头道："不知道。今天我一起来，就发现羊圈里的羊，都给我送回来了，还多了几只小羊羔。是冈拉告诉我，它感觉不到狼群的气息了，我才壮着胆子去看了看。果然，它们全走了，牦牛群也走了，什么都没留下。"

"走走，快带我去看看！"方新教授有些气急败坏了。这里面研究狼最久、最渴望观察到狼群生活习性的就数方新教授了，这样一个大好机会，竟然与自己无缘，他如何不急！方新教授什么都没拿，带上手提电脑，便拉着冈日出门去。吕竟男吩咐了一下，大家还是带了些轻便武器跟在后面。胡杨队长将信将疑，带上了全套勘测设备。

当卓木强巴他们再度来到狼群与牦牛群激战的地方时，大家心中都各有感触。卓木强巴突然感到心中空荡荡的，好像失落了什么，其实，虽然那群狼让人感到害怕，但他还是想再看那些狼一眼。狼群的聚集地就在另一道山脊的背后，如今，这里只剩下一些狼和牦牛的粪便，还有狼吃剩下的食物残渣，狼群集体撤走了，在这布满卵石的山坡上也没留下足迹，不知道它们朝哪个方向走了。

一想起卓木强巴曾经告诉过自己这群狼与野牦牛的激烈战况，以及它们狡猾的智慧，方新教授就不停地摇头。自己怎么就没坚持提前来看一看呢？可惜了，可惜了。他小心地收集着狼粪，没看到狼，带点狼粪回去研究研究也是好的。胡杨队长则借助仪器，详细地向吕竟男讲解着他制定的登山路线，以及沿途要重点注意的问题。当他说到雪雾以上的地方时，好几次去看冈日。冈日故意站得远远的，只跟在卓木强巴和方新教授身边。亚拉法师看在眼里，露出了神秘的微笑。

从那狼群聚居地离开，临别时，冈日问起他们什么时候上雪山，卓木强巴道："明天就走。"

冈日没有再问，冈拉听说卓木强巴要走，咬住了他的裤腿，不让他走。卓木强巴蹲下身来，搂着冈拉脖子道："嘿，你瞧，我答应过，一定会回来看你的，我有没有做到？"

冈拉不满地摇了摇头，卓木强巴又道："这次，我还答应你，等我们找到那个地方，我很快就回来看你，好不好？这次不会让你等那么久的，说不定，还能给你带回一个真正的伙伴。冈拉，看着我，你是好姑娘，对不对？你知道，我是不会骗你的，这次，我要去找，你们的王……乖乖地等我回来，好吗？"

冈拉似懂非懂地听着，委屈地低下头去，鼻孔里猎猎低鸣，卓木强巴好一阵劝说，才令它安静下来。冈日带着冈拉站在山头目送卓木强巴等人离去，神情复杂，良久才对冈拉道："他们走了，我们也回吧。"

回到纳拉村，胡杨队长就今天勘测的地形情况详细地向大家做了叙述，指出可能出现的各种险情和对自然灾害的防患。对于带武器上雪山，他倒不是十分的赞同，首先那套登山必备装备就十分沉重了，而且雪山上敌人可能出现的几率很小，有个把人，老远就发现了，再加上武器有可能引发自然灾害。吕竞男与众人商议后，仍选了些轻便武器，防患于未然，然后嘱咐大家早些睡觉，明日将是一天的负重登山行程。

在纳拉村居住了好几日，大家与村民也都熟识了，这里的村民热情好客，能歌善舞，听说他们要走，还打算给他们开个欢送会，被吕竞男和胡杨队长拒绝了。胡杨队长告诉玛保，若是庆贺，等他们回来的时候再庆贺不迟，玛保心中想的却是，若是上了大雪山，不知道还能不能……

在村里休息了一宿，第二天天还未亮，这行人又背上重重的背包，朝雪山之巅挺进。原本胡杨队长考虑过，雇两个夏尔巴人扛器械，结果夏尔巴人一听是去死亡西风带中比珠穆朗玛还可怕的女神斯必杰莫，没有一个人愿意前往，只说那里是被魔鬼诅咒过的绝地，前往的人没有任何生还的可能。队员们要在山坡营宿一夜，身上背的装备加上武器，分量可不轻。

上山的路走了一个多小时了，天还未亮，岳阳道："为什么这么早就要出发呢？"

胡杨队长道："我已经计算过了，以现在的脚程，我们还需要全速前进才能在中午以前赶到雪线以上，那里将是我们的登顶突击营地。上去之后要恢复体力，至少需要半天。"

张立道："不会那么严重吧，我们是从海拔五千多米直接向上爬，雪线在海拔六千米附近，就算山路远行，空气稀薄，也不用恢复半天吧？"

巴桑看着夜空，月未落，云如纱，他平声道："下午有大风。"

吕竞男也道："不错，气象局同志说，下午的风很大，如果中午前无法抵达预定的突击营地的话，下午攀登会消耗我们更大的体力。"

敏敏疑惑地重复道："风很大？"

他们都未曾感受过雪山上的风，对于什么样的风叫做大风也没有十分明确的概念。

胡杨队长道："小丫头，这里不是死亡西风谷，它叫死亡西风带，整个西北朝向的山脉几百公里都笼在西风带之中。那些罡风翻过山头，在另一边遇到高原低气压，它就倒着卷，那和普通的冰川下坡风是完全不同的，那绝对是上坡风，我们管它叫倒卷龙，跟滚筒洗衣机似的，是一种横向旋风。风从脚下往头上吹，你站都站不稳，哪怕是结茧蛹营也抵不住风势，除非能及时赶到预定的突击营地，否则在山脚下就有可能被吹散哦。"目前还在雪山脚下，大家全速爬过草坡，随着月落星稀，天色渐明，人的精神也渐渐好了起来。

晨风寒意重，拂面精神爽，空气特别清新，深吸一口，犹如薄荷在喉，凉沁肺腑，蛰伏草间的虫鸣不断，错落有韵，时而宫弦低鸣，时而羽筝高亢。山南一端，星辰犹在，点点星光，泛出宝石般的闪耀；一轮明月在云中半遮面，渐坠至西山顶，恰似山巅一颗珍珠，柔和的月光被雪山反折，犹如神光普照大地。当是时，皑是山上雪，皎为云中月。

行至半山，月已西沉不见，取而代之的是东天云蒸霞蔚。山峦之后一片光明，天际被划出一道明显的弧形亮光，七彩的云霞风云翻涌，聚集在山冈之上，犹如百鸟朝凤；那多条缎带变幻多端，时而腾龙驾雾，

第三十四章 水晶宫

时而鲤鱼跃海,时而苍鹰搏兔,时而万马奔腾,其色彩艳丽非凡,红是宝石红,白如羊脂玉,蓝是碧海晴空,绿为芳草茵茵,天公造物,令人流连忘返,心旷神怡。在那花团锦簇的云霞之中,一轮红日冉冉升起,初时好似害羞的小姑娘,犹抱琵琶半遮面,只露出小半张脸,红彤彤羞答答地不肯出来。

大家都不由自主停下脚步,伫立在半山等待日出,那心情,就像等待行将破壳的小鸡,有新生命即将诞生的喜悦和激动。初升的红日并不耀眼,那光泽有如玉一般温润细腻,神光内敛,却蕴涵着无穷的力量,它缓缓地努力向上飞升,一点一点,血玉圆盘在碧峰间成型,八方云雾来朝,犹如众星拱月,为这天地万物之源的又一次升起而欢腾。终于,它猛地一挣,犹如瓜熟蒂落、雏鸟破壳,完全地脱离了由起伏山峦连成的地平线,好似脱笼飞鸟;它上升的速度也在加快,刹那间,万丈光华重临大地,连巍峨的神圣雪山也为之战栗!大地虔诚地低伏,山间肆虐的风悄然退却,一丝丝暖意笼罩全身,也带走了那微微的疲乏和心中的一切忧郁。那是造就万物的生命之光啊,那就是一切力量的源泉,这个星系的真正主宰!

大家不明白,这雪山上的日出与别处有何不同,为何会令自己如此心情激荡,那种欲哭着跪地膜拜的冲动又源自何方?一时间天地俱寂,只有那夺目的光芒打量着它照耀下的一切,它无分正邪,没有对错,自亘古以来它便已存在,至恒久以后,它还将燃烧,就它而言,人类只是这大地上众多生物的一种,同样卑微而渺小,同样只是它的同类——地球身上的寄生物。

静默良久,谁也没说话,众人心情不一,有豪迈,有惭愧,有敬仰,有卑微。载着复杂的心情,亚拉法师第一个转过身去;卓木强巴、唐敏等人长久地呆立。吕竞男淡淡地发出指令:"继续前进。"

地狱之门

当胡杨队长回过头来，没走几步，突然目瞪口呆，仰望着山峰说不出话来，在他身旁的张立顺势望去，只见雪山山壁，那白玉无瑕的坡壁上，突如其来地出现了一条血红的绸带，好似雪山女神白裙上的束腰，那般醒目而鲜艳，红如滴血，又带有几分诡秘和妖娆。张立指着山峰大叫起来："快看！看！那是什么？"

岳阳怪叫道："刚才还没有啊，怎么回事？是飘过去的云霞吗？"

唐敏欢呼道："太漂亮了，好美啊，这种颜色，这种颜色真是……"

方新教授道："那不是云霞，云和雪山再怎么贴近也不会是这样，难道！难道是……"

胡杨队长这才道："血雪，那是血雪啊！这次出行可真糟糕。"

一听血雪，大家都恍悟过来。血雪和旗云同样都是高原雪山上罕见的奇景之一，但与旗云的意义不同，旗云洁白如哈达，是吉祥的象征；血雪则暗示着灾难，被藏民视为不祥之兆。有时雪山山腰处，皑皑白雪上会突然出现一片血红色，那便被称之为血雪，走到近处却又什么都看不见，大家只是听说过，还从来没亲眼见过。按照科学的观点解释，血雪估计和彩虹或海市蜃楼一样，属于自然界光学折射现象，至于为什么会出现在雪层之中，而血雪出现时又多伴有雪崩、狂风等破坏性自然现象，这暂时还没有一个明确的解释。

胡杨队长建议道："血雪出现，天气有变。我觉得，我们应该返回山卜村中，另择时机登顶，这样比较稳妥。"他朝吕竞男背影询问道，

"怎么样？"

吕竞男转过头来，微微摇头，坚定道："我们这次必须登顶，机会只有这一次。我们不得不考虑大环境，在这西风带，每年5月初至9月中旬为雨季，强烈的东南季风造成暴雨频繁、云雾弥漫、冰雪肆虐无常的恶劣气候。11月中旬至翌年2月中旬，因受强劲的西北寒流控制，气温可达零下60℃，平均气温在零下40℃至零下50℃之间，最大风速可达90米／秒。每年3月初至4月末，这里是风季过渡到雨季的春季，而9月初至10月末是雨季过渡至风季的秋季。在此期间，才有可能出现较好的天气。所以说，这次无法登顶，就得再等一年，不管是国家还是我们，都不能够再等一年这么久了。再说气象局发来的信息很明确，近期大气云团平和，应该不会在这山峰附近聚集，这是最佳也是我们唯一的一次机会。虽然说天兆有变，前途未卜，我们也不得不冒这个险。"

张立支持道："没关系，我们又有哪一次不是在冒险呢。"

胡杨队长看着吕竞男的背影暗想："果然是有什么事情不能再拖下去了吗？"

没想到，仅仅又走了两个小时，山坡上的风势突然大了起来，就好像迎面有一堵墙，扼制着队员们前进的步伐。岳阳急得大叫："不是说下午才有风的吗？怎么现在就起风了？"

胡杨队长摇头道："血雪，这就是血雪啊！"

吕竞男道："如果这样前进的话，抵达突击营地，我们的体力也就消耗得差不多了，明天无法冲顶，有什么好的办法没有，胡队长？"

胡杨队长道："我们昨天定的第二套方案，另一个突击营地在什么地方？"

吕竞男迎着大风，将地图铺在地上，用乱石压住，道："你看……"

胡杨队长看着地图，对吕竞男道："用卫星导航，请气象局和地质局的同志协助，我们得绕开这股强风。雪线以上，攀登难度将是目前的十倍，不能在这里无谓地消耗体能。"

一路上，吕竞男用卫星定位导航，不断通过手机与外界联络。喜马拉雅山脉附近就是这一点好，被卫星覆盖，手机有信号，能保持与外界的联系。

终于，在卫星定位仪、地图分析师、气象观测员和地质学家的帮助下，大家在雪山面南的山坳找到一处风势较弱的地方。这里原本是一大块平坡，但在中间就像被勺子挖走一块，面积也不大，那倒卷风便从山坳的上方掠过，至少能平稳结营，这里就是他们的二号突击营地。

他们结的是极地专用蚕蛹营，看上去就像半个蚕蛹横躺在地上。这种营帐内置十六枚营钉，外面同样牵了四根固定缆，使它固定得非常牢靠，无论从哪个方向吹来的大风都能抵御。更关键的是，它采用了双层蜂窝状充气强化薄膜作为帐篷材料，加上蛋壳状的蚕蛹外形，使它能够抗住普通滚石和冰崩的袭击。在极地环境下，强风往往吹得磨盘大的石头满地乱滚，普通营房一砸就是个洞，只有这种蚕蛹营才能经得起滚石打击。在南极，中国科考队的科考站也采用了这样的蚕蛹外观，只不过为了增大使用面积，科考站修得更像半个埋在地下的铁桶。

营帐较矮，低伏，得猫腰钻进去，就如同钻进一个大的睡袋中，通常一个营帐可容四人躺卧，但起火煮饭什么的就得在营外另选地方。他们在山坳靠墙处支起高压锅，大雪山海拔高，气压低，不用高压锅根本煮不好食物，连水都烧不开。匆匆吃过午饭，队员们又忙碌起来，他们要监测风向、风速、云层聚集情况，观测地形，定制明天的登顶路线，检查雪融水的水质水况，观察地表环境和地面植被生长。由于这支队伍接受了多方帮助，在吕竞男与各方联系的同时，各个部门也提出了帮忙实地监测气候环境变化的要求。如今已经在半山扎下营来，他们本就准备监测气候和地理条件，为明天的冲顶作充分的准备，所以顺道也就答应下来。

"风向，东南偏西，上坡风。"

"风速，15米每秒，在逐渐加大中。"

"气温，零下2摄氏度，午后气温将持续降低。"

第三十四章 水晶宫

"气压，56.446千帕。"

"地表植物，目前可见雪莲花茎、三指凤毛菊，还有……无名的蕨类植物。"

"目前，我们在雪线以下，所处的位置属冻土层，土壤样品采集完毕，将测定土壤呼吸、土壤酶活性、土壤微生物生物量、土壤有机碳矿化、土壤氮素矿化、土壤酸碱度……雪线以上，肉眼估计三公里便进入积雪层，五公里附近进入雪雾笼罩范围。目前峰顶情况不明，雪雾在向下蔓延，午后估计能下延五百米左右。"

"水质情况……"

在各方专家的指引下，这些资料都被汇报回各个部门。其余情况被教授和岳阳用拍摄器械记录下来，暂时无法用无线网络传输，资料将在下山后传送出去。

一天忙碌，在太阳接近西沉时才结束基本调查工作。此时风速增加到22米每秒，气温陡降至零下15度，而这还是在雪线附近，队员们心里多少对明天的冲顶有了思想准备。

山坳内风势平缓，火焰又提供了温度，吃过晚饭，围着篝火，吕竞男向大家宣布："从气象局同志传来的消息，明天天气持续晴好，没有任何对此次行动有影响的云团在这附近形成，风速风向都将与今天持平。大家好好休息一夜，能不能成功就在此一举了。只是目前我们还不清楚雪雾区笼罩的情况，这是我们要面临的最大危险。"

见气氛有些沉闷，胡杨队长领队经验丰富，开导大家道："大家难得聚在一起，我在这里提前预祝大家明天冲顶成功。来，大家一起唱个歌吧，大家庆贺一下，我给大家起个头，肯定都会唱的……"

营房内气氛顿时活跃起来。这里的人大多数的确是共过患难，同过生死，一次次相互提携着从死神手中爬出来的，每个人都清楚并坚守着这样的信念，不管前面有多大的危险，不管还将遭遇什么样的挫折，他们依然会一次次相互提携着，从死神手中再爬出去。

胡杨队长开了个头，唐敏也很有文艺天赋，唱歌跳舞样样在行，卓木强巴的嗓音，竟然还带有磁性，张立、岳阳大声叫好。连对文艺从未涉猎的亚拉法师也被调动起来，唱了首梵语的诵经歌，只有巴桑，挂着冷笑，站在山坳口仰望大雪山。

胡杨队长将自己过去的一些科考经历说给大家听，声情并茂，表情惟妙惟肖，生动处听得大家屏息凝神，滑稽处又让大家哈哈大笑。岳阳早就听过这些事情，当他敏锐地观察到巴桑独立在坳口时，悄悄离开篝火，来到巴桑身旁，询问道："怎么了？巴桑大哥！不过去和大家一起聊天？"

巴桑冷笑道："我喜欢独处，你不用管我。"

岳阳道："是不是看着大雪山，想起了什么？"

巴桑摇头道："没有。我们当时经西风带时，全在雪线以上行进，风雪茫茫，不辨方向，雪山以外的情形根本看不见。"

"哦。"岳阳知道巴桑喜欢冷清，正准备回到篝火堆，又听巴桑道："这雾……"

岳阳昂头看山，那雪雾弥漫在主峰就像一朵大蘑菇，两侧的几座卫峰也多少罩住一些雾气，他喃喃道："这雾没什么啊？"

巴桑肯定道："这雾，在消退。"

"啊，不会吧。"岳阳惊讶道，"这晚上的罡风更猛烈的，雪雾只会更大才对吧？"

巴桑道："我在这里观察了半个多小时了，那雾确实在消退。我想，如果今天午夜时分来，肯定有意想不到的收获。"

岳阳赶紧将这一情况报告给吕竞男。吕竞男和方新教授、胡杨队长几个人一商量，觉得有这个可能，当即安排岳阳、张立这两个年轻小伙去休息，准备进行午夜观察活动。亚拉法师也入定去了。

午夜时分，亚拉法师叫醒了两人，三人一同出营观察。皓月当空，山风凛冽，那本该迷雾笼罩的大雪山，竟然敛起轻纱，露出了庐山真面目。三人倒吸一口凉气，那雪山真容竟如魔鬼般狰狞，不愧为女神斯必杰莫的称号，两座卫峰之间，和主峰形成山字形三叉戟，登临主峰共有三条脊线可走，每条脊线的坡度，都接近或超过了75度，使整座斯必杰莫雪山看上去像一口古钟。在半山腰，一条巨大的冰舌拦腰舔断，将三条脊梁完全侵蚀，那冰舌在罡风常年的作用下，又被割得七零八落，冰裂缝就像一道道刀砍的缺口纵向排列，黑黝黝的深不见底，要想攀上山顶，就必须从冰裂缝区域横穿过去。那罡风将山腰的积雪吹得满天乱卷，但山顶的积雪却因风势而呈屋檐堆积状，积雪最厚的地方像蘑菇伞一样明显高于山腰，形成钟钮，更像一个人头。在黯淡的月光下，整座雪山又像一个披着斗篷的幽灵，积雪堆就是他张开了魔鬼的大嘴，这张嘴随时都会闭合下来。冰裂缝和山顶蘑菇状堆雪之间，露出了裸露的岩壁，一看就是乱石堆砌。地壳有如干裂的旱田，不时有巨岩被风从地表挖出来，远远地不知道抛向了何方。

　　三人轮流交换着望远镜，谁都没有说话，最后岳阳发表了自己的观点，他问道："这山，能攀吗？"

　　亚拉法师也是摇头。不说别的，就那些冰裂缝，不用工具根本就无法通过。还有那乱石堆，被风扫得滚来滚去，那可怕的西风带该如何通过？就算通过了，那堆得像蘑菇盖一样的积雪，别说大声说话，哪怕下脚重一些，恐怕都会塌吧，那可是直接坍塌，而不叫雪崩啊！

　　张立调整着摄像头，咬着嘴唇道："三条脊线都要穿过冰裂带和西风带，而顶端积雪从最南坡上和最北坡上都要好一些，只是好一些而已。可怕，太可怕了，难怪从来没有人能从中国方面登顶。"

　　岳阳道："还有一点很奇怪，为什么夜晚那雪雾会消散呢？是因为气温太冷了吗？"

　　张立摇头道："不知道，明天问巴桑大哥吧。"

　　亚拉法师道："都记录下来了吗？我们也回去休息，明天让他们看看这记录，大家一齐想办法。难……唉……"

　　第二日凌晨，踏出营房时山顶的雾还没有完全聚集，依稀还可以看见冰裂缝。看着张立他们拍摄的资料，谁也没开口，连极地经验丰富的胡杨队长也感到这件事非常棘手，面对那犹如无数张嘴的冰裂缝，根本无法制定路线。岳阳询问巴桑道:"巴桑大哥,你怎么知道晚上雪雾会退去?"

巴桑道:"不知道,我是凭长时间观察得出的这个结论,究竟为什么我也不清楚。胡杨队长他们不是也说有可能吗,他们或许知道原因吧。"

岳阳疑惑地望向胡杨队长,胡杨队长道:"我们认为,那雪雾并不纯粹是雪构成的,而是里面有真正的雾气。"

岳阳道:"不可能啊,这雪山顶上,不会下雨,积水都冻成冰,哪来的雾气?"

胡杨队长道:"我们是这样考虑的,如果是曾经有一群人居住的地方,肯定要有水源,这大雪山上的积雪融化可以解决水源的问题;然后是有平坦的山坳,山坳气温远高于雪山表面,日间照射水汽蒸腾,再到了雪山表面与冷空气一接触,就形成了浓雾,到了晚间气温降低,不再有水蒸气蒸发,那浓雾自然消退。西风带的倒卷风将积雪都堆积成蘑菇状,所以雪雾其实并不明显。吕竞男教官也是这个看法。"

吕竞男点点头,道:"现在前面的情况已经明朗,在这里讨论是不会有结果的,我们到了那里再具体情况具体分析。如今为了避开罡风正面,我们将从最南端山脊上坡,如果实在不行,我们就从山谷攀冰上去。"

凌晨因为气压与环流的关系,风势果然比日间小了许多,但依然强劲,队员们搭乘风力,上坡速度比平时爬山更为迅捷,很快通过雪线。就在绕道南山脊的途中,他们发现另一处山坳,这山坳比他们栖身之处要大了许多,山间的风似乎在这山坳外形成一个奇怪的循环,每次只有一丝微风流入其中。真正让队员们停下脚步来拍摄的,是山坳中那两处巨大的摩尼堆,经幡迎着风猎猎作响。无数白石堆积的摩尼堆可以说是这山上唯一的人工建筑,最下层的祈祷石已经被风化大半,在这样微弱的风势下被风化,那需要多长的时间啊。而最上面的祈祷石还呈现出新的红漆,说明这里一直都有人前来膜礼。

第三十四章 水晶宫

更令人吃惊的是，那些祈祷石上镌刻的并非常见的六字大明咒，而是古藏符号，估计连雕刻的人也不知道这些符号代表的意思了吧，但他们依旧精雕细刻地将这些符号准确地雕凿下来。于是，在这支特殊的登山队眼中，就出现了由无数白石堆砌的两个巨大玛尼堆，上面每一块石头都刻着这样的含义："踏入此门中的人，必须放弃一切希望。"

冰裂谷

熟知西方文明的卓木强巴顿时明白了唐涛呼喊的"地狱之门"究竟指的是何方，他不明白这是巧合还是神迹，但如今，站在此处，却对地狱之门深有体会。仰头看去，地狱之门之后，冰裂谷好似地狱的入口，无数魔兽张开了大嘴，等着被吞噬的灵魂堕落，山间的风发出撕裂啸声，那是魔鬼的怒吼，令人战栗；转身回看，身后是一览众山小，群峰低伏，在柔和的月光下散发出熟睡女子的妩媚，一种带着银色光泽的绿有如宝石般璀璨，漫天星光伴月起舞，顿时觉得，这是多么安静的一处所在啊，只有来自天堂的风在身边轻轻摩挲，温柔得令人想要躺进母亲的怀抱。站在这地狱的门口，便通往生死的两端，卓木强巴重整衣衫，目光如铁地望着地狱，心道："地狱之门，我来了！"

亚拉法师指着玛尼石文字下的纹饰道："这是罗隆尼卡家族的纹饰。"

张立欣喜道："也就是说，这就是冈日才知道的那条路，我们并没有走错路！"

方新教授道："只有最上面的十几层玛尼石才有纹饰，下面这些玛尼石无论文字还是雕凿都与它们有所不同，也就是说，罗隆尼卡家族大约是百余年前发现这里的。"他望向那门后的冰裂区,喃喃道,"可是,这上山的路,要如何穿越裂冰区呢?"

"快来看这里,你们看这是什么!"岳阳也有发现。胡杨队长赶到岳阳所在处,不禁摸着胡子"嗯"了一声。方新教授也走过来,立即蹲下身去,奇怪道:"怎么会?"

只见岳阳蹲着的地方,也就是地狱之门的正中,坚硬的岩石上有一道道浅浅的凿痕,掩埋在乱石下面,但是仔细一看就不难辨认出这是台阶,这是古人登山时凿刻的石阶。这就是一条路,很明显的路。

岳阳道:"难道说,我们发现了那条唐蕃古道?"

方新教授摇头道:"不会,古人更不可能攀登如此危险的雪山。唐蕃古道一定是从山峦交接处的谷底穿过去,不可能从山峰翻过去的。可是,要开凿石阶,说明很多人曾从这里走过,这才有筑路的需求,这条路可是一直通向冰裂谷的啊,什么人会走这条路?"

胡杨队长也是摇头,皆是不解。

没有太多的时间,在地狱之门前仅作了短暂的停留,他们匆匆北上。跨过地狱之门后,风势明显加大,已经不是他们在自己爬坡了,而是风推着他们往前走,将他们推向那地狱深处。

穿越冰渍区,来到脊线下,坡度陡然增高,那山岩脊梁就像巨人一般挺立在众人面前,那75度的斜坡,和垂直攀登也几乎没有多大区别了。这道伫立在他们面前的陡坡峭壁,像极了珠峰上的第二台阶,可高度却是第二台阶的好几十倍。张立吹着口哨道:"嘘——好了,现在才是正式开始登山吧。"

唐敏低声道:"胡队长,为什么选这条路呢?"

胡杨队长微笑道:"我知道你在想什么,你是想说,侧面坡度更缓,看起来更容易攀登,是吧?"

唐敏点点头。

胡杨队长道:"侧面的山谷有大量的积雪积冰,积雪深度可能超过人的高度,而积雪下面还有看不见的巨大裂缝,雪崩冰崩随时可能发

第三十四章 水晶宫

生。胡队长与冰雪打了这么多年交道,不会带错路的。要知道,攀登雪山,只能走脊线,绝不能走山谷。"

胡杨队长将一把岩椎和一串快挂抓在手里,对大家道:"走吧,我们爬上去!"

攀岩,作为一种现代化户外运动,已经为越来越多的人所熟知,但是,背负三四十公斤,在海拔六千五百米以上的微氧环境下攀岩,就不是普通攀岩爱好者所能做到的了。队员们装配好工具,伸出十指在裸露的岩壁上寻找攀附点,埋下岩椎,套入主绳,扣入快挂,系好安全带,生生在海拔六千五百米的绝壁上开出一条路来。

稀薄的空气和极低温环境是对队员们最大的考验,而他们在特训时就已经知道,如何在这样的环境使自己的呼吸与在低海拔地区保持同样效果,如何利用手指关节的快速活动促进血液循环来抵御低温。这种程度的攀岩对队员们来说,并不是什么难题,而大家也都知道,更大的考验还在后面,在那冰裂缝,和裂缝之后的——死亡西风带!

攀登两百米左右,坡度稍缓,但还是需要借助保护点才能顺利前行,队员们一鼓作气,直到登临冰裂谷前都没有遭遇太大的危险。如今,巨大的冰川裂谷便横陈在眼前,它们如贪婪的猛兽,多少灵魂也填不满它们的肚子。

冰裂谷是由一整块冰川被风侵蚀形成的,好似冻得开裂的皮肤,先是纵向裂为三块,然后由于受力不均又横向分层断裂,断裂处有如树叶的脉络,到处都是撕开的裂口。那些裂口在风的作用下,每天都扩张着,很多地方已经不能算作裂缝了,在各种力量的作用下,形成了无数冰柱参天耸立,那也是雪山上罕见的奇景之一:冰塔林!

站在冰川下沿,看着这块被风切割得伤痕累累的巨大冰川,呈现在他们眼前的,是怎样一番景象啊。如同一块四周完整,但中心却被搅拌机洗礼过的豆腐,那三条主裂带宽达数百米,下方坍塌成为冰塔林,沿着主裂缝,龟裂的纹路如树叶的脉络一般向四面八方延伸,整个冰川都处于随时会崩裂的状态。虽然边缘的裂缝能一步跨过,但冰川表面光滑如镜，就算套上冰爪也不能保证步履稳健，更何况越往中心附近走，裂缝越宽，那已经不是人力能跳跃过去的。部分裂缝将冰川割成头大脚小的楔形冰壁，上方是数百平米的冰面，下方陡然缩小，犹如蜂腰，风吹过都让人感觉它摇摇欲坠，更别说立足了。还有些冰柱已经倒塌，却不曾横躺，而是与别的冰柱搭在了一起，形成拱门状或多米诺骨牌状。

看着这被刀劈斧砍的水晶巨岩，亚拉法师想起了他们在倒悬空寺跳跃的硫酸池。而卓木强巴、张立和胡杨队长自是同时想起了可可西里的冰川溶洞，二者极为相似却又完全不同。冰川溶洞是连同大地开裂，最后直通地下暗涌，而这冰裂缝是全冰裂开，下面是坚硬的冻土层，从这么高的距离跌下去，和跳摩天大楼应该没什么区别。激光测距显示，最深的裂口约有一百五十多米，那也是这冰盖的厚度。看上去对面的悬冰垂壁没多远，但其实约有数公里的路程，这么远的距离，从那一道道冰裂缝上方跳过去，根本行不通。

站在裂缝前，每一个人都在思索，该怎么过去？这些冰柱脆而坚硬，如果使用飞索横渡，一旦悬挂的冰柱断裂，下面有些尖冰如矛如戟，若掉在上面马上被扎个透心凉。就算冰柱能支撑起飞索，还有些冰柱如刀如斧，若正面撞上去不被劈成两片才怪！更糟糕的是，有些裂缝间距十分巨大，已经超出了飞索的极限。

"我有一个想法……"

胡杨队长正为如何过去想得发愁，一听这句话顿时火冒三丈，当场就想骂人，但扭头一看，说这话的竟然是卓木强巴，就隐忍不发。

卓木强巴指着裂缝对面道："这下面是冻土层，而最后一道大裂缝与冰川上峰形成一个冰斜坡，只需寻找一条足够大的裂缝，能直接抵达冻土层。我们先滑到裂缝下面，应该有可以容身的通道，然后钻出裂缝区，穿越冰塔林，最后攀冰抵达冰川上端，我认为比走冰川表面安全。"

方新教授道："不行，这些裂缝下面是什么样谁知道？要是被卡在中间上下不得，那就麻烦了。"

胡杨队长苦笑道："我知道你的意思了，强巴拉，你是不是觉得，这冰川融洞，和我们上次在可可西里钻过的冰溶洞差不多?"

卓木强巴的确有这种想法，听胡杨队长这样说，看来自己想岔了。

胡杨队长摇头道："冰川融洞和冰溶洞，听起来一字之差，却有极大区别。冰溶洞是融化的冰水长年作用于山体，将山体溶出甬道和洞穴来；而冰川融洞，它的主体是冰川，受到温室气体影响，自身发生了融化，里面遍布冰裂缝，随处都是断壁绝崖和深谷雪墙，根本没有可以脚踏实地的道路，人是根本无法在里面穿行的。"

敏敏急道："那，那该怎么办？"

岳阳等人不约而同地看向了亚拉法师，法师沉思了良久，才道："整个冰川面积太大，就算我过去了，也无法将你们都带过去，而且……"他看了看背后那一大包登山必需品，脸色凝重道："我未必能过得去。"

便在此时，卓木强巴道："大家，能不能安静一下……"所有人都看着他，只见他全神贯注地听着什么，对大家道，"我好像听到了冈拉的声音。"

岳阳四处眺望，在这雪山上，白雪皑皑一片，却什么也没看到。

远处雪谷中，三个身形高大的人站在冰川边缘，一身雪白的防化服完全与雪山融为一体，就算走到近处也无法分辨是人还是雪岩。他们的四肢头面皆密闭起来，一根输氧管从胸口穿出，连接在防毒面罩上，透过防弹眼睛，能看到三双如鹰似隼的眼镜。右边一人道："怎么回事？他在望什么？难道被发现了？"

左侧一人道："不可能的，我们隔得这么远，怎么会被发现呢。是吧，老板。"那声音亲和中带逢迎，恭敬里透着谦卑，分明就是马索的声音。

中间身形明显高出两旁的人正是莫金，他放下望远镜道："哼，看来他们遇到麻烦了。"

在三人的身后，竟然还有一群身着白色防化服的人，拿着各式武器，眼里充满杀意。

所有人一安静下来，声音立刻清晰起来，在风声中，果然夹杂着低鸣，声音低沉，却能传远，是犬的叫声。方新教授喜道："冈拉来了，冈日一定在附近，到底，他还是想通了。"

亚拉法师捕捉着声音，心中却是无比震惊："不可能，那声音距我们已经如此近了，我们不可能什么都看不到，到底是从哪里传来的声音？"

下一次声音响起的时候，大家都惊愕起来，因为，声音不是从雪山的下面传来的，而是在他们的前面，冰川里！

声音更近了，岳阳拎着探照灯一照，惊呼道："强巴少爷，看那里！"

只见冰川底部，那道深深的沟壑中，从冰裂缝里扑出来扒拉着冰壁的，不是冈拉又是谁？冈拉在下面跑来跑去，显得十分高兴。卓木强巴不禁失声问道："冈拉，你怎么到下面去的？"

胡杨队长皱眉道："难道说，这条路，真的在下面？"

不多时，一个戴着狐皮帽、穿着紧身袍、挎着腰刀的男子跟在冈拉后面走出来，不是冈日又是谁！那冈日显然也没想到会在这里看到卓木强巴他们，他一脸的惊愕，询问道："你们——怎么还没上山哪？"

吕竞男对胡杨队长道："那我们先下去吧？"

胡杨队长不禁一笑，点头同意。既然唯一知道路的冈日都在下面了，那下面肯定有门路。看来这个冈日是以为他们昨天一天就该冲顶，估摸着今天是来给他们收尸的，却没想到他们昨天只攀登了半天，在雪线歇了一夜，今天碰个正着，也算运气。

胡杨队长道："看来强巴说对了，下面有路，得滑下去看看。只是穿越冰塔林后攀冰崖恐怕有些难度。"

吕竞男道："速滑至冻土层，在雪雾完全笼罩住冰裂缝之前攀上冰坡！"

队员们齐动手，很快打好铆钉、钢钎，套上主降绳，连抓绳和下降器等安全措施也不用，就那么直接速滑下去了。

马索道："怎么……他们竟然从冰裂缝滑下去了！"

"胆子可真大，他们疯了吗？我还从没听说过，谁敢从冰裂缝里穿越冰川！"莫金询问右边那人道，"你怎么看，铁军？"

这个叫铁军的人比莫金足足矮了一头，可看他的肩部，竟似比莫金还宽，手臂也极为粗壮，整个人站立不动时呈倒三角形，臂长及膝，像个猩猩。他说话声音也像野兽在嘶吼："我认为，除非他们有明确的路标，否则是不敢下冰裂缝的。"他说的是英语，也不十分标准，马索鄙夷地看了他一眼。

莫金点头道："嗯，不错，他们有地图呢。"说到这里，莫金叹息一声道，"没想到啊，原来那张地图也是将路指向这个地方，看来西米的回忆是正确的，如今就只能看那张地图究竟详细到何种程度了。数百公里的山脊被笼罩在雾里，大约只有一个一米的缺口可以下去，那些古代的密教徒究竟是怎么找到这个地方的？真是不可思议……如果西米的记忆能再准确一些！如果那条山脊没有那么可怕的磁场！如果没有那该死的西风带！如果没有那些浓雾！只需满足任何一个条件，我都能够找到那个入口！唉……"

滑至底端，卓木强巴来到冈日旁边，搂过冈拉，扭头道："阿果，你怎么在这里？"

岳阳在一旁贼腻兮兮地笑道："大叔，该不会是在等我们吧？"

冈日怒道："胡说八道！我只是……我只是……"

胡杨队长想得不差，冈日虽是断然拒绝了带他们上山，但自得知他们执意要上雪山后，总是时时想起卓木强巴、方新教授还有那亚拉法师，思来想去，总是放心不下，昨日又忽得一梦，这才到雪山上他所知的地方来瞧瞧。没想到，卓木强巴他们走了转山路，竟然在雪线附近休息了一夜，第二天才开始向顶峰攀登。冈日乃是后半夜开始登的山，本就熟悉路况，加上还有冈拉领路，竟然赶到了卓木强巴等人的前面。

冈日只说了两句，也不知该如何说明，只能叹息道："昨天晚上，我梦到拉珍了，她埋怨我，所以，才想到这里来看看……"

卓木强巴知道，自己这位阿果是刀子嘴、豆腐心，他重重地按住冈日的双肩，也就不再多说什么了。

胡杨队长看着幽深的冰川融洞道："原来，你们知道唯一的上山通道这个秘密，就在这大冰川之中啊。难怪别的登山队始终无法登顶，原来，他们都是无法通过这雾里的大冰川。"

方新教授喜道："冈日，既然我们这样碰到一起了，就给我们指条路吧？"

冈日却转过了头去，嗫嚅道："我，我不给你们带路。要走，你们自己找路吧，我跟在你们后面。"

方新教授不解道："你这又是何……"

冈日坚决摇头道："我不能违背誓言！"

水晶宫

都到洞口了冈日还说不愿意带路，这可让大家有些为难。胡杨队长怒道："怕个球！我们自己找路，大不了困死在这冰川里。"却是说的气话了。

没办法，他们只能自己想办法了，吕竞男安排道："这里能见度很低，而且头顶有冰塌的危险，说话要小声，一定要跟紧。这冰川占地面积很大，特别是起雾之后，一旦迷路，有可能走不出去。信号发射器安装好了吗?"

巴桑点头,这样他们在雾中迷路,也可以凭借信号接收器找到这处上去的路。

吕竞男抬头看天,那一轮银盘已不可见,几点星辰暗淡无光,便道:"太阳马上就要出来了,雾气也在加速形成,我们赶快。"

在冰川底部仰望冰川,犹如一块巨大的冰立方体,底部莫名其妙被掏空了,头顶形成许多锥状悬冰,如一根根尖刺随时准备扎向地面。而地面上还有许多掉落下来的冰锥,深深插入冻土层中,也有许多如巨型竹笋般挺立的半高冰柱,看上去就像古代恶龙张大的嘴,满口獠牙利齿。胡杨队长当先进入,大家陆续钻进恶龙的嘴里,小心避开地表的冰锥,头顶的风呼啸而过,不时有冰渣"簌簌"直落,一行人真是大气也不敢出一口。

冰川下能见度很低,和当年卓木强巴走过的冰溶洞相似,不过边壁巨大的冰墙更加厚实。灯光晃过,冰雪折射出一片光怪陆离,破裂的冰柱基座露出只鳞片爪,仿佛黑暗中隐藏着无数妖魔鬼怪。越往深处走,越是昏暗,雾灯映照下,白色的各式雪兽造型千奇百怪,全由冰雪堆积而成的雪笋高逾两米,那些向下弯曲的鹰嘴兽爪比比皆是,每每从它们身下钻过,都有种性命被怪兽捏在手里的感觉。再往前走,覆盖着积雪的冻土也已经开裂,下方漆黑一片,不知道深有几许,侧耳倾听,隐约传来闷雷涌动的声音。唐敏担心道:"下面,是什么?"

岳阳耸肩道:"谁知道呢,或许又是另一层的冰裂隙吧,掉下去恐怕就上不来了。"

"是暗涌!"张立颇有经验地解释道,"那是直通地底的地下暗涌,一种奇异的自然现象,水的温度远低于零度,但是却不结冰,反倒是离开水面之后,就迅速结冰。一旦掉下去,就会被封冻起来,没有任何生还的希望。"看他煞有介事的样子,卓木强巴和胡杨队长就觉好笑。

裂隙渐渐增大,让一行人再次感觉回到了地下大峡谷,只是这次,坚硬的岩石路变成了松散的积雪,走这样的路,随时有垮塌的危险。这时，胡杨队长的经验帮了很大忙，出现岔路时，他依据细微的风向转变和冰雪厚度指引大家走正确的通道，不至于走上无法前进的死路。

不过到了后来，岔路变多了，胡杨队长开始有心无力。在这时候，冈日仍旧遵守着他的诺言，始终走在队伍的最后，但他却让冈拉走到了队伍的最前面。不过岳阳、张立笑话大叔时，冈日却是一脸严肃地回答着："我没有带路。"看他那严肃的表情，似乎有着难言之隐，岳阳等人也就不好追问。一行人跟在冈拉身后，离冰川中心越来越近了。

裂隙越来越大，能落脚的地方则越来越窄，队员们只能像壁虎一样胸腹紧贴着冰壁，双足在冰沿上小心地挪移，不过大家都相信，冈拉会将他们带出险境。

十几分钟后，队员们还是陷入了两难的境地，前面没路了。在冰壁上积雪堆砌出来的小路也就几十公分宽，如今队员们前方，积雪坍塌，露出冰壁不过还剩几厘米边缘，根本无法通行。冈拉却在那冰壁上翻腾跳跃，身影矫健得如履平地。岳阳看着冈拉的身影道："冈拉真是厉害啊。"

卓木强巴道："当然，海蓝兽可是雪山之兽，在雪山上它可是如鱼得水。"

胡杨队长道："看见没有，断裂处只有七八米宽，我们过得去。大家加把劲，别让冈拉小瞧了！"

冈日有些好奇道："怎么过去？"

亚拉法师先行，背包也不除，十几米助跑，跟着在冈日的眼睛里，一道身影突然沿壁侧身，靠冰爪抓在冰壁上，整个人在完全垂直的冰壁上奔走起来。一步，两步，三步，渐行渐高，快速地奔走六七步之后身体才开始下移，又行走十余步，才安全地落在对面的雪路上。七八米的断口，竟然就那么顺着垂直的冰壁跑了过去。接着，在冈日不可思议的注视下，队员们一个接一个在垂直的冰壁上奔走起来，身形优雅飘然，矫若灵猿，把冈日看得完全呆住，最后才发现，只剩自己孤零零一个人站在缺口的这一侧。不过冈日自有办法，只见他手腕一松，手心里竟然

第三十四章　水晶宫　|141

握着一个小飞爪,呼呼抡了两转,一抛,飞爪稳稳地抓住了冰缝隙,跟着也沿着冰壁侧荡,还在冰壁上走了几步,只是没卓木强巴他们迅捷。

冈日追上大家,兀自无法相信地问道:"你们,怎么做到的?"

岳阳笑道:"这叫蹬墙步,是国外流行的一种极限运动叫做酷跑中的技巧,我们为此专门练习了大半年。普通人蹬墙可以达到三至五步,只要掌握了技巧,就可以连续蹬墙行走七八步左右,加上冰爪的抓力,很自然就能顺着冰壁走上十来步啦。大叔的技巧也不赖啊,就像我们的飞索一样,咦?"岳阳这么说着,细细回想起来,冈日除了抛索的动作与他们的飞索不同,那荡索、踏步、飞身、落地,竟然和他们训练时如出一辙,就好像是同一个老师教的一样。

冰崖下到处都是积雪垮塌的路段,短的三五米,长的七八米,加上有如远古兽穴的迷宫似通道,在这冰裂缝下方前进也是诸多困难。这也是许多人宁愿冒死从冰裂缝上方通过,也不敢下到冰裂缝底端的原因。

走了一会儿,亚拉法师沙哑道:"前面的路不好走了。"

唐敏探头一看,轻轻道:"这缺口太大了。"

胡杨队长道:"断崖分几种,前面的是完全断裂带。"卓木强巴一看,前方是两个分叉的洞穴,陡直的冰壁上不再有可容踏足之处,需要绕过岔口再有好几十米远,才能看到有新的立足点。冈日微笑道:"这次又怎么过?"

张立自信地笑道:"大叔,你看好了。"

这次,亚拉法师充分利用了飞索,将其射入头顶的悬冰层,如猴子荡秋千一般晃至对岸,由于冰层下积雪稀疏,飞索往往入冰好几米深还无法吃力,加上背包上背负超重,往往只能荡至一半便会滑脱,这时,法师不慌不忙,及时射出另一根飞索,那身影便由这种一荡一晃的方式轻易越过完全断裂带。队员们便通过法师带过去的安全绳,在冰壁上开凿保护点,一步步攀绳而过。冈日看着亚拉法师的身影,喃喃道:"果然密修者也会恰坎塔戏。"

除此之外,雪架梁和冰墩也都十分危险,某些地方需要横越冻土裂口,架在裂缝上的是雪梁,看上去就像棉絮一样。更有甚者,完全就是由一块块雪条相互搭成一座桥,看起来就摇摇欲坠,更别说踩在上面通过了。只有冈拉才敢在上面跳来跳去的,也不知道它胆子怎么会如此之大,完全不惧怕下面的万丈深渊。

还有的地方,冰雪和岩壁分隔开来,却又未完全剥离,便成了伸出岩壁的枝丫,有些地方枝丫又被裁剪,最后形成一个个半悬空的冰墩。冰墩间相距往往有一两米,队员们需要像小时候玩的跳格子游戏一样,一个接一个从看不见底的深渊上方跳过去。由于受力不均,便经常会发生冰墩突然倾斜倒塌的事件,在不容回转的间隙,往往需要队员们以过人的身手和超敏捷的反应速度,才能平安渡过。在冰墩倒塌瞬间,飞索可以射向岩壁,射向头顶悬冰,射向另一冰墩,也可以利用蝠服滑向水平更低的冰墩,还可以利用蝠服滑翔一段距离之后……将飞索射入可靠的固定点,队员们各施其技,将特训的成果展现得酣畅淋漓。在冈日看来,这无疑是他生平所见过的一场最惊险最刺激的杂技表演,频频点头,又若有所思,他靠着那小小的飞抓,丝毫不差地跟在大家背后。

如此在冰裂缝下方不知行走了多久,大家都有些力乏了,那寒冷的冰风开始让人呼吸不畅,所幸的是,冻土的裂缝又渐渐小了,估计有合拢的迹象。冈日这才询问走在他前面的岳阳道:"你们这抛索之术,是从法师那里学到的吗?"

岳阳道:"不是啊,教官教我们的。"

冈日看了看吕竞男,心中暗道:"我还以为只有一位密修者,原来这个丫头也是。"

岳阳又道:"大叔怎么会这样问呢?对了,大叔你抛的那飞爪和我们的很像啊,你又在什么地方学会的呢?"

冈日笑道:"你不知道么,这飞绳之技,原本就是我们藏族密技之一。我这手技艺,是祖传的。"

"啊。"岳阳惊讶道,"我,我还以为,这也是从跑酷运动里发展来的呢,怎么……"

岳阳抛出飞索，接连几个起落，又站在了一处冰崖雪径。冈日紧跟上来道："这飞绳之技，自古便有，我们叫恰坎塔戏，现在恐怕会的人不多了。一开始，只是从百尺高空滑绳而下，并且表演者要在滑绳的同时，做出翻腾、倒立、转体等多种高难度动作。其中最难的一种是在万仞绝壁间系一道绳索，有些像今天的走钢丝，不过那时候还需在绳索上倒水，山风一吹就结成冰。飞绳师不借助任何工具，从绝壁一端滑向另一端，滑绳的时候还要将手插在腰带里，那身影就像在风中舞蹈一样，又称作冰绳之舞。这种技艺，传说是莲花生大师带入西藏的，不过自阿底峡大师之后，就再也没有人会冰绳之舞了。"

"走冰钢丝！"岳阳听得眼珠都凸出来了，"我从来不知道西藏有这种技艺啊！"

冈日道："古藏密技多不胜数，只是后来战乱失传，留传到今天的，只怕不足百分之一了。像这飞绳之技刚开始是贫苦的农奴做的，每年为了祭祀而表演，到后来渐渐演变成特殊的飞绳师，有些像江湖卖艺人那样以此为生，到了明末清初，一些飞绳师不满足于只在两山之间或是祭奠时飞绳，他们将绳索捆在身上，随时随地都能系上绳索表演，后来就逐渐开始向真正的飞绳飞索演变。直到将这种技艺发展成为手臂的延伸，一扬手就能出索，任何环境都能飞身而起，在雪山上生存，这个技艺可是非常必要的。"

再走数分钟，这里已没有什么风，但是足够寒冷。张立冷得直吸鼻子，胡杨队长的大胡子上挂满了冰碴，鼻头冻得像个小丑。

洞穴内不仅寒冷，而且回声将声音成倍地放大了，每一脚踏下，都能听得清清楚楚，连冰屑落地的声音，也清晰地夹杂在纷乱的脚步声中。唐敏有些怕了，在前面带路的胡杨队长安慰她道："不用那么紧张，我们已经穿过裂缝区了，现在这里可是冰雪城堡。喜马拉雅山脉的冰川与可可西里的冰川大不同，再往前走，说不定就能看见传说中的水晶宫，那可是能与冰铸奇观相媲美的奇景。"

唐敏一直因没能在可可西里看见卓木强巴描绘得天花乱坠的冰铸奇

观而懊恼，这时听说能见到与冰铸奇观等同的美景水晶宫，心里顿时少了几分恐惧，多了几分新奇和期待。

走进冰川腹部，周围的冰层渐渐发生了改变，如白雪堆积的冰墙变得透明起来，呈现出一种淡淡的海蓝色，果然如水晶一般，光耀迷离，如梦如幻。海蓝色冰瀑、冰钟乳、冰锥、冰柱、冰花、冰霜、冰葡萄、冰地图、冰沙丘，一样接一样地扑面而来，看得这群贸然闯入的人应接不暇。唐敏痴痴道："水晶宫，水晶宫已经到了吗？"

胡杨队长摇着大胡子道："没有，还早着呢，这里只是通道。如果有水晶宫的话，它既然叫宫，那起码需要一间大宫殿才行啊。"

头顶已经看不见天日了，他们完全地在冰川底部穿行。风声渐小，温度也渐渐暖和起来，灯光照射的地方，都是蓝汪汪的一片，那已经就是水晶做成的通道，没有人会再去怀疑它。卓木强巴和张立是看见过冰铸奇观的，如果有水晶宫的话，他们明白将会发生什么，那种眼前一亮的感觉，是会让人激动得想掉眼泪的。

转过拐角后，胡杨队长发现前面的通道光线变暗了，他让大家停了一下，自己先稳定了一下情绪，随后道："准备好了吗，大家，激动人心的时刻到了，跟我来吧！"

在冰裂缝外，西风肆虐，寒意袭人，呼吸成冰，就算在冰甬道中，也不时有阴风习习，吹得人的头颈一阵一阵发麻。到了这里，风突然停了，空间陡大，气温升高，一种暖洋洋的感觉包裹着每一个人。好一处安静空旷的所在，似乎连心扉也随着空间的打开而打开了。

从狭小的洞穴中钻出，再见那巨大的半球形斗室，大地间的自然造化，玄之又玄，真正身临其境，无不仰天歔欷。胡杨队长虽然知道水晶宫堪称一绝，也没能想到这里的水晶宫会美成这样。

在他们面前出现的，是如梦幻般的水晶土国，肉眼可及之处，全是如蓝水晶般的古冰川，冰晶散发着妖艳的光泽，好似无数蓝色精灵在跳跃舞蹈。眼前一排紫水晶立柱，呈弧线向两侧展开，好似女神伸出的双臂，轻柔地将整个宫殿揽入怀中。这些水晶立柱直径皆超过五米，高度更是在二十米以上，旁边星罗棋布地散落着小的水晶芽笋和水晶花。透过宫柱形成的环墙，可以看见宫殿的正中，那是一个湖泊——一个深藏在冰心中的湖泊。

湖水是乳白色的，那琼浆乳汁仿佛散发着淡淡诱人的清香，整个湖面波光荡漾，波纹在冰宫四壁和穹顶留下了醉人的灵动线条。传说中昆仑瑶池，里面载满琼浆玉液，如今展现在众人眼前的，不就是那天仙之池吗？

天尚未亮，但这里却有微弱的光芒从穹顶照下，那粼粼波光将整个水晶宫装扮得分外妖娆。抬眼看那水晶穹顶，凌凌微波，金蛇乱舞；当目光移至雪墙，又好似银瓶乍迸，那冰瀑从水晶墙面倾泻千里。然而最令人心动的，无疑还是那一潭乳白色的冰心之湖。在湖心屹立三座冰山，好似蓬莱仙岛，旁边更生许多一两米高的冰蘑菇，悬冰挂凌，表面平滑，形成了天然的冰上舞台。湖面架着高低错落的冰桥，直通仙山幽境，乳汁在桥下轻柔地拍打着桥座，发出浪涛拍岸的声音。冰宫穹顶，悬冰化露，凝结成一粒粒晶莹洁白的珍珠，颗颗滚落玉盘，滴水弹琴，琮琤之声犹如仙乐自天外飘来。而玉湖内氤氲雾气袅袅，每滴落一粒珍珠，则从琼浆迷雾中幻化出一个个婀娜天仙，又或飞龙矫凤，合音而舞，最终消散成烟，飘入那仙山之中。但闻余音绕梁，眼中舞影刻壁，让人的思绪陷入一片混沌，不知身外世事。

第三十五章 极南庙

　　亚拉法师充耳不闻般继续说道："极南庙又称雪山水晶庙，全庙由雪山水晶所建，以坛城为缩影，分上中下三层，上层为法器珠宝阁，中层乃经典阁，下层是佛像殿堂，四圈轮回图分别雕绘于穹顶和各层外墙，环寺一周，有冰晶法轮共一百零八，高三丈，重九千九百斤。若能以人力推动法轮一周，等若转普通法轮千遍，可得正法身；转动一百零八尊者，可令六道轮回众生皆得享安乐。"

冰迷宫

大家都无法理解，不敢相信他们看到的究竟是真是幻。巴桑脱去了手套，快步奔去跪在湖边，掬一捧湖水，那晶莹的乳汁在手心滚荡，入手竟然感到微微的暖意。一种源自儿时的记忆，一种母亲怀里的感觉令巴桑浑身一颤，不由失声道："不，这不是真的！"

唐敏如醉酒般眩迷，一张小脸映出两团红晕，轻轻靠着卓木强巴，细声低喃道："这是真的吗？这是真的吗？强巴拉，我们不是在做梦吧？"

卓木强巴的目光，第一次没有全神注视着唐敏，只看着那水晶宫的一切。一切都是那么迷茫和玄奥，这里的一切美得简直不应该是人间所有，做梦也无法梦见这样的景观，他有些茫然地回答道："不，我也不知道，应该不是在做梦吧。你何时梦见过这样美丽的景色？"或许胡杨队长能知道得多些，他将目光转向胡杨队长。

胡杨队长也深深地迷醉着，水晶宫里竟然有冰川湖，他干了大半生冰川科考工作，这样的景色也是头一次见到。在他将目光投向水晶宫的第一眼，他就已经知道，从此以后，在他人生无法抹去的记忆中，除了冰铸奇观以外，又多了个冰心湖宫。

虽然这里是冰立方体的正中最深处，可是却不乏光明，甚至仰头可以看见天际降垂的启明星，为什么会这样呢？因为冰立方体中空！在这个水晶宫穹隆上方，还有无数的巨大空隙，它们就像一个个气泡，让冰立方体能透过光芒，将阳光带到这冰心的最深处，只是那时又将是如何一幅仙界画卷，已经让人无法想象了。不少气泡中也装有水，但却不是乳白色的，而是海蓝色的，因此当大家站在那水晶宫内，踏在冰桥上，看着头顶流动的蓝色水绸，身边仙雾缭绕，感觉真的好像置身大海之底，在那水晶龙宫之中。

冈拉在前面奔走一圈，不见有人跟来，又掉头回来看，颇有些好奇地注视着这群人。

走在队伍最后的冈日也在心中暗叹："外来人啊，仅仅是看到这里的景象就激动成这样了吗？那么，接下来你们将要看到的，你们……又会怎样呢？"他想了想，突然将冈拉唤到身旁，低声耳语几句。冈拉疑惑地看着冈日，还是点了点头。

虽然迷恋，虽然不舍，但吕竞男最终还是铁起了心肠，有些无奈地说道："走吧，时间不多了。"她知道，大自然从不吝啬它的美丽，只等有心人去寻找发现，不过这次他们只是穿过这里，做一个匆匆的过客，不敢奢求将这种美丽永远占有。

胡杨队长也道："走吧，如果冰塔林区被雾气笼罩了，我们就过不去了。把它当做你们人生中最美好的几个瞬间之一保留在记忆中，就足够了。"

绕过冰心湖，冈拉又带着大家转入了另一条冰甬道，冰层底端的裂缝又一次由小变大。这条路竟然比他们的前半程还要难走，冈拉必须保持极快的身形，才能在冰壁边缘行走而不掉下去。更让人难以理解的是，这里的冰壁与刚才明显不同，变得坚硬无比，那飞索的钻头钻进冰壁后，竟然无法抓牢，这可苦了身后跟着的队员们，那飞索一旦脱落，身下就是万丈深渊。才没走几步，张立的飞索就从冰壁上扯了出来，前面的巴桑已经荡到下一个落脚处，幸亏身后的岳阳一把把他抓住。

岳阳一手搭着飞索钢丝，另一只手握着张立的手，侧立在冰壁上，只是两人都带着手套，张立的背包加上自身体重，使他不断向下滑落。岳阳吃力地捏紧张立的手，却是无法阻止下滑之势，急得他大叫："大叔，快，帮把手。"

冈日却在此时露出了冷酷的微笑，道："这条路是你们自己选的，

第三十五章 极南庙 149

你们应该知道生死往往就在一瞬间。"

岳阳焦急道："大叔，你……你……"

冈日道："想要知道真相，就不能惧怕死亡，你们应该有心理准备。身边的队友在下一个瞬间，就有可能永远地离自己而去，就像现在这样！"

张立的手套脱落，整个人顿时悬空，只来得及叫了声："岳阳！"

岳阳大叫道："不——咦？"那张立从他手中滑落，却没有像想象中那样急速下坠，而是……而是悬浮在了半空中，就像那些魔术师的表演一样。

张立紧闭双眼，呆立了片刻，耳边却没有听到风声，脚下也没有感觉在下坠，睁开眼一看，岳阳就在自己头顶上方，两人之间的距离一点也没变大。这时，前面听到岳阳叫喊的队员也掉头回来，正好看到张立悬空而立的一幕。

张立很清楚自己踩在什么东西上，只是这东西……是透明的！想起在可可西里过冰架桥时的经历，张立伏下身去，轻轻敲了敲，在虚空中果然隔了一层挡板，张立道："是冰，这裂缝中是冰层，很厚！但是……它们却是完全透明的，这太不可思议了，这是怎么形成的？"

冈日哈哈一笑，跳了下来，对张立道："记住，这是你们选的路。不管发生什么情况，都不能后悔。"

"大叔，你早就知道的是吧，吓死我了！"岳阳心有余悸地说道，也跟着跳了下来。

唐敏也打算下去，胡杨队长道："别急，那冰层只怕不能承重！"

冈日道："不用担心，当年可是有几百人从这上面走过去。它究竟有多厚，用灯光照一照你们就知道了。"

岳阳打出一束探照灯，光线在冰层内发生了明显的折射，好家伙，厚度起码有两米以上。但它洁净得就像一张玻璃镜，站在那冰崖雪壁上，根本就看不出来。岳阳咂舌道："怎么做到的？"

冈日道："不知道，我先祖发现这里的时候，就已经这样了。"

胡杨队长道："这绝不可能是天然冰层，天然的冰纯度不可能这样高，这就像一点杂质都不含的水晶。"

卓木强巴道："阿果，这就是你所知道的冰川里的秘密了，也是上山唯一的通道，是吗？"

冈日摇头道："不，我的祖先守护的秘密在前面，你们很快就会看到。希望这次，你们不要再激动得掉眼泪才好。"顿了顿，又道，"不是我给你们领的路，是你们自己发现的。"

在极厚的冰面行走，又有冰爪，原本该走得四平八稳，但众人皆是小心翼翼，不为别的，就因它实在太透明了，看起来和虚空踏步无异，谁知道下一脚踩下，会不会跌入万丈深渊。

转过几个弯，冈拉收起步子，不再跳来跳去，看它龙行虎步的姿态，似乎还带着一些虔诚。冈日也收起了笑容，目光凝重，让卓木强巴等人尽都疑惑，前面究竟有什么？

再走几步，冈拉突然不走直线，改走"之"字形路线。胡杨队长跟在后面，不明就里，直直地走过去，只听"嘭"的一声，却是撞到什么东西。接着胡队长"嗷"地叫了一声，一手揉着额头，另一只手在前面空处摸索着什么，模样十分滑稽。

是墙，与他们所踩踏的地面一样，在胡杨队长面前，是一道透明的冰做的墙，若不仔细分辨，极难认出，胡杨队长就一头撞了上去。

冈日在后面道："是冰迷宫。你们小心了，跟在冈拉后面，若是走了岔路，脚下的冰层，可能突然变成万丈深渊哦。"

"冰做的迷宫？"方新教授心中一紧，若非冈拉在前面领路的话，这座迷宫只怕难以走出去，电脑也帮不上忙，因为这冰层完全透明，摄像头的分辨率根本无法将它和空气区分开来，也不知道是谁想到的。究竟是什么人，会在这里修迷宫？

大家摸索着看不真切的冰壁，跟着冈拉前进。转角时，岳阳用手测了一下冰墙厚度，五十公分左右，一路摸索上去，光滑如镜，刀削似的，这种形态绝非自然界所为，加上迷宫的复杂路径，几乎可以肯定这是人为的了。这里是冰川的腹地，别说是普通人，就连探险家也不敢深入冰裂缝中，为什么这里会有人造的墙体，为什么要修迷宫？在这冰迷宫的后面，究竟还隐藏着什么？想起冈日提醒过的话，岳阳不禁心潮澎湃起来。

走了几圈，胡杨队长看出端倪道："这恐怕不是迷宫！这应该是为了隔绝这冰川内的寒风。爱斯基摩人修筑的冰屋门前也有折返式的冰墙阻隔，就是为了挡住寒风。"

跟着冈拉三两下就走出了冰迷宫，当冈拉仰着头向上看去时，所有的人都不约而同仰起了头，向上看去。

雾气尚未完全遮盖住这宽广的大冰川，而初生的阳光已经照射下来，那些阳光，竟然射穿了冰川的表面，直接照射到卓木强巴等人站立的地方。此时他们才知道，原来这个地方竟然被掏空了，穹顶一直延伸到冰川表面，阳光经过冰层的折射，立刻变成了七色的彩虹。而这七色彩虹随太阳的升起，照在这里又变作了流动的云彩，这些云彩像附着在透明水晶上的彩绸，将这里的原本样貌呈现在了卓木强巴等人的眼前。

在冰迷宫的中心，在冰川的中心，竟然是一座宫殿，一座由纯冰修葺的宫殿。那七彩迷离的穹顶，那些高达二三十米的巨大冰立柱，那冰墙上由神秘冰符号组成的纹饰，那冰做的台阶、冰雕的门廊，此刻正伴随着初升的太阳散发出七色的光彩。在卓木强巴等人眼里，这完全就是一座在梦里才会出现的宫殿，一座真正的水晶宫。

若说刚才的冰川湖是大自然恩赐的美丽，那么此刻他们看见的，便是人类建筑史上的又一个奇迹，将大冰川的内部凿空，用冰修建了一座巨大的宫殿。不知是何人，在何时所建，只看到它们的圣洁，它们的庄严，它们静立在雪山之间、冰川之下，等待着奇迹的见证者。如今，这群见证者来了，他们震惊，完全迷失在这意外的惊喜之中，每个人心中都充满了震撼、喜悦、迷茫。

卓木强巴心道："这种感觉，是在等我吗？这无声的等待，是否已逾万年，我们所看见的，是否是神的宫殿？"这座巍峨高耸的冰宫宫门便高出十米，像极巨人所居住之地，站在门前，便不由自主产生了企盼它开启的梦觉。敏敏抓住他的衣袖，激动得泪水涟涟，说不出话来。

胡杨队长暗想："是何种文明，造就了这座宫殿？它悬空于万丈深渊之上，深藏在万年冰川之中，仅是这建宫殿的选址，已经是天才的构想。"如今胡队长的站立之处，俯视可见万丈深渊的黑暗，仰视则有初生光明的华彩，俯仰于天地之间，便如同隔绝了尘世，心境一片清明。

张立寻思："既有巴比伦空中花园的虚无缥缈，又有万里长城的雄浑气魄，兼具帕隆神庙的典雅高贵，而我却仅能用奇迹这样的词来形容它，显得太苍白无力了。"

方新教授环顾四周，心中暗忖："这样的结构，应是藏传佛教的宫殿吧？"整座冰宫由一圈弧形冰立柱包裹，象征铁围山，四方有门，东为正，殿分三层，层层不同，但又层层可辨，在彩虹式的光芒下，形成了殿上有殿、阁中有阁的奇异景观。

岳阳琢磨着："这么辉煌的遗迹，简直非人工所能为，它们究竟是什么人修建的？而且，这殿堂内真正的宝藏早已被搬空，是大叔的先祖所为？不，看那样式，简直也是人力不可达到的。"门内正中是一排五尊台座，正中为须弥座，在阳光下，冰雕的莲花座、冰牛座、冰马座、冰孔雀座、冰狮子座，无一不惟妙惟肖，堪称鬼斧神工。只是这些七彩冰座上的佛像，都不见了踪影。在第二层七巧玲珑的冰龛冰格冰架上，原本该堆放典籍经文法器的地方也空无一物。只看佛像底座的大小，应该还有冰书架，那些佛像一定小不了，经文一定少不了。是被人搬走了？还是融化掉了？腐朽化灰了？岳阳不得而知。

亚拉法师看着那宫殿的三层样式，每一层被那七色彩云装潢后，造型样式都有所不同，底层是藏式结构，中间是汉式佛庙结构，上层则是印度古庙造型。法师心潮激荡："这是，这是典型的三样寺结构，这座冰宫应该始建于吐蕃王朝前期、藏王松赞干布时期的，冰宫，冰宫……难道……"法师心念所及，手臂竟然微微颤抖起来。

其余的人都沉浸在那梦幻般的色彩之中，忘乎所以。看着他们的反应，冈日也想起祖父第一次带自己来这里的时候，祖父张开双臂，站在那巨大的莲座下，大声道："看看它们吧，看看它们吧，它们静立在这里已经好几百年，甚至上千年了，这是雪山之神恩赐我们家族的宝库。冈日，我要你发誓，这是我们家族每一个知道这个秘密的人都必须立下的誓言……"

看着眼前这座有如神殿一般的冰宫，吕竞男喃喃道："这就是上山的唯一通道了，是吗？"

冈日朗声道："没错，这就是我的先祖们发现并守护的秘密，也是穿越大冰川的唯一通道。没人知道这座宫殿是何人于何时所造，先祖们只感叹于它的精妙绝伦，认为这是上天赐予我们家族的礼物，我们应当世代守护。"

"已经建立了成百上千年吗？"岳阳看着这雄壮的宫殿，突然问胡杨队长道，"胡队长，你不是说，冰川是流动的吗？为什么这座宫殿能长久地保存在冰川之中呢？"

胡杨队长道："嗯，首先是它的建筑结构，你注意到了吗，这些立柱都是朝中间倾斜的，而且宫殿也采用了底大顶小的模式，整个宫殿就像是冰川内部的一座金字塔，当冰川发生细微变形的时候这座金字塔就会整体移动而不会破裂。其次是冰川的类型，当冰川附着在雪峰斜坡上的时候，由于自身的重力，使它像果冻一样缓缓流动，可是，如果雪峰半腰被冰川溶蚀或天然就形成了一个勺形凹陷，那么冰川就成了装在勺子里的果冻，只要勺子的形状不变，这冰川的底部就不会流动。很显然，我们看到的，就是第二种形态的冰川，这也就解释了为什么冰川内部可以保存千年的宫殿。"

"还有第三点原因。"方新教授补充道，"这些建造冰宫的冰……"他拿起冰镐用尽全力砸在冰墙上，只见冰镐被猛地弹开，冰墙上连一条划痕也没留下。方新教授道："看见了吧，这些冰不是冰川里天然生成的，修建这座宫殿的古人在冰里添加了别的物质，使这些冰看起来比水晶还透明，比钢铁还坚硬。是这样的吧，冈日？"

"嗯，我的先祖们也是这样认为的。"冈日走上前去，冰壁上彩光琉璃，一朵朵缠枝莲鲜活欲滴，旁边是一排高约三丈的巨大冰法轮，法轮侧面有雍仲符号，"不过，这座宫殿的神奇之处并非仅仅是建筑雕像本身……"不知道他拨动了哪里，那些高逾三丈的冰法轮竟然徐徐转动起来。

"嗡……呜……"随着冰法轮的缓缓转动，整座冰宫发出了佛教礼器蟒筒的声音，接着又有细细切切声，似铙如钹，"咚咚咚"的皮鼓也响了起来。那些声音仿佛融入了风中，似近实远，缥缈不定，仿佛浩渺虚处，正在进行一场佛家法事或是苯教仪轨。

伴随着那来自虚空的宗教礼乐，冰宫的四座大门同时打开。不仅如此，连冰宫内部也发生了翻天覆地的变化，一些平地渐渐高起，形成一级一级的台阶；一些佛像座架沉降下去，令一些更加巨大的座驾又拔地而起。此刻的冰宫就像一座巨大的冰工厂内部，无数机械轴承此起彼伏，发出各种乐器的声音，同时调整变化着姿态。

极南庙

当这一切完成的时候，一座更加辉煌、更加雄伟的宫殿矗立在众人面前。如果刚才他们看到的还能算人类建筑的奇迹，那么此刻，他们看到的就只能是梦工厂缔造的奇迹了。方新教授突然感到一阵眩晕，人类的智慧真是无穷无尽，眼前变幻的一切，已经让他无法思考。面对着眼前的变化，岳阳轻轻惊呼了一声："哇哦……"

"哇哦……哇哦……哇哦……"冰宫立刻将岳阳的声音放大了数倍，无数个回声同时响起。冈日一把把岳阳拉到一边，告诫他道："你刚才正好站在了东正门的回音位,在这座宫殿里说话要小声。其实,这座千年的宫殿,它已经快支撑不住了。"

大门一开,冈拉就三五步蹿了进去,跳上那莲花宝座,那里显然是它喜欢待的地方。居高临下,阳光明媚,七色的彩虹就像舞台的灯光打在它身上一样,将它银白的皮毛也映得五彩缤纷。

大家带着那虔诚的心,迈入那神圣的殿堂,当距离那些神奇冰雕更近时,那炫目的七彩只让人感到一种不真实。梦幻中的色彩,梦幻中的宫殿,这一切,就只像做了一个梦。望着迷幻的色彩,听着那天外梵音,大家面对着冰墙,竟然出现了幻影。卓木强巴看到了自己和妹妹坐在青草地上欢笑;胡杨队长看到了妻子临产时,自己紧握着妻子双手;方新教授看到儿子出国登机前那一刻;张立看到自己和妈妈还有那个模糊高大的身影幸福地偎依在一起;岳阳看到了自己的叔叔婶婶正苦口婆心地劝慰那个不肯吃饭的小男孩;巴桑看到了昔日的队友,正整队出发,大家笑闹着;唐敏看到了海边的小渔船和船上那个带着晨露的小姑娘,以及坐在船头摇桨的小男孩;吕竞男看到了那森严的宫殿,那威严的长老和那个年轻男子的画像;亚拉法师心如明镜,不为幻象所动。

天音消散,而阳光也渐渐被雾气所阻断,七彩光芒也渐渐隐去,只留下晶莹剔透的冰雕环绕,众人这时才从幻境中觉醒。那一刻,他们都看到了自己人生中最难忘的时刻,心情激荡,久久不能平静,余音尚绕梁,谁也没有先开口说话,唯恐破坏了那仙境般的气氛。这时却听到一阵"嘎嘎"的刺耳声,与刚才的声音如同天堂地狱之别,仿佛有妖魔来袭,把大家吓了一跳,岳阳道:"是什么声音?"

冈日仰头,看着穹顶道:"我不是说了吗,这座宫殿,不知道何时就会坍塌。"

亚拉法师一阵心痛,急道:"怎么会这样的?它们不是已经屹立了上千年吗?"

冈日道:"是啊,虽然古人在冰里添加了某些特殊物质,使它们更坚固持久,但毕竟它们是冰,如今整座冰川都要融化了,它们又岂能独存?"他指着外面的冰立柱道,"还记得我小时候来,那些柱子起码比现在要粗一倍,可是如今,它们已经无法承受头顶的冰川了,刚才那种声音,就是它们与冰川相互倾轧发出来的。还有你们先前走过的那些冰裂缝,以前全都有冰层铺在上面的,只是现在全部化掉了,特别是近二十年,冰川融化得很厉害。听说我祖先发现这座宫殿时,冰川还要向山下延伸几十里,这座宫殿的入口一直伸到冰川外,有巨大的甬道,可通车马,现在,它们都和冰川一起消失了。"

叹惋一阵,冈日大声道:"冈拉,下来,叫你不许上去的!"

只见冈拉在莲花座上绕着圈咬自己的尾巴,时而停下来看着冰面,用舌头整理自己的毛发,大有青丝白发、顾盼自怜之意。

吕竞男道:"这宫殿雄奇,却不是我们该驻足之所,继续走吧。"

冈日道:"穿过这台阶一直往前,就可以从正西门出去,这条路可以穿出冰川。我只知道这里,后面的路怎样,就不是我能帮助你们的了。"

亚拉法师却道:"再……再等一等吧,让我多看它一眼。"

吕竞男不解道:"亚拉法师?"

法师道:"如果我没弄错的话,这里就是四方庙里的极南庙了。"

"什么?""你说什么!"几声惊呼同时响起。

亚拉法师充耳不闻般继续说道:"极南庙又称雪山水晶庙,全庙由雪山水晶所建,以坛城为缩影,分上中下三层,上层为法器珠宝阁,中层乃经典阁,下层是佛像殿堂,四圈轮回图分别雕绘于穹顶和各层外墙,环寺一周,有冰晶法轮共一百零八,高三丈,重九千九百斤。若能以人力推动法轮一周,等若转普通法轮千遍,可得正法身;转动一百零八尊者,可令六道轮回众生皆得享安乐。"

"极南庙?这里就是极南庙?"卓木强巴茫然四顾,这座不可思议的宫殿,究竟藏着什么秘密?"为什么?为什么和我所知道的,以及我阿爸所知道的都不一样?"

第三十五章　极南庙

亚拉法师道:"四方庙原本就是极为隐秘的所在,修筑之后,世人只知其名,而不知其所在。而且这四方庙不仅是吐蕃王朝财富的象征,更是代表了吐蕃王朝的最高建筑水平,可以说,当年四方庙的建造,比布达拉宫的建造还要艰难。后经战乱,就更不可查了,世人追忆,有的以古庙年代推测四方庙,有的以建筑规模和历史价值来推断四方庙,所以,四方庙就有了许多名字和地址,但是这些里面,可以说没有一座是真正的四方庙。别忘了,四方庙乃是藏王松赞干布一统高原后修建的四座镇边庙,它们不在高原的中心,而是在当时的吐蕃边界。要想找到四方庙,首先就得弄清松赞干布时期的吐蕃边界在哪里,而这个问题,今天的学者专家恐怕很难划分出来。"

张立道:"这么说,我们看到的就是被搬空的极南庙了?这里山高路险,他们怎么把佛像和众多的宝物运送到这里,而后又运走了的?"

岳阳登上冰阶道:"如果说这里是极南庙的话,那么我们在半山腰发现的路痕就不是唐蕃古道了,应该是直抵极南庙的古路,冈日大叔不是说以前有冰甬道可通车马吗?古代应该有一条路可让车马直通这里,只是如今山体变形,所以才找不到那条古道了。啊,对了,这极南庙应该是光军守护的,这里好像没有僧舍,难怪在半山坡看到那么多岩洞。"

方新教授道:"如此,也解释了为什么达玛县会称作獒州。当年一支光军驻守在这里,他们自然会带来战獒,最勇猛、最忠心护主的獒,那就是战獒的后代啊!"

卓木强巴道:"还有那些狼,它们能听懂狼哨,恐怕也是这个原因了。它们是戈巴族遗留下来的狼。"

张立道:"这个不太可能吧,都一千年过去了,难道它们还能记得?"

卓木强巴道:"你不明白,狼的知识是家族传承的,只要种群不灭绝,它们就会将自己掌握的知识一代一代传承下去。"

吕竞男道:"那么,历史上记载的,文成公主的陪嫁珠宝和诸多佛像最后一次出现在世人面前是在这达玛县,究竟是光军从别的地方运到这里来?还是从极南庙将里面的珠宝搬到别的地方去呢?"

岳阳进一步追问道："那么我们手里的那张地图，究竟是要带我们去找香巴拉，还是指的就是这极南庙呢？"

"应该不是极南庙。"吕竞男摇头道，"历史顺序要搞清楚，是光军先搬走了极南庙里的珍宝，然后才修建了帕巴拉。帕巴拉修成，战乱结束之后，使者才重返西藏，带来有关帕巴拉的传说，并留下了这幅地图。那时候的使者明知道极南庙已被清空，为什么还要画一幅地图带我们到这里来呢？所以，专家的推论更有可行性——在这些山峰的背后还有另一处山坳，就像纳拉村一样，帕巴拉，就被隐藏在那里。"

行走在这变化莫测的水晶宫内，就好像穿梭于时空长廊，岳阳与张立拿了探照灯四处晃动，对光影变幻和诸多冰雕结构啧啧称奇。方新教授则无奈地看着电脑屏幕，摄像头的分辨率记录下来的水晶宫，只是一片斑斓的色彩，无法将这一建筑奇观记录下来。

冰阶梯又长又滑，唐敏不解道："为什么要修这么高一个台阶？"

胡杨队长道："丫头，这就是古人建筑技艺的精妙之处了，这些台阶一是衬托出佛像的威严和肃穆，二是让叩见佛像的信众心有虔诚，不经磨难，又怎得真经？你看，连台阶旁边的冰墩都很有讲究，你想想，将那些法器放在这冰墩上，看上去不就像悬空一样吗？"

岳阳道："胡队长，好像不是看起来像悬空哦，你看那里，不就是悬空的吗？"

大家一望，岳阳灯光所指，一尊直径约两米的冰雕莲花座，正悬浮于半空徐徐转动着。张立张口结舌道："这……这是什么力量？"

冈日为大家解说道："风，是风力。具体怎么做的我不知道，我只知道古人们在冰川外做了许多工作，将这雪山上的狂风引入冰川内，把它转化储存起来。托起巨大的佛像，打开冰宫大门，转动冰法轮，都是风力的作用。而且这里面原本还有许多机关，我的先祖们付出了许多条性命后才弄清楚那些机栝的来源和用途。"

张立奇怪道："大叔，你们家族不是很厉害的吗，那些机关，照理说……"

冈日摇头道:"你不知道那些设计机关的人有多厉害,可以说每一处机关都是天才的设计。不说别的,就说材质,听说这里面的暗器全都是由冰做成的,人的肉眼根本无法捕捉,有的先祖们根本不知道发生了什么事情就……"他苦笑一声,道,"如果法师说的是真的,那么这极南庙就是光军守护的地方,能死在正统光军的机关下,我想那些先祖们也该瞑目了。"

方新教授道:"那这里岂不是很危险?"

冈日笑了笑,含蓄道:"放心好了,在大自然的作用下,那些机关早就毁了。"

大家清楚冈日说的是什么,唐敏嘟囔道:"还是人的原因呢。"

这时,岳阳张立他们又发现一处奇怪的地方,一个宝座之前,竟然有一面巨大的冰晶镜,冰镜比张立还高。走到近处,发现冰镜的里面还有一面小圆镜,两镜之间不到五十公分宽,不知道是做什么的。正好奇着,突然镜子里出现一头狰狞巨兽,那血盆大口,就算一口吞掉三个岳阳也不为过,吓得岳阳急急后退。那巨兽又从冰镜后面钻了出来,岳阳这才看清,哪里是什么巨兽啊,分明是冈拉。冈拉眼弯如月,发出哼哼的笑声,岳阳用探照灯照过去,道:"冈拉是个坏丫头!"冈拉又将头转到冰镜背后,顿时又变成了一头硕大巨兽,张牙舞爪地恐吓岳阳。

方新教授道:"嗯,这是古人充分利用了光的反射和折射,只需要在两面镜子之间放一尊小佛,从正面看去就是一尊高达数丈巨佛,古人的智慧令人惊叹啊。"

胡杨队长对冈日道:"这里的一切都是人类智慧的结晶啊,这应该让全人类知道的。冈日普帕,你为什么不告诉国家呢?你们为什么要把这个秘密藏起来啊?"

冈日看了看胡杨队长,又看了看卓木强巴,叹息道:"我们家族,每一个知道了这个地方的人,都会发一个毒誓,其诅咒非常的可怕,是你们无法理解的。总之,家族里任何一个成员,如果带领或告诉了不属于家族成员的人这个秘密,他将失去生命中最宝贵的东西……"

胡杨队长劝解道:"你不应该相信这种誓言……"

"够了!"冈日厉声道,"十七年前,我也是这样想的,所以拉珍带着国家的科考队员前往了大雪山,所以……我失去了生命中最宝贵的……"冈日突然哽咽,就说不下去了。

卓木强巴道:"阿果,我们知道你的苦,没有任何人可以怪你。"敏敏幽幽地想:"难怪冈日大叔怎么都不承认是他带我们来这里的,他对大婶的爱很深啊!"她又望着卓木强巴,流露出百感交集的神情。

卓木强巴却正望着正殿五个底座中的正中一座一条带双羽的巨蟒缠绕着须弥冰座,这条巨蟒浑身带鳞,身体盘成一圈正好缠绕住象征须弥宇宙的底座,惟妙惟肖,仿佛在徐徐游动。"库库尔坎!"卓木强巴不容置疑地叫出声来。

"什么,你是说这条蛇吗?"冈日道,"不,这应该是苯教里信仰的会飞翔的蛇,同时在印度教里它又象征着宇宙诞生。你看,这条蛇有鳞,应该是文成公主将中原的龙引入西藏后形体才产生了改变。你们也看到了,这座宫殿不仅仅是藏传佛教的结构样式,同时保留了许多苯教的东西,说明藏王松赞干布在改革宗教信仰的开始阶段,并不是一刀切,而是慢慢地进行改革。"

张立在另一处道:"岳阳,来看这里,这里的冰和别的地方不一样。"

岳阳一望,只见那处宝座冰层表面泛着一层黄灿灿的色泽,探照灯打过去,更是金光熠熠,忍不住道:"该不是黄金吧?"

方新教授道:"这正是黄金。有没有学过分子扩散运动?当金佛在这个冰座上放的时间久了,这黄金分子与冰分子相互渗透,就在冰面留下了淡淡的金黄色。"

"等会儿,岳阳你别动……灯光的方向转过去。"张立握住了岳阳拿探照灯的手,盯着冰座背后的冰壁仔细打量,并道,"教授,你看那冰里面好像有人影儿?就是岳阳这样照着的时候才有,一动就看不见了。"

方新教授一看,喜道:"不得了,这应该是类似于激光全息图像一类。"

张立怪声道："激光全息，这里？难道古人有这样的技术？"

"不不，"教授摇头道，"不是这样的，激光全息是通过光的衍射改变极细小的分子排列，将图像印留在某个载体中，是个十分复杂的过程。但是这种纯度的冰可以作为载体，而冰座表面的黄金分子充当了细小颗粒，如果说突然有强光改变，就能形成这种巧合，将图像印留在了冰层之中。这不是古人的技术，而是大自然偶发的光学现象，和海市蜃楼一般十分的罕见。探照灯往下一点，慢慢来，说不定，我们看到的是几百年前或者上千年前的全息照片呢。"

当冰层中的图像渐渐清晰，果然如激光全息图片一般呈立体效果。但岳阳只觉得手腕一阵剧痛，大叫道："你干什么，我的手快被你捏断了！"

张立捏着岳阳的手腕，指着冰层里的人影儿道："这是……这是……这是谋杀！"

绝望的裂冰区

方新教授也完全呆住了，那冰层里的全息图像共有三个人，不可思议的光学现象连人物的表情也完好地保留了下来。一个衣衫破旧的三角眼男子躺在地上，脸上有一道可怕的伤疤，看起来应该是被另外两个人救到了这冰宫中，图像中的他正睁眼狞笑着，一只手撑着身体，另一只手却是飞快地把什么东西刺入了他身前的女子后背。

那个女子登山装里面是藏式衣领，她背对着凶手，正在急救包里翻找，脸上全是关切和焦虑，显然被印入冰层的一瞬间她还未感觉到刺痛。在这名女子旁边是另一位登山队员，身高长相倒和张立有几分相似，衣服上有中国国旗，他正伸手去抓那名凶手的手腕，嘴微微张开，正欲出声呼喊。从三人的衣着和背包来看，这张全息照片的时间不会太远，岳阳仿佛突然想起了什么，艰难道："冈……冈日大叔！"

冈日转过头来，见岳阳三人正看着冰壁发呆，疑惑地走了两步，已看到冰壁中模糊的异常。他停了下来，呆立了约两秒，又向前走了三步，脸色开始变化，再走两步时，手脚冰凉地颤抖起来，突然飞快地向前奔去，仿佛任何人都无法阻拦他，一直扑到冰墙上，喉咙里嘶哑地吼道："拉珍……"只叫出了名字，竟是再也发不出声音来。

没想到果然是这样，岳阳听到冈日的嘶吼，突然莫名地心中一痛，若不是张立死死捏着他的手臂，他险些拿不稳探照灯。而张立也如着了魔一般，捏着岳阳的手臂一动不动。

冈日颤抖的手摸上了冰墙，拉珍的面孔是如此的清晰，仿佛近在眼前，她依旧美丽，依旧安然，她永远都只会为别人着想，你背后那个人，他要杀你啊！那恶毒的目光，让冈日的心在滴血，突然间，他再也分不清哪是幻觉哪是真实，他要救出拉珍，他要阻止那个残暴的歹徒！他举起拳头，用力地击打在冰墙上，他要破开这道阻碍，这样他就可以和他的拉珍在一起。

那冰墙千年不化，坚逾钢筋，哪是拳头就可以击裂的，几拳下去，冰面上就溅起了血花，卓木强巴等人看得触目惊心，唯有冈日浑然不觉，挥动着他的拳头，一击，又一击，向那冰墙捶去。他要打开这屏障，他要救出他的拉珍来！

卓木强巴冲上前去，拦住了冈日，道："阿果，没用的，阿果！你别伤害自己了！拉珍会伤心的！岳阳，把灯拿开！"

岳阳的手腕却被张立固定在了那里，他也拿不准主意了。

"你放开我，拉珍在里面啊！你放开……"冈日挣扎着，突然放声大哭起来，哭得像个孩子，悲伤且无助，孤立且孤寂，无数个日日夜夜，无数的思念与悲恸，都在这一瞬间化作了泪如泉涌。冈拉靠过来，温顺地舔着冈日的泪水，咸咸的。它扭头看去，冰封里就是自己从未

第三十五章 极南庙 |163

见过面的女主人吗？他们不是在救那个男子吗？那个男子对女主人做了什么呢？它能读懂人心，却无法理解，人与人之间的关系，为何如此复杂……

冈日无力地靠在冰墙上，狐皮帽掉在地上，好像奄奄一息的重症患者，双眼空洞无神。面对这突发状况，卓木强巴等人都没了主意，纷纷劝慰着冈日，岳阳也小声地劝道："大叔，你别太……"

还未说完，冈日突然暴怒起来，他跳将起来，一步跨到冰座边缘，一把抓住了岳阳的衣领，一用力就将岳阳拎了起来。"你为什么要拿着灯乱照！"冈日咬着牙，脸颤抖着，撕心裂肺地吼道，"你为什么要叫我的名字！"十七年了，十七年的等待，一个人守着孤寂雪山，他坚信并坚持着，如今，十七年的希望，破灭了！他将一腔的怒火都发泄在岳阳身上。岳阳默不做声，任冈日摇来晃去，看着眼前这个可怜的男人，好像荒原上受伤的野狼愤而怒吼着苍天，他能理解这种情感，他也有失去亲人的遭遇。摇晃中他突然发现，冈日那灰白的头发，竟然在大把大把地掉落，一下子就老了好几十岁，生命的火焰正急速消退着。

"砰"的一声，却是冈日将岳阳抵到了冰墙上，卓木强巴大声道："阿果！"

冈日猛然一惊，松开了岳阳，面朝冰壁，轻轻说了声："对不起。"

岳阳道："我没事，大叔，我理解你，你……"

冈日狠狠地一挥手，道："你们走吧，让我一个人静一静。穿过这座冰宫，就走出大冰川了，我知道的路，也就到此为止，再也帮不了你们更多了。"

"大叔……"

"走！"

这时，巴桑开口道："我认识那个凶手。"

冈日仿佛没听见，倒是张立激愤道："你说什么？巴桑大哥，你真的认识那凶手？他是谁，他在哪里？"

巴桑看着冈日道："他叫西米，和我一样，是只蜘蛛！"

张立急道:"我记得巴桑大哥不是说过,与你们一同前往雪山的蜘蛛,只有你一人活着回来吗?"却见岳阳在一旁大打眼色。

巴桑道:"嗯,最后一次,确只有我一人活着回来,但是那家伙,最后一次没去。"张立呆呆地看着巴桑的脸色,想看出些端倪,但巴桑依然冷漠,看不出半点动静。谁能想到巴桑此刻,脑海里正激起滔天波澜。

"西米!是你!你究竟做了什么!"

"队长……我,我,我也是没有办法……"

"是你把它们引来的!我们被你害死啦!"

"如果我不这样做,我……我会被它们吃掉的……"

"……

"要我帮你,可以,替我找一个人……"

"如果他死了,把他的骨头挖出来,交给我,我要亲自处理……"

"对不起,张立,这个人,只能是我亲自来处理!"巴桑心中暗想。

张立继续追问道:"那么他在哪里?"

巴桑苦笑,道:"十几年了,我哪里还知道。"

冈日静静地听着,无力道:"好了,你们就不用再说了,你们走吧,都走!"

见冈日再次下了逐客令,卓木强巴等人都知道,冈日眼下心如死灰,留下来倒不如让他独自静一静。冰川上光线正在暗淡,雾气显然笼罩了下来,时间也不等人,众人便向冈日告辞了。

卓木强巴抬起冈拉的下颌,对它道:"照顾好他,我会回来的。"冈拉心中不舍,含泪点了点头,走回去静静地卧在冈日的手边,看着卓木强巴他们离去的背影。

看不到冈日后,张立又问道:"你说的是真的吗?巴桑大哥,那只蜘蛛……"巴桑沉着脸点了点头。

岳阳道:"强巴少爷,大叔他不会有什么事吧?"

卓木强巴道:"不,不会,我认识的冈日,是个很理性的人,他虽

第三十五章 极南庙 | 165

然思念他妻子，但他一直都很坚强乐观地生活着。何况他还有冈拉，冈拉会照顾他的。"

离开水晶宫后，受冈日心境感染，一行人默不做声。路好走了，但那冰裂缝下的其余诡异景观则愈发丑陋，离开温暖的水晶宫，寒意又开始渐渐升腾，那些无孔不入的风，顺着裂隙钻了下来，开始在众人身边逞凶。越接近主裂缝区，头顶的裂缝就越大，风开始在耳边怒吼，裂冰则变成了凶恶的豺狼野兽，给大家的感觉，好像刚从天堂出来，突然就掉入了地狱。

偶尔一阵风袭来，就像一个幽灵一般，带着似冷非冷，却令人皮肤绷紧的感觉从每个人的身边溜过，有时它们会一掠而过，有时则会逗留一番，用冰凉的身体摩挲着人们裸露的脸庞，良久才不舍地离去。它与冰柱摩擦发出鬼哭狼嚎的声音，像凄厉的哀怨，像亡魂的不屈，让人毛骨悚然。

穿行于冰柱间，身边是冰雕的奇石异兽，张牙舞爪倍显狰狞，头顶是悬空的冰岩，千钧一发岌岌可危。每次风吹过，都会掉下大量的冰屑，甚至会有一些大的冰块，虽然戴着安全帽，可谁也不敢保证，下一次掉在头上的，会不会是那些长宽十几米、厚达几公尺的巨型冰砖。

负责高空安保的张立突然小声道："上面好像有什么东西。"他拿起望远镜，突然张口猛吸一气，半晌说不出话来，岳阳忙道："怎么啦？看见了什么？"

众人仰头望，只见头顶冰雪遮盖，那一道道裂缝有如一线天，蛛网密布地蔓延开去，在一些裂缝间，可见一个个芝麻大小的黑点。

张立取下望远镜，在岳阳的拍打下缓过神来，脸色惊恐万分道："是人！我看见一个人，卡在那裂缝中，不知道是死是活。"

岳阳接过望远镜，只一眼，他也说不出话来了。只是在将望远镜交给卓木强巴时说了一句："死了，好可怕的尸体！"

卓木强巴举镜，天哪，他看见一个金发碧眼的外国人，身体固定在冰中，他的姿势，就像一个受伤的战士，拖着两条残腿，用手在壕沟里匍匐爬行。他圆睁着双眼，咬紧牙关，每一根直立的头发都不愿屈服，但那空洞无神的眼睛已昭然揭示，他早已失去生命，只是冰封将他死前一瞬间的表情凝固了。不知道过去了多少年，他依然以这样的表情诉说着他曾做过的抗争。望远镜缓缓移动，不止这一具尸体，一具，又一具，随着越来越多的尸体出现，每一具尸体都强烈地冲击着卓木强巴的神经。那些尸体中，有外国人，有中国人，他们穿着黄色紫色的各色登山服，每一张脸都是一种刻骨铭心的表情，有绝望，有不屈，有愤怒，有伤心，但他们全都有一个共同的特征——全是睁大了眼睛。

冰川仿佛在拍摄一张张历史照片，将每一个人死前的一瞬间完美地保留了下来。看见他们的表情，仿佛还能听见他们的咒骂，那一阵阵阴风，就好似他们的亡灵，那凄厉的咆哮，让人心悸。卓木强巴一共发现六具尸体，姿势千奇百怪，有横躺，有攀爬，有倒悬，有俯卧，至于那些人死前的表情，他已经无法用言语来形容，那绝对是令人终生难忘的一幕。卓木强巴清楚，这些人，全是选择了从冰川表面跳跃而过的失败者，他们或许还有同伴，但也只能无助地看着他们跌入裂缝，茫然失措，神色暗淡。看来那些人并未立即死去，而是被卡在深达几十乃至百米的裂缝中，他们挣扎却动弹不得，他们呼喊却没有回音，终了，他们声嘶力竭，他们的身体被冻得麻木，失去了知觉，丧失了意识。于是，他们的尸体化作了绝望的冰雕，他们的呼喊化作了罡风的尖啸。

卓木强巴暗自心惊，如果方才不是选择了走冰川下方这条路，而是从裂缝上方跳跃的话，那么他的队友中，极有可能也会有人成为这大冰川的艺术品，就连灵魂也被禁锢在这片冰雪的世界。他听胡杨队长说起过，整块巨大的冰川一直是缓缓移动着的，不幸跌落冰裂缝的人，尸体随着冰川的移动，往往要在十年二十年乃至更长时间，才能移出冰川，被人发现，在喜马拉雅山脉中，隐藏着无数冒险者的尸骨。那么这些人呢？这些被卡在冰川正中的人，他们在这里待了多长时间？十年？二十年？恐怕再过一百年，他们也无法重见天日，只能成为大冰川永久的玩具！

唐敏见卓木强巴迟迟不放下望远镜,伸手来拿。卓木强巴小心地避开唐敏,低声道:"敏敏,别看。"便将望远镜递给了胡杨队长。

胡杨队长和大家一个表情,先是一震,随后一呆,拿着望远镜的手不由自主地发出颤抖,卓木强巴简单地告诉唐敏他所看见的情况,并向唐敏解释着为何不让她看。"啊,是他!"胡杨队长突然一声轻呼,望远镜再也拿不稳,手也无力地垂下,眼角涌出了泪花,他马上用手拭干,否则会冻结成冰。卓木强巴等人心里明白,在这样的情况下见到昔日朋友的话,任谁也不会好受的。他们低声安慰胡杨队长,望远镜又在其余人手中轮换着,每一个看过的人都低下了头,他们如同参加了一个大型的殡仪,心情沉重而悲伤。不管是哪国人,那种人类所共有的表情都让人心颤。

胡杨队长低声道:"十几年前,他还神秘地告诉我要去参加一个重要的活动,结果就一去不回。这些年来,每年我都要抽一段时间去他家里,告诉他妻子和儿子,说他还在……还……"

岳阳道:"为什么他的队友没有带回消息呢?难道他是一个人来的吗?"

胡杨队长摇头道:"那一次,他们全都没有回来。"

一片静默。

"走吧,这里不是我们停留的地方。"吕竞男不得不尽到她作为指挥官的职责,在前人身体倒下的地方,他们还将继续前进。巴桑在没人注意时,悄悄擦拭了眼角,胡杨队长对战友的悲切,让他想起了他自己的战友。

殊不料,再往前走还有悬尸,加上冰川运动,有的尸体已经脱离裂缝,以头下脚上的姿势倒挂在众人头顶,好似随时都会坠落下来。那一张张绝望的脸,带给队员们心灵的震颤比那狰狞恐怖的鬼面还要多几分。左侧有两面冰墙倒塌挤压在一起,里面的悬尸头部几乎已和队员们等高,可以清晰地辨认他们衣服上的国旗和标志,卓木强巴认出有俄国人、英国人、美国人,还有一具,没有任何标志,但从他下垂的位置和衣着装备看，是很早以前就坠入冰裂缝中的。巴桑从那具尸体身边经过时，被那尸体表现出来的从容和淡定所吸引，不由多看了一眼。是一个面容坚毅的中年金发人，身体笔直，双目微睁，那单薄的服饰下勾勒出结实的肌肉线条。尸体的手套完全磨破了，一双手掌裸露在外，血肉模糊，看来那人试图徒手攀爬上冰岩，右手食指和手掌内侧缘有很厚的茧，出于职业敏感性，巴桑知道，那是用枪的手。再看那人装配，完全是普通的旧时藏装，在这诸多穿着登山服的登山者尸体中反而十分打眼，但那背包却是特质的，虽然略做改动，但大致依旧没有脱离军用背包的范畴。

巴桑朝部分已经外露的冰尸走去，轻轻一拨，一枚十字勋章便掉了出来，卓木强巴等人也注意到了。

"德国纳粹！"岳阳不禁叫了出来。很明显，那十字勋章本是贴身佩戴的，只是因为尸体倒悬而垂下，那人的其余衣服都做了平民化处理，极有可能就是当初希特勒派往西藏寻找神庙的特遣队中的一员。

冰陡崖

联想起吕竞男说过的史料，这重大发现极有可能带给他们重要的线索。队员们哪有什么禁忌，巴桑、张立、岳阳和卓木强巴四人齐动手，凿开冰壁，把冰尸刨了出来，将这具尸体里里外外搜了个底儿掉。衣服内没有证明身份的东西，只找到一包写有"R6"字样的香烟，一个类似子弹头的打火机，背包里登山必须用品很少，有把过时的军用武器。张立取出那把枪道："哇哦，FG-42，德空降特种兵专用，口径7.92毫米，重量4.5公斤，弹量20发，弹速762米每秒，射速750发每秒钟，射程550米，现存量不足一千支。你们知道吗，这是二战时期德国首次使用锰合金制造的武器，因为材料稀缺而总共只造了7千只。"

胡杨队长则接过香烟，翻来覆去地看，拿到鼻子面前嗅了嗅，表情很是怪异。

很可惜，这名纳粹士兵身上除了那枚象征帝国荣耀的勋章外，再找不到任何有价值的东西。尽管如此，大家还是得到莫大的鼓舞，至少说明他们走的路是对的，曾经的德国特遣队也走过这里。只有方新教授在暗自担心，要知道，前面的那些寻找神庙的人，无一例外地失败了，这条路，究竟对不对呢？他不敢去细想那个答案。

亚拉法师道："我们耽误了太多时间，该走了吧。"

吕竞男也道："这尸体就让他这样，我们走。"

岳阳不舍地回头看了一眼，原本以为发现了可以提供重要线索的人，没想到一无所获。正想着，却听胡杨队长询问："有谁会德文？"

大家你看我我看你，没人懂德语，只见胡杨队长指着烟盒内壁道："这里写有字母，是德文的。"

果然，烟盒打开的内侧，用铅笔一类歪歪斜斜写着一些字母。巴桑道："我知道了，特遣队在冰天雪地里临时接受上级指令时，士兵为了不犯错误，往往将命令记录在随身的物品上。"

岳阳道："可惜我们没有人会德文啊，只能带回去研究了。"烟盒被小心地保存起来。

快抵达主裂缝时，悬尸渐渐少了，每走百步才偶尔发现一具，但那些尸体却比前面看到的恐怖得多，他们大多缺胳膊少腿儿，要不就是胸腹破溃，肠穿肚烂，好像是被什么东西撕裂咬断的。没走两步，突然一具尸体从裂缝中松脱，下滑好几米，因为一双脚卡在裂缝里才没有掉落地面，那人头却正好挡在唐敏面前。那张可怕的脸好像被一锤砸扁的南瓜，五官挤压成一饼，血肉模糊地被冰冻上，片片连在一起的冰血又好似砸碎了的钢化玻璃。唐敏两眼一翻，险些晕厥过去。

卓木强巴用身体挡着唐敏，这才护送她绕过悬尸，不过大家都在猜想，到底是什么造成的，那张脸竟然会变成那个样子。在这里，大冰川以铁一般的事实，告诉这群冒险者，这里，是名副其实的——死亡西风带！

终于，前面的天空一阔，他们从冰裂缝下钻了出来，横在他们面前的，是已经坍塌的冰柱，连绵成一片白色的小坡，在这昏暗的光芒下，那一座座兽脊连绵的冰塔好似一片望不到头的白色坟墓。那淡淡迷雾笼罩下的大片坟场，野风呼啸，寒冰冻结，令人不由怀疑，这就是传说中雪山奇景之一的冰塔林吗？

虽说这时的冰塔林看上去又荒凉又冷清，尤似神怪小说里的孤坟野茔，但大家觉得，还是比冰裂缝下要好得多，至少没有了头顶的危险。可是在冰塔林区走了没多远，卓木强巴和巴桑几乎是同时停下，又同时轻呼："等一下。"

前面的人停下来，卓木强巴和巴桑正望向对方，他们都从对方的脸上读到了危险。巴桑是在无数次生死存亡中练就了过人的敏锐反应，而卓木强巴呢，这种本能意识几乎就是天生的，他们的潜意识都提醒着自己，前面有危险！

听到卓木强巴和巴桑的呼唤，吕竞男把大家集中起来。卓木强巴道："有什么东西在我们附近，我只是感觉到了，却没有发现。"巴桑也表达了同样的意思，大家本就紧张的心情顿时悬得更紧，唐敏赶紧抱住卓木强巴的胳膊。四周只闻狂乱的风声，冰塔林形成那些怪兽的影子灰蒙蒙的一片，真假难辨，大家呼出的空气在身体四周凝成白烟，越发凝重，远处的山雾如同一只巨大的怪兽，正悄悄将整个冰塔林吞入腹中。偏偏周围没有任何动静，大家侧耳倾听，似乎连风声也小了许多，远处雾笼下的冰塔怪兽如同复活了一般，以一种奇异的方式向他们蠕动而来，但是定睛一看，却又毫无动静。再听得更仔细一些，冰屑掉落的声音，风尖锐的声音，此外，就只有自己呼吸的声音了。就这样僵持了约一分多钟，那时间竟然显得如此漫长，滑索和快速穿越冰塔林时没有出汗，此时反而人人出了一身细汗。

敏敏低声道："真的有什么吗？我们会不会自己吓自己？"突然大

地微微一颤,他们身边的冰塔顶端跟着一抖,无数冰屑落下,好像有什么东西从正前方跑开了。

巴桑瞪了唐敏一眼,随后道:"好像走开了,我们去看看。"

一行人这才继续前进,走至原本该提前一分钟到达的地方时,只见地上一排脚印,颇似人足,但形态巨大。卓木强巴将脚放入脚印中,竟然比自己的脚印大了一倍有余,每两只脚印间距更是惊人,是卓木强巴他们的五步距离。唐敏在队伍最后探头一看,待她看到那脚印时脸色又是一白,和冰塔同样颜色。

胡杨队长苦笑道:"看来我们的运气还不是一般的好啊,科考队找了那么多年都没找到的雪人,竟然被我们碰上了。"

方新教授喃喃问道:"为什么?为什么会出现在这里?"

卓木强巴马上联想起那些肢体残缺的尸骨,惊惶道:"猎食!这大冰川就像一个天然的大冰柜,那无数的探险者尸体都被冷藏在这里,全成了它的腹中餐。"唐敏发出轻呼声。

岳阳道:"能在这样坚硬的冻土层留下浅浅的印迹,它的体重体型都是惊人的。好在它似乎也意识到了我们这些人的威胁,并不打算把我们当做猎物。"

胡杨队长道:"这里可能是它的领地,我们得赶紧离开。现在还不知道有多少,希望只有一只。"

吕竞男见山雾渐浓,不由催促道:"快,快,快,雾气蔓延下来了,如果将冰林罩住,就找不到方向了。"有了前车之鉴,队员们都提高了警觉,走在外围的巴桑、岳阳等人拿出了武器防护,一直到队伍平安抵达冰坡之下。

冰坡笔立高百丈,如同一块巨大的奶酪被一刀切开,起初在远处,看上去像一个冰斜坡,如今走到近处一看,确实是一个冰斜坡,但它却是头大脚小的——内斜!这样笔直且内斜的冰坡,它有个令人望而生畏的名字——冰陡崖!卓木强巴等人是从山腰底的冰陡崖滑索而下,如今要攀爬的是山腰中的冰陡崖。站在崖下,仰望高山,迷雾缥缈,不见其顶,若将冰陡崖比作普通奶酪,那卓木强巴等人的体型还不及蚂蚁大。攀登冰陡崖,在世界上任何一个国家的攀登规范里,都将它列为攀登的最高等级——第七级,需要专业人士中的专业人士才可攀登。就算曾经攀爬过世界上14座八千米以上高峰的专业登山者,也不敢轻言攀冰陡崖。可这群人想也未想,就选择了这条路,在他们看来,至少要比从冰裂缝顶端跳来跳去安全得多。

千年的寒冰坚逾玄铁,冰镐敲砸在上面只留下一个浅浅的缺口,需要多人连续锤击多次,才能将一根钢钎固定入冰崖壁中。问题的关键是,整块冰陡崖犹如玻砖铁板,连条缝隙都没有,根本不可能像普通攀岩一样找到搁手使力的地方,只能在冰崖上插钢钎。普通攀登冰陡崖的极限队员们登崖时,利用冰锥步步为营地创造安全点,就好比修筑悬空栈道一样,先打洞,再埋桩,费时且费力,百米高的冰陡崖有时一天也爬不上去,而他们要爬的这座冰陡崖,不下二百米。

胡杨队长倒吸一口气道:"没想到是这样的,要攀上去很难啊……"

岳阳道:"如果能像小说里那样,把活羊腿切下来,趁血还未凝将它粘在冰壁上,那就容易多了。"

吕竞男道:"不用担心,我们有我们的攀登方法,准备好了吗?亚拉法师?"

亚拉法师微微点头,他套好冰爪,双手手套上又套了一个奇怪的铁套,椭圆形铁环从四根手指间穿过去,搁置在掌心位置,并不影响手掌握合。

只见亚拉法师手腕一扬,飞索激射而出,扎入约十五米高的冰陡崖中。他拉了拉,感觉能吃上力,双手交替,就那么拉着仅有数根头发丝粗细的钢丝爬了上去。胡杨队长连叫:"厉害!"

岳阳笑道:"这算什么,亚拉法师真正的实力胡队长还不曾见过。"

正说着,眼看法师即将攀到飞索入冰处,突然手一松,身体倒坠下来,下方众人大惊。说时迟,那时快,就在亚拉法师离地高度不足五米时,法师身体在空中微微一顿,双臂齐展,双腿一蹬,"嘭"的一声,

第三十五章 极南庙 | 173

蝠翼顿时展开，身体如飞鼠般横空掠过，贴着地面又滑行了数十米距离，亚拉法师凌空一个倒翻，蝠翼一收，稳稳地站在了冻土上。

吕竞男赶上前去，问道："怎么回事？"

亚拉法师道："这坚冰果然生硬，飞索吃力不够，滑索了。"他绕起手腕上的飞索，拎起索头一比，又道，"入冰不足半尺，难怪会脱索。"

吕竞男看着亚拉法师手里的飞索，然后道："双索。"亚拉法师点点头，在右手也套上一盒飞索，双手一扬，跟着将两股钢丝合在一起，在钢手套上绕了一圈，再次开始攀爬，这次成功抵达飞索入冰处。冰爪固定住身形，亚拉法师腾出一只手来，摸出雷蒙打火机，将气阀开至最大，火舌喷出，连坚冰也抵不住这股热浪，飞速融化，不多时就烧出一条凹缝。待缝隙约有二十公分深度时，亚拉法师关闭打火机，趁缝隙内的水还未再次结冰，飞速塞入一个冰塞，见还有空隙，同时又塞进三枚冰锥，冰崖缝隙内的水很快凝结，又恢复了冰岩本性。

主绳绕过冰锥和冰塞，法师拉紧绳子，用力蹬在冰崖上，试了试吃力程度，向下做了个成功手势，将主绳一端抛下。利用零下五十多度的低温速冻，亚拉法师以最快的速度，将一个可靠的保护点安置成功了。

接着亚拉法师双腿蹬在冰崖上，手拉紧主绳，全身团紧，有如压紧的弹簧，奋力一跃，同时双臂横展，顿时如大鹏扶摇，横空十数米，看准冰崖，双手的飞索再次没入冰崖之中。卓木强巴看着艳羡，这种背飞滑行技术，在特训队中，除了亚拉法师，没有第二个人能做到。

第二个保护点很快固定好，队员们在冰崖下也忙碌起来，固定主绳，安装上升器，套冰爪、抓绳、安全带，准备开始攀冰。

有了主绳支撑，攀冰不再是难事，用冰爪踢冰寻找支撑，利用上升器攀爬主绳，到了保护点便用一个快挂给自己增加安全系数。亚拉法师在前面横空开路，队员们跟在后面艰难攀冰。

莫金惊喜道："他们开始攀爬冰陡崖了，他们果真穿了过去。不可思议啊，太不可思议了！铁军，找几个身手好的，跟我来。"

马索急道："老板，让我去吧……"

莫金看了他一眼，道："你留在这里，给我严密观察他们的动静，有什么情况马上向我报告。我要去看看，他们是怎么穿过去的。能做到我做不到的事情，哼哼，有点意思。"

铁军带了几名白衣大汉道："我带了伊万和多克他们几个。就算在冰川内与他们直接相遇也足够对付了。"

莫金一笑，道："很好，我们走。"

冈日斜靠在冰壁边，嘴里喃喃诉说着这十七年来自己的遭遇和经历，时而欢笑，时而恸哭，完全沉浸在思念与回忆当中，丝毫未觉，另一群人已来到冰裂缝边缘。

"是这里没错了。"莫金看着脚底那巨大的裂缝，用通讯器道，"马索，你那边怎么样？他们是否全都走出了冰川？"

"是的，老板，他们都已经出现在冰陡崖上，我看得很清楚。"

"听着，马索，我们下去后，可能通讯会中断。"

"那，那我该怎么办？老板！"

"管好那群人，没有我的命令，谁也不许乱动，如果谁暴露了目标，你知道是什么后果。还有，你给我好好监视着卓木强巴他们，要是我回来，你告诉我他们不见了的话，哼哼……"

冈拉就匍匐在冈日身旁，静静地听他诉说着前尘往事，忽然，她的耳朵竖立起来。冈拉探起头张望了一番，察觉到空气中弥漫着不安分的气息，它低嗥了一声，轻轻拉着冈日的衣衫。

冈日浑然不觉，仍旧在半梦半醒间喃喃自语，冈拉看看不行，索性站起身来，跳下了冰座，悄无声息地朝东正门奔去，不到半刻钟它又急速奔了回来，这次没有大叫，而是一个劲地拉着冈日的衣服。冈日被冈拉拉得离了半步，他摸着冈拉的脑袋道："好了，冈拉，让我静一静，

第三十五章 极南庙 | 175

看看冰里那个漂亮的女人,她是我妻子。别拉我,你想说什么……"

"我真不敢相信,这里竟然别有洞天!"忽然有人站在正门回音处说话,那巨大的声音马上响彻整座冰宫。冈日这才猛然惊醒,惊问道:"怎么会有人找到这里来的?冈拉,你刚才就发现他们了吗?有多少人?"

冈拉低声轻嚎了八次,冈日皱眉道:"有八个人,难道还有一支登山队偶然闯了进来?"

冈拉摇摇头,发出低沉又恐怖的声音。"有威胁?"冈日立刻警觉道,"究竟会是什么人?走,我们去看看。"

冈日之死

莫金摘下了防弹眼镜和吸氧面罩,那防化服的帽子也挂在了衣领后面,目瞪口呆地看着那高高的冰台阶,对铁军道:"看到了吧,这就是地图指引他们穿过大冰川的地方,这就是那群密修者曾经创造过的奇迹,我们要去找的那个地方,将比这里辉煌一千倍。难怪这么多年,也没人能钻过大冰川,原来竟要走冰川底部!走,进去看看。"

铁军道:"这里似乎被搬空了。"

冰阶上层,冈日低声对冈拉道:"是外国人,听不懂他们在说什么。他们怎么会有武器的?去,告诉强巴拉,他们被人盯上了。"

冈拉望着冈日,冈日道:"不要管我,我自有办法,快去……"冈拉奇怪地看了冈日一眼,它隐约感觉到冈日似乎下了某种决心,这是它以前从未看到过的神情,它无法理解,只得回头望望,咬牙去了。冈日望着冈拉飞速离去的身影,心中愧疚道:"冈拉,我的孩子,去雪山吧，在那里你才能自由地奔跑，原谅我。"

攀上冰坡后，又是一抹阳光从众人的身后洒下，太阳终于再次由雪域高原升起，冰塔林在阳光的普照下顿时变幻了姿态，它们洁白如云，细腻如沙，各式雪雕都变得圣洁起来。既有雪金字塔、广寒冰宫、古刹钟楼；亦有蟠龙玉柱、白驼拜月、剑指长天，千姿百态，无不惟妙惟肖。寒光流泻，山舞银蛇，起伏连绵数里，同时山顶的迷雾如轻纱罩下，将整个塔林区都变得温情起来。

凛冽的西风展现出它威严的一面，前方飞沙走石，尘土飞扬，刮在脸上犹如鞭抽。队员们都戴上了头套、皮帽、防风镜，衣领与头套可以直接拉合，头套外再套一层连接着吸氧器和通讯设备的防弹钢盔，看起来就像一个个空军飞行员。冰爪也不除下，直接抓入冻土里，如此全副武装，才能抵挡一阵，安全绳早已将全体成员牢牢绑定，迎着风的方向站成一个锥形，后面的人开始破土钉桩。

冰宫里的冰雕在灯光下呈现出种种匪夷所思的形态，连这些不懂欣赏的粗人也忍不住不时发出惊叹声。莫金不屑地冷笑道："哼，只不过剩了个空壳而已，这有什么值得大惊小怪的。那些曾经放在这座架上的东西，那才是真的值钱呢。"

"嘎嘎……"的声音从头顶传来，铁军道："看来这里撑不了两个月了，顶层的冰已经有裂纹了。"

走到冈日斜靠的冰壁面前时，莫金看到了冈日遗留在这里的探照灯，他心中一紧，毒蛇般的目光左右一瞬，顿时发现远处冰晶后的黑影一闪。"还有别的人在这里！"莫金竖起左手，突然打出手势，身后的士兵立刻两个一组地分散开来。

冰宫虽大，但冰晶剔透，不易藏身，没两下工夫冈日就被寻出来，被围住了。冈日不动声色道："你们，是什么人？"

莫金从人群中走出，用藏语答道："这位老哥，我们是国际登山协

第三十五章　极南庙　|177

会的,看你神色如此悲痛,莫不是在这里吊唁什么亲人?"

"登山协会!"冈日看着他们手中的枪,嗤之以鼻,不过看着这个会说藏语的金发男子,冈日断定,他是这群武装分子的头目。

莫金道:"啊,这个呀,这附近的野生生物群落众多,我们是为了安全起见,贵国政府是给我们颁发了持枪许可证的,我们是合法的。倒是这位老哥你,这条路是你发现的,能不能告诉我们,这是何人所建?它后面通向哪里啊?你为什么……"莫金一面问一面察言观色,突然醒悟道:"不好!他在故意拖延我们!"

冈日一见莫金变了脸色,忽地手一扬,飞爪抛出,钩住了莫金身后的冰壁,身体一荡,同时拔出腰刀,竟是直奔莫金而来。莫金也没想到冈日竟然完全将自己暴露在枪口下,直取自己面门,偏巧他手中无枪,急忙叫道:"铁军!"

不曾想,一向枪法如神的铁军在这时候迟疑了片刻,那冈日的刀夹着风势眼看就要劈到莫金的脑袋上。"啪啪"两声,却是旁边的一名魁梧大汉开了火。冈日胸前中了两弹,含恨将刀抛出,刀身发出"嗡"的一声,刀速之快,刀路之怪,实在骇人。

冈日早就计算好了,自己将中弹身亡,这一掷是蓄了全身之力,距离莫金又近,那个金发大个子,不死也要重伤。没想到,在如此近的距离,莫金身体一个诡秘莫测的侧转,同时提臀收腹,竟然将这一刀避了开去。冈日跌地前正好看到莫金那诡异的身形,简直不敢相信,这个大个子外国人竟然有这种身手,他无奈地叹息一声,胸腹中气息一浊,扑倒在地,心想:"强巴拉,你们惹上了一些什么人啊?老哥帮不了你了,你自己小心吧。拉珍,这十七年叫你受苦了,我这就来陪你……"

莫金恨恨地瞪了铁军一眼,若是那一刀被砍实了,铁定被削掉半边脑袋,心有余悸地想:"这个家伙早萌死志,莫非受了什么打击?临死也要砍伤我,是想帮卓木强巴他们吗?而且没有登山装备,那显然是熟悉这里的人,那去报信的又是什么人呢?他们不能徒手攀登冰陡崖,应该追不上卓木强巴他们才对……"想到这里,莫金淡淡道:"继续向前，把那个跑掉的家伙找出来。"

他拍了拍身边那个开枪救自己的大汉，笑道："做得不错，伊万。"跟着又附在伊万耳边说了两句，伊万瞪大了眼睛。莫金朝他点点头，又含笑转过头来，对身边的铁军道："铁军啊，你跟了我，有五年了吧……"

铁军道："四年又十一个月，老板。"

"刚才，怎么会失手了？"莫金一团和气道。

"对不起，老板。"

"没事，没关系。"莫金拍着铁军的肩，和他一起向前走去。却听到"啪"的一声，铁军回头，伊万的枪口冒着烟，这时他才感到一丝痛觉。莫金的声音也变得冰冷："我听说，大陆的公安在卧底时，往往狠不下心来射杀无辜的人。"

铁军缓缓倒下，莫金死死盯着他的眼睛道："你跟了我快五年了，我没见你杀过一个人。"

铁军挣扎道："老板，我没有……"

莫金弯下腰，温和道："我知道，你或许不是大陆的公安，不过，你的行为让我起疑了。"他站起身来，对着其余的人大声道，"你们也都听着：要钱，要女人，好好干，在外面想怎么玩就怎么玩！但是有一点得给我记住……永远，永远不要做出一些让我起疑的事情！伊万，以后你可要好好带着他们！"

伊万狞笑道："是的，老板。"

冈拉奔跑如风，正在冰川狭道间飞速跳跃，突然听到风中传来一声枪响，它是见过盗猎者的，很清楚那是怎么回事，心中陡然一沉，突然感到生命中有什么东西，永久地失去了。冈拉突然停了下来，尖爪在冰面留下数道划痕，它在原地飞速地转了两圈，一面看着走出大冰川的道路，一面看着声音传来的方向，两圈之后，它毅然掉转头来，朝着冰宫的方向跑了回去。

第三十五章 极南庙

冻土又坚不可摧，扎下一根钢钎相当费时，但只要有了第一个支柱，前进将要好许多。目前唯一让队员们担忧的则是，在冰川下耽误的时间太久了，以至于雾气弥漫，能见度不断降低。

卓木强巴牢牢地系好安全带，看着前方沙石飞滚，不由吐气道："真不愧为十八级烈风啊。"

"你说什么！"胡杨队长愕然回头，道，"十八级烈风？"

"是，怎么了？有什么问题？"卓木强巴将拉巴大叔告诉他的话重复了一遍。胡杨队长眼含惧意地看着前方道："看来我们低估了死亡西风带的威力，在山脚下测量不过 20 米左右，我以为在西风带也不超过三十米每秒。如果达到十八级的话……"

张立关切道："那是多少米每秒？"

巴桑解释道："现在的风速分级只有十二级，超过三十多米的风速就达到十二级了，十八级，是另外一种分法吧？"

胡杨队长道："没错，因为出现大风的情况很少，所以十二级以上就没有分类了。至于台风、飓风和龙卷风这些破坏力巨大的风，则以时速和秒速直接表示。所谓十八级，是曾经一个时期使用的分类方法，现在也已经不用了，那是将十二级以上的大风重新分类，以前专门用来监测台风和龙卷风的破坏力使用的记录单位。十八级，意味着风速将高达 95 米每秒以上，要知道，珠峰的最高风速也仅在 90 米附近，就连南极的最高风速也不过百米左右，你们知道一百米每秒的风速是怎样的破坏力吗？1999 年美国遭遇可怕的龙卷风，其中心风速预估百米每秒以上，那是被称为死神的剃刀啊！地面上，不光滑的地方——统统被剃掉！"说着，他艰难地道，"没有人能在风速超过三十米的雪山攀登。"

吕竞男闻言，命令道："加固一根固定钢钎，双主绳绑定。"转向胡杨队长道，"估计没有拉巴大叔他们那时候的环境恶劣。我们处于风和日丽的天气，风速应该是在我们所能承受的范围之内。张立，测速！"

张立拿出便携式测速仪，戴上头套皮帽和防风镜，对着风的来向，然后道："边缘风速，27 米每秒。"

吕竞男看着胡杨队长道:"还过得去吧?"

胡杨队长道:"只能闯一闯,这里还没有正式进入西风带,只是在它的边缘。我最担心的就是放绳龙。"唐敏没听懂,疑惑道:"神龙?"

岳阳微笑道:"没关系,我们背得重嘛,可以起到压舱石的作用。"

风中送来熟悉的味道,伴随了冈拉十五年的味道,同时,夹杂着血腥的气息,这两种味道混合在一起,让冈拉的心在缩紧。它如同猎豹一般伸展着身休,疯狂地奔跑着,只希望快一些,再快一些!没人知道冈拉感受到了什么,或它在思考什么,那一身银白的皮毛,在冰川甬道中渐渐变作了雨后蓝天一般的颜色,一双眼睛竟也血红。它还在不断地提速,它化作一道蓝光,脚不沾地地从冰面飞掠而过,在冰道中只留下一个淡蓝的影子。

莫金等人还未走出冰宫,忽感一阵疾风袭来,一个蓝色影子突然出现在虚空当中,从众人头顶掠过,他们还未做出任何反应,但见蓝光一闪,那影子又凭空消失了。

"什……什么东西!"莫金一惊。

伊万的回答更是让他啼笑皆非:"好像有东西过去了。"

莫金转念一想,道:"回去看看。"

冈日趴在冰面上,已经很接近那面锁着拉珍的冰壁了,在他身后,是一道长长的血痕。他咬着牙继续爬行,他非常清楚,两颗子弹,一颗击穿了肺,每次呼吸都喷出血沫,另一颗打裂了肝,血正流个不停。但他的心还在跳动,意识还未迷糊,所以他要继续向前,哪怕只能靠近拉珍的影子,再靠近一厘米也是好的。

他失血太多,以至于当耳边响起"呜……呜……"的低鸣时,还以为自己出现了幻觉,直到冈拉那温暖的舌头舔上他的面颊,他才确信,是冈拉,冈拉又回来了!那声音焦虑、悲伤,连续而短促地急鸣。冈日抬起头,看到了冈拉眼里的泪水,冈拉在哭,从那次卓木强巴离开后,再未听它哭得这样伤心过。冈日想抬起手摸一摸冈拉,却是提不起力气来了,轻声骂道:"傻丫头,不是让你给……给强巴拉……为什么回来呀……"

冈拉看着冰面上那一道长长的血痕,在冈日身边来回不安地走动着,有时又用鼻子凑到冈日身边嗅一嗅,或是舔舔冈日的脸,接着又来回不安地走动,它实在是不知道该怎么办才好。

冈日看着那抹美丽的海蓝,刹那间,与冈拉相识相伴的所有岁月,都回现在脑海……

"牛奶……你不要?羊奶……还不要?那只有喝矿泉水了……喂,人奶没有……别抓我衣服,人奶没有!"

"小坏蛋,你怎么能在这里撒尿!"

"我的小祖宗,这可是我最喜欢的皮袄啊,你要床垫,也不用把它抓成一块一块的啊……"

"我说,你不是一条狗吗?狗怎么会发烧的呢?这里离医院可远了,哎哟,你真是要我命哦……"

"这是你给我采的草药?你在哪里学会的?今天我身上没劲,冈拉,去纳拉村,帮我叫……"

终于,冈日带着微笑合上了眼睛,冈拉就趴在他身边,看着他的笑容,伸长舌头喘着气。冈拉知道,冈日和平常有些不一样了,究竟是怎么不一样呢?它试着去理解,冈日是睡着了吗?不,这和睡着是不同的,他不再发出那熟悉的气息,那颗一直跳动的心脏,也不再有跳动的痕迹,那双经常抚摸自己的温暖的大手,渐渐变得和冰一样冷。

冈拉用脑袋顶了顶冈日的头,用爪子扒拉着冈日的衣服。若在平时,冈日早就大笑着起来,对它道:"今天天气真不错啊,冈拉,我们出去跑步吧!"可是现在,冈日怎么没有反应呢?

冈拉咬着冈日的衣领,将他拎起来,放在了冰壁上,它想让冈日坐起来,让他站起来。为什么他不说话了呢?冈拉急躁起来,嘴里呜呜着。冈日不说话了,他是怎么了?他是怎么了?冈拉抬头看着这偌大的冰宫,冰宫里空荡荡的,冈拉心里空荡荡的……

第三十六章　死亡西风带

　　胡杨队长忽然想起了方才亚拉法师那惊人之举，伸出一只手臂试探风势，风势似乎在进一步减弱。但胡杨队长知道，在这狂乱的西风带，造成这样的情形是因为，另一股更强烈的气流正在逐步形成，它的庞大在削弱强西风的风势，一旦它成型，就不会是死亡西风这样简单了——那叫剃刀风，甚至将超越最可怕最黑暗的南极杀人风。

冈拉之死

"哈，是条瘟狗！"突然，一个粗野的声音从冰宫的另一端传来。另一个声音道："这皮毛的颜色，倒是很奇怪的。"

是他们！冈拉猛然站立起来。是他们让冈日变成这样的！它全身的毛发都直立起来，爪子用力地抠着冰面，发出"嘎吱嘎吱"的刺耳声响，一双赤红的眼睛死死盯住了那七个白衣服。

伊万道："我还以为是什么东西呢。"

莫金道："难道派去给卓木强巴他们送信的，就是这个家伙？哼哼，真是好笑，就算它能追到卓木强巴，又该说些什么呢？哈哈……"

"那现在怎么办？老板？"

"不用管它，我们走，回去看看卓木强巴他们走到哪儿了。"莫金毫不在意道。话音刚落，突然感觉不太对劲，再看冈日最后倒下的地方，竟然没有了蓝色的身影，心中不由暗道："难道刚才我看花了眼吗？那里明明有一条狗的？"

不仅是莫金，那一刹那，所有的武装分子都以为自己出现了幻觉。可是紧接着，他们就听到了一声呼号，一名武装分子捂着自己的咽喉倒在地上，"霍霍"惨叫，却只有血沫不断涌出。蓝光一闪，又一名武装分子惨叫起来："我的眼睛！我的眼睛！"他捂着眼睛的指缝间渗出血来。莫金这才意识到事情不对劲，那道蓝光竟是……

莫金喃喃道："这是什么狗，速度这么快！"忽然眼前一暗，心知有东西袭来，堪堪一退，待看清时，只看到一双赤红的眼睛和那森然獠牙，锋利的牙齿距自己喉咙不过十几厘米，皮肤都能感觉到那獠牙散发的热气。莫金反应也算敏捷，对着自己下颌往外，就是一击勾拳，左手也是跟着一捞。没想到，他快，冈拉更快，爪子在莫金右臂一撑，折返向莫金旁边的一名武装分子。莫金的拳头竟然被那犬牙刮出了血痕，左手却连一根狗毛都没捞到，心中大骇："以我的身手，竟然斗不过一头畜牲！"

而他旁边那名武装分子已经惊恐得大叫起来，却见那道蓝光从莫金手臂上借力不够，不能直接扑到那名武装分子的咽喉。冈拉怒气正盛，逮哪儿咬哪儿，对准那人两腿之间，狠狠地就是一口，把防化服也给咬穿了。

莫金急呼："快开枪，快开枪，把它打下来！"

那道蓝光在众匪与冰雕之间往返穿梭，来无影去无踪，动作如鬼魅，似妖灵，快若闪电，成为这群持枪匪徒眼中的噩梦。莫金也顾不得许多，从地上捞起伤者的武器，一个转身，子弹在空中闪出弧形弹道。子弹交叉密集，打得冰屑四溅，那道蓝光却总能在间不容发之际，从密集的火力网中钻出去，三两下跳跃，又有一人捂着眼睛大叫一声，很快又没声响，却是自己扑到了同伙的枪口上，吃了数颗子弹。

冈拉的速度和诡异的战斗方式让莫金等人不得不背靠在一起，枪口对外，如此的小心谨慎，竟只是为了对付一只狗，连他们自己都不敢相信。传说中像风一般奔跑的海蓝兽，正用自己生命的急速奔走，捍卫着它想要捍卫的东西。

但见蓝光闪了数下，消失在冰座之后，却让莫金等人更加小心起来。

伊万喘着粗气道："妈的，跑这么快，难道是条疯狗？"

"疯狗吗？"莫金却不这样想，知道用锋利的爪子插人眼睛，知道撕咬咽喉，知道借力反弹，在空中还能变化身形，这究竟是条什么狗？更可怕的是，那一身诡异的魅蓝色，在急速奔跑中竟然与周围的冰雕颜色有几分相似，稍不留神，眼中就失去了那蓝色的踪影，可以说，这是一

第三十六章 死亡西风带

条相当可怕的经过特殊训练的战斗用犬。莫金行走全球，可以说见过的特种犬无数，但从未见过如此可怕的战斗兽，竟然可怕到，让他的心中产生了怯意和敬畏。

"难道不是疯狗？可它像发了疯一样攻击我们，我们退远点好了。"伊万也有些怕了。

"不。"莫金突然明白了什么似的，道，"这条狗与我们一般见着的狗不同，它知道刚才发生了什么，也知道我们做过什么，是来找我们复仇的。不管你退到哪里，它都不会放过你。"

"那该怎么办？难道还被一条畜牲困死在这里？"伊万要失控了，拿枪的手在颤抖。

莫金冷笑道："如果是这样的话……"他突然小声下来，对伊万说了几句。

"这样能行吗？"伊万讶异道。

莫金下令道："照做！"

伊万将枪口对准了躺在地上的冈日的尸体，先打了两枪，没反应，就在他再度扣响扳机时，蓝光再现，竟然挡下了第二波子弹。"呜"的一声悲鸣，蓝光停了下来，触目的鲜血立刻在那纯蓝的皮毛上绽放开来，冈拉浑身激颤，腹部剧烈地起伏着，那双赤红的眼睛，却死死盯着莫金等人。

"打中了！"伊万脸上露出残酷的笑意，正准备举枪再射，突然脖子一凉，扭头一看，正好看见一块拳头大小的冰砖擦着莫金的发际砸下。莫金急忙退开，仰头一望，惊道："不好！这里怕是要塌了！快退，快退！"

原来，那冰宫薄薄的穹顶被莫金等人一阵扫射，竟然打出了大条的裂缝，支撑冰宫的立柱也出现了裂纹，这里摇摇欲坠，随时都有坍塌的可能。莫金等人顾不得冈拉，抽身急退，两名跑得慢的武装分子同时发出惊天惨叫，莫金扭头一看，他们被头顶砸落的巨大冰块，腰斩成了两截。

奔出冰宫大门，只见冰宫内冰块纷纷坠落，莫金看看身边的伊万，八个人进去，竟然只有两个人出来，就像噩梦一般。他对伊万道："走吧，先回去，看看卓木强巴他们到了哪里。"

冰宫内，冰块坠落的碎屑满天飞舞，这些闪耀的冰晶就像雨露，像雪花，冈拉低声呜呜着，颤抖着爬向冈日，它身体的蓝色随着血液的涌出急速消退，很快变回了雪一样的银白色，那鲜血渗染的痕迹，就好像开在雪地上的红梅。好痛啊，若在平时，冈日早就环抱过自己，轻抚自己的毛发，为什么，冈日不理我呢？冈拉忍着剧烈的疼痛，回到冈日的身边，嗅着他，舔着他。虽然冈日一句话都没有说，可是，只要靠在他身边，冈拉就觉得不那么痛了。

好冷！冈拉挣扎着爬到冈日的身上，伏下来，蜷缩在冈日的胸口。冈日的胸口永远都是温暖的，我累了，冈日……冈拉深情地凝望了冈日一眼，甜甜地睡去，它仿佛又梦到，那只被冈日高高举起的白色小精灵……呵，真的好怀念，被你捧在手心的感觉，回去了，回到来的地方去……

一面巨大的冰墙砸落下来，不偏不倚，封印了他们休息的地方。

绑好固定点，一行人结成绳龙，开始艰难地向西风带挺进。由于风从后往前吹，大家是倒退着前进，每个人都是伸直了双腿向后仰，身体与地面几乎成三十度角，如果不拉着主绳，马上就会被吹飞起来，现在他们相信，山脚下的村民没有说谎。每走一段路程，还要找个地方埋下固定桩，防止巨大的拉力将单一的钢钎从冻土里拔出来或是绷断主绳。

如此前进了两百步左右，渐渐进入到西风带核心地段。沙石漫天，偶尔打在头盔上，发出清脆的钢响，大家需绷紧了肌肉，才能对抗西风带那强劲的风力。穿着厚重的衣裳也能感受到，胸口有一堵墙推着你向前，人力根本无法抗拒。更可怕的是，偶尔还有磨盘大小的石块，横空飞来，一面要对抗那犀利的罡风，一面又要躲避犹如炮弹般的飞石，这队人马开始担心起来。幸亏方新教授和胡杨队长早有建议，观察力最好的岳阳负责断后,张立和巴桑分别注意左右,最高的卓木强巴看前面。

五十米外被雾气所罩,什么也看不见,那巨石说来就来,被它撞一下,想想也让人后怕。突然左后方啸声传来,岳阳道:"五点遭遇。"队列马上低伏,冰爪蹬着冻土,手勒紧绳子,将身体与地面几乎拉成一根直线。只听"呼"的一声,一个足球大小的石块从队列上方飞过,跟着右边一块电脑桌大小的石头被风吹着朝前滚去,那足球大小的石块与电脑桌大小的石头撞在一起,当场碎石迸裂,小石块化作一团齑粉。

看到这一幕,张立顿时明白那张被砸扁的南瓜脸是如何形成的了,那人肯定当场死亡,然后随即被西风高高地抛入空中,最后跌入巨大的冰裂缝中。看着石块通过之后,岳阳又道:"通过!"

"走!"胡杨队长催促道,"最艰难的地带只有这一段,必须快速穿过去。"

张立突然觉得有人在踢自己,张立一惊,道:"做什么?"扭头一看,敏敏的冰爪不知道怎么从冻土里蹭出来了,身体平飞,正抓着主绳双腿乱蹬,却怎么也踩不到地面上,嘴里连声呼叫:"滑坠,滑坠……"张立心头一惊,突然一股大力袭来,自己的一双腿就像被什么抬了起来:"滑坠!"跟着是卓木强巴……

其余的人赶紧将身体微微抬高,使冰爪能抓得更牢。

"滑坠。"

"滑坠。"

"滑坠。"

……

这群人就像一排系在同一条绳子上的钉子,其中一枚钉子被风从地面拔出,在多米诺效应下,其余钉子也被一颗一颗拔了出来。直到最后一个岳阳也被风拔了起来,整队人完全被风吹离地面,如同一条野兽的尾巴,在风中东飘西荡。胡杨队长最担心的事情——绳龙,终于发生了。

西风好像发现了一件新奇的玩具,愈发兴高采烈地吹了过来,风中的人如纸鸢，串成一线，虽然穿着厚重的衣衫，颜面四肢依旧被吹得变了形。最接近他们的一根钢钎，正一点一点被从冻土里拔出来。

卓木强巴受力最大，前面的人抓不紧绳子，最终都要滑向卓木强巴处，如果卓木强巴也脱手的话，他们将全被抛至空中。卓木强巴咬紧牙关，用两条腿夹住绳端，用尽全身力气，总算在西风里翻了个身，将主绳缠在自己腰际，还不敢松手，又将主绳绕在两只手上，以防滑绳。岳阳则试图爬回固定点，但试了几次都不成功，往往迎风爬了几米，指间力量稍微一弱，顿时就被风吹回原位，有时还被吹得更靠后。

胡杨队长心急如焚，这绳龙被放得越久，就越是危险。亚拉法师也是有心无力，空有一身好武艺，在这西风带里半点力都使不上。岳阳第七次尝试失败，但是却离固定点越来越近了。因为他身后的吕竞男也在一点点朝固定点前进，每次岳阳被风吹回来，吕竞男都用自己的双肩去硬撼岳阳的冰爪，总算将岳阳推得靠近固定点了。吕竞男身后的方新教授也慢慢前攀，希望能成为吕竞男的支撑点，但却没吕竞男爬得快。亚拉法师也爬得很快，没多久便贴近巴桑的位置了。如此绳龙分作了三截，吕竞男顶着岳阳成为龙头，方新教授和身后的胡杨队长、巴桑及亚拉法师成为龙身，卓木强巴挡着前面的张立和唐敏的后退趋势，成为龙尾。

冰川边缘，莫金带着伊万回到马索的位置。马索虽然错愕为什么只有老板和伊万两个人回来，却很清楚这不是问问题的时候，索性拿着望远镜继续观察，等着老板来问自己。

果然，莫金一见马索便问道："他们穿过去了吗？"

马索赶紧将望远镜递给莫金，恭敬道："比我们当初还要狼狈，他们全体滑索了。"

莫金拿着红外望远镜观察着蒙蒙雾气中的情形，卓木强巴他们就像一串灯笼，正横飘在风里左摇右摆。他将望远镜递给马索，淡淡道："你怎么看？"

马索媚笑道:"这是不可能的了。老板你想,这次他们要穿越的暴风区风速比我们那天前往时快了很多,而我们遇到的那种天气,在这山头百年难遇。而且今天的雾气比那天更重,我不知道他们凭什么去寻找入口。"

莫金道:"不可能……我告诉你,没有什么是不可能的!"

马索心中一凉,不知哪里说错了,赶紧唯唯诺诺点头称是。

卓木强巴明显地感觉到指尖的肿胀麻木,那是被主绳勒得过紧,手部血液无法循环造成的,他很清楚,持续充血加上低温,他的一双手极可能坏死废掉。但他不能松手,就和当初与张立同靠一根主绳悬在冰梁上一样,一旦他失手,这一队十个人全都有性命之忧。

岳阳越接近地面,越靠近钢钎,前面的西风阻力就越大,离钢钎还有两米远时,竟然再难前进分毫,看着好似伸手可及的钢钎,却始终够不到。岳阳的牙几乎快咬碎了,喉咙里发出野兽一般低沉的声音,却还是无法向前。吕竞男也承受着巨大的痛苦,岳阳的冰爪已经穿透她的肩头衣物,直抵进肉里,西风带给岳阳的压力,以一种更为痛苦的方式,部分转嫁到她的身上,但她同样不能后退。

如今,大家能做的,似乎只有默默祈祷,祈祷西风稍微小一点,哪怕只小一点点也好。但事实是,西风正在逐渐加大中,而且一直有愈来愈大的趋势。

"咿?"马索再次拿过望远镜时,不禁发出惊奇的声音。莫金忙问:"怎么?他们着陆了吗?还是被吹走了?"

望远镜重返莫金手里,马索往积雪檐下一指,讨好道:"老板,你看!"

莫金接过望远镜一看,在那串红灯笼的前方不远处,还有一个模糊的红色身影,与灯笼相比显得格外巨大。莫金不由苦笑道:"中国有句俗语,屋漏偏逢连夜雨,这群人……这群人真是多灾多难……"

死亡西风带

时间无法用常理来判断，好像仅过了十来分钟，但卓木强巴感觉好似已经度过了无数个小时。他还在苦苦支撑，张立顶着唐敏，实在是无力支撑，所以退了回来，二个人全靠卓木强巴一人撑着。耳边雷声响起，卓木强巴艰难地扭头一瞥，那块巨大的滚石正朝他们方向斜滚过来，他突然心机一动：那块巨岩太过巨大，以至于强风无法将它完全吹离地面，要是能靠上去……

岳阳紧绷着肌肉，蓄积着力量，准备向那最后的两米再次发起冲击，只见他深吸一口气，手掌陡然缩紧，牢牢地拽住绳索，举步维艰地一寸一寸向前爬去。吕竞男咬牙跟在岳阳身后，岳阳前进一格，她也跟着前进一格，用肩扛着岳阳的冰爪，用骨头去阻止岳阳的倒退。只前进半米左右，岳阳就感觉力量已经耗罄，一双手不由自主地强烈抖动着，似乎不愿再受自己的控制。吕竞男也明显感觉肩头冰爪的力量加大了，锋利的爪尖似乎刺入骨头之内，她要强忍着才能不发出声音。便在此时，岳阳突然感觉前方的风势小了，诧异时，竟然发现是整条绳龙在缓缓下移，逐渐离开风势最强劲的地带。

原来，卓木强巴总算抓住了机会，在那巨石移动至他身后时陡然一滑，以身体撞向巨石。一时感觉百骸俱碎，但终于抓住了巨石，随着主绳抛离，他一头捶下去，用额头将主绳压在石壁上，跟着用牙咬住了主绳。于是，卓木强巴整个人如壁虎一般，呈大字形牢牢摄在巨石上，主绳从他额头一直拉至腹下。张立和唐敏跟着也压了过来，三个人的压力总算将主绳压在巨石上，随着巨石的滚动，整条绳龙终于渐渐下移。

随着绳龙离开主力风区，前方的压力减小，岳阳自然不会放过这样的机会，一鼓作气，奋起一搏，总算突破了那最后不可逾越的一米半，抓住了地上的钢钎。岳阳一旦着地，就等于多了一个固定点，而空中的绳龙少了一只风筝，此消彼长下，队员们一个一个陆续回到了地面。在风中放飞的感觉，比之在洪涛中抛飞有过之而无不及，经过了滚筒洗衣似的洗礼，一个个或面色惨白，或皮青脸紫，腹如刀绞，胸如中锤。此番重回地面，感觉胸腹间压力一缓，顿时将肚腹中的污秽都倒了出来，最后实在吐无可吐，只攀着主绳，口中悬滴清水，很快水在空中被冻成冰挂，仅剩口中白气不断。

岳阳的手也因用力过度而兀自发麻发抖，虽然依旧牢牢攥紧主绳，但那完全是无意识的行为。真正感觉到手不属于自己的是卓木强巴，早在他松开主绳倒扑向巨石的那一刻他就感觉到，大脑已经失去了对手的支配权，连动一根手指也是不能。

张立吐尽苦水，抬起头来，正看见胡杨队长直立面对着风袭来的方向，那蓬乱的须发使他就像一头守护狮群的雄狮，其余的人大多还弯腰倾泻。胡杨队长也看见张立了，对他道："奇怪，风好像小了。"

张立这才发觉，果然，虽然身上的力气在绳龙上耗得七七八八，但此刻一只手擎着主绳，竟然不会被风吹得想要飞起来，也就是说，风速确实小了。难道说，这死亡西风带今天开恩了？张立正暗自庆幸，突然身后"咕咚"一声，回头一看，卓木强巴的手握不住主绳，被风吹倒在地，正向远处滚去。虽然说主绳还连在安全带上，但是主绳末端并未打结，照这样下去，卓木强巴极有可能被风吹离主绳，最后不知道飞向何处。

张立轻呼一声："强巴少爷——"伸手一捞，没有抓到，自己险些被风刮倒。这时，前方的亚拉法师见状，单手一试风速，感觉自己能通过，拔刀划断抓绳和安全带，略一调整呼吸，突然一个旋转，就绕过了身后的唐敏，随后冰爪一点一靠，竟然奇妙地变成反向旋转，又绕过了张立。亚拉法师身体在风中高速旋转着，忽左忽右，就像一个陀螺，任凭风吹得他东摇西摆，就是吹不倒，并以极快的速度接近卓木强巴。

只眨眼工夫，亚法师就抓住了卓木强巴，冰爪一蹬地，身体如钉子般扎在了卓木强巴身后地表，并伸手操起绳子，捆在了自己腰上，卓木强巴后退之势才停下来。

卓木强巴无奈地看着自己的双手，勉强动了动双肩，苦笑道："不知怎么的，突然就动不了了。"

亚拉法师一手抓牢绳索，一手捏住卓木强巴左臂，一捋一掀，凝神道："被勒得太久了。你一定要让手动起来，让血液流动，不然会坏死的。"

另一头，胡杨队长见卓木强巴暂无危险，也道："不对，这风不是减小了，而是在变向！马上走，只有这个机会，快，一旦风向改变，情况会更糟！"

岳阳一听，又紧张起来了，忙道："怎么……怎么会变向的？"

胡杨队长道："没时间解释了，赶快离开。"

吕竞男道："用大力踢冰步，不能再出现滑坠了，一定要固定好安全点。走，动作快！"

这群人几乎贴着地面半爬行前进，顶着凛冽的西风，冒着犹如枪林弹雨的飞沙走石，艰难向前挪移。也不知爬了多久，狂风嘶吼中，迷雾渐升，能见度下降不足三十米了，此时若有巨石飞来，更难躲避。蓦然前方出现一块巨岩，高约五六米，在狂风中稳如磐石。敏敏欣喜道："快看！快看，那边有块大石头，我们可以去避避风！"那心情，就好比抱着木板在海上漂流了数日的人突然看见孤岛一样。大家也都在暗中松了口气，能躲在巨石背后，起码可以恢复少许体力。

距巨岩不到五十米时，卓木强巴提醒前面领路的亚拉法师道："好像不对，我感觉不对！"

亚拉法师反应何等敏捷，听卓木强巴一说，马上联想起山脚下藏民所说的雪妖在迷雾中捉人的事，当下二话不说，拔出猎刀灌入全力向那巨岩掷去。果然不出所料，那稳稳当当的巨岩突然暴涨，身形又高了一

第三十六章 死亡西风带

大截,发出令人毛骨悚然的声音朝远方遁去,在风中直跺得地动山摇。

吕竞男微微摇头。不可想象传说中的雪人是与人拥有近亲血统的庞然巨兽,它们极有可能拥有智慧。像这般蹲守在迷雾中等人自投罗网,一旦过于靠近,因为形体和力量上的差异,将连还手的机会都没有,这样的对手太可怕了。

胡杨队长突然道:"跟着它走!"

岳阳大惊道:"胡队长,你不会真的想捉一头回去吧?!"

胡杨队长道:"笨蛋!这西风带的极限风速,连雪妖也无法抵挡。它们常年生活在这一带,一定熟悉路况,跟着它走才有生还的希望!"

"咦?将劣势转变为优势了,居然知道跟随雪妖寻找出路,看来他们这两年的特训没有白费啊。"莫金以赞许的口吻说道。

伊万道:"没有用的,他们攀着防冰绳,不可能追得上雪妖,又不敢开枪,因为那样随时会引发雪瀑洪流。西风带里的风,似乎开始狂乱起来了?"

马索对莫金道:"老板,我们也需要找个地方隐蔽起来,不然风向变了,连我们也可能被吹走。"

莫金点点头,三人向远离西风带的地方撤去。莫金回望一片迷雾茫茫的西风带,心道:"可别让我失望啊,强巴少爷!"

朝雪妖逃亡的方向迈步,果然西风呈逐步减小趋势,风速越小,这群人前进的速度便随之加快,卓木强巴一直在做恢复手臂的屈伸,似乎渐渐找回了拥有一双手的感觉。但雪妖那如山的身影在迷雾中却渐渐淡了,胡杨队长满心忧虑。一旦失去这活动的路标,他们将永久迷失在死亡西风带。

胡杨队长忽然想起了方才亚拉法师那惊人之举,伸出一只手臂试探风势,风势似乎在进一步减弱。但胡杨队长知道,在这狂乱的西风带,造成这样的情形是因为,另一股更强烈的气流正在逐步形成,它的庞大在削弱强西风的风势，一旦它成型，就不会是死亡西风这样简单了——那叫剃刀风，甚至将超越最可怕最黑暗的南极杀人风。

胡杨队长一边抵御西风前进，一边告诉大家道："这样下去，我们很快就会失去雪妖的方位。另一股更强烈的风团正在形成，在那之前我们找不到避风处，没有人能活下去。我们得冒一个险！"

岳阳道："说吧，我们要怎么做？"

胡杨队长道："如今风势已经无法将我们吹离地面，趁这个时候，我们不要主绳，只需队员间的安全带连接，借助西风的推力全速前进。"

数秒间出现了短暂的沉默，胡杨队长这个建议实在太过冒险。不拉紧安置了固定点的主绳，凭数人之力合体前进，要是再发生刚才那样的绳龙事件，那可是全军覆没的后果。而且，这个建议是建立在他们一定能找到山峰间凹谷的基础上的，如果找不到的话，就算他们拼死穿越了死亡西风带，又该如何回头？

胡杨队长急了，询问道："你们倒是说话啊，我们或许只有这一两分钟的时间，一刻也耽误不得的！"

吕竞男第一次咬住了下唇，这是关系着全队人性命的决定，她看了看亚拉法师。法师也是眉头紧锁，他知道自己刚才的动作，那是危急时的实力完全爆发，就连吕竞男也无法做到。岳阳将手按在了猎刀上，只要吕竞男一声命令，他马上拔刀砍断主绳，一群人将在西风的推动下朝没有方向的西风带全速冲刺过去。

仅是几秒时间，时空却如被冰冻结，他们要再次与死神赌猜硬币，生死各占百分之五十几率。终于，吕竞男在权衡利弊后，断然下令道："砍绳！"

只听岳阳一声："断绳。"众人顿时觉得那股抵御西风的巨大的拉力陡然一松，全在西风的吹送下不由自主地向前飞奔起来。

西风用它最后一口气息，像赶着回笼的鸭子，将这群被连成一线的人抵得脚步虚滑，踉踉跄跄。他们就像参加合作运动的选手，全被拴在一条绳索上，其中任何一个人奔跑不能保持与大家同步的话，整队人就

第三十六章　死亡西风带

可能被拖倒。

若前面攀拉着主绳前进，可以比作在洪涛中驾帆航行，那么此刻，他们便是搭乘断了桅杆的木板，方向再不受控制，仅能听凭西风的摆弄。或许希望就在前方，或许是死亡，这时刻谁还去考虑那些呢，每个人都只知道奔跑，全力奔跑，只有跟上风的速度，身体才能在自己的控制之下。雾气究竟浓厚到哪种程度，也无法判断，更糟糕的是，雪妖的身体终于消失在迷雾之中，再也寻不到了。

不知道奔跑了多久，到后来几乎变成了本能的逃亡跑动，是风推着他们在跑，还是他们自己在跑也分不清楚了。脚下的冻土渐渐变成冰渍，冰渍堆积成雪毯，雪毯变雪袱，雪袱又渐变雪槽，深一脚浅一脚，跑得连滚带爬，扑腾滚落的声音此起彼伏。"扑"的一声，亚拉法师扑倒在雪地里，一个转身避开身后卓木强巴的下扑之势，手像美国的自由女神像般高举，嘶声道："我们，出来了！"

卓木强巴从积雪里将脸抬起来，顾不得抹去脸上的雪花，只见眼前，那如蘑菇一般的积雪堆中，犹如一道裂纹，伞盖的中间出现了夹缝。他们这条雪路正可以通过夹缝，直抵峰顶。

身后的张立也大力一扑，扎向积雪，他知道，这次又赌赢了死神。至少在这里，感觉不到一丝西风，死亡西风带，对他们而言，已经成为一个过去式的名词。吕竞男向胡杨队长投去感谢的目光。胡杨队长站在没膝的积雪中，看着卓木强巴，用眼睛再次告诉他："在我们这样的环境里，如果你想不到将会发生的情况，那么结局只有一个，就是以你的生命为代价。"

方新教授就坐在岳阳的旁边，略微有些喘息，虽然带着头套，依然可见他眼中的笑意。

岳阳道："雪妖应该是消失在这附近的，我们还真该感谢它为我们领路。"

胡杨队长看着脚下，不住摇头。冻土！虽然在西风带中出现了裸露岩层，可如今接近峰顶位置，脚下竟然又变成了冻土层。他攀登过无数雪山，从来没见过冻土层如此接近峰顶位置。要知道，雪山顶上常年的绝对低温加上可怕的暴风，任何冻土都会碎裂，被风吹走。雪山顶除了积雪便是坚硬的岩层，这冻土层出现在极高海拔，任何科学都无法解释，可它偏偏就出现了。

胡杨队长顺着裂口望去，唯有那积雪堆裂口上方，才露出黑色如钢铁的裸岩。

吕竞男激励道："嘿，小伙子们！大老爷儿们！别停下，一鼓作气，将这最后的两百米冲过去！我们马上就能登顶了！"

胡杨队长也反应过来道："快站起来！不想死的……"

吕竞男稳稳地向峰顶一指，这群人又开始缓缓地、艰难地向顶峰攀去。这条雪裂缝下方直为土层，两岸的夹缝好似悬崖高墙，又把风挡住了，原本登顶是最困难最危险的一段路程，在这女神斯必杰莫大雪山，反而成为最安全最轻松的一段路程。

爬到一半时，吕竞男耳机突然出现"毕剥"的杂音，这一微小细节没能逃过她的耳朵，她马上询问道："老胡，老胡，电子信号出现干扰，你那里有什么反应没有？"

胡杨队长的声音杂乱地传回："啊！你说什么？似乎有……你听……了吗？"

吕竞男忙道："大家……听到了吗？你们的通讯如何？"

耳边一片杂音："……官，我……""干扰……""……想……"

吕竞男除掉头盔，拔掉吸氧器，微微地呼吸，雪顶的空气真冷啊。方新教授也早除掉了头盔，道："我知道这种情况，是强磁场反应。这峰顶或许蕴藏着巨大的磁场能量，一些天然的磁岩可以屏蔽所有的电子信号，就和我们在倒悬空寺里遇到的一样。"

吕竞男眼中闪过深深的不安。如果这峰顶无法使用电子仪器的话，他们就好比失去了眼睛，那靠什么来寻找那处凹谷入口？

当他们攀登上雪山顶峰时，已经晚了一步，漫天的迷雾将整个山头遮得严严实实。举目四望，白蒙蒙一片，若非绳索相连，依稀还能看见

第三十六章　死亡西风带

几个人影,恐怕早就走散了。仪器拿出来,不管怎么摆弄,就是没有半点反应。而究其原因,自然是在下面耽误了太久时间。

胡杨队长探头望了一会儿,赶紧退下来吸氧,遗憾道:"所有的电子仪器都无法使用,这等于斩去了我们的五官四肢。这个情况确实出乎我们的意料之外,喜马拉雅山脉中竟然有一座磁峰,这……这确实是我们事先的疏忽啊。"

如今这群人在斜的雪面上连成一条线,两岸积雪高堆成一线天,中间裂缝只容两三人通过。峰脊就在他们头顶上,西风在裂缝外肆虐。

方新教授道:"这样不是办法,如果找不到坳口,我们可就被困死在这里了。"

胡杨队长道:"不然这样,沿山脊横向搜索,实在找不到我们就从另一侧下山。"

张立道:"那不是就越过国境了吗?"

巴桑冷冷道:"这里是无人区,哪里来什么国界。"他们以前就是总翻山脉越界的。

亚拉法师担忧道:"峰脊的西风,比堆雪区下面只大不小吧,要想在峰脊作横向移动,难度很大啊。如今脚下是厚厚的积雪层而不是冻土层,连固定点都无法安置。"

张立道:"关键还是无法使用仪器造成的。哎,如果我们有不需要电和磁的探测仪器就好了。"不过,在现今社会,不需要用到电和磁这两种原理的探测仪器,似乎还没有。

唐敏道:"可老是困守在这雪窝里也不是办法,我们的氧气坚持不了多久的。而且在这里,结营食宿都是问题,根本做不到。"

胡杨队长道:"这还不是我所担心的问题。这积雪看起来结实,其实很容易塌裂,如果我们长时间在这里待下去,两边的雪塌下来,我们全都会被埋在下面。"

亚拉法师道:"能见度太低了,风也很大,就算要在山脊侦察,全员行动也只会增加风险。我建议,我、强巴少爷、巴桑和胡杨队长,就我们四人上去看看。"

岳阳道:"为什么我们去会增加风险?"

张立道:"我想我能理解法师说的风险,但是为什么教官不能去?"

唐敏道:"已经走到这里了,就这样退回去,岂不是前功尽弃?"

几乎人人都在发言,狭小的通道内传声又好,听得卓木强巴头都大了,他不禁道:"别吵了,大家安静一下!"声音并不大,但言语中一种威严油然而生。就在那一瞬间,所有的人竟然都安静了下来,望着强巴少爷的方向,那如山的体型起到了镇定人心的作用。卓木强巴淡淡道:"讨论不会有结果,我们听胡杨队长说。"

胡杨队长道:"亚拉法师的建议值得尝试。现在贸然前进不是办法,毅然后退也非首选,最好的办法就是我们几个先上去勘察。如果实在找不到,那就只能回撤了。"

亚拉法师向大家解释道:"我是这样考虑的:胡杨队长有极地经验,巴桑有类似经历,强巴少爷的体型在对抗狂风上有一定优势,而我嘛,我想自己在西风带里还是有一定活动能力的。我不是说你们其余的人不行,只是要把各方面的优势集中起来,达到最好的效率。"

胡杨队长道:"而且,有你们几个人成为我们的固定点和回撤指向,我们的成功率将大大提高。如果没有其他意见,就这样定了。把工具给我们,我们即刻出发。"

唐敏握着卓木强巴的手道:"小心啊。"

卓木强巴微微一笑道:"放心,胡杨队长是老而成精的人,没有他,我们哪里能抵达这里。有他罩着我,就算遇到雪妖,我们也能捉两头回来。"

四人带上钢钎、冰锥、绳索等器械,扔掉了部分电子仪器和摄像机一类无用的装备,开始在山脊顶峰探索。刚一探头,西风便如刮骨钢刀般袭来,在这狂暴的西风中,四人的探索范围实在不能很大,他们计划左右各行二百来米,那已经是包括积雪堆在内峰顶的全部范畴了。

可是,如今的能见度不足五米,在这茫茫的雾气当中,又能勘察到

第三十六章 死亡西风带 | 199

什么呢？四人沿山脊向西北向前进两百来米后，又向东南向走了两百来米，巴桑撤掉吸氧面罩道："不行，已经是积雪堆边缘了，在这积雪堆伞盖上，除了我们上来那道裂缝，再不见其余裂缝，这上面根本没路。这积雪堆，是呈一个丁字的伞形顶峰，不管从哪个方向下去，都必须垂绳。还有，我现在怀疑，我们究竟是不是登上顶峰了？"

卓木强巴举目四望，一片白障。亚拉法师也露出了迷茫的目光，在这样的大雾中，没有人知道，他们是不是已经成功登顶。胡杨队长摇头道："先不管它，我们垂绳试试再说。"

卓木强巴道："这里范围这么大，我们该从哪里垂绳呢？"

胡杨队长道："找几个固定点，都试一试。最多高度一百米，这里西风太大，下滑距离太远有主绳绷断的危险。"

在积雪堆，他们选择了七个试垂绳点，一一试探，但无一例外地无法触底。四周全是茫茫一片，上不沾天，下不着地，前后左右皆不见山壁。四人重回峰顶积雪堆，这时能见度更低了，根本就什么也看不见，胡杨队长道："根据卫星地图的比对，加上电脑分析，那地图的确指向这山头及其周边，而且雪妖也是在这附近消失的。只可惜，上山有门，下山无路，这究竟是怎么一回事？"

卓木强巴道："要不，我们再多试几次？"

胡杨队长道："不行，主绳磨损很厉害。而且你看，就目前这样的天气，试再多次也没有用。"

巴桑道："会不会积雪堆太厚？我们换到山脊试试？"

胡杨队长和其余二人对视，相互一点头，道："可以试一试。走，我们回撤，去告诉他们。"

离开积雪堆时，巴桑眼望迷雾，多么熟悉的感觉，被冰冷的雪雾笼罩，看不见前路，耳边只有风，愤怒的风。突然一个画面在他脑海里一闪，是什么？当年好像也是这样，对，是从某处山脊，突然就滚了下去，好像是？又好像不是，到底是怎么回事？巴桑将手伸入头套，死死拽紧那寸许的头发。

回到裂隙处，将情况向大家一说明，一行人又从雪裂一线天走回积雪堆下缘，虽然西风狂乱，但在积雪堆下缘风势不足以构成威胁。但是从裂隙绕往山脊这段路程，却是大家走得最为提心吊胆的一段。

寒风横扫，大家在雪地里蹒跚前进，每一步都深深地插入雪地里，最浅处也是没膝而过，深处更是齐腰，可谓举步维艰。大家紧紧地攀搭在一起，唯恐有谁不慎跌入雪地裂缝中去，那将和跌入冰裂缝是同一个结局。

在这积雪堆下前进，不敢高声语，头顶是万丈悬冰，随便崩掉一小块，也足以令他们全军覆没。这里风不及西风带狂野，冰雪不及冰裂区突兀险峻，但却是他们走得最为小心谨慎、最为心中惴惴的一段路程。除了头顶的累雪高悬，那茫茫雾障中，谁又知道前面会不会突然出现那巨大到可怕的怪兽。大家的话出奇的少，只是默默地用手摸着积雪堆的边壁前进，另一只手握成拳头搭在前面一人的肩头，手里紧紧拽着确保性命的安全绳。

路程并不长，但停留的时间却是最多，因为——危机四伏。何谓四伏：首先是迎面而来的狂乱的风，时不时从积雪堆下沿扫过，不知道它什么时候会来，而对抗西风需要全体队员成阵形排列，钢钎冰镐铁锹全部用上，每次西风扫过都让队员们精疲力竭；而头顶那万钧的积雪，仅形体就比裂冰区的冰砖大上百倍，上面布满裂纹，不知道它什么时候会垮塌，带给这群人无形的压力更是空前的巨大，特别是风扫过时，更岌岌可危；还有在积雪堆下缘靠外侧朝向，还有罗列着许多好似冰塔林的白色雪丘，但是比冰塔林稍显矮小，看上去就像一个个巨大的馒头，胡杨队长惊恐地告诫队员，那是冻胀丘，由于冻土温差而产生的膨出，就好比一个个包裹着高压气体的定时炸弹，随时都有可能发生爆炸，那就是威力惊人、被喻为冰火山的破坏性自然奇观；不仅如此，在队员们身后看不见的迷茫雪雾中，还远远吊着一种更为隐秘、更为可怕的威胁，凭借卓木强巴和巴桑过人的危机感，时不时叫大家停下，全神贯注地警惕来自身后看不见的危险，有时数分钟，有时十几分钟，直到大家呼吸凌乱、心跳加速、冷汗出尽，才被告知可以继续前进了。虽说没有直接面临生死关隘，但有这四种潜伏的危机，在这积雪堆下空隙前进，想快起来是不可能的了。

大家都牵着手里的绳索，默默无语地前进。亚拉法师和方新教授开始预感到失败的临近，其余的人也被一种冰冷的氛围所笼罩刚走没几步，岳阳开口道："其实……"胡杨队长突然低呼："小心！"并带头扑倒在地，向外侧翻滚，其余队员想也不想，跟着翻了出去。刚离开空隙，一块一人多高的积雪砸了下来，在地上腾起一股白雾。

胡杨队长松了口气道："好了，以后说话时小心点，声波振动随时会导致突然塌方的！"岳阳捂紧了自己的嘴。

不知道绕了多久，前方天空陡然开阔，雾气也为之一亮。胡杨队长轻呼一声："绕到山脊了。"全体成员才不由得松了口气，心中兀自跳个不停。

在山脊顶端，同样不见有路，拿出仪器，依然杂乱发音，电子数据跳个不停，根本无法使用。方新教授叹息道："看来，这一带山脊全都被强磁场包围着。这是一个天然屏障，若非它的存在，那帕巴拉神庙恐怕早已被人发现。"

亚拉法师道："不仅如此，还有那雾气和西风带，难怪那么多冒险者都失败了。要在这里……"他忽然一顿，不再说下去，但谁都明白，法师想说的是"要在这种环境下找到神庙入口，那是绝无可能"。

所有的队员都焦虑起来，以卓木强巴为最甚。他们以为，拼得九死一生才抢到了地图，这次找到神庙的希望是最大的，可是，残酷的现实将他们的美好梦想化为灰烬。在这里，任何仪器都无法使用，视力只能看到一两米远，一爬上山脊，西风就将人往回推。还有那躲在迷雾中的巨兽，不时捉了人去，生裂活吃掉，想想都令人心寒。只有方新教授，自己的忧虑成为了现实，心情自然复杂，但现今，他想得更多的是该如何返程。那西风是将他们一直推向积雪堆，如今返回，将比来时更加困难。

吕竞男道："我们翻过山脊去看看，现在只希望能从另一侧发现些什么。"

亚拉法师还是走在队伍最前，刚刚攀上山脊顶端，突然身体悬空，法师一把抓住了绳索，后面几名队员合力将法师拉了回来。亚拉法师变了脸色道："我们是否走出了积雪堆？怎么感觉还在积雪堆边缘，一到脊顶就没路，难道这整条山脊都是丁字形悬崖？"

胡杨队长道："不可能，我们是从下面一步一步爬上来的，山脊不可能是丁字形悬崖。不过，了字形悬崖倒有可能出现。"

亚拉法师道："要不我再下去看看？"

主绳被固定抛下，法师拴紧安全带，滑绳而下，只片刻工夫，身影就消失在茫茫雾中。随着时间的推移，大家的心也越悬越高，就在岳阳几乎按捺不住要去拉绳子联络法师时，亚拉法师又爬了上来，一直吸了许久氧气，才缓过劲儿来。看着法师的身影从迷雾中现身，巴桑脑海里突然一个激灵，右手不由自主地抖了一下，下意识去摸挎枪的地方，可惜，这时他没有挎枪。大家都围在法师周围，没有人注意到巴桑的举动。

亚拉法师缓过来，不住摇头道："不行，看不见底，我下滑了约有一百米距离，还没有触及任何实质性的东西。四周都是白雾，什么都看不见。我向周围发射了飞索，也没有碰到任何东西。"

胡杨队长重复数据道："下滑一百米，方圆二十米内没有任何山体，也就是说，这山脊是向一边倾斜的断崖模式，山脊的另一侧完全内斜，而且倾斜角度很大。"

吕竞男道："不错，这和一些专家的大胆推论很吻合。专家们推断，在这附近有一个地段，是由于山脊中裂而形成的凹谷，那里极有可能便是帕巴拉神庙的所在地。"说着，她将双手指尖相对搭成倒"V"字形，随后将双手分开一段距离，看着右手道，"这是中国方向的斯必杰莫雪山。"又看着左手道，"这是尼泊尔方向的。"最后看着双手中间的空隙道，"这，就是专家推断的雪峰裂口，下面就是帕巴拉神庙所在。"

张立恍然道:"竟然是这样。且不说至今没有人能从中国方登顶,而且就算从尼泊尔方向登顶,也只能从尼泊尔方向返回,因为这根本就不是一个雪山山头,而是两个,中间是无法逾越的大裂缝。"

岳阳也一击掌道:"这里一年四季都是迷雾,加上强磁场干扰所有电子仪器,有了这两件天然的保护层,不管是卫星航拍还是近距离观察,都无法窥见大裂缝的真实面貌。难怪……难怪过了一百多年,始终没有人能找到帕巴拉神庙!有了这些雾,就算神庙在你面前你也看不见啊!"

方新教授道:"就算知道又怎么样?现在我们的问题是,应该如何去找到那唯一可以下去的地方,入口究竟在哪里?"

胡杨队长颓然道:"现在的关键就是我们找不到那个入口。原本地图标注就只有一个范围,指向积雪堆峰顶和其周边卫峰,但是我们在峰顶上面试降了七次,每次都下滑百米以上距离,没有一次可以接触到山体。关键是这雾太大了,我们来晚了一步,绕道山脊,已经是没有办法的办法。我们希望能找到裂口边缘,现在看来,这个裂口估计比我们预期的还要大,从这雾气笼罩的范围来看,直径恐怕超过了三十公里。"

所有的人都望雾兴叹,在这样大一个范围内进行试垂下滑,比大海捞针又能好多少?那需要多少时间来完成?况且,他们选择的是这个山头最风和日丽的一天,若换了其余时间来,仅那百米每秒的剃刀风,就足以扼杀一切生命。

方新教授突然问道:"巴桑,你在这个环境里,试试看能不能回忆起什么。比如当时你们是从哪个地方滚落下去的?周围的地形如何?"

巴桑苦笑道:"当时情况和现在的确很像,可是你们看看四周,你们能告诉我周围的地形如何吗?"大家只是摇头。两米以外,人只是一个淡淡的朦胧影子,更别说和白雾连成一片的雪峰。

咬了咬牙,巴桑道:"不然我再试垂一次,看看能不能回忆起什么来。"

一行人继续沿着山脊向东南退去，又走了几百米，选了一个试垂点，大家开始装置，准备把巴桑放下去。

巴桑的回忆

吊在半空中，白雾像水一样在身边流动，眼前是一片迷幻的白色，那雾中仿佛有海市蜃楼，又仿佛一无所有。巴桑扯掉了自己的头套，他平静地呼吸，这里的氧分很微弱，但他感觉自己头脑前所未有的清醒，冷暖的骤然交替让他的大脑保持最佳警觉状态。在雾里，究竟有什么呢？巴桑详细地回忆着，他想起了那些队友，许多人，在类似西风带的地方艰难前行。不，风势和风力绝对没有这次这样强劲，可是周围的迷雾是相同的，什么都看不见，眼前只有雪和雾；什么都听不见，耳里只有风在嘶吼。那个最先掉下去的人是谁？当时，似乎可以通讯？他们用的什么通讯器材？不对，好像有人跟着跳了下去，是下去之后才可以通讯的？究竟当时滚了多久才停下？最后看见的是……绿色，一大片近乎天堂的绿色，是草还是树，巴桑分不清了，这是他记忆里所能搜索到的最后一幅画面。他还听张立说起过，在他们第一次找到他的时候，自己还告诉卓木强巴他们，那里有草坪，有藏羚羊，还有恐怖的植物和别的什么东西，可是现在，他全都回忆不起来了，只记得医生这样说："因为刻意地想要去回忆起来，反而陷入了更深的封闭状态，连带相关记忆都被封锁起来了。你最好不要再去刻意回想那段经历，这样做很危险，最糟糕的情况是——可能导致你的猝死。"

巴桑叹了口气，用飞索在四周探射了一遍，依然每次都落空，这山脊完全是悬空的崖壁，没有用，他只能攀回去。

在巴桑下滑期间，唐敏建议道："如果……如果这道裂缝足够大，我们是不是可以冒险伞降呢？"张立和岳阳觉得似乎可行，发出了"咿"的声音。

"不行！"胡杨队长反对道，"这下面风势如何？这下面究竟是什么样子？这下面究竟有些什么？我们一无所知。什么都看不见，如果伞降悬挂在半空的话该怎么办？如果伞降到雪妖面前，该怎么办？而且有这道天然的屏蔽层，恐怕一旦下去就将失去对外界的所有联系，那么，下去了能不能出来？下面有没有可供生存的条件和空间？未知因素太多了，就算是冒险，也不能冒这种把握为零几率的险。"

岳阳道："除非在安全着陆点装有激光发射装置，直接从太空由卫星定位，这样才敢伞降。"

方新教授补充道："还有一点，希望你们能注意。在我们之前，已经有无数人来过这里，我相信，其中不乏冒险跳下的人，但他们都没有成功。也就是说，下去的人，没有一个能再出来。"

卓木强巴暗想，不对，导师这话不对，巴桑出来了，唐涛也出来了，只是他们一个丧失了记忆，一个疯了。"关键是不知道他们是从哪里下去的，究竟是不是这个地方还无法确定。

就在此时，巴桑攀绳返回了。就在他爬上山脊的一瞬间，一幅画面，不，应该说是一种回忆，被深深掩埋的回忆突然出现在脑海里，他耳边出现了幻听，听见有人用尼泊尔语大喊："快走！别回头，别回头看！它们来了！来了！不要回头！不要停！"还夹杂着许多嘶号、哀呼，那痛不欲生的声音，如果非要形容的话，卓木强巴他们在可可西里仓鼠洞穴中听到的，便是那种声音。

巴桑想起来了，那呼叫的是队长，曾经最让他钦佩最让他敬畏的队长，他第一次听见队长发出这种绝望的叫声，仿佛世界要灭亡了。他回头了，是的，当时回头看了一眼，因为队长凄厉的叫喊，他的发音已经完全变声，巴桑第一次没有听从队长的命令，他回头了。他看见一团红雾，到处都是红色的雾，红色的雪，那是地狱才该有的景象。巴桑眼前突然出现了一个个模糊的身影，就像亚拉法师刚才那样，在雾中突然出现了，先是模糊的头部，然后是躯干，一个，又一个，它们似乎在追逐。自己在亡命地奔跑，手里拿着枪，穿着防弹的衣物，腰间别着威力巨大的爆炸性武器，可他只想逃，逃，逃……

眼前的人是谁？不对，这具白骨是谁的？也不对，这人还活着，只剩下一堆白骨，可他还活着。那一双眼睛还在眼窝里转动，只是脸皮被撕掉了，内脏肌肉被吃光了，但脑子一定还是活着的，似乎想表达什么，手指向一个方向，眼睛也看着那个地方……身下是血染的雪，白骨是白雪的白，这人是谁，好熟悉……

是队长吗？那个自己最钦佩最敬畏的男人？那个让自己以为是世间最强的男子？那个数秒钟前还在呼叫自己别回头，别回头看，只朝一个方向跑的男子？自己在雾中，难道又跑回来了？

蓝蜘蛛特种部队，这支足以傲视军事界，让世界各国都为之重视的特种作战部队，他们经历的不是战争，是屠杀！身边的白骨一具接着一具，全都是自己的队友吗？刚才惨叫的就是他们吗？血啊，染红了雪，也染红了雾，呼吸进入肺里的，全是队友的血。雾中的风还在呼号，有什么东西从雾里出现，它们包围了自己，那数量，它们究竟是什么？那身影如此模糊，却让人战栗……

众人发现，巴桑重回山脊后，突然抱着头，一双手竟然抓破了头皮，牙齿咬着发出咯吱的声音，从脚跟到发梢，一身上下，都在颤抖。张立、岳阳见状，赶紧把巴桑拖下山脊。上次在倒悬空寺里，那种会蠕动的藤蔓只是让巴桑狂躁，这次明昂症状更加严重。

胡杨队长看着神色痛苦的巴桑，吕竞男正在一旁令他安静下来："……没事的，想不起来就不要去想了，没事的，一切都还在控制中，你很好，你周围的人也都很好……什么事都没发生，你看见的、听见的，都是幻觉，快醒过来，士兵！……给我一支喷雾镇静剂……"她转过头来，对卓木强巴摇头道："看来，我们不得不回撤了。"

张立失声道："为什么？我们还可以多试几次啊？"

第三十六章 死亡西风带

岳阳也忙道:"是啊,说不定多碰几次,就碰到边壁了呢?"

唐敏更是急得快哭了,道:"要是这次撤回去,我们就要再等一年才能到这雪山顶来了啊。难道真的没有别的办法了吗?胡队长?你极地经验丰富,应该有办法的?你想想办法啊?"

方新教授和亚拉法师没有说话,或许只有他们两人事先预料到了这样的结局。

卓木强巴也没有说话,或许一切都是命数,只是这样回撤,实在太不甘心了,这算什么?算失败吗?两年了,所有努力付诸东流,还有机会再来一次吗?

胡杨队长向其余成员道:"没有机会,冒险的几率都没有还怎么找?而且,你们自己看看自己的氧气减压阀,剩下的氧气已经不多了,在这微氧环境中,我们的体力将下降至不足平时的百分之三十,再不回撤就走不了了。失败的不只是我们一支队伍,我们迄今还无一人伤亡,已经可以说是获得了巨大的成功,当然,这话要等我们再冲过死亡西风带才能说。我作为你们的特别顾问,就有义务协助你们的教官和指挥官让你们安全返回,这种没有任何可能性的冒险行动我是不会支持你们继续下去的,除非下一刻,这漫天的浓雾立即消失,你们认为可能吗?"

唐敏轻轻地靠近卓木强巴,低声地询问:"强巴拉……"

张立、岳阳、亚拉法师、方新教授……大家的目光都齐齐地投了过来,卓木强巴心中一热,如果自己坚持的话,他们全都会留在这里陪着自己,哪怕是去送死他们也不会犹豫。胡杨队长也看着他,吕竞男的视线也转移过来,巴桑也渐渐安静,都眼睛一眨不眨地盯着他,目光中满是询问和期待。

因为一个缥缈的梦,而结识了一群以性命相托的人,这是卓木强巴在第一眼看见那张紫麒麟照片时所没想到的。是舍弃梦想还是舍弃朋友的性命,他必须在两者间做一个抉择,几乎没有考虑,他便选择了前者。虽然说这次失败了,但并不代表他们已彻底失败,线索还会有,机会还会有的,况且……人生论知己,一个人能有几位朋友以生死论交,只一句话，就将性命毫无保留地交在你手中，并无怨无悔，无求回报。看着那一张张鲜活的面孔，敏敏、张立、岳阳，他们不能死，他们的青春才刚刚开始谱写，他们今后的人生会步向辉煌；巴桑不能死，他已经经历过，承受和负担了太多，他已赎清自己的罪过，本该迎接新生；胡杨队长、亚拉法师、吕竞男教官、方新教授，他们更不能死，他们本是国家的栋梁，是各自领域的权威，更是给予自己极大帮助的人，他们的存在，可以说比自己的存在还要重要。

想到这里，卓木强巴不禁微微一笑，道："我们应该听专家的，那么，就撤吧……"

"强巴少爷……"张立和岳阳几乎同时叫出声来。唐敏鼻尖一酸，眼泪几乎夺眶而出，卓木强巴放弃了寻找梦想的灵魂，就好像割舍了她自己的肉。这是一次绝佳的机会，他们曾离神庙那样的接近，就这么放弃了，没有任何理由的。

方新教授拍了拍卓木强巴的肩头，每一拍，都敲击在卓木强巴的心底。直到教授点头，卓木强巴才强忍着一股悲恸，回应地点了点头，坚毅、决绝。

胡杨队长看不明白了，这个大个子在队伍里，既非领导者，又没有什么过人之处，平时表现也不突出啊，这大家怎么都盯着他看？他哪里知道，卓木强巴不仅作为这次行动的发起者和资助者，在这支队伍中，他几乎是一种精神领袖的身份，每个人都以他为核心而凝聚在一起。方新教授是合作伙伴和领路人，唐敏渴望永久相伴不分离，张立早在可可西里冰溶洞便暗中许下了誓言，岳阳则将那个脱掉衣服包裹自己，以肉身对抗杀人蜂的背影铭记在心，巴桑是强巴拉家老仆的弟弟，他的加入带着半还恩情，而亚拉法师和吕竞男，似乎也是因为强巴少爷才出现在这支队伍之中，一旦卓木强巴倒下，这支队伍瞬间便会土崩瓦解。诚然，他的武技不及亚拉法师和吕竞男高强，他的知识不及方新教授和胡杨队长渊博，他不如张立和岳阳机敏，没有巴桑的冷漠，也没有唐敏的狡黠灵动，但他静静地站在那里，却给人一种安稳。他记不住的，只会木讷而反复地记忆，他做不到的，便会持续地重复那个动作，当你再看见他的时候，他已经露出充满自信的微笑，那种自信，能让看见的人也充满信心；身体即是语言，虽然他算不上最健谈的，但他那大力的拥抱、有力的握手、在肩头的攀拍和当胸的攘拳，都让人感觉到一种真实的亲切。他用身体做出的动作，无时无刻不在提醒着身边的每一个人：我不会放弃梦想，明天，会更有希望。在特殊环境下，不管面对什么样的困难，不管遭遇什么样的挫折，只要仰头，还能看见那个高大的身影如铁塔般站立，队伍中的很多成员便会觉得，没有什么是不能完成的，因为，这是他们眼中的强巴少爷，那高大的身躯会为他们撑起一片天地。

这是一个身份极为特殊的人，这是一个为梦想而执著的人，这是一个以自身行为可以感召他人响应和追随的人，他叫——卓木强巴。

一些红色的忙碌的身影在望远镜头中清晰地显露出来，西风的乱流过后，在巴桑下滑之前，莫金等人就重新攀上冰岩，关注着卓木强巴等人的动向。卓木强巴一行人的表现，看得莫金直摇头。

马索道："看来地图也没有清晰地指出入口在山头的哪个位置，像他们这样寻找，那是瞎猫抓苍蝇，毫无可能了。"

莫金失望道："他们开始回撤了，看来是放弃了。怎么回事？卓木强巴，这可不像你的性格！"

伊万观察了一会儿，道："他们确实放弃了，正准备冒死重返风暴区。没有什么跟踪价值了，老板，我们也撤吧。"

莫金将望远镜重重地塞回马索手中，摇头道："撤！"

马索低声道："老板，虽然说我对索瑞斯那个老顽固一直没什么好感，但是我觉得，在对这组人的评价上，索瑞斯说得是不错的。以他们的实力，能攀上雪山顶峰就已经是极限了，靠他们找神庙，那几乎是没有希望的。老板，我们去把图抢回来，加上另外的线索，我们自己干吧？"

莫金往马索屁股上踢了一脚，道："你懂个屁！"他又回望了一眼卓木强巴等人所在的浓雾范围，解开衣襟，从吸氧管的后方扯出一把小小的铜剑。这把贴心悬挂的铜剑在光雾下发出夺目的异彩，剑身为四棱柱体，象征魑魅魍魉的四只小鬼分别攀附在剑身四壁，每只鬼下方都有一行难解的文字符号，剑柄顶端卧着一只雌雄同体的瑞兽麒麟，剑身柄挡连在一起，倒有几分像十字架。握着略带体温的小铜剑，想起祖父的告诫，莫金心道："卓木强巴，或许，我们有着相同的宿命也说不定呢。"

回撤途中，由于巴桑的突然失控，导致他需要被人架着走。在回撤路上，众人感到前所未有的疲惫，比起在倒悬空寺负重伤后还有过之而无不及，不仅是身体与西风对抗将体力消耗殆尽，还有来自精神上的，低迷的士气在队员之间相互传染着。

同时，如何再次通过西风带，成为队员们将要面临的最大难题。他们是抱着破釜沉舟的决心闯过西风带的，如今，釜已破，舟已沉，他们却要掉头回去，谁也不知道，这次，需要出现什么样的奇迹才能顺利返回。

在西风的乱流之中，队员们深一脚浅一脚地踏在积雪之上，不时有人滑倒。滑倒的人都没有做声，只是默默地又爬起来，或相互搀扶着起来，继续向前，只是这次，他们的方向是逐渐远离他们的期望。巴桑的头套被扯破了，西风冻得他嘴角开裂，就像旱季的龟裂田地，一张脸冻成绛紫色，好似地狱中的青面獠牙。唐敏、方新教授和胡杨队长的呼吸明显浑重起来；张立和岳阳更早地消耗掉了氧气，如今两人轮换着使用一瓶备用氧；亚拉法师走在最前，但他的步伐明显没有冲向积雪堆时轻快了；卓木强巴紧跟在后，那身躯不仅是身后人的避风港，也是一座移动的航标，如今，这座航标也在犹豫，似乎偏离了航道。每个人的眼神中都透着迷茫，他们开始质疑这次行动的结局，到底是失败在了什么地方？

去时的路和来时的路同样漫长，茫茫雪雾中绕积雪堆而行，返回来时的山脊足足走了近一个小时。有了上次的经验，他们不敢过于靠近积雪堆，以防再次塌方，又不能离得太远，以免在雾中迷失了方向，只能在积雪堆边缘附近一个狭长的地带前进。找到正确的脊线，他们又沿着山脊，准备脱离积雪层，那时，在他们面前的，将是那撕裂一切的西风。

卓木强巴架着巴桑，他的耗氧量极大，备用氧已经出现红标了。如今就只有敏敏那里还剩一瓶医疗急救氧，她将那瓶氧气拿出来，卓木强巴却严词拒绝她道："记住，敏敏，这是留给大家救命用的！"

就在此时，突然头顶轰鸣大作，方新教授问道："雪崩了吗？"胡杨队长顾不得许多，大声道："离开山脊，恐怕是积雪堆坍塌了！"敏敏赶紧将备用氧塞进背包。

雪崩

迷雾中，不知道头顶有什么东西掉了下来，大家齐齐地朝山脊外侧滚去。幸好掉落的面积不是很大，只听"啪啪"几声，重物砸在积雪层上。大家心神稍安，亚拉法师道："好像不是坍塌？"

胡杨队长回身探望，只见刚才众人行走的地方，几个直径约一米的大雪球被摔得四分五裂。正迟疑间，头顶又想起了轰鸣声，胡杨队长赶紧滚离那危险地段，抬头望，那应该是从积雪堆边缘滚下来的，虽说头顶雪层只有五六米高，但这距离已经什么都看不见了。一个接一个的雪球在队员们身边炸开，大家狼狈不堪地躲避着，吕竞男道："这到底是怎么回事？"

胡杨队长略加思索，反应过来道："是雪妖，是报复性行为！恐怕不止一只，它们知道我们要撤离了，又路经积雪堆下缘，所以用雪球报复！"

岳阳道："可恶，这么远距离，它们怎么从雾里看见我们的？我可什么也看不见啊！"

方新教授道："赶紧离开，这么大的雪球，砸在身上可不是说着玩的。"

大家保持着和积雪堆不远不近的距离，而这个距离正好是雪球可以滚落的地方。一时天降流星，那溅起的雪花打在身上，也如崩石击打一般，只能尽量小心地躲避头顶奇袭。偏偏那些雪妖似乎完全可以把握他们的方位，滚落的雪球极其准确。

雪球滚了一阵，不知道是雪妖的子弹打完了，还是别的什么原因，终于停了下来。可队员们还没歇一口气，突然积雪堆外面，那些冻胀丘又发出了"哗啦吱嘎"的声音，像有什么东西要破土而出。方新教授刚刚说了一句："这下好了，它们好像看不见我们了。"

就听胡杨队长道："不好！这是冰火山，冰火山要喷发了！这么大规模的喷发，会引起雪瀑雪崩的连锁反应！啊，大家……"话音未落，只听惊天一声巨响，旁边的一个冰丘突然炸裂开来，犹如喷泉高涌，大量的冰渣冰屑夹杂冻土石块冲天而起，被抛入一二十米的高空，部分被西风吹向一边，大块的直接落了下来，一时间，冰石如雨落，在积雪层砸出一个又一个深坑。大家在惊呼声中，仓皇逃命。

一个又一个冻胀丘炸裂开来，大量石屑冰砖被送上天空。可怕的冰火山，与火山喷发的全过程如出一辙，只是被高高喷上天空的炙热熔岩变成了极寒的坚冰。

大面积的冰火山喷发，又加之与积雪堆相隔极近，结果就是，一声脆裂之后，整个雪峰大地开始颤动，紧接着，迷雾中一头巨兽的身影遮天蔽地地盖了下来。众人脚下猛地一抖，接着有种火车临近的感觉，同时脚下的大块积雪像出现了裂纹的玻璃，快速地分解开来，如同流凌，

第三十六章　死亡西风带

开始一块块顺着山坡往下滑去。胡杨队长大叫道:"快!向前冲!冰火山引起积雪堆坍塌的同时造成了雪崩!翻过山脊,离开那地方!"

队伍在迷雾和这前仆后继的自然灾害面前已经乱了方向,三三两两被分离开来,只在雾中看见同伴模糊的影子,相互大声呼应确认对方的位置和身份。脚下的积雪崩塌之势已经形成,必须在这些裂成一块块的积雪形成快速下滑之前就离开这个地方。而左侧,还有块一堵墙一样的坍塌积雪朝队员们的方向压过来。

在混乱中,那备用氧滚落出来。想到强巴的告诫,唐敏本能地一抓,原本她在雪崩滑落的边缘,但雪崩边缘同样有积雪崩裂,唐敏身体顿时失去平衡,惊呼了一声,就顺着雪崩滑了下去。

原本身心疲惫走在前面的卓木强巴,在雪球滚落时就开始关注唐敏的动向,可是唐敏较为靠后,在迷雾中分不清谁是谁。听闻唐敏的呼叫,卓木强巴顿时一惊,原本已经翻上山脊,他放下巴桑又蹿了回去。吕竞男距离唐敏更近,一听到声音,两步跨下,正好看见唐敏的身体顺雪而滑,她就地一扑,同时向身后靠过来的卓木强巴道:"别过来!"凭借居高临下的一跃之势,抓住了唐敏的双手。卓木强巴已经赶到吕竞男身后,敏敏跌入雪崩区,卓木强巴哪里还顾得上那许多,什么雪崩冰崩,他想也不想,跟着就是一跃,抓住了吕竞男的双脚。

这时,张立已经赶到,但是距离卓木强巴等人还有三米左右,只能看见模糊的身影,一跃而下也抓不住卓木强巴了。他还未跳,被随后赶来的亚拉法师拉了回去只见三个身影如坐滑板开火车,顺着雪崩越去越远。

岳阳等人也赶来了,此时卓木强巴等三人已经消失在迷雾之中不见踪影。站在山脊一端,只见那雪瀑有如洪流一般滔滔不绝地向前涌去,从中生还的希望究竟有多大,大家心中都不敢想象。胡杨队长在山脊上冲着雪流喊道:"如果还活着,请给我们信号,我们一定,一定会找到你们的!"

张立好恨,为什么,最后一次行动会如此的失败!他们好不容易才到了山顶，却什么都看不见，什么都找不着。一想起这两年的艰辛历程，想起强巴少爷的音容笑貌，顿时失声哭了起来。

岳阳安顿好巴桑，冷冷地来到他身边，淡淡道："强巴少爷不会有事的！"

再说卓木强巴、吕竞男和唐敏，三人一起淹没在崩塌的积雪里，就好比浮萍在那洪流之中，时而横向打旋儿，时而侧转翻滚，只是一阵天旋地转，不辨东西南北。但三人保持着最后一丝清明，反复告诫自己，绝对不能松手，他们都清楚，一旦松开，或许就再也见不到对方了。

雪崩后存活的几率极小，一则是磕碰和随雪高崖坠落造成的伤亡，二是被厚厚的积雪所掩埋，虽然雪花看起来轻飘飘的不受力，但长期积雪突然崩塌时造成的粒雪就像流沙一样致密，只要深度足够，陷在里面就像陷入了沼泽地，越挣扎越深陷，要想爬出去几乎不可能，最后那致密的颗粒能压得人无法呼吸，窒息而死。

在关键时特训的成果才显现出来，借助雪流的奔涌之势，三个人尽量一致地保持背姿，以背包去缓解那些磕碰带来的损伤，双臂拉紧对方的同时，用力向头部靠拢，保护头不受到致命伤。并且卓木强巴和唐敏一前一后，加上中间的吕竞男，都尽量运用脚力在雪崩中控制方向，使三人与雪崩路线保持平行，这样伤害将降至最低。唐敏的双脚一旦感觉触碰到较大的凸起物，就会大力蹬踢，让三人的航线避开那些危险体。换作其他人，则完全只能顺流直下，根本无法自控。

犹如再次进行密修的认证考试，卓木强巴完全丧失了时间感和空间感。不知道过了多久，也不知道身在何方，总之重复着这样的过程，忽上，忽下，忽然左旋右转，又忽然横滚竖滚，有时眼前一黑，几乎无法呼吸，有时眼前又突然一亮，刺得眼睛几乎失明；唐敏则感到自己好像掉进了一个无比巨大的甩干机，飞速的离心力几乎将她的血都泵出她的体外；而吕竞男还有另外一种感觉，她感到她们的航线逐渐偏南，她想，或许她们正在通过西风带，可怕的西风将整个雪崩洪流吹得转了

第三十六章 死亡西风带

向，但是感觉很不明确，反复的翻腾产生的失重感，就像一个从高空做自由落体运动的人，想要判断自己是在向哪个方向飘去，其结果只有一个：正在撞向地球。

天昏地暗，卓木强巴说不出那是种什么感觉，似乎停下来了，但又好像没有，一直在旋转，无法分清是自己在转还是天地在转。四周是无边的黑暗，自己一直朝黑暗的最深处坠落，却又一直坠不到底。黑暗中，有一股自己完全无法抗拒的力量，令自己胸闷气沉，无法动弹，也无法呼吸，身体就好像点爆了的炸药桶，气体无处发泄，就令身体急剧膨胀起来。

"啊！"卓木强巴猛地睁开眼睛，兀自觉得天地还在旋转，双手一紧，却明显感到手里没有任何东西。他心头一惊，翻身爬了起来，却没站稳，一个趔趄摔倒在雪地上，抬眼望，四周被积雪覆盖，雾气笼罩，只是白茫茫一片，苍茫中风声呼啸，一种荒凉袭上心头。寒风中不见人影，这片冰天雪地，仿佛只剩下他卓木强巴孤零零一个人，他突然感到一丝无助，在大自然的力量面前，人力岂能抗衡！自己和敏敏，还有吕竞男，是什么时候分开的？他拼命撅雪，刨了一个又一个的坑，但没有任何发现，他不禁大声询问："敏敏！教官？你们在哪里？回答我——"

声音很快被西风吹得七零八落，卓木强巴扯着嘶哑的嗓子，又全力呼唤了数次，远处的雪山似乎传来淡淡的回音："回答我……回答我……"

卓木强巴急了，乱了方寸，那种惶恐与无助再次袭上心头，雪原茫茫，野风呼吼，自己应该做些什么，却无力可做，敌人看不见，摸不着，但是强大到让人无法反抗。"这就是命运吗？"卓木强巴自责地想着，"为什么，为什么我还活着？究竟是为什么！"

他不甘心，不想放弃，一刻不停地撅雪，每挖一个坑就朝一个方向放声呼喊，但是只得到寒风冰冷的回答。放眼望去，那一片白色直与天际相接，何年才能翻遍积雪，找到心中的人！

"叫什么呢，山都被你吼塌了！"吕竞男的声音从雾里传来，似乎也充血沙哑着，但听在卓木强巴耳里，不啻于天外之音。他急速向吕竞男奔去，大声道："教官……你，你没事吧？敏敏呢？有没有和你在一起？"奔跑中才发现，一双腿已经跪得半麻，才几步就又摔了一个跟斗，被狂风吹得连滚几转，重重地磕在冻土岩石上，但他不由得笑了。

吕竞男看到卓木强巴狼狈的姿势，也不由笑了，奔去扶起卓木强巴，道："她没事。你们两人都昏过去了，刚才在附近找到一处岩穴，本打算先把敏敏拖过去，然后再来拖你。你知道你有多重吗？"

在吕竞男的搀扶下，两人蹒跚着向吕竞男所说的岩穴走去。卓木强巴只觉这里的风比别的地方都冷，问道："这是哪里？"

吕竞男拿出一个电子仪器道："不知道，我们是顺着山谷滑下来的，或许在冰川的边缘地带，冰川裂谷要么在我们的东北方，要么在我们西北方。我们应该是在海拔六千三至六千五之间，这里的空气已经可以满足正常呼吸。要感谢西风，它将我们头顶的积雪都吹走了，我们才捡回一条命来。否则刚停下时，虽然我还没有失去意识，但身上真是一点力气都没有了，只能被活活埋在雪下。"

卓木强巴道："激光导向仪？"

吕竞男点头道："我在洞口放了激光发射装置，如果法师他们能顺利返回，希望他们能找到我们吧。这里虽然雾气淡了，但还是在雪雾笼罩范围内，能见度只有二三十米远，风也很大。"卓木强巴知道，这是胡杨队长说过的迷雾，仅凭他们三人是无法走出去的，最好的办法就是找一个洞穴躲避。他一心想着早点见到敏敏，唯恐晚了一秒，又发生什么变故，浑然不觉身边搀扶着他的女人，那样的眼神，那样的小心。

直到进入洞穴中，亲眼看见敏敏安静地躺在破帐篷堆成的床垫上，一颗悬着的心才放下，又回头问道："她没事吧？"

吕竞男点了点头，道："只是昏过去了，一会儿就会能醒过来。"

卓木强巴坐在唐敏旁边，打量着周围环境。这不是岩穴，只是一道

第三十六章 死亡西风带

岩壁裂缝，可容四五个人躺身，头顶裂缝可见白雾。他突然想到什么，问道："刚才我到处喊你们，难道教官没听见?"

吕竞男道："呃……当时在这缝隙里，外面风又大……"其实，卓木强巴第一次呼喊时她就已经听见了，出了洞穴，远远看着那个风雪中拼命刨雪的高大身影，天地间雕塑一般矗立着。她没有马上做出回应，只是默默地看着，那一声声呼唤，令她为之动容，幻想着如果雪下埋着的是自己，有这样一个男人，能为自己而忘记了自身，悲情地做着最后的努力，她感动得想哭。只可惜……

气氛一时沉闷，卓木强巴不明白原因，他哈了几口气，用力将双手搓暖，然后将手伸进敏敏的胸口，心脏有力地跳着，呼吸平稳而祥和，他也就放下心来。拿出手来，只感到又冷又冻，不由抱紧了身体，问道："这里好像比山顶还冷。"

吕竞男微微一笑，道："那当然，也不看看你穿的什么。"

卓木强巴这才注意到，原来自己外套衣服早已如草裙一般被划成一道一道的，背包也被划了条鳄鱼口子，里面的东西掉得七七八八。再看吕竞男，她的衣服也到处都是划痕，如此透风的衣裳，不冷才怪。敏敏身上的衣裳似乎较为完好，但是……这不是吕竞男的衣裳吗，原来竟然是这样的……

卓木强巴感激地看了吕竞男一眼。吕竞男挪了个地儿，在这不大的空间内，就变成紧贴着卓木强巴坐了，她尽量平静地告诉卓木强巴道："大家坐近一点，就没那么冷了。"

吹气如兰的气息顿时让卓木强巴乱了方寸，那几缕秀发贴在他脸上痒酥酥的。他本能地朝敏敏靠了靠，点头道："嗯，对，我该叫醒敏敏了，不能让她再躺下去。"吕竞男垂下目光。

唐敏悠悠醒转，这次没有恣情地痛哭流泪，也没有撒娇不依，好像只是美美地睡了一觉，在她潜意识里，只要有强巴在身边，就算天塌下来，自己也会没事的。

她的头枕在卓木强巴腿上，平静地、淡淡地带着一丝笑意说道：

"刚才我做了一个梦,梦见我们两人,化作了两只鸟儿,在天上自由地飞翔,后来又变作两尾鱼儿,在水里……"说到这里,声音一小,翻身在卓木强巴耳边细语说了一句话,嘻嘻一笑。卓木强巴面色一赧,咳嗽了一声,低声道:"别闹,教官还在旁边呢。"

唐敏这才注意到卓木强巴旁边坐着的吕竞男,她先将自己往卓木强巴胸膛贴得更紧,才道:"啊,教官,你还好吧,我们三人,总算没事了。"

那狭小的缝隙内,唐敏的话字字入耳,吕竞男的表情很奇怪,既不是笑容,也没有恨意,看不出羡慕,也没有嫉妒,好像刻意压抑成一张机械的脸庞。她冰冷地答道:"还说不上没事,外面风雪很大,我们被困在这里了。没有食物,没有器械,不知道有没有机会走出去。"

卓木强巴抱着唐敏,就像怀里揽了头倦猫,道:"现在只希望胡杨队长他们能平安脱困,顺着激光发射器找到我们。"说着,看了看裂缝外肆虐的风越发强劲,再次感受到人力不可与天抗衡。

唐敏醒转后,裂缝内气氛似乎发生了一些变化,有好几次三人都欲开口说话,但话到嘴边,似乎又都咽了回去。卓木强巴夹坐在二女当中,看着她们几次欲言又止,想说几个笑话来调和气氛,却搜不出多少材料,只能左顾右盼,不时傻笑一番。

如今,三人所剩下的,唯有吕竞男背包中几样派不上用处的电子工具、半瓶未吸完的氧气,还有一捆细绳,除此之外再无物。渐渐地,寒冷开始肆虐,在这方狭小的空间无法活动开来,寒冷就像潮涌一次次扑面而来,拍打着衣衫透风的三个人。

终于,卓木强巴看出,不能再这样冷清地坐下去,那样只会让人感到更加寒冷。他开始讲述曾经的人生历程、创业、婚姻、家庭,随后说了些关于狗的故事。他很清楚,呼吸道内水分子正在大量流失,这样他的肺部或许会水肿,但他必须说下去!

第三十六章 死亡西风带

第三十七章　唐涛的日记

　　黑色的笔记！张立似乎想起了什么，怀着惴惴不安的心情，他翻开了笔记的封皮。两行清晰的中英双排文字跳入他的眼帘："我叫唐涛，如果有谁从我的尸体上发现了这本笔记，请按照下面的联系方式……"张立猛地合上笔记本，心情久久不能平息。竟然在这里……竟然是在这里找到了唐涛的日记。

重返西风带

在裂谷外，西风带的外侧，山脊就此中断，断口整齐得好比刀切。张立举手探风，但伸出去的手就像被一辆飞驰而过的汽车撞击，猛地变向下垂，险些让张立旋转倒地。岳阳赶紧把张立拖回山脊横断面后，紧张地问道："怎么样？"

张立看着胡杨队长，疑惑地说道："奇怪，来的时候，那西风将我们推向积雪堆，现在，好像是吹向冰裂谷方向，但还是有一股自西向东的引力。"

胡杨队长两手轮换着转圈道："没错，这倒卷龙的旋转就好比滚筒洗衣机，时而顺时针方向旋转，有时又会突然一百八十度变向，改而逆时针方向旋转，两种旋转出现几率各占百分之五十，是怎么形成的目前还没有定论。但不管怎么旋转，它中心的引力都是自西向东，在变向时风势略有缓解，我们上山时遇到的乱流就是它的突然变向所引起的。"

胡杨队长回头看着一个个蓬头垢面、衣服上积雪结冰的队员，道："现在，我们所要做的和来的时候一样，所有的人捆在一起，一步一步向裂冰区退去，由于我们的绳缆已经不够了，因此每人都要拿起冰镐和钢钎，务必保证每一步都钉在冻土里，使整个团队不会被风吹走。如果谁——"他顿了顿，才接着道，"支持不住被风吹起来，那么，你们就自己选择断绳吧，不要连累所有的人都死掉！我将走在队伍的中间，如果谁做不到，我会亲自帮他割断绳索的！我告诉你们，我绝不会留情！为了保障更多人的生命，那将是我不得已的选择！所以，我希望，在你们每踏出一步之前，就已经想好了自己下一步的命运！"

听完胡杨队长的话，张立和岳阳相顾望着，如果强巴少爷还在的话，他一定不会下达这样的命令。强巴少爷，他是绝不会放弃任何一个与他结伴成行的人，就算是敌人，在危急关头，他也会去伸手拉他一把，那是对生命的不同态度所决定了的，那就是他们的强巴少爷。"还没有到放弃生命的时候吧，我的特种士兵！""不管有多痛，千万别放手啊！""快闭嘴！不要再东想西想了，我是不会松开的，除非我们两人一同掉下去……"强巴少爷昔日的话回荡在耳边，那个高大的身影，面对着无边的黑暗和看不到任何希望的绝境仰天长啸："我是不会放弃的！"

正是那种力量，让他们一次次从死神手中挣扎出来，走到了今天。有时张立觉得，强巴少爷真的很憨，或者很傻，但就是那种执著，令人心甘情愿地跟随下去，那是一种可以创造奇迹的力量。如今，那种力量，也随着强巴少爷的消失而消失了吗……

看着张立和岳阳一丝略带迷茫的目光，胡杨队长补充道："还是那句话，当你们脱离了团队的时候，如果你们还活着，请放出信号，我们一定会来找你们的。结绳吧……"这位极地经验丰富的队长清楚地知道，有时，带给人们希望的一句话，哪怕只是空头承诺，也能成为人们在绝境中坚持下去的勇气。

他们采用的并联绳结，每个人都和主绳连接在一起，但每个人与主绳之间断开的话，并不影响主绳和其他人。胡杨队长走在队伍中间，亚拉法师当头，巴桑结尾，以便任何时间可以处理突发情况。每人右手冰镐，左手钢钎，几乎是匍匐着朝西风带爬去。岳阳和张立来在亚拉法师和胡杨队长中间，两人总是怀念强巴少爷在的时候，他们决定，效仿强巴少爷的坚毅，怀着同生共死的信念，悄悄地将安全带系在了一起。

虽然浓雾漫天，但在西风带中不会迷失方向，因为那几乎是西风扯着你，将你往一个方向拉拽，你想偏离方向都做不到。

那风暴比冰雪还要寒冷，七人结成的队伍就像一道冻土上扭曲的疤痕，牢牢地摄住冻土。在狂风中艰难地攀爬，猛烈的风可以将人的身体吹得失去知觉，连队员们自己也不知道，这一次，他们是怎么通过西风带的。只是直面西风的后背，硬得就像一块搓衣板，每个人都感觉自己失去了后半身。胡杨队长大声呼喝道："地面的冰渍开始增加，西风的风势也在逐步减小，我们已经通过了核心风带，加把劲，就快抵达裂冰区了！"

张立手握冰镐，面朝冻土，头顶的压力确实有所减小，但无疑，稍有松懈便会随风而起，乘风西去，他感觉手骨的结合处都快被扯断了。没错，他们确实通过西风带的核心风区了，但那是怎样一个过程啊：左手拔起钢钎，后退三十厘米，重重地插入，脚用短跑运动员起跑时的姿势蹬着冻土，然后用目光打量冻土上前面的人留下的插槽——那些地方是不能二次插入的，容易松动——随后右手摇晃冰镐，稍有松动，飞速地扬起，重重地一锤砸下，将身体固定住，这样身体便后退了三十厘米；后面一个人做完，便通知前面一个人，一个接一个地慢慢后退，必须死死贴住地面，不然随时会被风吹走。接着又是重复同样的动作……

不足五百米距离，用了几乎两个小时，最后一点力量已经耗尽，而身后的裂冰区，看起来没多远，究竟还要走多久才到呢？

胡杨队长艰难地别过头去，又激励大家道："没问题，我的队员们！你们都能行！一个个给我挺住！我已经看见冰陡崖边缘了！最后五十米，别撒手啊！"说这话时，胡杨队长全身筋骨犹如寸寸断裂，疼得话都说不直。他知道，恐怕大家的身上也都被飞石打得体无完肤了，地上的冰层也渐渐厚起来了，这对他们也是一个严峻的考验。

岳阳的左臂被一块一米来高的巨石擦过，虽然有厚厚的衣物包着，他还是感觉到手臂不听使唤，钢钎入土根本不深，好几次都滑了出来，唯有右手的冰镐支撑。他原本打算当个逃兵，几次企图割断自己和张立之间的安全带，都被张立恶狠狠地盯了回去，他也不知道自己是怎么坚持下来的，想起了强巴少爷那种誓不低头的态度，他决心再坚持下去。

"还有三十米！"

"还有二十米！"

"还有十五米!"

胡杨队长不住用数据来激励大家。只要滑下冰陡崖,他们就将不再受到西风的侵扰,可怕的裂冰区可以说是离西风带最近的天堂。

岳阳每次举起左手都感觉沉重无比,他挣扎道:"胡队长!你这最后十五米,怎么比前面的三十米还长啊?你的视力,该不会有什么问题吧?"

胡杨队长骂道:"不要浪费力气说话,你给我老老实实地后退!他妈的,这鬼风,我真不敢相信,今天会是这山头最晴好的一天!"

便在此时,张立突然说了声:"对不起,先走一步!"原来他的冰镐插入冰层后,力量未及冻十层,在西风的撕扯下,冰镐陡然将那块破冰击碎了。张立只觉得一股大力将自己右手托了起来,跟着什么人拉住自己右臂用力一扯,整个平卧在冰面上的人,就一点一点升了起来,巨大的拉力迅速传给岳阳和亚拉法师。眼看即将离开地面,他第一反应是去割断与岳阳之间的联系,没想到岳阳突然从冰面站了起来,刀锋一挥,已经断开了自己和主绳的连接。张立苦笑一声,也断去了和主绳的连接,两人都来不及说什么话,就像被投石机抛出去的一对链球,瞬间就横飞十来米,向着冰陡崖方向直坠下去,消失在迷雾之中。

胡杨队长朝着两人消失的方向大声骂道:"你们这两个浑球!还他妈的只剩五米了啊!"

冷!天地间只剩下这一种感觉。

在狭小的裂缝中不知道待了多久,外面的风势丝毫不见减小,天地间弥漫的冷让肢体僵硬,皮肤麻木,口角干裂,没有任何取暖御寒的设备,全凭身体散发的丝丝热量支撑下去。卓木强巴紧紧抱着唐敏,与吕竞男平行地坐着,那股寒意似乎要冻结他们思索的能力,这感觉让卓木强巴回想起初次踏入可可西里境内,但那次没有这样冷啊!

唐敏偶尔在卓木强巴怀里蠕动一下,两人交颈贴面地裹在一起,卓木强巴将自己破烂的衣服反过来穿,将唐敏如婴儿般兜裹在自己胸前,

第三十七章 唐涛的日记 | 225

但就是这样，还是那个感觉——冷！

旁边的吕竞男只能尽量贴紧岩壁，有如老僧入定般安坐着。卓木强巴心想，这个铁打的女人应该比他们更扛得住这股寒意。

唐敏又在卓木强巴怀里轻轻蠕动了一下，犹如呓语道："强巴拉，我们会走出去的，对吧？"

卓木强巴道："当然。你看，天就快黑了，到了晚上，雾会散开，说明风会减弱，那时总该可以走了吧？而且，就算走不掉，我们已经在外面安置了激光发射装置，胡杨队长他们一定可以找到我们的。在掉下来时，我仿佛听见胡杨队长说过，如果我们还活着，只要发出信号，他们一定会来找我们的。教官，你听到了吗？当时。"

吕竞男轻轻"嗯"了一声，寒冷让人连说话的力气也提不起来，仿佛话一说出口，就会被冻住，传达不出去。不知从什么时候起，三人的对话就渐渐少了，停隔的时间也越来越长了。事实上，从亚拉法师他们拍摄到的图像来看，夜晚里的风比白天更为强劲，卓木强巴有些担心，不知道这一夜是否能坚持挨过。但他相信，胡杨队长他们一定会找来的，他亲口说过，这是约定，也是承诺……

张立和岳阳都很清楚，生死决定于电光火闪之间，这次，他们或许真的走到最后了，在空中翻腾，落地时，就是他们人生的终点。他们头首相望地在空中翻转，岳阳的眼睛一眨不眨地盯着张立，暗想："你真傻！"

张立眼角露出一丝微笑，意道："你不是更傻？"

两人的下方，白色的冰塔林如刀枪剑戟，纷纷朝天挺立，且不说被它们插穿，就算从这高度跌落，碰在边壁上，也是筋骨寸断，死得只会更加痛苦。岳阳看了看下面，对张立一扬眼，那双清澈的眼睛。透露出离别的眼神，分明在诉说："别了，我的战友，我的兄弟。"

张立镇静地点了点头，以示他不曾后悔的决心，突然爆炸似的大吼道："来世！我们再做兄弟！"

两人的身体被风翻转过来，已经可以透过重重迷雾看见那碧蓝的天，天边启明星已然高悬，那轮红日却仍未西沉，天边的红霞与明星争辉闪耀着。"多美的景色啊，如果你看见了，一定会心急地想带敏敏小姐来看吧。强巴少爷，我仍将追随于你，想来在另一个世界，也有值得我们去寻找的东西吧，还不到我们应该放弃的时候呢……"张立悠然神往，竟然没有半点害怕和后悔，只觉得身体一沉，似乎担在了半空中，接着背部一痛，似乎撞在了墙上。

张立第一直觉告诉自己，似乎还活着，他一扭头，就看见了同样一脸无奈的岳阳。一只参天冰锥，不偏不倚架在两人的安全带中部，距地表仍有约五六十米，只隐约可见地貌。岳阳不知是想哭还是想笑，一种变了音的腔调说道："哼，看来老天还不打算让我们死呢。"

张立道："别高兴得太早了。这脆冰柱，冰爪攀不住，钢钎插不进，又没有其他工具，我们上下不能，挂在这里慢慢饿死，比直接摔死还要难受。"

岳阳突然笑了，道："所以说你傻呢，这带子一断，我们不就掉下去了吗？你看这撕口，很快它就会断了。"

张立也笑道："断了又怎样？这么高距离，下面又到处都是冰刀冰斧的，你能控制蝠翼滑下去吗？要是没有摔死，被摔了个半死不活，那才够受的。"

岳阳道："幸亏你说的一向都不太准，这带子，怎么还不断啊？"

张立道："没断就没断呗，怎么，你想早点死啊？我可不想。还没找到女朋友呢，就这么不明不白地死了，岂不是白活了，那多冤。"

岳阳笑道："我也不想啊，这些年当兵当得太认真太投入了，竟然忘了考虑人生第一重要的事，不过早死早投胎，还是等下次算了。比挂在这里受折磨来得强，还时时提心吊胆，直接断了，不就什么问题都解决了！实话告诉你吧，我左手现在还是麻的，看来是展不开蝠翼了。"

张立道："哦，你竟然对生命这么没信心，真让巴巴-兔小姐失望；我也实话告诉你，在过西风带时，我的蝠翼被划破了，现在只是破

第三十七章 唐涛的日记

布一块。我就不像你,这么高摔下来都没问题,这五六十米算什么,我闭着眼睛往下跳都没事。对了,刚才你为什么要突然站起来割断绳子?"

岳阳道:"我看你想把我们两人之间的扁带割断了,所以我要抢在你前面把抓绳割断,以免你做叛徒,到时候我还得哭丧着脸在你坟头痛哭流涕地感谢你。"

张立道:"哈……你这个蠢蛋,你完全会错意了,我当时根本就没事,只是想拉一拉,看你小子是不是悄悄把扁带割了。你想当逃兵不是一次两次了,谁知道这次倒好,你说也不说一声先把抓绳给断了,那我只好跟着你断绳了。"

岳阳道:"得了吧你,你上半身都悬空,还说没事儿,没事儿你去和胡杨队长说什么对不起。哈哈。"

说着说着,这对难兄难弟悬挂在五六十米高的冰棱柱上哈哈大笑起来。

这一挂就是两个多小时,两人挂在空中被冻得够呛,连头套上也结了一层薄薄的冰霜。在这两个小时中,起初他们准备大声呼救,希望自己距离胡杨队长等人不太远,胡杨队长还能听见他们的呼喊,但谁也不知道他们到底被风送出多远距离,反正自己的呼声怎么也大不过犀利的风声;后来两人又尝试使用各种工具小心地凿冰,但那千年寒冰坚若顽铁,两人又要小心地不弄断安全带,哪里能在坚冰上留下半分痕迹;再后来两人手足发僵,更是动弹不得,唯有听天由命,正应了张立那句话,还不如直接摔死来得爽快。

过了一会儿,安全带间的连接扁带还不见断,张立又问道:"对了,刚才被风吹起来的感觉如何?"

岳阳道:"爽,就和坐过山车一样,这次是过足腾云驾雾的瘾。"

张立道:"同感,哪天有空,我们再去玩玩儿?"

岳阳道:"算了吧,要去你去,我就不奉陪了。"

张立道:"这老天看来对我们还是挺不错的,这样都摔不死。你说,强巴少爷他们会不会还活着?"

一提到卓木强巴,岳阳便沉寂下来,那样的雪瀑洪流,生还希望太渺茫了，他尽量不让自己去想这个问题。张立还在自顾自地说道："啊，你说，强巴少爷他们要是还活着，得知我们两人死了，会是什么反应呢？嗯，教官一定会说，这两个活宝，正事办不好，成天老跟我过不去，问题又多，死了，我也就清静了。敏敏小姐一定很感慨啦，唉，以后谁来说笑话给我听呢。说不定又会哭得死去活来，哈哈，为我们也能哭得死去活来？强巴少爷……要是强巴少爷的话……"张立编不下去了。强巴少爷是不会轻易放弃的，要是自己放弃了，强巴少爷会怎样呢？

"张立，张立……"岳阳将张立又从思索中拉了回来，低声道，"绳子很快就要断了，这次我们不能期盼奇迹再次发生了。难道，你就没有什么重要的话想对我说？总有什么放不下的事情吧？"

张立也是在极力回避去想那些放不下的事，被岳阳一提，心中咯噔一声，仿佛回到可可西里那冰梁之上，与强巴少爷悬在同一条绳索喘息的那一瞬，是啊，人生并不长，还有许多事等着自己去做呢，可是真的到了生命的最后几分钟，究竟什么事才是自己最最想做的呢？

岂不料，岳阳接着用密探的口吻道："张立，我问你，在我们离开库库尔族时，我看你的眼神很不善良，现在到了生死攸关的时候了，你实话告诉我，你是不是在打我的巴巴－兔小姐的主意？"

"靠！"张立大声道，"你居然在考虑这个问题！"话音刚落，维系两人生命的扁带陡然绷断，两人朝着冰柱的两个方向往下坠去。

兄弟

9.8米每秒的加速度让张立的身体下坠趋势很快加大，他希望岳阳那小子能克服最后的伤痛，成功展开蝠翼，自己却是什么办法都没有了，

第三十七章 唐涛的日记 | 229

蝠翼成了两片布条，飞索零件都翻露在外，冰镐和钢钎早就不知被风吹到哪里去了。看着离自己越来越近的白色的冰塔，张立希望自己能找到一个较为准确的撞击点，最好是能一次性摔死。张立看中一块虽然不高但较尖锐的冰锥，展开双臂控制身体拥抱上去，谁知事不如愿，快到冰锥了身体突然失控，整个儿翻转过来，背包朝下。张立心头一紧，暗道："完了完了，这次肯定摔得半死！真失败！感觉到了，背包陷入了积雪，跟着就该是一股巨大的力量横冲过来，将脊柱撞成两截吧，那岂不是被撞成植物人？真是，为什么我张立会遇到这么痛苦的死法……"

接着，张立感觉身体就像撞入了一块巨大的充气垫子，将下坠的力量完全卸掉，压缩到极限时，又微微有点弹力，将他的身体重新抛起来，直到落在地上，张立还觉得是在做梦。"怎……怎么回事？"张立拿起自己的双手左看右看，竟然毫发无损。他再扭头看看那个救了自己的冰锥，赫然发现，那哪里是什么冰锥，竟然是一个帐篷，不知道在这里立了多长时间，上面的积雪堆了足有三尺厚，自己就是陷入雪堆里，随后被帐篷的边壁弹了起来。

"你……你……"岳阳也落地了，在最后时候总算克服了疼痛，展开蝠翼。岳阳一着陆，就急着寻找张立的尸体，却看见了比自己还健康的张立在那边发呆，顿时又惊又喜，笑着掉出眼泪。

张立大步走上前去，两人紧紧地抱住，死死地抱住，久久不愿分离，所有想要表达的，都融入了这个拥抱之中，不需要再多说什么。从对方强有力的臂膀传来熟悉的感觉，这就是强巴少爷所教给他们的，同生死共患难的决心！

许久，两人才分开来，就像相隔多年重逢的挚友，双手搭着对方的双肩，仔细地端详对方的脸。没有变！张立看岳阳，还是那张充满阳光的脸；岳阳看张立，依旧刀削铁面。几乎同时，两人仰视苍天，不约而同地大笑起来。

"奇迹，绝对是奇迹，你小子可真够走运的！"岳阳看了看那积雪抖落、露出原形的大帐篷。

张立道:"我也没想到,今天可真是踩了狗屎运。走,我们去看看,谁给我们留下的帐篷,还救了我张立一命。"

拍落四周的积雪,这是一个约一米高的普通拱顶帐篷,拉开门帘拉链,帐篷的一角放着两个半瘪的大型登山包,正中横摆两个头对头睡袋,袋子里是两具僵硬的冰尸。

其中的一具,已然睁开眼睛,似乎受了什么侵袭,将一只手伸向睡袋外,估计是准备去取武器工具等物。而另一具,则保持了酣然入睡的姿势,好像没什么感觉。这两具尸体并未让张立和岳阳感到惊奇,只看帐篷没有撤走,就已估计到里面的人已经出事。让他们惊奇的是这两具尸体中间,端正地放着一个小铁盒,盒子上拴了两根线,每根线分别系在一具尸体的手上,线上还有个铃铛,谁的手动一动,那另一个人就会被惊醒。

张立讶然道:"这是什么?"他靠近铁盒,赫然发现铁盒上还有二把锁,只是都已打开,就在张立失望地翻开铁盒盖子时,却发现一本厚实的黑色笔记,端正地躺在盒子中央。

岳阳仔细地检查了两具尸体,发现很是蹊跷,至少两尸的颜面暴露部位没有明显的致命伤口,难道是睡袋里出了问题?

黑色的笔记!张立似乎想起了什么,怀着惴惴不安的心情,他翻开了笔记的封皮,两行清晰的中英双排文字跳入他的眼帘:"我叫唐涛,如果有谁从我的尸体上发现了这本笔记,请按照下面的联系方式……"张立猛地合上笔记本,心情久久不能平息。竟然在这里……竟然是在这里找到了唐涛的日记。

"呀!"与此同时,岳阳一声轻呼。张立一回头,就看见一条绳索吊在岳阳手腕上,岳阳猛地一扯,将那东西扔在地上,跟着一脚踩上去。张立赶紧一步迈过,那地上竟是一条尚在扭动的白蛇,通体雪白,长不逾尺,蛇头已经被冰爪剁成三段,岳阳的手死死卡住被咬的虎口,显然不对劲。

原来,岳阳试着将睡袋拉开,看看尸体是被什么造成的,一条冰棍似的白蛇"尸体"被岳阳从睡袋里找到，蛇身如雪晶一样白，直挺挺的像一把剑。他拿着那条不足一尺长的小蛇当棍子挥了两下，看来已经死去冻僵了，一时大意，那条硬邦邦的蛇棍突然折返回来。岳阳伸左手来挡，白蛇就在他左手虎口狠狠地咬了一口，一种麻痒的感觉顿时上传神经，曾经做过蛇毒试验的岳阳马上反应过来，这白蛇是活的，而且剧毒。

张立将笔记往背包一塞，顺手扯出一根绳索，隔着衣物往岳阳手臂上紧紧一绞。岳阳已经松手，并用嘴吸出了第一口蛇毒。张立道："有毒？"

岳阳狠狠地吐出一口带血唾沫，点了点头。张立将背包往地上一扔，拉开拉链，抓出个急救包，找到那盒血清，不管什么蛇毒，当先给岳阳打了一支缓解神经毒素的血清，又掏出了蛇霜和保温瓶，让岳阳漱口后服药。

过了一分钟，张立紧张地看着岳阳，问道："如何？"

岳阳道："好厉害，这了手米已应马努了。"张立一愣，道："什么？"

岳阳眼珠左右一晃，赶紧抓过保温瓶又漱起口来，看来舌头也已经麻木了。张立一看，岳阳虎口依旧青紫瘀黑，并未见好，抓过他手腕继续帮他吸毒，岳阳一挣没挣脱，张立道："不要乱动，如果：还想见到你的巴巴－兔小姐的话，老实地待着！"

岳阳还待说什么，突然叫了一声："小心！"同时拔刀一挥，另一只白蛇在空中被拦腰斩作两截。张立一低头，那断掉的蛇头擦着他面颊飞过，一口咬在了帐篷上。

张立惊出一身冷汗，谁会想到，这地方还不止一条毒蛇！岳阳侧耳聆听，帐篷外还有窸窣声音，循声而找，在帐篷边地，一条白蛇蠕动着正欲钻进帐篷，岳阳抬腿就是一脚，将其踩死在帐篷下。张立看着那兀自蠕动的半截无头蛇身，思路稍微清晰了一点，想起了传说有雪峰鳖鼻蛇，还有那藏密的雪峰三圣：白蛇、白蝎、白蜘蛛，产于冰寒之地，喜群居，多伤人畜，世人见之，皆不能活。

虽不曾见过白蝎、白蜘蛛，但这白蛇，通体晶莹，白如覆雪，躲藏于冰塔林中，若是不动，谁又能把它们辨认出来？两人再不敢大意行事，竖起一双耳朵细辨风声，确信再无动响，张立又替岳阳吸了几口蛇毒，直到伤口渗血转为红淡，这才漱口服药，清洗伤处。

处理完这些，张立再次询问岳阳："怎么样？"

岳阳苦笑一声，道："那血清，似乎没多少效果。""咕咚"一声，仰头便倒。

张立赶紧扶起岳阳，骂道："你小子，可别在这里给我倒下，醒醒，醒醒！妈的，从那么高摔下来都没把我们摔死，被那小蛇咬了一口你就不行了吗？你给我起来！岳阳！你算哪门子特训队员！"张立摇晃着岳阳，但见他毫无反应，一把脉搏，一探呼吸，呼吸和脉搏还算平稳，只是急促了些。张立颓然小心地将岳阳放好，抖出死尸，仔细检查之后，将岳阳装入睡袋中，又去翻找那死者的背包。

背包里只剩一些最沉重的攀冰工具，食物和生活用品大多被取走，看来另有人来过，也有可能当时就是三个人，因为那铁箱上有三把锁，至于那人为什么留下了笔记本，张立暂时不去考虑那问题。张立选了把趁手的冰镐，拿了根冰杖，另选了一些装备放入自己背包，又听见有蠕动之声，张立手起镐落，斩掉了另一头企图钻入帐篷的白蛇，似乎东北又有动静。

不清楚到底还有多少白蛇，张立卷帘出帐，天色已暗，灰扑扑的像一张裹尸布。接着张立倒吸一口冷气，只见临近的一座冰塔林上，就像有一只产虫蚁后的腹部，一条又一条白线般的小蛇从塔林端涌出，有的盘踞，有的四处游动。被他们杀死的白蛇不知道发出什么气息，竟将许多白蛇吸引了过来。

"王八蛋！"张立暗自骂道，回帐连睡袋抱起岳阳，询问道："还没醒吗？我们得走了！这里很快就要被那些白蛇包围了！"岳阳兀自昏睡，张立无法，用绳索将岳阳往背上一捆，将岳阳背出了帐篷，又摸不准方向,只能先离开帐篷再说。这次真的是风雪莽莽,山舞银蛇,张立背着岳阳,穿行在冰塔林间,朝那昏暗的天际奔去……

在这方冰雪覆盖的白色世界,没有植物,没有动物,没有食物,什么都没有;在这道不足一米宽的狭小缝隙,三个人还在极力地抗争着,当身体耗尽食物产生的能量发出饥饿的信号时,那种寒意就更浓了。破裂的衣衫挡不住冰妖风魔无孔不入的触手,身体极尽可能地团缩在一起,全身的毛孔紧闭着,嘴角微微发颤,那不是自愿的,是身体本能地做出了反应。卓木强巴用力搂抱着敏敏,他只想两个人贴得更紧一点,更紧一点,将那蹿入的风带来的冰冷,从两个人的缝隙中挤出去。

"夏威夷的阳光,有一种说不出的温暖,它有一种实感,你可以感觉到,它是真切地触摸着你的肌肤,每一寸肌肤……"唐敏蜷缩在卓木强巴怀里,断断续续地诉说着她曾去过的温暖的地方。天色已经黑下来了,雾已散开,那古怪山岩的轮廓,只让人更觉冰冷。卓木强巴等原本准备冒险突出去,可刚走到裂缝出口就退回来了,因为他们看见,一块约两人高、三人长宽的石条,"呼"地从面前飞过,不知去向……

在这冰雪主宰一切的世界,在这野风带走一切的世界,他们只能蜷缩在这方狭小的空间,如三只受伤的羔羊,瑟瑟地挤在一起,身体微微地抖动着。如今,体力已经不允许他们进行长距离行动,饥饿和严寒残酷地折磨着肉体和灵魂,身体被冻得发僵发硬,非得两人捆绑在一起相互取暖才稍许好转。他们相互激励着,不断诉说热天的景象,这样会感觉好过一些;他们坚持着,不能睡觉,需要等待,等待胡杨队长他们的到来。

"明天天一亮,不,天还未亮,……说不定胡杨队长……他们……就赶来接我们了,不知道……不知道……胡杨队长……他们……会带些什……么来呢?要是能……带一只……烤……烤……牦牛就好了,我现在能……吃下……一整头烤牦牛。"

"胡杨队长才不会想到……这些……或许……或许医疗……急

救……用品……他……会考虑……"

"不……你们不……不了解……胡杨队长其实……外粗……内细……"

"嘻……"

"笑……什么……你不信？不信……问教官……她……她应该知道……是吧……教……教官……教官？教官！"

吕竞男没有回答，卓木强巴顿时心中一紧，伸手一碰，吕竞男随手倒地。卓木强巴略一侧身，带着唐敏靠近吕竞男，伸手一摸，铁娘子已被冻成一块顽铁，身上仅有少数几个地方还略显柔软。卓木强巴惊呼道："糟……糟了……"他是与唐敏两人共同抗寒，本以为吕竞男受过密修，应该比他们更耐严寒，没想到竟然也抵御不住这股冰冻寒气。他哪里知道，一个人若是心冷了，那远比身体冷起来更快更容易。

卓木强巴有些慌乱，这如今，在这里倒下，就可能看不见明天的太阳。他忙问道："怎么……怎么……怎么办？"唐敏知道情况的严重，原本一直不打算说的提议，现在却不得不考虑了，她低声颤道："是……是被……被冻的！我们……我们三人……必须捆……捆在一起……否则，谁也……熬不过去的……"

卓木强巴喃喃道："我明白了……其实……我们早该这样做……"他解开吕竞男破损的衣衫，用博大的胸怀将吕竞男也纳入自己的胸膛，让肌肤紧紧地贴在一起，用自己的体温去软化那被冻成铁石的本该柔软的躯体。冰凉的触感在三人间慢慢恢复，一时间，卓木强巴和唐敏谁也没说话。在这种环境下，似乎不应该去思索伦理和道义，一切，只是为了活着，活下去！

吕竞男冰凉的身体渐渐复温，开始软化下来，那充满弹性的紧绷肌肤牢牢地和卓木强巴，和唐敏粘在一起。卓木强巴和唐敏开始尝试呼唤吕竞男的名字，必须让她清醒过来，不能就这样失去意识。一次又一次，带着颤音的反复呼唤，终于将吕竞男从地狱唤了回来，那富有弹性的手臂动了动，随后似乎是用尽生平的力量，发自本能地、牢牢地抱紧卓木强巴的背脊，另一只手和唐敏的手臂搭在一起，就像同时找到母亲乳头的两只猪崽,都死死地吊着那高大健硕的身躯,寸土必争。

"水……水……"这是吕竞男清醒过来的第一句话。到哪里去找水?卓木强巴看了唐敏一眼,唐敏赌气地别过头去,将脸埋在卓木强巴胸膛内。卓木强巴小心地抽出一条手臂,在裂缝边缘抓了捧雪,在嘴里含化了,一口一口喂过去,直到吕竞男不再需要。当手臂缩回衣衫内,其中一具身体触电般抖了一下,卓木强巴也不知道该将手放在哪里,但随后就被一个身体牢牢抓住,贴在她自己后背,似乎再也不愿他松开。

同一时间,不知相隔多远的冰塔林内,张立和岳阳面对面坐着。他们的情况要好一些,背包里还有火源,还有少许食物,但是没有营帐。张立也不知道自己背着岳阳跑了多远,总之想找一个安全的地方。冰天雪地里实在没有办法裸宿,张立不得已,只能一座座冰塔林挨个敲击,他知道,在这白蛇横行的塔林间,一定不止一顶帐篷。那些曾经选择从冰裂缝下方穿行的人,一时无法通过西风带,又不愿就这么空手而回,他们无一例外都会选择这块稍微平稳的冰塔林作为宿营地。但他们不曾想到,有看不见的白蛇,还有可怕的雪妖,都在这白色的坟场等着他们。

张立选择了一顶最大的帐篷,它形成的类似冰塔也是最高的。他仔细检查,确信没有白蛇后,将岳阳放入帐篷内,找到一个很古旧的煤油灯,化开冰冻,用火点了,小心地将冰尸挪移在一旁,说了些表示尊重的话,又将帐篷内外做了一番调整。

张立回到帐篷内,再次检查了岳阳的身体,这小子,呼吸心跳都已经渐渐趋于正常,说明血清还是有效的,只是蛇毒太猛了。张立看着岳阳熟睡正酣的模样,想起自己在蛇群中亡命奔逃,真是气不打一处来,突然灵机一动,隔着头套扇了岳阳两个耳光,呼唤道:"醒来,醒来!"第一下希望能将岳阳打醒,见他没反应时第二下就轻了,第三下举起手,便打不下去了。张立叹了口气,将岳阳的身体拖得离灯更近一些,蹲在岳阳身边喃喃道:"你是傻人有傻福,可把我累惨了。今天看来我们不得不在这里熬一夜了,我在外面已经装了激光发射器,如果胡杨队长他们没事的话,一定会来找我们的。只希望今天晚上这上面风大一些,最好别有雪妖出现。兄弟,让我们一起来祈祷吧。"

过了一会儿又道:"快起来!你到底要睡到什么时候!我告诉你,吃的东西可只有这么一点儿!你不起来我就全吃了!"……

"喂,还没有睡够啊?我实在是饿得不行了,我给你留了一份,至于公不公平,我想应该很平均,如果你不说话,就表示同意了……"

"算了……还是等你醒来再说……醒来!你快给我醒来!"……

张立委实有些饥饿和疲惫,却坚持着等岳阳醒转。岳阳的体温、呼吸、心跳已经样样正常,就是不醒。张立百无聊赖,翻看起唐涛的笔记,借以抵御饥饿和寒冷。

冷夜情

唐涛的字迹刚劲有力,看来这个人不仅是一名探险家那么普通,他的书法相当有功力。笔记上还画有许多插图,那些绘画也堪称妙作佳品,图文并茂,每一页都记录着惊险刺激的冒险经历。张立原木只是想找找唐涛有关帕巴拉神庙的记录,但他只翻看了第一页,就被文章的内容牢牢吸引住了,并不可遏制地想继续翻看下去。虽说是本笔记,却胜过了他看过的任何一本冒险题材小说,更重要的是,唐涛写过的一些地方是张立去过的,因此他知道,唐涛写得有多么的真实,其描述之生动具体,看了犹如身临其境,扣人心弦。加上那些简单而清晰的速描绘图,这本笔记,不啻于一本完美的藏宝图合集。某些地方风景如画,某些地方机关如林,某些地方建筑神奇,某些地方惊险神秘,唐涛使用过的工具，有很多连目前的特训队都还达不到；唐涛去过的一些地方，比他们去过的还要凶险万分，每当看到玄奥处，张立不由自主停下思索，这样的机关设计，究竟是用来做什么的呢？如果自己遇到这样的情况，我会怎么办？当看完唐涛的记述，又不禁拍案称绝，竟然还有这样的方法！原来这个机关竟然是起这个作用的，该死，我怎么没想到！

张立果然忘记了饥寒，只是看得时而心惊胆战，时而赞叹不已，时而疑窦丛生，时而冷汗涔涔。这时候，张立才回忆起古俊仁博士说的，这是中国探险第一人，这个称号，不是凭空得来的。

张立刚开始看唐涛深入非洲原始丛林的一段经历，就听见岳阳道："好饿啊！"

张立面色一喜，扔掉笔记，踢了睡袋里的岳阳一脚，骂道："你小子，总算醒了！我背着你要死要活，四处逃命，你倒好，舒舒服服地睡安稳觉！现在醒啦，知道饿啦？没有吃的了，我都吃光了！"

岳阳长出一口气道："是那血清起效太慢了，不能怪我吧。我们现在在哪里？好像还在帐篷里嘛，请问，你是什么时候背着我到处逃命了？"

张立跳将起来，道："请睁大你的眼睛看看清楚，这里可不是刚才那座帐篷了！快起来，被你一说，我也饿得不行了！"

岳阳道："还有吃的啊！你这家伙……"

由于贴得更近了，说话声音也不用那么费力了，卓木强巴和唐敏原本就紧挨在一起，低声耳语，只是这次多了一个吕竞男，许多话又成为禁忌。吕竞男醒来后，神志一直没恢复到正常状态，有时一会儿叫热，一会儿叫冷，卓木强巴知道，那是中枢调温系统出现了问题。有时吕竞男又发出一两声谁也听不懂的呓语，有时还有梵语发音，卓木强巴和唐敏则只能应着她的发音回答，使她不至于沉睡过去。不过，意识迷乱中的吕竞男始终牢牢地攀附着卓木强巴，好几次差点把唐敏挤下去，似乎这是她唯一剩下的生命本能反应。

但还是太冷了，尤其是手指足尖，冰冷像一只水妖包裹着你，顺着肢体的末梢慢慢地爬上来，布满你的全身。此刻的三人就像被数件衣服反复包裹的大粽子，卓木强巴将衣物勒了又勒，袖口足管等处用细绳扎紧，他的破背包做了衣服缝隙间的填充物，吕竞男的背包像个袋子将三双脚装在里面，三人等于是捆在一起，如此，也无法抵挡寒冷的入侵。体温仍在一点一点被消耗，却没有补充，趁着还能动，三人便依靠肌肤激烈的摩擦取暖，但能量却消耗得更快了。吕竞男还在呓语，但此时有些话已经可以听清楚，其中反复的一句便是："卓木强巴，有什么了不起……"

后来吕竞男似乎更清醒一些了，但还是有意无意地重复这句话。每次听到这句话，卓木强巴就明显感到，身体某处肌肤像被蚂蚁狠狠地咬了一口，又麻又痒又痛，他已经分不清感觉是来自左边还是右边，对他来说，已不重要。此时对他来说，喉头强烈的干燥和痒感，整个肺部像被烘干机烤过，那才是他最担心的问题。湿化的氧气早已用完，同时面对两位需要水而无法动弹的女性，卓木强巴只能自己一口一口含化积雪，再犹如雌鸟喂雏一般一口一口喂给二女。大家都开始咳嗽，这是肺水肿开始的症状！

这个夜晚，是卓木强巴有生以来最难忘记的一夜，他同时和两名女性，保持最原始最亲密的接触，却没有任何情欲上的感触，这样做，只是为了活下去。一种求生的本能，使他们抛开了一切，相互激励着，相互安抚着彼此，以求熬过这近乎不能存活的一夜。他们低声诉说着各种故事，相互提醒警告不使任何一人失去意识；他们坚信着，只要到了明天，只要明天，一切都会好起来，胡杨队长他们会来帮助他们离开这里。

就在三人都冻得瑟瑟发抖、发音不清时，卓木强巴突然感觉到，在不知是敏敏还是竞男的脚下面，有一个硌脚的小东西，他一时无法判断是什么，总之是清理背包时被忽略掉的。卓木强巴小心地绕开不知是敏敏还是竞男的脚，去判断那东西的大小、形体，他期望着，希望是他们此刻梦寐以求的东西。

脚已被冻得麻木，卓木强巴小心地抬高脚面，希望能将那东西倒出来。唐敏和吕竞男明显感到了卓木强巴的动作，嘤咛一声，问道："做什么呢？咳……咳……"

卓木强巴道："袋……袋子里……有个东西，我们……一起把腿抬高，吭……咳咳……把它倒出来……"

"咳……掉在我身上了！""在哪里？咳……""别……别摸我，咳……我拿给你！""是它吗？"

"嗯，是它！"

卓木强巴好不容易找到了袖口，手里拿着那小小的方块伸出衣服外，"咔嗒"一声，豆丁大小的火苗升腾起来，狭小的缝隙里顿时光明。唐敏和吕竞男都抬起头来，如看圣物般看着那个小小的……雷蒙牌打火机！虽然这里寸草不生，没有任何可以燃烧的东西，但这打火机，本身就是火源啊，如今哪怕只有一点点光，也能让他们心中升起温暖的感觉。

卓木强巴将火苗靠近三人的面颊，久违的温暖让三人再次重温幸福的感觉，真的好想哭。卓木强巴将火焰适当地调整，以便可以让它更长久地燃烧，同时问道："暖和吗？"

"嗯！""嗯！""咳咳咳……"伴随着咳嗽声，唐敏和吕竞男都在卓木强巴胸口一个劲地点头。

这一夜，三人便在打火机反复的"咔嗒"声中，守着那豆点大的光芒，煎熬着，幸福着。

同时，张立和岳阳围坐在帐篷里，煤油灯老早便熄灭了，外面的呼呼风声同样困扰着两人。能吃的东西已经吃光了，但那股严寒似乎并未退去，反而越发地凝重起来。袋子里还剩最后一块压缩饼干——两人盯着袋子，谁都没动。"留着吧，看着它，能让我觉得我们还有食物，也就没那么冷了。"最后，岳阳说道。

于是，两人面对面坐着，裹紧衣服，眼睛死死盯着那唯一的饼干，他们还有食物，那就是能转化成热量的东西！这冷夜，没有想象中那么可怕，很快就会结束了，多坚持一分钟，就早一分钟天亮！胡杨队长他们会找来的，一定！

　　北风咆哮，一阵紧似一阵，张立和岳阳守着那块饼干，蜷缩着坐在一起，将能找到的布料都堆放在身边，还是觉得寒意袭髓。过了一会儿，岳阳觉得自己的心脏被冻得都快停跳了，咬牙道："张立，我恐怕是……"

　　"胡说八道，想什么呢！"张立不待他说完，就赶紧打断。

　　岳阳道："你，你听我说完，上次在倒悬空寺，你不是问我在叫什么人吗？"

　　"嗯？"张立艰难地扭头，好奇地看了岳阳一眼，不知道他突然提起这事做什么。

　　岳阳道："我现在可以告诉你，那个人叫陈文杰，是一名通缉犯。"

　　张立道："你和他有什么过节？"

　　岳阳手抖了一下，牙齿打战道："得得得……得从头说起，你可知道，我到青海的部队之前，是干什么的？"

　　张立道："你……你年纪不大啊？工作多少年了？"

　　岳阳苦笑道："看不出来吧，我在那之前，是云南瑞金的边防缉毒警。我是名卧底，是教官亲自把我挑选出来的，十七岁就混入毒贩子里面去了。"

　　张立道："那陈文杰，就是你在那里认识的？"

　　岳阳点头，将布料拉拢再拉拢，继续道："在去境外毒窝前，上级告诉我，在我之前，还有一位师兄会照顾我，但是我不知道是谁，后来才知是他。你不会知道，那些吸毒的人都能做些什么事情出来，毒瘾犯了，他们甚至能将自己开膛破肚，做出一些常人无法想象的举动。而当时的陈文杰，为了取信毒贩子，他染上了很深的毒瘾，我也根本没想到，他是卧底。当时为了取信毒贩子，我曾经告诉我的上线，说有警察

第三十七章　唐涛的日记　241

盯上我们。本来是安排好了的,谁知道出了岔子,在毒品转移途中,除了警察,还有一个陌生女子也跟着我们,恰恰被我发现了。"

张立有些明白岳阳和陈文杰的梁子是怎么结下的了,问道:"那名女子,和陈文杰有关系吧。"

岳阳打了个哆嗦,叹道:"是,接下来的事情我就不想说太多了。一个普通女子落入一群毒贩子手里,你可以想象,当时陈文杰一直隐忍,眼睁睁看着自己的女友被那群男人撕成了碎片。他的毒瘾更大了,甚至常常会出现幻觉,但是当时我也没想到,人的精神是会崩溃的,而且毒品可以完全地改变一个人的人格。最后案情告破时,在混战之中,陈文杰将那名毒枭头目……肢解了,朝他脑袋上开了四十六枪。本来我该上报的,但是我想起他的遭遇,就将这件事瞒了下来。后来精神科的医生才告诉我,在那时陈文杰就已经出现了拆物症候群的倾向,只不过这种精神疾病在世界上都很罕见,当时就算上报了,也不会有人想到。而且他还成功地戒掉了毒瘾,大家都以为他已经恢复了正常,没想到,就在三个月后……"

张立越听越冷,却见岳阳的眼里迷蒙了,他从未见过岳阳伤感的样子,忙道:"他把你怎么了?"

岳阳道:"他潜入我叔叔婶婶家里,把他们……肢解了。"说到这里,岳阳不禁想起那血淋淋的场景,满墙殷红的血,四处散落的碎肉,那简直就是活生生的修罗地狱。

张立不解道:"你叔叔和婶婶?"

岳阳道:"嗯,我叔叔和婶婶是那个贩毒团伙里的小头目,负责将毒品内销,后来经公安侦破和做思想工作,答应帮助警方。陈文杰就是通过这条线成功卧底的,而我也是因为这个关系,才被教官选作卧底的,不然你以为,随便找个十七岁的青年就能打入那个贩毒集团么?陈文杰认为,只有我叔叔婶婶知道他的去处和地址,如果不是我叔叔婶婶告诉他女友的话,他女友根本就不可能找到他的,而若非我……他的女友也不会被发现的。就因此,他以最残忍的方式,将屠刀挥向我的叔叔婶婶!"

说到激愤处,岳阳恨道:"那个家伙,从小心理就不正常,他喜欢虐杀小动物,将它们淹死、扒皮,然后将内脏装在玻璃罐子里,贴上标签,作为收藏。只是他一直都是一个人单独做,直到我们搜查他的住址才发现这些,或许他当警察,也正是为了享受用枪击毙罪犯时的快感!"

张立大惊道:"这种人也能当警察?"

岳阳道:"你不知道,精神科医生说,人的内心世界是最复杂的,一个人,永远不可能真正了解另一个人心里在想些什么;人人都有阴暗的想法,关键在于,他们是否表现出来,当人们只有想法时,他就是正常人,但如果他要将那些阴暗想法付诸实施,那就是对社会的极大危害。显然对于陈文杰来说,过量地吸食毒品,成为了他实施想法的催化剂。那个家伙杀了我叔叔婶婶后就逃之夭夭,公安部下发了全国的A级通缉令,后来我查到他最后一次露面是在青海,这才转调到青海的部队的。"

张立看着岳阳道:"你和你的叔叔婶婶,关系不一般吧?"

岳阳怀念道:"你难得聪明一次,却是建立在我的痛苦之上。没错,我们家子女多,我是老七,而我叔叔婶婶却没有孩子,他们经常说是报应,所以我从小就被过继给叔叔婶婶。是他们把我养大的,不过他们对我真的很好,从来不对我提起与毒品有关的任何事情,当年我逃学打架浪迹街头时,他们也不曾提过。他们真的希望,我与那些东西不沾任何关系。"

张立总算明白了事情的前因后果,忽然觉得没那么冷了,点头道:"难怪。"

岳阳突然转过头来,盯着张立道:"精神科医生说了,这种症状一旦发作,就好像野兽尝到了血腥,他还会继续不断地尝试下去。所以,我想请你帮我个忙,如果今晚,我熬不过去,你一定要帮我找到他,制止他!答应我!"

张立陡然明白过来,为什么身体不那么冷了,那是热血在燃烧,这

第三十七章 唐涛的日记

种被信任、被托付的感觉，让他感到了自己肩负的前所未有的责任，还有岳阳那火一样的真挚情怀。"好，我答应你！"

两人的手紧紧握在一起，岳阳继续道："我在青海干了两三年，却再也没有那家伙的消息，他就像人间蒸发了一般。后来教官说，怕埋没了我的才华，才把我调过来的，可是没想到，那家伙竟然会出现在倒悬空寺里，我简直不敢相信，或许，这是上天给我的一个机会吧。你记着，他右臂文了一条蜥蜴，从手腕到手肘，就算用激光烧了，那疤痕也是常人难有的。在莫金他们那伙人里，如果你发现有这么个人，那就是他了。"

张立见岳阳说完，嘴唇已经青紫，竟似要闭眼睡去，忙道："岳阳，你与我说这许多，我也有一件事，希望你能帮我。"

"嗯？"岳阳又睁开眼来，看着张立。

张立吸了口冷气，道："你可知道，我为什么要到西藏当兵？"

岳阳摇头，张立道："因为听我妈说，我的爸爸是一名西藏地质科考工作者，只是在我很小的时候，他去参加一项科考任务，就再也没回来。"

岳阳突然坐直了，虽然他的思维快被冻僵了，可依然马上就捕捉到，张立想告诉他什么。他一下子就想起了张立在看到那面冰壁时的反应，惊愕道："冰里的那张照片！"

张立点头道："我爸爸常年在外搞科考，很少回家，他最后一次回家，大概是我七岁的时候，虽然印象很模糊，但毫无疑问，那冰封的照片里第三个男子，就是我爸爸。我一直以为，他是因公殉职，但现在看起来，似乎不只如此。所以，如果今晚，我没能撑过去，你一定要帮我查清楚，那个叫西米的，巴桑大哥认识他。"

岳阳机械地点着僵硬的头，道："我明白了，如果真是他，我一定帮你报仇！"

张立颤抖道："不用说得如此义愤填膺，好像我今晚就一定撑不下去似的，怎么也要表现得还有点希望嘛。"

岳阳马上道："哦，立哥，就全靠你了，我的希望就都寄托在你的身上了，你一定要坚持住啊！"

张立忍不住咧嘴一笑，冰冻的嘴唇立刻渗出血来，又很快凝结，他道："好了好了，噢，我的嘴都裂开了。"他叹息道，"唉，不过想来你也很难理解，一个没有父亲的孩子是怎样成长起来的。我妈在背后流了多少眼泪，我都知道。如果就这么走了，我真是不甘心……"

岳阳道："你也不知道，当年我叔叔婶婶对我有多好，他们对我的溺爱，简直到了我难以承受的地步……"

在寒风凛冽的夜里，两人相互诉说着，含着泪笑着，颤抖着。

塞翁失马

漫长的冷夜终于被日光带走，卓木强巴仰面朝天，看见天色的变幻，惊喜地叫道："看哪，咳咳咳咳……呵……咳咳……敏敏，教官，咳咳……有光了！天亮了！我们……我们熬过来了！"

"嗯……吭吭……"，回应的声音显得十分无力，俯卧在卓木强巴身上的唐敏和吕竞男连抬头的力气也没有了。其实，很早以前，或许是两三个小时前，又或许是四五个小时前，二女就已经没多大说话的力气了。卓木强巴每说完一段话，便要听到她们的回应，听不到时，便用手让她们清醒一点，直到听到细若蚊蚋的声音，他才稍稍放心。

天的确亮了，但是连卓木强巴都失去了抬头起身的力量，他们还能做什么呢，他们只能等待。胡杨队长等人什么时候会来？还要坚持多久？每个人心中都盘算着自己忍耐的底线。卓木强巴最怕听到的，就是唐敏发出好似交代遗言一样的声音，每次，他都尽力去打断，并告诫她们，不能想着终结，一定要想着活下去，就算是连说话的力气都没有了，也要这样想！终于，渐渐听不到唐敏回答的声音，又渐渐听不到吕竞男回应的声音，最后，卓木强巴连自己说话的声音也听不见了。就在他不甘地合上眼睛时，却听到那标志性的粗鲁而豪迈的声音："这浑小子，竟然是这种姿势！"这是卓木强巴在雪山上听见的最后一句话。

事后卓木强巴才得知，胡杨队长一下山就联系了珠峰大本营和其余几个喜马拉雅山脉常驻登山队，请求援助。那是一个国际援救大家庭，很快就有百余名登珠峰的队员连夜搭乘直升机赶来，国籍更是囊括了全世界。在研究了信号发射点，确信卓木强巴和张立等人分别都在六千七百米以下，均不在西风带覆盖区域后，部分顶级的珠峰登山队员才敢同胡杨队长一起上山救人。所有来参加救援行动的登山队员都说，在没有任何后勤保障的情况下，胆敢攀登斯必杰莫大雪山，还是准备从中方登顶，那是在向死神宣战。

这次意外让卓木强巴很受伤，同样他们先在达玛县医院进行了急救，再被转运到拉萨医院。卓木强巴的右脚切除了一根尾趾，左脚两只，肺部严重受创，更令医生们感到惊讶的是，这个人的舌头也差点因冻伤而坏死。他们见过不少雪山遇险者，手足冻伤是常事，毕竟末梢血液循环不够充分，可这舌头冻伤还从来没见过。舌头在口腔内，基本与体温保持一致，难道这个人的舌头一直伸在嘴外面吗？医生们哪里知道，正是这条舌头，救了两个女人的命。经过及时缜密的医疗，卓木强巴才总算保住了说话的工具。

在医院休养了一个多月，卓木强巴兀自咳嗽不停，他的肺部受创远重于吕竞男和唐敏。不过事后谁也没提那日在裂缝中发生的事情，只是卓木强巴看见吕竞男时，总想莫名地回避。而唐敏呢？敏敏更是不知生哪门子气，身体刚好就要去美国找她哥哥的下落，怎么劝也不听。

在冰天雪地里冻上一夜，就算是一铊铁也会被冻得开裂。过多的消耗体能，没有氧气和食物，都是让人体负伤的因素。张立和岳阳情况也不是很好，因极度疲劳和脱水，张立差一点就没挨过那一夜，医生说他是呼吸性碱中毒和低钾血症,在重症监护室持续观察了十七天,医生才告诉其余人他已度过危险期;而岳阳中的蛇毒没有被根除,也让他折腾了半个多月;巴桑则被送往另一家医院。从吕竞男那里得知,这次行动之后,这支队伍,或许就将被解散。

当卓木强巴问起冈日和冈拉以及纳拉村村民的情况时,岳阳告诉他一切都好,他们已经向冈日大叔告别了,大叔还到达玛县医院看过他们。

卓木强巴放下心来,却不曾看见岳阳背着他抹眼泪。岳阳怎会忘记,当他和张立被从冰塔林救出来,经过冰宫时,张立已经昏迷过去,岳阳却是看得清清楚楚,冰宫已经坍塌成一片冰墟,就算再告诉别人这里曾经有一座宫殿也没人相信。冈日斜靠在封印着拉珍的冰壁上,冈拉蜷缩在他怀里,他们都像睡着了一样,除了身上的血迹。不知道为什么,岳阳只觉得十分的悲痛,哪怕只要一想到冈拉,他都想哭,他们不应该死的,同时,他还想到了更多,那伤口,那负伤的时间……一想到这些,他就捏紧了拳头。一定有问题,教官曾经的怀疑没错,可是,要怎么做才好?

行动失败,计划将被取消,国家或许会解散特训队,小组成员将各奔东西,张立、岳阳会回归地方部队,亚拉法师将返回寺庙,胡杨队长也要回到国家科考组,或许又有新的安排,吕竞男也会离开。这些都在卓木强巴的意料之中,方新教授早已提醒过他,这是一支并不稳固、随时都有可能被解散的队伍,如今遭受这么大的失败,被高层领导放弃也是情理之中。但巴桑病情加重,不得不回到精神病医院接受治疗,这让卓木强巴没有想到,最让他感到意外和痛苦的是,方新教授受了很重的伤!

方新教授没有痊愈的腿再次受到重创,大腿骨断了,那是在穿越裂冰区时,来不及躲闪而被从天而降的巨冰生生砸断的!卓木强巴来到病房时,教授正在休息,那条腿被石膏固定,做着牵引。卓木强巴怎么也不明白,为什么,为什么会有巨冰从天而降,为什么会只砸中了方新教授?他的一双拳头捏得咯咯直响。自从卓木强巴看见照片以来,这位让他最尊敬最信任的导师,给予了他最大的帮助,导师的每一句教导,都在潜移默化地改变着他。情绪低落时有导师的鼓励,陷入困局时有导师的指导,方新教授一直是队伍中的启明灯,就像多年以前那样,自己在生活上在学术上,所有的困惑都能从导师那里得到解答。卓木强巴一直坚信,就算队伍真的解散了,只要有导师的帮助,自己还能再次出发,寻找到心中的目标,可如今……方新教授的伤,将使他两三年内无法行动,卓木强巴等于失去了最强的靠山和助力,失去了精神的支撑。卓木强巴长久地跪在方新教授床前,心中默默地呼唤着:"导师,你为我做的,太多太多了。"

所有的人都退出病房,让这两师生独处。胡杨队长还清楚地记得那天发生的事情:当方新教授看到被冰封的冈日和冈拉的遗体时,完全呆住了,轻轻唤了声"老友",冒着那冰壁随时有可能坍塌的危险,在他们的遗体前静默了片刻。由于来回穿越西风带,体力消耗实在太大,方新教授有些不支,是胡杨队长把他搀扶住的,背包也就是那时候滑落的。可是当头顶另一块巨大的冰锥砸落时,方新教授突然清醒过来,猛地推开了胡杨队长,不要命地扑了过去,是他用身体推开了背包,这才让冰锥砸在腿上。当时方新教授还咧嘴笑了笑,告诉胡杨队长:"背包里,有电脑,那是我们搜集的全部资料。老胡,不要告诉强巴拉,不要告诉他冰宫塌了,也不要告诉他冈拉走了。那孩子,重感情……"胡杨队长无话可说,记得当时,连亚拉法师也垂头叹息。

胡杨队长并没有将这事说出来,他已经理解了这位老伙计所做的一切。

时间在慢慢消逝,方新教授悠悠醒转,看见跪在床边的卓木强巴,在他眼里永远是那个执著而拼命发问的大男孩,教授摸了摸卓木强巴依然蓬乱的头发,低声道:"嘿,强巴拉,你怎么回事?你在哭吗?不用太伤心,你还没有被击倒,我们已经尽了最大努力,不是吗?"

卓木强巴抬起头来,哽咽道:"导师,你的腿……"

方新教授哈哈一笑，道："我的腿很幸运啊，至少没有像我那几根脚指头那样，被切下来嘛。知道吗，我们第一次回那村落时，村民们都暗自点头：去攀登斯必杰莫神山，不管多厉害的登山队，最多只能回来一半，这是定律。可第二天，老胡就带人把你们全带回来了，那些山民有多惊讶你可想象不到，我们又创造了一个奇迹。"

卓木强巴伤心地一笑，突然那股悲愤又涌了上来，导师所做的一切，都是为了自己，可是自己，却令导师失望了。方新教授淡然道："好了，要是你再在我病房里哭，我也就没什么话好跟你说了。别哭得像个小姑娘似的，虽然这次行动失败了，我们的行动还没有结束嘛，我认识的那个永远自信的卓木强巴到哪里去了？那个叱咤商坛、谈笑风生的卓木强巴呢？你又不是小孩子，犯得着为这点小事哭哭啼啼吗？把眼泪擦干，告诉我，为什么这次我们失败了？"

卓木强巴渐渐恢复平静，这一生，他只为两个人哭过，一个是他亲妹妹，另一个，是他的导师。他茫然道："我……我不知道……"

方新教授批评道："嘿嘿嘿！'不知道'这样的话，是该从你卓木强巴嘴里说出来的吗？不打无准备的仗，不做没结果的计划，难道你从来都没考虑过，我们会有失败的一天吗？这次失败，关键原因在我们自己！"

卓木强巴冷静下来，思索道："我们自己？"

方新教授道："是啊，我们自己。你想想，我们冒着九死一生，从倒悬空寺抢回了地图，我们有没有盲目地自信？为什么我们就敢肯定那份地图一定会帮助我们找到帕巴拉，找到紫麒麟？在翻越雪山之前，我们是不是过于自信了？我们就一定能穿过那西风带？我们就一定比以前不知道多少个登山队强许多？你还记得我们最初从吕竞男教官那里得到的资料吗？有多少登山队按照福马的地图前往大雪山，又有多少人活着回来了？你当时有没有想过这些？如果失败了，我们整队人该怎么办？该如何撤离？你有没有问过老胡和吕竞男？"方新教授忍不住又摸了摸就在手边发呆的卓木强巴的头，叹息道，"你好好想想吧，虽然说抱着必定成功的信念去做事是一种积极的态度，但过于盲目的自信就是科考中的大忌讳了。好了，我要休息了，你要做好心理准备，如果国家对这次行动表态，就在这几天了。"

教授的话一向都很准确，就在第三天，吕竞男带回了让大家心情沉重的消息，他们这支杂牌特训队，被正式取消了！只有两天准备时间，大家将各返原籍。

群情激愤，张立和岳阳叫得最凶。吕竞男淡淡道："我们确实耗费了太多国家资源，而这次行动，对我们这支队伍的存亡有决定性作用。"

张立几乎跳起来道："难道说，我们做的这些，拿命去探寻的，竟然只是耗费了国家资源？"

岳阳也按捺不住心中的怒火，吼道："那些专家队，又能比我们好上多少？"

吕竞男拍拍两人的肩道："省省力气，别在这里穷叫。上级的命令是不能违抗的，各自回去收拾包袱，明天就回你的部队去吧。"

岳阳还在叫嚷："大不了我不干了！有什么了不起！"

吕竞男声音一厉，道："不要这么任性，你别忘了你是什么工种，擅自离开，你是要被判刑的！"跟着因情绪波动又咳嗽了起来。岳阳顿时就蔫了。张立也沉寂下来，他忽然想起了强巴少爷，他们只是奉命参加这次行动，行动成功与否与他们自身的关系并不大，他们随时都可以撒手便走，一身轻松，那么强巴少爷呢？强巴少爷该怎么办？方新教授伤成那样，强巴少爷一个人恐怕也没有办法继续他的寻梦行动了吧，最终只能放弃吗？看来梦想终归是梦想……

在病房内，卓木强巴看着方新教授，就像一名做错事的小孩子，低头道："已经接到正式的通知了，特训队……解散了……"

方新教授看着卓木强巴，也略显伤感，疲惫道："终究……还是这个结果啊！"

卓木强巴道："岳阳和张立，他们明天就要走了，等一下他们要来看你。胡杨队长也要走了，他也要和你单独聚聚……"

方新教授道："这么快?"

卓木强巴道："是啊，他们本都是部队里的精英和骨干，哪里都需要他们，上级通知特训队解散，他们的部队自然需要他们快些回去。"

方新教授道："是啊，也该回去了，该走的总要走。强巴拉，还记得我跟你说过的话吗?"

卓木强巴点头道："记得，你说过，我们在特训队里要做的，首先便是多学、多看、多想，如果有一天，特训队被解散了，我们可以自己去。可是，现在导师你……"

方新教授挥手道："我这点小伤，不碍事。或许实际行动我无法参加了，但是我可以给你们提供后勤保障啊，资料分析、物质采集什么的我还是能做吧……"

"不……"卓木强巴失声道，"够了，导师，你所做的已经够多了。就算是我要再出发，也会靠自己的力量去做，你好好地休息，不要再为我的事情操劳了！"

方新教授板起脸道："这是什么话？看我身体不行了，就想把我踢到一边?"

卓木强巴急道："我不是那个意思，你知道的导师！我……我……"

方新教授微笑道："我当然知道你的意思。行了，我的事不用你担心，那么现在你的计划是怎么安排的?"

"现在……"卓木强巴汗颜，这几天陷入特训队即将解散的烦恼之中，每天坐卧不安，敏敏又远赴美国，打了三次电话都不接，正是内忧外患的多事之秋，哪里还想过什么计划。

方新教授道："你看，又意气用事了不是？如今我们面临的情况，就如同加入特训队之前，大部分资源都将失去，但我们获得的是极为重要的，情报！比起两年前，我们对这个帕巴拉神庙，可以说是从一无所知到较为了解，甚至比其他一些很早以前就在探寻帕巴拉神庙的组织还要了解，这就是我们的优势。对了——"方新教授严肃道，"我需要你一个肯定的答复，你是选择放弃，还是继续？"

卓木强巴郑重地答道："我不会放弃的。"

釜底抽薪

方新教授点头道："那好，你现在所要做的，其一是分析整合，把我们手中的资源集中起来，看看还剩下多少家底；其二是补充完善。最后是寻找新的合作伙伴，个人的力量肯定是不能够完成这次冒险的。"

卓木强巴沉思道："资源？我们哪里还剩下什么资源？"

方新教授道："人力资源。首先敏敏肯定会去，经过特训队的特训，她已经是你不可缺少的助力了。"

卓木强巴担忧道："敏敏……敏敏她这段时间……都没理我！"

方新教授道："过了这段时间就好了，人家毕竟是小姑娘，一时难以接受嘛。不过话说回来，你玩那种……那种大被同眠，别说是敏敏，换谁也无法接受嘛。"

卓木强巴脸色一红一白，这是他这段时间最不愿提起的事情。

方新教授好像没看见，自顾自道："其余人嘛，亚拉法师那边看他的意向，不过估计希望不大；老胡那方面我可以替你做工作，如果他最近没有什么科考项目，我有八成的把握可以说服他。嗯，别的人就很难了，要想找值得信赖又有经验敢于冒险的人，这实在是太难了。其实，听你说起在美洲丛林遇到的那位肖恩先生，我觉得还可以相信，毕竟共过患难嘛，但是你又没有人家的联系方法。其余人选，恐怕要找古俊仁博士帮忙，他对各国的探险家都有所了解，可以在那里找到些资料。其次就是财力资源，这方面虽说对你不是问题，但你最好还是抽个时间看看公司，别等你的紫麒麟找到了，你的公司也被你拖垮了。物力资源呢，对我们来说最欠缺的便是这方面了，虽然说通过德仁老爷我们可以搞到一些军需物资，但比起特训队来说，就实在差太远。我们身上那些装备，很多都是特别生产的，别说市面上没有卖，就是部队里也找不到。只有问问吕竞男，这次行动之后那些特别器械是如何处理的，如果实在不行，恐怕我们还得通过特别途径从国外找些稍次的替代品。关于情报资源，我负责替你准备好，这点你不用担心。"

听着导师的话，卓木强巴只有点头的份儿。这时，张立和岳阳来向方新教授道别，吕竞男将卓木强巴叫出去交代一些解散事宜，包括资金问题、人员问题、物资问题。卓木强巴得到肯定的答复，国家提供的装备，虽说是卓木强巴全力资助下生产的，但那属于国家机密，哪怕一颗螺丝钉，也不能外流；他的基金会里的余款，也刚好用完，剩下不足三位数。

卓木强巴像做了亏心事一般，不敢直面吕竞男的目光，交代完相关事宜，就逃命似的离开，拿着不足三位数的存折和厚厚的一本账目清单，苦笑着回到病房。这边，岳阳和张立也刚刚要离开病房，不知道他们和方新教授谈了些什么，两人都泪流满面。一看到卓木强巴，岳阳就拥抱了上去，哭着道："强巴少爷，你真是有一位好导师啊！"卓木强巴反而不知所措。

没有惜别，也没有珍重，似乎所有的人，都不愿面对那残酷的解散。亚拉法师行踪飘忽，来去不定，只有吕竞男知道他已经离开。张立和岳阳是偷偷走的，他们不愿也不知道该怎样去面对那种别离，只留下片言的信，大意就是高兴加入这个团体，感谢教官的培养和强巴少爷的多次照顾，鼓励强巴少爷不要灰心，以后会继续努力，今后有机会肯定赴汤蹈火在所不辞云云……

卓木强巴看了这封写得吞吞吐吐、词不达意的告别信哭笑不得，给教授看了也是微笑摇头，两个人只写了一封信，居然是联合署名。后来教授和胡杨队长进行了一番长谈，事后教授愁眉不展，卓木强巴知道多半胡杨队长不能留下来，教授不说，他也不想再问。

第二天一早，吕竞男一身戎装，背着行囊，在医院的走廊里堵住了卓木强巴。卓木强巴心中竟有一丝怅然，敏敏走了，张立、岳阳走了，如今连教官也要走了，他讪讪道："你……也准备走啦，教官？"

吕竞男带几分讥笑，道："肯和我说话啦？如果今天我不在医院拦住你，你是不是都不准备和我道别了？"

"哪……哪有……"吕竞男一笑，卓木强巴心中就打了个突，有些紧张起来，又咳嗽了两声。

吕竞男的目光有些迷乱，眼前这个神情疲惫、面色微黄、头发凌乱的高大男子，还是那个意气风发、踌躇满志、盛气凌人的强巴少爷吗？她有些凄迷地举起手，想替卓木强巴理一理蓬乱的头发。卓木强巴微微一晃，吕竞男突然想到自己的身份，手停在半空，再难前进半分；她凝视着卓木强巴，目光中带有别离的决然，卓木强巴看着鞋面儿，不敢对视。终于，吕竞男的手退了回去，低声道："你……要保重身体。"

"你也一样，教官。"

吕竞男突然从军装内侧的口袋里摸出一张折好的纸，含情脉脉道："这个……"卓木强巴如遭雷击，赶紧退了一步，这种情况，他实在是不知道该如何处理。吕竞男面若冰霜，命令道："躲什么，我有那么可怕吗？过来，拿着！"

卓木强巴尴尬道："教官，你知道……我……"

吕竞男将纸条强塞入卓木强巴手中，杏眉倒竖道："这张名单，有帕巴拉神庙研究小组成员的联系方式，我想你们会用得着。你不要用那种目光看着我，现在是什么社会了，你把我想成什么人了！"

又会错意了，卓木强巴那个窘，真恨不能找个地缝钻进去，他赶紧道："谢谢，咳咳，谢谢你教官！"见吕竞男又皱起了眉头，忙解释道，"咳……咳，我知道，虽然这样说太……显得太生疏了，但是除了说谢谢，我实在找不到别的词来表示……"卓木强巴知道，吕竞男是尽了自己最大努力在帮助他们了。

吕竞男淡淡道:"不要想得那么复杂,这是我以个人身份与那些专家们交流时取得的联系方式,方新教授多少知道些,但可能不全。我能做的就只有这些了,走了。"说完,她迈开大步,终于和卓木强巴擦肩而过。卓木强巴默默地跟送出医院,茫茫人海中,她不再回头。

约克郡,位于英格兰的东部,是见证英格兰历史的重要城市,来到约克,仿如穿越时光隧道来到中世纪。

这里有全英最大的歌德大教堂,不过索瑞斯来这里可不是为了怀古的,他拿着一份报告,正漫步在德温河边。跑了几所著名的大学,联络了一批权威级专家,研究的结果都是一样,他的心情是复杂的,一半惊喜,一半则是失望。研究结果显示,他所认为的那种介于动物与植物之间的进化体,并非如他想象的那样,那只是一群类似真菌的孢子结构。它们数量极多,如珊瑚虫一般借寄宿主群体生长,平日生命体完全埋藏在芽胞中,利用自身形成一个空气囊泡,生命完全处于停滞状态;一旦遇水,它们便恢复活性,除体积膨胀以外,还以某些细菌特有的疯狂繁殖速度,几乎每分钟它们的数量都以立次方增长;加之它们是靠出芽进行分裂繁殖,个体与个体之间几乎呈一种分子共价键的连接,为了占取更多的生存空间,吸收更多的水分,它们会往有水的地方攒缩,那时爆发的收缩力异常惊人,哪怕只是指头粗细的一条线,其收缩的拉力也可达到上百公斤。虽然不是索瑞斯期望的生物种类,但毕竟也是让生物学界动容的惊天发现。

索瑞斯绕过一片丛林,大学里的人影渐渐稀少,在无人处,他停了下来,淡淡道:"你还要跟多久?出来吧。"他知道,这一段时间,自己都被人跟踪着。这次跟得这么明显,显然对方已经做好露面的准备了。

一道黑影闪过那人竟然从一株近十米高的树丫上直接跳落,稳稳地落地,微笑道:"警觉性挺高的,索瑞斯。"如果卓木强巴在这里定会大吃一惊，那人不是别人，正是一头银发的肖恩。

索瑞斯看了肖恩一眼，没有露出丝毫惊讶，一脸不屑道："我说是谁，原来是你，律师肖恩。你不是d组的人吗？为什么跟着我？难道想插手我们t组的事？"

"t组吗？"肖恩带着似笑非笑的表情，淡淡道，"哎呀，你们t组原来还存在啊？我以为你们t组早就被解散掉了，冒昧地问一句，你们还有多少个人呀？你们的决策者呢？好像很多年都没有看到他了嘛。"

索瑞斯怒目咧齿，但他尚不敢动手。且不说人家组织编制完整，队长厉害，就是这个肖恩，自己也没有把握能收拾得下。听闻他是一名植语者兼操兽师，而自己仅是一名操兽师，可以说和肖恩属于同一等级甚至更次。他压制着怒意道："废话少说，你想说什么就直说吧。"

肖恩懒洋洋道："是这样的，我觉得你和那个双职莫金最近走得很近，似乎在找什么东西。你知道的，在我们组织中的人，多少都有些好奇，我实在是忍不住想问一问，你们究竟在找什么？"

索瑞斯放下心来，如此看来，这个白发肖恩还不知情，他淡然道："你的好奇心很强啊，不过似乎已经越界了，那不是你应该关心的问题吧。如果你们想联手，那需要你们的队长出面，直接和我们的队长商量。你认为跟踪我就能查探出些什么消息吗？恐怕让你失望了，我最近只在做一些专业学术研究，是你不感兴趣的东西。"

肖恩吃了个瘪，却满不在乎道："哦，据我观察，好像就你和莫金两个人在捣鼓，没见你们决策者参加啊？反正我们这组人最近没事，也很久都没尝试过三五个人组成超级小分队进行冒险了，你怎么不考虑一下让我加入呢？我可是能成为你们的一大帮助哦。"

肖恩的话并未引起索瑞斯的兴趣，反而勾起了他的杀意。索瑞斯知道，在组织中，实力决定一切，肖恩的加入，就代表着他那个小组的加入，而己方仅莫金和自己两人。况且他们已经为帕巴拉神庙付出大量精力，肖恩这时候提出加入，不是明摆着要来抢么？他还反复地提到决策者，一想起那恐怖的人，索瑞斯就眼角跳动，如果真的让决策者知道了，他和莫金还能有什么好果子吃?！他将报告夹在腋下，双手缓慢而隐蔽地伸向口袋……

肖恩一见气势不对，抢先发难道："怎么，想杀人灭口么？你尽管试试，看是你那些小动物快，还是我的枪快。"他退了两步，又道，"如果不欢迎我加入，我退出就是，保证不再干扰你们的事，不用拼个你死我活吧。再见了……"说着，飞身上树，连续几个纵跃，渐渐远去。

索瑞斯朝着肖恩消失的方向大叫道："替我们队长转告你们队长雷，就说决策者问候他好!"说完，自己脸色一暗，心道："希望决策者这三个字能镇住他。肖恩，你到底知道多少？"

病房内顿时冷清下来，都走了，只剩下卓木强巴和方新教授，一切又回到两年前。守着空荡荡的病房，回想起半年前在这医院时的热闹，卓木强巴空怅惘，心中说不出的失落感。回想起来，这两年自己都干了些什么呢？就像演了一出黑色幽默剧，过眼云烟，一番追逐，最后竟然是这个结果。

方新教授也看出卓木强巴的迷惘，为了帮助卓木强巴重拾信心，他建议卓木强巴这段时间回公司去看看。

卓木强巴也想休息几天，也该和公司的老伙计联系联系了，谁知道，三通电话一打，卓木强巴心中升起不好的预感，第一个电话是直接挂给童方正的，手机一直没人接听；第二个电话打给总公司办公室，该号已停机；第三个电话打给客户服务中心，那是二十四小时热线，同样被停机！卓木强巴稍微掩饰了一下内心的恐慌，告诉教授自己出去一下，匆匆赶往公司本部。

卓木强巴搭车赶往天狮集团总部，路上不停地查找所熟知的电话，不是停机就是换号，离总部越近，他的心情越加焦虑不安。来到集团门口时，卓木强巴的心顿时凉了半截，那熟悉的大门上，挂的不再是天狮獒犬驯养基地，而是一块写着"华联冷冻肉食加工厂"的牌子。保安紧守着大门不让进，新公司也严格规定不能随便同外人交谈，卓木强巴只得找周边人家打听。

"天狮集团？哦，你是说以前那家养獒的公司啊，早垮了，他们公司破产啦！听说还欠了不少外债呢，这是银行查封后重新拍卖的……"

"怎么破产的？这我就不太清楚了，都好长一段时间了……"

"啊，养獒那家公司啊，我知道啊。我看，大概是半年前吧，听说公司老总携款潜逃啦！你不知道啊，当时很多养獒的人都来了，闹得挺凶的，据说那家公司骗了他们不少钱，砸墙的砸墙，抢东西的抢东西……"

卓木强巴只觉得天旋地转，顿时变得失魂落魄。这家公司，不是一朝一夕建立起来的，多少人付出的血汗，多少年艰苦的打拼，那已经不仅仅是他的心血了，他的前半生已经和这家公司融为一体。可是，怎么会一夜之间，突然就破产倒闭呢？

卓木强巴怎么也想不明白。童方正不是商场新手，也不是一个刚愎自用的人，就算面临重大危机，他也有权衡和变通的手段，所以自己才放心地将公司交给他全权打理。自己和方正的友谊，也非一天两天了，童方正是个什么样的人，卓木强巴相信自己还是清楚的。以前那么多次外出猎奇，公司都照常运作，这次，究竟发生了什么事？卓木强巴百思不得其解，只暗暗寻思："方正啊方正，究竟公司出了什么事？你现在到哪里去了？"

联络了一整天，卓木强巴翻遍了所有的电话簿和手机存号，总算打通了一个曾经的员工的电话。这是名老员工了，参加过早期几次寻獒队，卓木强巴管他叫老汪。

通过老汪，卓木强巴又联系上几名老员工，大致弄清了整个事情的内幕。早在一年半以前，公司因为发生了职工毒种獒和狂犬事件，在业内的声誉大大下降，加上散户不断增加以及其余几家同行的竞争，公司出现债务危机，这时，童方正提出一个回购发展计划，以解决公司的燃眉之急。所谓回购发展，就是指采用连锁方式，将新产的獒仔和半獒发展给下线养殖，同时收取一笔不菲的特种养殖金，公司承诺，当下线养殖户的幼獒长成并产下下一代时，公司以同样高价回购新生幼獒。这样一来，在很短的时间内就能募集到大量资金助公司渡过难关，但问题是下一代幼獒出生的话，公司将付出更多倍的资金去补偿那些养殖户，如果公司没有打开新的销售途径，公司就会在瞬间破产！

这种计划的利害卓木强巴当然清楚，这在养殖业内被称作海狸鼠计划或毒药计划，典型的损人不利己。用这个办法来解决暂时的资金难题无异于饮鸩止渴，事实上到最后养殖行当一定会出现失控局面，因为大规模养殖不仅无法保证质量，而且破坏了游戏规则，最后造成次品泛滥，不管是大小养殖户，最终结果都是惨淡收场。童方正不会不知道这个计划的危害性，卓木强巴不明白他为什么要冒这个险。

凑巧的是，当童方正提出这个计划时，正是卓木强巴在美洲丛林生死不知的时候，几个高层原本打算向卓木强巴汇报这一情况，却无论如何联系不上，事后童方正保证能找到合理的销售渠道，加上在毒獒事件发生后，童方正换掉了一批高层，这次因为反对事件，他又换掉了一批高层，基本上保持高层声音一致，而当时也确实缓解了公司资金短缺问题，所以没有引起底层员工的注意。

第三十八章　人生的宿命

亚拉法师苦笑道:"问题是,那种用来洗血的古生物,任何人都没见过、没听过,已经不存在于这个世界上了……"说着,亚拉法师望向卓木强巴道,"由于我查阅的经典残缺不全,所以再找不到别的方法。如果说还有别的解除蛊毒的方法,那些完整的经卷,只有一个地方还有可能存在……"

崩溃

特训开始前卓木强巴路过公司时，看见公司门牌还在，其实内部已经是一团豆腐渣，而公司倒闭前，那时卓木强巴又正在进行完全与世隔绝的最后特训；公司上下乱作一锅粥时，同样无法联络卓木强巴。最后的结果就是卓木强巴所听到的，藏獒驯养集团在一夜间宣布倒闭，已申请破产，目前负债两千多万；代理法人童方正不见踪影，全国各地还有两千多名员工一分钱遣散费都没拿到，还得自己补交养老金。

那几名老员工在电话里声泪俱下，都说卓总回来就好了，以卓总的声誉，肯定很快又能重整公司。听到那些老员工发自内心的声音，卓木强巴不知道该如何去安抚，这些员工为公司工作了一辈子，竟然老无所养！他又该如何去告诉这些员工，目前他自己也是身无分文……，重开养獒公司？拿什么来开？以前的基地里现在连一根獒毛都找不到。

更让卓木强巴心灰意冷的是，事实上还未到半獒成年生产幼崽的时候，童方正却突然调用一笔钱去追一头天价獒。而当时卓木强巴本人也失去联系两个多月，谣言四起，导致了整个生产链条的崩溃，已经销售出去的獒无法从代理经销商那里追回售款，而那些下线养殖户开始追讨养殖金，正可谓墙倒众人推，树倒猢狲散。卓木强巴不明白，童方正这样做究竟是为什么，他自己在公司的待遇不可谓不高，这样做他又有什么好处？尤其当卓木强巴听到，童方正调动那批导致了数千万的产业链条断掉的数百万现金，追踪的那条天价獒只是别人精心策划的一个骗局；加上平时任用的领导层基本无能，将几个骨干全部撤走调离；而发送给下线散户的所谓特种獒，大多是普通犬类，长大了才逐渐显现，这种种情况加在一起，最终导致公司瞬间就倒塌瓦解下来。如此做法，除非是铁了心要搞垮公司！卓木强巴真的不明白，他下定决心，一定要找到童方正问个明白。

卓木强巴拖着疲惫的身体回到医院，方新教授刚刚放下手机，耸肩道："那些专家都很尽责，已经知道我们特训队被解散了，他们不肯给我们继续提供消息，看来我们还是只能靠自己啊。咿？你怎么了？强巴拉？"只见卓木强巴和刚才离开时，判若两人。

卓木强巴稍加掩饰，振作道："啊，没什么，只是有些累了。"但心中一荡，竟然激烈地咳个不停。卓木强巴咳红了脸，向教授连连摆手，示意自己没事，他不准备将刚刚得知的事告诉教授，教授已经太操劳，不能让他再为自己担忧。方新教授道："医生说这段时间你都不能过度活动，情绪也不能太激动，说话别说那么快！"

卓木强巴稍微平静地点点头，动作很机械。

方新教授道："唔，是啊，这段时间我们马不停蹄地到处奔波，天天都和死神打交道，几乎都没有休整过，这次可以休息几个月，放松一下疲惫的神经。你看我，现在是不得不休息了。"

卓木强巴道："导师，我想，咳，离开拉萨一段时间，找几个旧友。"

方新教授点头道："也好，说不定他们会给你意外的帮助。打算什么时候走？"

卓木强巴道："我希望尽快，但是你……咳……咳……"

方新教授轻松道："怕什么，我腿都被绑在这里了，还怕我跑了不成？"

卓木强巴道："不是的，导师，没有人照顾你啊。"

方新教授道："我这么大一个人，还需要谁来照顾？你自己去忙你自己的，不用管我。"

卓木强巴犹豫再三，找到护士小姐反复叮嘱，又打电话给唐敏，依然打不通。卓木强巴火了，一拳砸在医院墙壁上，怒道："这个不懂事

第三十八章 人生的宿命 263

的小丫头,到底要关机到什么时候!"他心想:"那天提议的是你,我也是迫不得已的,如果不那样做,现在冻成三具硬邦邦的尸体,又有什么好的?事情都过去这么久了,你又生哪门子气嘛!"最终,卓木强巴找到了拉巴大叔,请他多多照看方新教授。

总算安排下来,卓木强巴对教授道:"那么,我可能明天就走。咳,如果有什么事情,导师一定要和我联络。"方新教授示意他放心。两人又谈了许久,卓木强巴心中焦虑,十句能听进去三句。

第二天,卓木强巴便搭车开始了对童方正的追寻之旅。通过几名老员工透露的信息,卓木强巴西去新疆,南下云南,北上黑龙江,东到上海,几乎跑遍了全国。童方正似乎有意躲着他,每次他打听到童方正一些线索,童方正总能提前从那里离开。卓木强巴犯了犟,这一追就是一个多月,直到在上海,他亲眼看见,以前的天狮驯獒上海总公司,更换为了方正养獒集团公司,他似乎才明白一点,这,就是答案。

在奔波这段时间,卓木强巴联络到了不少以前在公司做过的员工和干部,大部分员工都表示愿意重整公司。但是要重建公司谈何容易,首先便是没有资金,其次没有种獒,在公司破产时,种獒都被廉价出售掉了,想来大部分都被方正养獒集团公司买走了。没有这两样基本的东西,想在养獒这块产业圈里做大做强,根本就是无稽之谈。这时,有员工提出建议,说卓总你不是在寻找紫麒麟吗?要是真的能找到紫麒麟,那重建公司就不再是一纸空谈了。以卓总的人际关系和影响力,争取到一两千万风险投资没有问题,然后一两年内就可以将销售渠道扩散出去,重新接管亚洲、美洲、欧洲三大市场,整个公司就盘活了。

这条建议是谁提出的卓木强巴已经忘了,但他无疑记住了,只是暂时放在心里不去想它。他累了,前所未有的疲惫,不仅仅是因为背叛和失败,队伍的解散,教授的断腿,敏敏的远走,吕竞男的离开,公司员工们的辛酸,无疑都是一座座沉重的大山,压得他那一米八几的个头也直不起腰来。

卓木强巴并未立即离开上海,他租住在上海郊外一家普通宾馆内,身上剩下不多的钱全部付了租金,生活全靠自理。每天清早他会拎着一个小竹篮,为了两毛钱的青菜和小贩讨价还价,中午支起小煤炉烧得一脸烟火色。旅店只有公用厕所,茅坑的坑板几乎随时都会断裂开来;澡堂也是公用,每天只提供半小时热水,洗澡漱口打开水洗衣服,全都要在这半小时内完成;房间不足五平方米,一张床占去了二分之一;窗户下面就是菜市,每天不到四点就开始喧闹,晚上又是夜市,吃夜宵的人往往要闹腾到一两点钟。

如果离开上海,或许他的生活会好一些,但他暂时不想走。他也没有将自己这一个多月的实情告诉亲人,只是联系了一些过去生意场上的朋友,他希望自己在哪里跌倒,就靠双手从哪里爬起来。他还希望能靠自己想办法,帮助那些因自己而失去生活来源的老职工。

但生意场上的朋友大多是在商言商,你失去了赖以成就的资本,也就失去了与他们平等谈话的权利。大多数朋友表示,如果卓木强巴自己生活困顿,他们可以给予一定人道主义援助,但是,你想要重新发展这个企业和帮助你手下那批员工,那就得另论。如今这个市场已经不是以前你卓木强巴独断天下的市场了,你凭什么能重新站起来?如果你没有最佳的项目,企业根本无法生存,你拿什么去养活那些靠你救济过来的员工?商场上的朋友们认为,他们暂时看不到卓木强巴的发展前景,所以没有必要进行无回报投资……紫麒麟吗?当他们亲眼看到紫麒麟、摸到紫麒麟的时候再说吧……

卓木强巴想到了家里,虽然家里说有钱也算有钱,似乎随便哪件东西都价值上万元,但且不说那些东西不属于卓木强巴,甚至很多东西都不属于卓木强巴家,那是属于国家的,叫国宝,那种东西,只能放在家里,一旦出现在市场上,就要被判刑。另外他还能想到的亲人就只有三个,一个是教授,一个是敏敏,还有一个是英,这三个人他同样无法开口。难道让导师资助自己?卓木强巴想也不敢想,还要导师怎么样,导师为自己没日没夜地操劳着,为自己断去一条腿,甚至自己离开医院时导师还在嘱咐自己,难道自己就要像一个吸血虫,非榨干导师的全部血

第三十八章 人生的宿命 | **265**

肉才肯罢休？敏敏家境不错，可是远水救不了近火，更严重的问题是这两三个月她有意回避自己，自己到现在还没想清楚是什么地方说错了或是做错了。英呢，这就更不可能了，虽然肯定英会帮助自己，但是……

那些老员工们在电话里悲情的哭声反复回响在卓木强巴耳边，自己却一时无力改变什么，他变得沉沦而颓废起来。每天两点之后，夜深人静时，卓木强巴往往无法入睡，他开始反省，自己以前的所做所为，或许真的错了。英为什么要带着女儿离开自己？自己的公司，却很放心地交给了别人去管理，正如导师所言，自己太容易相信一个人了，可为什么自己信任的人，都要如此地背叛自己，究竟什么地方出错了？那么应该怎样做，才是正确的呢？他想了很久，也想不出来，只觉得自己快要崩溃了……

卓木强巴还没有因此而放弃，目前他想的是如何联系到童方正，一定要和他做一次面谈。自己的公司倒闭了，方正自己开了公司，那些都可以容忍，但是，不应该这样对待那些老员工啊，卓木强巴还抱有一丝幻想，希望童方正能解决那些老员工的部分生活问题。童方正死活不与卓木强巴联系，卓木强巴电话一遍遍地打，终于有一天，接线员告诉卓木强巴，希望他留下地址，到时候会有人找他联络，卓木强巴以为看见了希望，没想到……他又一次遭受到惨痛的打击！

刚交出地址第二天，就有人找上门来。卓木强巴是在楼下走道碰见的，一个小平头矮胖子，先是打量了卓木强巴一眼，似乎在回忆什么，然后就满脸堆笑地迎了上来，问道："请问，是卓木强巴卓先生吗？"

卓木强巴以为是童方正派来的人，客气道："是的，我是，你是……"

小胖子神秘道："我听说，卓先生在寻找一座古老的庙宇？"

卓木强巴警惕地看了这个小胖子一眼，关于帕巴拉的事十分隐秘，就连童方正也只知道他在找紫麒麟而已。也就是说，这个胖子和童方正没有关系，看他的样子，似乎是从哪里打听到自己找帕巴拉神庙一事，来探听消息的。卓木强巴直接道："我认识你吗？"

小胖子讪笑道:"不认识。但是,我听说有关那座庙宇,卓先生掌握了一些……"

卓木强巴直接回绝道:"对不起,我心情不好,现在不想和你说话。你最好在我心情糟糕到极点前,就从我面前消失。"说完就走,给那小胖子一个背影。

小胖子自言自语道:"果然是个很难接近的人啊,失败了还这么跩。"

如今没有资金,谈什么都是空事,卓木强巴虽然不知道消息是从哪里走漏的,但他对那些抱着贪婪的寻宝热情企图一探神庙究竟的团体或个人,从心底感到厌恶。他回到房间,只想早点联络到童方正,解决那些困难员工的生活问题。电话一遍遍地打,对方始终让他再等等。

一天,两天,三天,三天后,终于又有人找上门来。没想到的是,这次找上门来的又是一个卓木强巴不认识的人,这名衣衫周正的中年男子自称是养獒的,姓金,叫不焕。卓木强巴礼貌地让他进入了房间。来人扶着金丝眼镜细细地打量卓木强巴租住的小屋,又看了看青布衣衫、运动泥鞋、发如乱蒿、胡如扎针的卓木强巴,摇头道:"哎呀呀,曾经腰缠万贯的卓老板就住这种地方?不会是故意在我们面前装穷吧?"

卓木强巴淡然道:"你看我的样子像是在装吗?你既然自称是养獒的,有什么事就直说吧。"

金不焕道:"好,爽快,卓老板不愧是生意场上的人。我就直说了,我是代表我们上海42户特种獒养殖户来找你的……"

卓木强巴心中一凉,没想到对方竟然能找到这里来。公司申请破产之后,所有债务都由银行托管分配,真正受损失最大的,无疑就是那些最下线的特种獒养殖户。他们花了天价,买回一些普通幼犬,而公司承诺的购回计划根本就没实施。原来这人,竟然是讨债来了!

虽然说申请破产保护之后,其两千多万债务自动取消,但是从道义上来说,卓木强巴自己无论如何无法接受。他已经得知,特种獒不是一个小数字,对于生活富足一点的家庭都是一个打击,如果生活窘况一点的家庭,他甚至不敢去设想。

金不焕看到卓木强巴这种现状,自己都有点不好意思开口,他挠挠头道:"既然我已经来了,我就必须把话带到。卓老板,虽然说你现在的生活或许比较困顿,但是,由于你们公司这种……这种欺骗行为,导致了更多的家庭和个人比你现在的生活还要惨十倍不止。就这一点上,你必须给我们这些养殖户一个说法。"

卓木强巴端正地站起来,致歉道:"我明白你们的感受,为此我深表歉意。欺骗了如此信赖我们公司的顾客,我作为公司曾经的最高负责人,咳——有着不可推脱的责任。我也很希望能给那些受到损失的客户一个满意的答复,我会尽我最大努力给他们弥补。说吧,需要我怎么做?"

"这个……"金不焕显然没想到这个以前大公司的老总变得这么好说话,态度竟然这么诚恳端正。他原本是来讨要欠款的,可是看卓木强巴这个样子,似乎一时要他拿出那笔款项也不太可能,他想了想道:"实话告诉你吧,卓老板,我本是代表大家来追讨欠款的,但是,就你目前的现状来看,这个提议似乎不太现实,我也相信你致歉的诚意。这样,要不然你亲自跟我走一趟,向大家说抱歉,我想,我们这批人还是不会不讲情面的,不知卓老板意下如何?"

卓木强巴思索道:"不行,我不能跟你走,我还必须在这里等一个重要的人。我也希望能尽快解决那些员工的现状和你们养殖户的困难,因此这几天我都不会走远。咳咳……"原本已经不怎么咳嗽的卓木强巴,心中一急,又有些咳起来。

金不焕道:"唔,如果卓老板觉得不方便去的话,那么我想想……给我一个书面的信函总可以吧,我需要一封你的书面致歉信。"

卓木强巴大气道:"可以,我还可以向你们保证,咳,如果我的企业再次建立,我将赔付所有养殖户因我们公司而导致的损失。咳咳……"他提笔写了一封致歉信,并问明款项,直接将欠款写成了欠条,落下了自己的名字。他给自己断绝了后路,他一定要归还这笔欠款,这是他做人的信条!

金不焕拿着致歉信和欠条,不住点头,当着卓木强巴的面将卓木强巴写给自己那张欠条撕掉,义正词严道:"好!我信任你,我也是经商之人,卓老板有这股豪气和自信,相信你一定能东山再起!过去的事情我既往不咎,我只是一个小生意人,如果你重开公司,我一定会全力支持。告辞了。"

直到金不焕走出门很远,卓木强巴才突然想到一个问题:他是怎么找到自己住的地方的呢?正是这个他一直没想明白的问题,带给了卓木强巴大麻烦,此时的他怎么也想不到,金不焕仅仅是一个开始,而且代表的是那些养殖户中损失较小的一群人。

卓木强巴在小屋里没等到童方正,却等来了一批又一批的特种獒养殖户。天狮驯獒集团公司已经破产,而当初签订的合约里也没有写明特种獒犬的鉴定标准,他们是最无辜的受害者,连一分钱赔偿金也得不到。看着那些衣衫褴褛、提家携口、拖儿带女来到门口的养殖户,卓木强巴沉默了。各种各样的人都有,有破口大骂的,有痛哭流涕的,有在他面前卖儿卖女的,还有要切腕自杀的。卓木强巴默默忍受着,各种唾骂,各种恶毒的诅咒,各种侮辱人格的侵犯举动,看着那些幼童愤恨的眼神,看着那些男女凄惨的目光,看着那些老人们悲愤无助的神情,他莫名地害怕起来,没有了与这种困难对峙的勇气。

很快,周围的人都发现,有一群人在围追堵截一个大个子,那人面颊消瘦,形容枯槁,而且不时咳嗽,就像一个咳得快死的痨病鬼,每天他出门都佝偻着腰,很多的烂番茄、烂柿子、鸡蛋、泥巴,都往他身上砸。连周围的小孩都学着捡石子去砸那人,反正他不会还手——欺负不会还手的人似乎是一种共性。周围居民都不知道发生了什么事,为什么这些人要去打那大个子,问了些情况后,纷纷摇头道:"造孽啊!"

接下来这段时间,成为卓木强巴这一生中最受煎熬的日子。每天被各种愤怒凄厉的声音包裹着,几乎是二十四小时不间断;门口被涂上各种污秽物和血淋淋的标语;不管走到哪里,都有人追着骂他,打他,哭他，求他……卓木强巴，这个身高一米八七的大个子，竟然被人堵在不足五平方米的小房间里不敢出门！短短几天就瘦了一圈！

彻底崩溃

卓木强巴隐忍着责骂，心中还充满了自责，精神上备受煎熬，但他始终没有想到，这一切究竟是怎么发生的。直到有一天，一名老员工不远千里赶到旅店小屋，卓木强巴才明白过来。"卓总，你真的在这里？你还待在这里做什么？你快逃吧！有人把你这个地址挂在网上，还特意注明了你的前天狮养獒基地法人身份，加上几家媒体网络的渲染，现在已经传播开了，全国各地的特种獒养殖户都在朝这里赶。那两千多万的债务，只是申请破产时对外宣布的数字，其实当时不知道到底圈了多少钱，我们所有员工的福利待遇在当年都翻了一倍不止。卓总，你想想，那是多少个家庭妻离子散、家破人亡换来的？现在这批人算是文明的了，以后赶来那批人，才是被害得最惨、消息最闭塞的。他们什么都不知道，只认你这个法人；他们已经一无所有，他们不是来向你哭穷讨债的，他们是来找你拼命的！卓总，你根本毫不知情，这不是你的错，这个后果不应该由你来承担啊！"

"逃？"卓木强巴惨淡道，"逃到哪里去？那些人，是因为信任我们公司才购买我们提供的种獒，如今他们妻离子散家破人亡，我要逃？不应该由我来承担责任，那么，总要有人来承担这个责任吧！谁？谁来承担这个责任？"

老员工喃喃道："你别发火，卓总，我知道你心里不好受。说实话，童总经理这一招确实做得太绝了，当初的合同制定得相当详细，如今公司破产，那些特种葵养殖户根本就告不了任何人，拿着那份合约，不管怎么打官司他们都是输。他们的处境确实很惨，我们可以同情他们，但是，卓总，你这么一味地忍受他们的侮辱，起不到任何作用啊。你如果真的想帮助他们，想帮助我们这些老员工——请重新站起来吧！只要你卓总振臂一呼，我们这些老员工都跟着你干，我们从头再来……卓总，我……我跟了你十年了……找种葵，开拓市场，建设基地，什么苦我们没吃过？那时大伙儿看着你和大家一起劳动，我们干得有多带劲儿！卓总，只要你不倒下，我们总有重新站起来的那一天！卓总，你就说句话吧……"老员工说着说着，终于忍不住泪流。卓木强巴牢牢抱住这名员工的双肩，半晌说不出话来。

那么多双眼睛，那么多种声音，那么多的愿望，在卓木强巴脑海里搅成一团，让他心如刀割，头痛欲裂，这不过短短的一两个月时间，他尝尽了人间冷暖，他无法再忍受下去。他始终不明白，童方正为什么要这样做，为什么，一定要对自己赶尽杀绝？这还是自己认识的那个童方正吗？在一个大雨滂沱的白夜，他跑去方正养葵集团门口痛骂："童方正！为什么！为什么你要这样对我！我到底哪一点对不起你！你出来啊！你为什么躲着不敢见我！你出来啊！……"无情的冷雨回应着他的呼唤。

随后，他病倒了……

一连串的打击让这个拥有钢铁般身体的男子病倒了。这个穿过雨林，爬过雪山，下过古墓，触过机关，任何严酷的自然环境也打不倒的男人，终于病倒了！他诚心相待、视做兄弟的合作伙伴出卖了他！他怎么也想不明白，那个他所了解、相知多年的挚友，怎么会突然间翻脸无情，用的计又毒又狠，直把人往绝路上逼。但是，接下来发生的事让卓木强巴更没想到……

卓木强巴躺在上海一家医院的病房里，独自一人仰望天花板。他想到了许多许多，如果不是以前买的医疗保险，现在的他，连住院费也付不起。

一名年轻的眼镜医生拿着病例来到卓木强巴床前,询问道:"卓先生吗?是这样的,我们待会儿,要给你做一个骨髓涂片,希望你能配合一下。"

"什么涂片?"卓木强巴愣道,"我只是重感冒,现在已经好多了,为什么要涂片?"

年轻医生解释道:"卓先生,是这样的,我们发现你的血液里有些异常,为了确定病因,我们打算给你做一个骨髓涂片。这只是一个很小的手术,我们保证不会给你造成任何损伤。一旦确定了病因,我们将调整一下治疗方案,也是为了你能早日康复。"

抽了骨髓之后,医院里的医生却迟迟不见回复,卓木强巴就纳闷了,准备出院。这时候,一名姓代的主治医师才迟疑地询问他:"卓先生,就你一个人吗?有没有家属来啊?"

卓木强巴眉头一皱,他也知道,医院里的医生询问病人有没有直系家属在场,这可不是什么好消息,他语气一重,道:"没有,我一个人到上海来的,你们有什么事就直接告诉我!别磨磨蹭蹭的,什么情况,我都可以承受!难道是有肿瘤包块吗?还是说,我染上了艾滋啊?"

代医生犹豫了一下,卓木强巴又道:"如果没什么情况,那我就办理出院了。"

代医生这才道:"卓木强巴先生,作为你的主治医生,我有义务告诉你,通过对你骨髓涂片的分析,我们初步判定,你患有全血细胞恶化变异症状。"

卓木强巴足足愣了十几秒,才道:"什么……什么意思?"

代医生道:"换一种说法就是……你患的是……血癌。"

卓木强巴的血液汩汩地夯动起来,一颗心怦怦怦地狂跳起来。血癌!只听这个名字就让人觉得恐怖……代医生低头道:"或许我该用更委婉的表达方式,但不管怎么样,都是这个结果,我认为,还是直接告诉你比较好。而且我们初步判断,这是一种在目前的医学探知范围以外的新型血癌,我们对此……嗯……可以说是第一次接触。"

卓木强巴蒙了,他从来就没想过,自己有一天会和癌这个词联系在一起,还是一种全新的血癌,连这家知名的三甲医院都是第一次接触。他不明白,自己这样的身体,怎么会和癌结下不解之缘。难道这次,真的是在劫难逃?

接下来,代医生又说了许多在拉萨医院那些医生们告诉亚拉法师他们的话,大意就是配合医院开展工作,尽全力医治,还可以免治疗费,毕竟是一个全新病例,以前从未有过国内外同类报道。

卓木强巴似懂非懂地听着,他一时失去了思考的能力,半响才反应过来,喃喃问道:"我这种……这种病症,还有治吗?"

代医生道:"嗯,这个我很难给你打保票,因为出现在你身上的情况,是我们从未见过的。目前处理类似病症,我们主要采取换髓和放化疗,目前白血病的治疗已经较上世纪90年代大有提高,存活率达到百分之五十。当然,某些类型的白血病治愈率还要更高些。"

卓木强巴知道,医院所说的治愈率,那是指治疗后观测的5年存活率。这样都只有50%,而自己所患的,是一种医生们尚未见过的类型,存活率有多少?百分之十?二十?他这样想着,不禁问了出来。代医生摇头道:"我不敢肯定,但是你的病情已经很严重了,能坚持到现在,甚至让我们惊讶于你的身体情况。"

卓木强巴一愣,这不等于说,你已经没得治了,留给我们做实验吧!代医生也自知失言,忙补充道:"但是,哪怕只有百分之一、千分之一、万分之一的希望,你也应该坚持吧。"

卓木强巴挥手道:"医生,你告诉我,如果我不接受治疗,还能活多久?"

代医生怜悯地看着卓木强巴,沉重地道:"如果按你现在这种情况发展下去,能活过一年,就是奇迹。"

"一年,原来,我只剩下一年了吗?"卓木强巴惨无人色地回过身去。代医生急道:"卓木强巴先生,你真的不考虑一下我的建议吗?如果你肯考虑一下的话,你这是为全人类做贡献啊。"

代医生不说还好一些，卓木强巴真想拉他做垫背的，为全人类做贡献？凭什么要牺牲我一个人，来为全人类做贡献！代医生见卓木强巴执意不肯，叹惋地拍打他后背道："唉……回家后让老婆做点好吃的，到处走一走，看一看，好好享受生活吧。"

卓木强巴真想骂他两句，"有你这么说话的吗？当的什么狗屁医生？"但最终还是忍了。"好好享受生活……"他默默重复着这句话，心力交瘁，原本想放声大哭，结果凄惨地笑了。

卓木强巴拖着沉重的脚步来到医院大厅，仰望穹顶，那上面贴满瓷砖拼成的耶稣像、圣母天使像，卓木强巴心中悲痛道："难道，真的是天要亡我？我到底做错了什么？"

在卓木强巴步出医院门口的一瞬间，他突然想起了吕竞男离别时那决然的眼神，她对自己说"要保重身体"，她为什么会说这句话？难道，她早就知道了些什么？她是什么时候知道的？自己最近只住过两次院，一次是在大半年前，那时自己除了给敏敏输血，还做了什么？啊！是那个！对了，自己既然是血癌晚期，怎么身体一点自觉症状都没有？这与现代医学所说的那一套完全不符合。

卓木强巴终于明白了，那个吕竞男一再强调的词"蛊毒"……自己是中了蛊毒。他想起了亚拉法师第一眼看见自己泡在池子里的表情，那绝不是治愈伤好的欣喜，反而有些凝重。自己中的蛊毒根本就没有被清除，而是深入骨髓，一直在蚕食自己的生命！胡杨队长后来提起过，在翻大雪山的时候，吕竞男因为某种原因。不能再耽搁一年时间，估计是某人的身体出现了状况，原来那个人不是别人，就是自己啊！

亚拉法师、吕竞男，他们是知道自己中了蛊毒的人，也知道自己的生命所剩不多了，但他们也束手无策，他们也知道现代医学对此将束手无策，这也是吕竞男为什么那么着急找到帕巴拉神庙的原因，不仅因为自己时日无多，还因为她希望在神庙中找到医治自己的方法！卓木强巴只觉得脚下的大地一直在下沉，原来自己早就时日不多了，原来自己早就时日不多了！

"嘀——"汽车鸣笛将他唤醒,卓木强巴堪堪避开几次车祸,自己也不知道是怎么回到那小房间的,似乎那些唾骂和殴打,都引不起他的感觉,污秽和脏物,他也视而不见。这些天他踏遍上海各家医院,得到的答复都是一样:你重症晚期,命不久关,要么留下来,免费治疗,做医学实验,要么回家,乖乖等死。自己还有一年时间,这一年还能做什么?卓木强巴需要交谈,他好想找一个肯倾听自己话语的人诉说,可是在哪里去找这个人呢?他想到了自己的亲人,阿爸阿妈……不能说,方新教授……不能说,敏敏……哼,那个小丫头……英……终于无法忍受的时候,他拿起了手中的电话,只可惜,电话的另一头,始终无人接听。一遍,两遍,三遍……电话的忙音响了几个小时之后,卓木强巴的手已经无力举起电话了。他侧倚在窗下,靠墙坐地,窗外又黑又冷,心中又苦又悲,身边没有一个可以倾诉的人。他顿时觉得,自己像是被遗弃在荒野的孤儿,举目苍凉,群兽环视,还想着帮助那些受苦受穷的人,原来,连自己都顾不了。一夜间,卓木强巴的两鬓,竟然出现了几缕斑白的灰发,他整个人,也仿佛完全变了……

卓木强巴打了个电话,找朋友要了两万块钱。换作以前,他是从来不会向朋友开口要这个数字的钱的,如今,一切都无所谓了。他要好好享受生活。怎样的生活,才算是好好享受呢?卓木强巴不知道,在他的世界里,所谓的生活,就是挑战一个又一个不可战胜的困难,他曾经无数次成功,就算跌倒,也能马上站起来,而且站得更高,看得更远。直到这一次,他才真正体会到失败的滋味,那种彻底的失败感,在天力面前,人力多么渺小。你可以抗争命运,但以一人之力,可以堵住即将爆发的火山吗?不能。你可以挑战极限,超越自己,但以一人之力,可以让地球停止转动吗?不能。你也许可以战胜所有的同类,也许能征服所有的异类,但以一人之力,你能让沧海变桑田,时空扭转,星斗倒移么?不能!不能!不能!

卓木强巴曾坚信,只要努力,就一定会成功,但是这次,好像努力的方向错了,紫麒麟是一个神话,它只应该存在于神话故事中,是不容凡人去亵渎去触摸的。卓木强巴想起一段古老的格言，大意是天上的神创造这诸世纪，却将诸世纪的本相隐藏起来，让人不可见，如果被人发现了这世界的本质，那这人岂不也成了神？凡有人欲去找寻真相，必遭天谴，必受天刑。如今自己所做的一切，似乎正是想将一个神话，搬到活生生的现实中来，因此现实，必将给自己最无情的回击，天怒人怨，人神共愤，他们无情地剥夺了自己曾拥有的一切，将自己打入再也不能爬起来的人间地狱。

我已失去家庭，又失去了努力的方向，现在还失去了事业和生命，已经真的是一无所有，在所剩不多的生命里，我又将为什么而活着？我存在的意义，又在哪里？

卓木强巴怀揣着那笔钱，逃离了那个天天被咒骂的小屋，开始频频出入于酒吧迪厅，让那狂乱的音乐和刺喉的烈酒，使自己麻木，让自己忘掉一切烦恼，忘掉是生是死，忘掉曾经发生过的一切，只当那是一个梦。那只能是一个梦，如果不是梦，怎么会在一夜之间，自己就什么都没有了呢？可每当头痛欲裂地醒来，那刺眼的阳光在晃动，身边的行人匆匆忙忙，他们也在机械而麻木地移动着，他们为什么总是跟着自己？那一张张不同表情的脸，离自己如此贴近，那个残酷而可怕的梦，又一次真实地再现了。于是，他只能再次寻求麻醉。

每次喝到物是人非、头重脚轻时，卓木强巴满意地看着身边那些在舞林中扭动的肉体，那些人，在毫不熟识的肌肤摩擦间寻找快感，在酒精的兴奋作用下又可以打发一天。哼哼，这就是享受生活，原来这就是享受生活……他满意地擂桌而歌，欢畅大笑，往往笑到最后，都笑出了眼泪。

又是一个黄昏，卓木强巴从街头宿醒，是怎么到的这里？被谁扔出来的吗？他哪里还记得那许多。来往的路人也没有谁能认出，这个横卧街头的大个子，曾经在某些杂志封面抛头亮相，曾经在某些集会慷慨陈词。如今，他只是街边的一个醉汉而已。

卓木强巴踉跄着爬起来，往往这时候他做的第一件事，便是先用头往墙角狠狠地撞上两下。痛！好痛！竟然还有痛的感觉，原来自己今天还活着吗？今天，又该去哪里？他茫然地走着，和大多数人一样，听凭自己的双脚将自己带向下一个地方。前面到处都是路，根本不需要选择，脚落在哪个方向，就继续往那个方向，汽车得为自己让道，行人都躲躲闪闪，哈哈，天地之间，还是数我最大。但往往身后，会传来一些议论之声："那个人是个疯子。""看那模样，多半是傻的吧！""找死啊，白痴！"

哈哈，无所谓，疯子也好，傻子也好，谁还在乎？想当年，我这个白痴，让你们多少人羡慕崇拜！哈哈，原来你们就喜欢崇拜这样的疯子白痴。不，他们崇拜的不是我这个疯子白痴，他们崇拜的，是我这个人以外的东西，他们崇拜的，是我那时拥有的东西，而我，什么也不是！原来我什么也不是！真奇怪，我为什么会在街上双足行走，我究竟能算做是什么？

熟悉的味道从门里飘来，卓木强巴就像即将折断的老槐树丫般仰起头，"相约酒吧"四个字映入眼帘，字体周围的霓虹灯已在闪烁。

相约酒吧

"相约酒吧"，一看见这四个字，就好像有盆凉水从头浇到脚，卓木强巴看着自己的脚，喃喃问道："是你，把我带到这里来的吗？"

十几年前，正是在这间小酒吧，第一次约见了英；两年前，也是在这个酒吧，用酒精来告别与英的夫妻生活的终结，那一次也是失意至极，酒后发狂，被一群人打得住了一个月医院。十几年了，周围的建筑全变了，它还闪着那小小的霓虹灯，一点儿都没变。如今，自己竟然不知不觉又走到了这里,这就是宿命吗?原来,人生的宿命,便是绕着一个看不见的中心,一圈一圈地转着,你自以为自己脱离了那个圆圈,其实,你还是在绕着你的命运之轮转动。

卓木强巴拖着灌铅的腿,一步一步踏向他的宿命之门。一个酒保凶神恶煞地冲他走来,却对一张红色的纸笑容满面地鞠躬点头。"先生,这边请"。一个满脸虬髯的大块头,偏偏要装出一副娘娘腔。卓木强巴看着那张红色的魔法纸,心想:"原来,它就是那个看不见的中心,可是,我怎么现在能看见它呢?"

穿过昏暗狭窄的长廊,便来到一个可容两三百人共舞的大舞池。劲爆的舞曲震耳欲聋,迷乱的灯光闪耀纷繁,舞池最里端,搭着小小舞台,几名衣衫少得可怜的瘦身女子正在舞台上领跳劲舞,身后的摇滚乐队将打击乐器敲得震天响。舞池周围一圈用围栏围着,那是安放桌椅的休息区,分为上下两层,各式的酒精饮料正在被快速消耗。卓木强巴来到吧台前,选了曾经熟悉的角落坐下,又开始他的享受生活。

不记得喝了多少杯,不记得自己曾经是谁,卓木强巴要的就是这种效果。忘记时间,忘记对错,这应该就是那位医生口中所说的享受生活了吧。

"咦?快来看,老大,好像又是那个人,还记得他吗?那是我打人打得最爽的一次。"

"怎么会不记得呢?两年前那个醉鬼,我他妈的印象深刻。哎呀,这次他受的打击好像比那次还要大,啧啧啧,真是的,一看见他我的手就发痒。"

步入酒吧的有二十余人,他们的性质类似于黑社会势力团伙,这一带的夜酒吧都归属他们保护,有谁想生事就得问问他们,但是,如果他们想找谁麻烦,那……那个人就倒霉了。

为首的一人叫羊滇,黑色脸膛,火焰眉,狮鼻鳄唇,一口龅黄牙,身高一米八五,体重一百零八公斤,曾在广州打地下黑拳,后来犯了点事四处流窜,风声过去后才来的上海,从此收敛了许多。两年前那次,他一看卓木强巴就不爽，他最不能忍受给自己压力的家伙。在卓木强巴失意之时他出面挑衅，两人一言不合就打得昏天黑地，最后以卓木强巴被抬去医院收场。那次羊滇听说那个人没被打死，心中自然松了口气，只是没想到，一晃两年过去，那人居然还敢再来，他心道："有意思，实在是有意思。"

羊滇带着一干手下来到吧台后面，拍打卓木强巴的头道："嘿，哥们儿，还记得我吗？"

卓木强巴半睁开眼，看了看羊滇，笑着举起酒杯道："来……干杯……"说完，又将酒杯重重搁在吧台上，大量酒水洒了出来，头也沉了下去。

羊滇耸肩一笑，揪着卓木强巴的头发将他头拎起来，嘲讽道："哼，不认识啦？我可是还记得你哦，嗯……"他朝着卓木强巴那蒙眬的眼点点头，狠狠地一记耳光扇了过去。

卓木强巴头正处于一种失重状态，连自己都不认识呢，他迷茫地看着那张丑陋的脸，好像认识，是谁呢？

羊滇点头道："认出我了？怎么，这次不敢还手了？看着我，躲什么躲！瞧瞧你那个熊样，真让人觉得恶心。"说着，又有些怜悯道，"你为什么还敢到这里来，就不怕被我们打死吗？还是说……你不把我羊老五放在眼里！啐——"他将一口痰吐在卓木强巴的酒杯里，拎过卓木强巴的头道，"喝了它，喝了它我就放你走。"周围的人都笑看着，平日里他们便时常滋事生斗，喜欢这种欺负傻子的乐子。

卓木强巴好像听懂了羊滇的话，举起了酒杯，敲一敲桌面，说道："干杯！"接着一昂头，好像要喝酒了。羊滇满意地看着，他喜欢看别人屈服，特别是那些看起来比他更高大的人向他屈服。不料，卓木强巴突然手一扬，一杯带痰的酒全泼在了羊滇脸上，自己跟着哈哈大笑起来，空酒杯不停敲着吧台。

羊滇气得脸色发青，用衣袖擦去脸上的酒渍，恶狠狠道："你找死！"一只力量可以达到二百八十公斤重的铁拳奔着卓木强巴鼻梁正中

第三十八章　人生的宿命　279

就去了。

或许是羊滇的姿势摆得太正，或许是与卓木强巴间距太近，又或许是出手太慢，总之，卓木强巴几乎是无意识地，出于一种本能，轻巧地避开了羊滇的直拳，跟着反身横向一肘，将羊滇的头重重地砸在吧台上，又像一颗乒乓球般反弹了起来，唾沫直甩，不辨东西。

羊滇回过神来，退了一步，有些吃惊地看着眼前这个醉汉。太快了，出手太快了，和两年前完全是两个人，他心中在迟疑："这个家伙，究竟是真的醉了，还是在装醉？是来报两年前的仇吗？"

跟在羊滇身边的一个小混混一看老大吃了亏，这还了得，顺手操起一只啤酒瓶，给卓木强巴当头开花。这重重一击，让卓木强巴清醒了些，刚才是什么感觉？是痛吗？啊，难道已经天亮了？怎么我还在酒吧里？这次没被人扔出去啊？嗯？手里还端着杯子？看来是喝多了，怎么连酒量也越来越不行了？"酒！"卓木强巴又叫了起来，对身边环绕的众人不闻不问。

羊滇又吃了一惊，这家伙脑袋是铁打的啊？这样一瓶子砸下去还能没事。卓木强巴还冲着羊滇拿杯子敲吧台："酒，酒啊！"

羊滇一看这情形，似乎不是装的，刚才那一击，肯定是巧合。他妈的，老子真是背运，居然被他无意中打了一肘！他重新冲过去，把卓木强巴拎起来，恶狠狠道："你他妈的算老几，敢在我的场子上撒酒疯！"

这次卓木强巴认出来了，他眼睛一亮，反手拎住了羊滇的衣领，似乎半带欢喜道："我……我认得你……你是上次打我那个……你的拳很重，来，打我，我让你打，打死我好了。"

羊滇反而愣了愣，这要求倒是挺合心意的，这家伙到底是一味求死来了？接着又听卓木强巴威胁道："你不打死我，我就打死你！"

羊滇此时还没有意识到这句话对他是多大的威胁，心道："这个疯子。"同时口中加重语气道："这是你自找的——啊！"又是全力一拳击出，接着，他左手捏着右腕大叫起来。只见卓木强巴，不知什么时候拎了一张铁凳子横在胸前，羊滇那一拳，完全地打在铁凳的钢管上，差点没把他手骨折断。

卓木强巴醉眼迷离道:"别……别打身上，那样没……没感觉……打，这儿……"他指着自己头道，"要打这儿。"

羊滇兀自捏着手腕跺脚直跳，骂道:"你妈妈的奶羔子，给我打，往死里打!"二三十名青头一拥而上，顿时将卓木强巴围了起来。

羊滇的手痛终于稍稍好一点了，他想看看那个被围着的人究竟死了没有，拨开身边的几名愣头青道:"滚开，我要亲自收拾他!"话音刚落，前面几名混混就像被炸弹掀翻一样倒飞了出来，那人堆空出一个缺口，卓木强巴站在人圈中，两眼通红，浑身散发着酒气，看样子站都站不稳。可是，躺在他脚边，捂着身体不同部位哀号的那十几个人是怎么回事?真是见鬼了!

剩余不多的几名小青年，敬若天神地看着中间这个醉汉，一个个捏着小拳头手直发抖，卓木强巴向前挪步，他们赶紧让出一条道来。卓木强巴一步一踉跄地朝羊滇走来，那晃悠悠的步姿犹如风中之烛，可身上散发的那股腾腾杀气，让羊滇不由紧张起来，心中反复思量着:"怎么回事?这到底是怎么回事?"

羊滇不敢怠慢，抢先左手一拳击去，这记刺拳却是虚晃，跟着的右勾拳才是劲力十足。在拳台上，他这记后右手勾拳不知放倒了多少对手，可这次却落空了，也不知怎么的，那大个子迈着醉步，左一摇右一晃，自己那两拳就没击在实处。想回拳重击，他只觉得腹部一痛——卓木强巴的拳头已经结结实实地嵌入羊滇的腹部，这一拳，才让羊滇知道什么叫铁拳，只觉得自己的五脏六腑都被打得快从嘴里喷出来。

"我说让你来打我的!那是看得起你!"又一拳，痛的感觉从羊滇左脸颊传来，带着骨头碎裂和牙齿崩落的声音，痛觉就像水中波纹，从左脸颊传导至左半身，羊滇头晕脑涨，两眼发黑，一时脸颊共唾沫一色，鲜血与惊呼齐飞……

"你叫些什么人来打我——"这一次，痛觉中枢换至右脸颊，眼前一团金星，舌头歪向一边，大脑和身体似乎断开了联系，羊滇自己也不知道自己转向何方……

"难道我真的是……随便什么人都可以骂我?"鼻梁正中好似撞开了一朵鲜花,将金色星星也撞得不知去向,那种感觉,热乎乎,火辣辣……

"随便什么人都可以打我吗?"身体已腾飞在空中,只能用意识去亲吻大地,四肢百骸,几乎同时感觉到无法忍受的剧烈疼痛,同时羊滇心灵深处升起一个意识,再这样下去,自己真的完了。

"难道我天生命贱!"巨大的冲撞力从腰脊传来,断了,铁定断了,看来自己的下半身得和下半生说再见了……

卓木强巴说完这几句话,将那口吐白沫、四肢抽搐的羊滇夹在腋下,抓住他头发,让他看着自己,愤怒道:"你说——我有没有对不起你!"

或许是出于生命最终的本能,羊滇突然清醒过来,带着哭腔道:"没有!"

卓木强巴又问道:"你说!我对你好不好?"

羊滇迟疑道:"还……还不错。"

卓木强巴手上稍一用力,羊滇立刻杀猪般嚎了起来,连连点头:"好,好……"

卓木强巴情绪激动,大声道:"那我问你,你为什么要背叛我——为什么要折磨我!"

这个问题不好回答,答错就有性命之忧。羊滇一时呆住了,只是自己的小命在人家手里,朝不保夕,该怎么回答?还是继续口吐唾沫,四肢乱抖算了。

卓木强巴又将这个人的头转过来,让他看着自己,恶声道:"你说!你,知,道,错,了,吗!"

羊滇面容悲痛,两行浊泪挤出眼窝,哀声道:"哥哥,我错了……"

卓木强巴好像一个临终之人在合眼前听到自己最想听到的话一般,

悲从中来，将羊滇小心地放在地上，眼睛似乎清澈一些了，同样悲痛道："既然你已经知道你错了，那我叫你来打我，你为什么不出手？难道你忘了我说过，你不打死我，我就打死你吗？"

一听这话，羊滇更是伤心得不行："哥哥，我也想啊，但我真的打不死你啊！再打下去，我和我那一班兄弟，恐怕比你还先死啊！呜……"

他哭了，真的知道自己错了吗？卓木强巴摇晃着站了起来，看着躺在地上的羊滇，背着双手道："来吧，我再给你一次机会，这次我不会还手了，哪怕被你打死也不会还手了。"说着，他甚至闭上了眼睛。

机会！羊滇一看机会难得，赶紧手足并用，连滚带爬，朝门口钻去。见离卓木强巴远了，他才站起身来，一瘸一拐地，带着几个还爬得动的兄弟快速逃命，同时害怕卓木强巴追来，还不忘安慰他两句："哥哥，今天我是打不死你了，改天，改天我叫够兄弟，拿好工具再来……哎呀！"又是一跤跌倒在地，赶紧快爬几步……

"妈的，那家伙怎么回事？和两年前完全不一样嘛！真他妈邪门儿！"左边一个捂着胳膊的人道。羊滇重重地哼了一声。

右边一个蒙着鼻子的人道："我们真是背运，那家伙这两年多究竟去了什么地方？难道是少林寺？"羊滇重重地哼哼了两声。

身后一个捧着心窝，弯着虾腰的人道："老大，难道我们就这样……就这样算了？"

右边一个眼睛像熊猫，脸庞如画彩的人道："还能怎么样？我们二十几个兄弟，都被人家丢翻了……"

"谁说就这么算了！"羊滇咆哮道，"谁敢再他妈说算了，我就割了他妈的去喂狗！走！把所有兄弟都给我叫来！把所有家伙都带上！这次还打不死他，我就不姓滇！"

后面一人暗中猜疑："好像，老大本来就不姓滇啊？"

这行人急匆匆要去找帮手，谁也没留意，在街灯后有两个背着大大行囊的人正注视着他们。这么深的夜，会是谁呢？

第三十八章　人生的宿命　283

只听左边稍矮一点的人道:"有没有搞错,二十几个人打不过一个人,这二十几个人也太差劲了。"

右边高一些的人道:"你说,他们说的那个人,会不会就是强巴少爷?"

矮一点的人道:"嗯?不知道啊,不过,好像根据教授提供的地址,相约酒吧应该就在这附近。哎,只是周围的建筑物变化太大了,教授又是好几年前来的,以我这样的侦察手段,现在都摸不准门路,我们顺着那几个人来的方向找一找吧。"

高一些的人道:"喂,我说,如果强巴少爷真的喝醉了,就我们两个人,恐怕制不服他啊,还是先联系教官他们吧。"

矮一些的人点头道:"对呀,教官他们走的南边,如果找到了的话应该给我们打电话了。嗯,我们找到那地方就给教官打电话吧。"

醉了,真的醉了吗?真的醉了,还知道自己醉了吗?卓木强巴空对吧台,里面的人在打斗开始时就逃得干干净净,如今更是空无一人。一个酒保原打算回来收拾残局,一看这个煞神还坐在那里,吓得屁滚尿流地跑开了。卓木强巴肆意地挑选着吧台上的酒,不管黄的白的红的,他一瓶接一瓶地喝。这些饮料下肚的感觉真是好啊,喉头像有炭在燃烧,胸口像有火在燎烤,脑袋似乎与身体分家了,是飘忽在半空中的,每走一步,如踏云端。

每喝一口,就砸掉一瓶,卓木强巴在空无一人的酒吧舞厅里肆意破坏,踢断栏杆,掀翻桌子,他只觉得体内有股冲动。想要冲开束缚的冲动,刚才那场打斗就像一根导火索,将体内蕴藏的力量都引了出来,顿时感觉到周围有股无形的力量压抑着自己,他要把它掀开,统统掀开!踢累了,砸累了,又坐回吧台,大口大口地喝着烈酒……喝完又砸,砸完再喝……

酒杯中,酒水的波纹一圈圈荡漾开来,在卓木强巴眼里,出现了一个个熟悉的面孔，是英啊？不，是女儿，她笑得多开心啊，一定很幸福，怎么……怎么会变矮了？多吉？多吉为什么还不回村子去，为什么长胡子了！啊，原来是冈日，你和冈拉还好吗？冈拉旁边的人好凶，胡杨队长，怎么会突然看到胡杨队长？他在责骂我吗？张立、巴桑、岳阳，怎么是他们？他们在找我归队吗？哈哈，不对，特训队已经解散了！我们这支队伍本来就不长久的。一想到特训队，酒杯里立刻又出现了吕竞男和亚拉法师的相貌，吕竞男在笑，亚拉法师很慈祥。别了，不知道这辈子还有没有机会再见到你们……酒杯荡开一圈波纹，这次清晰地印出唐敏的脸庞，那张瓷娃娃的脸，笑靥如花。敏敏吗？敏敏，你究竟到哪里去了？以前是你不想和我联系，如今，我却不敢和你联系了，算了吧，断了吧，散了吧……就这样最好了，你应该忘记我……对不起，说好带你一起去看紫麒麟的，我做不到了。波光一转，那威风凛凛呼啸山林的，不是紫麒麟又是什么？紫麒麟，啊，是紫麒麟，你别走，等等我……等等我……在卓木强巴的意识下，自己离紫麒麟是越来越近了，可是那紫麒麟，却越看越不像了，怎么是灰色的皮毛，你的嘴怎么变尖了？那种沧桑、那种睿智的目光，啊，是老狼王啊，我记得你离开了狼群，独自登上孤峰，在月圆之夜，将头朝向部落的方向，那才是你最终的归属，真羡慕你啊，不需要去考虑，从一开始就知道自己的归属，而我，我的归属在哪里呢？你要去哪里？等等，旁边那人是谁？那个穿白衣的小姑娘是谁？老狼王，你要跟她走吗？

浴血涅槃

那白衣女孩转过身来，那清秀的面庞，那纯真的微笑，那双明亮动人的大眼睛，呵，是妹妹啊，妹妹翕动着嘴唇，好像在说："哥哥，要好好活着，要努力活下去啊。"突然，妹妹身边出现了几个模糊的身影，他们是那么的魁梧，他们要带走妹妹，卓木强巴不可遏制地暴喝道："把妹妹还给我！"

额角一痛，却是猛地撞上了酒杯边缘，酒影里老狼王、妹妹，和那些神秘的人都消失不见了，唯有一杯酒水。"哥哥，好好地活着啊……"妹妹的声音尚且如此清晰，仿佛就在耳边。妹妹，哥哥好苦，你可知道？傻妹妹啊！卓木强巴的眼泪再也抑制不住，大颗大颗地滚进杯中，砸碎了一镜幽梦。真的该好好活下去吗？妹妹，你告诉我，哥哥听你的，都听你的，再也不会，让任何人伤害你……

卓木强巴颓然回坐，半生浮云，一杯清酒，酸甜苦辣，皆在杯中。人生就如这酒水一般，年轻时是青壮的高粱，渴望拥抱那碧蓝的参天；长得愈发高挺，步入社会中，便如进了蒸酒作坊，五谷杂粮，各种细菌，搅和在一起，反复地翻炒，所谓命运，便是一次次在那跌宕起伏中挣扎着欲要跳出来；老了老了，也就知道了随波逐流，命运是不可抗争的，所有的色彩，最终都变得透明无色了，那浓郁的清香却已内敛，放得越久，便越甘醇，但就外观而言，却同清水无异。

卓木强巴举杯待饮尽，却在杯中又看到了巴巴-兔的身影，自己竟然还没有忘记她，她的命运，是否也同自己一样多舛？耳边仿佛有人轻轻细语："看不见的敌人，才是最可怕的……"看不见的敌人，是啊，呵呵，现在自己正是被看不见的敌人折磨得奄奄一息。为什么，每次自己想起这句话，都有强烈而恐惧的预感，却偏偏摸不着到底是哪里可怕了，看不见的敌人，看不见……那些绑走妹妹的模糊而高大的身影再次占据卓木强巴的视野……

"砰！"一声枪响划破了午夜的宁静，卓木强巴低头而看，鲜红的血液染红了衣衫，中，中弹了！

羊滇得意地吹了吹枪管的硝烟，旁边那脸上画彩绘的人问道："老大，为什么不一枪打死他？"

羊滇歪了歪头，掰着手指头道："一枪打死他，太便宜他了。如今废去他一只手臂，这样还搞不死他，那我还混什么混！"转头对卓木强巴道，"兄弟，我又回来了。你不是想死吗？满足你的要求。弟兄们，拿起家伙上啊！"

殊不知，在卓木强巴眼里，全是那一个个身影模糊、不知道来历而莫名强大的敌人，他们抢走了妹妹！找他们拼命……

一时间场面混乱起来，不断有惨叫响起，不时有人被高高抛起，飞向远处。一个人拿着锋利的玻璃瓶扎向卓木强巴背后，却被那厚实的背肌牢牢卡住，捅不进去，卓木强巴反手一抡，那人只见一个簸箕大的铁锤捆上自己的脸，如陀螺般旋转倒地；又一人高举钢管砸向卓木强巴被枪击中的肩伤处，卓木强巴右肩一挺，将钢管反弹出去，跟着就是一脚，那人捂着小腹像虾米一样倒下；"嗤"的一刀，卓木强巴虽然退开，还是留下一道从他左肩拉至右腰的血口子，他手臂一长，捏住那持刀者的咽喉，把他提到跟前，用头朝那人额际一撞，那可怜的小混混感觉犹如火星撞地球，耳朵里雷声大作，眼睛里火山喷发；"哐啷啷"一条铁链绕上卓木强巴的伤臂，卓木强巴换手拉过，用力一挥，将那人当流星锤甩了出去，砸开周围一片人海……

卓木强巴眼里，前后左右都是敌人。为什么会有这么多敌人？他们太多了，怎么打也打不完。为什么！为什么你们要抢走我唯一的妹妹！把我妹妹还给我！

所有的人都在战栗，所有的人。虽然他们人数众多，敌人只有一个，可那人披头散发，咬牙切齿，有如雄狮猛兽，任何武器靠近他，都会成为他的武器，任何人距他一米以内，就将有痛不欲生的感觉。那些本是穷凶极恶的混混，此刻每个人都感到震惊、恐惧，他们从来没有见过这么疯狂的人，那一身肌肉就好似钢浇铁铸，那动作敏捷得就好像一个魅影，那力量好似无穷无尽，怎么打都打不倒，而且被他打中一拳，基本上就失去活动的能力了。

那个男人，明明浑身多处被砍，皮开肉绽，全身上下都在淌血，却

第三十八章 人生的宿命

兀自屹立不倒，好似一尊魔神。

他们打过无数场架，殴了无数个人，从来没有哪一次由这么多人同时围殴一个人，也从来没有哪一次打得这般惊心动魄。打到后来，几乎变得只能格挡，而无法或是不敢进攻，仿佛他们才是挨打的，而那一个人——一个手臂受伤的醉汉，要将他们这百来号人赶尽杀绝。

羊滇第四次从人流中被打得倒飞出来，终于不可遏制地害怕了，他们所面对的哪里还是一个人，那浑身带血、如癫似狂的家伙，简直就是从地狱闯出来的魔鬼！他从来没有这样害怕过，据以前的小弟调查，那人只是一名普通商人，顶多就是块头大些，第一次也不过和自己打成平手。这段时间那家伙到底在做什么？怎么仅两年多不见，就变成了一台打不倒的格斗机器！看着血肉模糊的卓木强巴，羊滇不明白，究竟是一种什么力量能让那人支撑下去。此时的卓木强巴，浑然不觉周身浴血，只藐视那一个个模糊的身影，心中在呐喊："妹妹！你看到了吗！哥哥、哥哥把他们都打败了！他们退散了，他们害怕了！我没有倒下！我没有倒下！我一定……一定能把你救回来！"

"枪！枪呢！把枪给我！"羊滇大喊道，他一把夺过小弟手中的枪，握着枪的手却抖来抖去，怎么也瞄不准人群里的卓木强巴。他朝天鸣枪，同时向那些早想退开的人大喊："都给我闪开！"

人潮迅速退散，只留下中心的卓木强巴，他脚下一片哀号翻滚，他身上伤痕密布，血浴衣衫，却兀自屹立不倒，尤其是那双眼睛，好似划破夜空的霹雳闪电，直叫羊滇心颤。这还是一个人吗？这他妈的是一个什么东西？羊滇艰难地咽下唾沫，将枪往下举，不想，手腕突然被人握住了，不能移动。

羊滇气急败坏地扭头，看看哪个那么大胆子敢阻止他，只见一个表情刚毅的小伙子，正背着一个大背包喘息不已，似乎连说话的力气都不够，可他那一只手，却像一把钢钳，自己挣了几次，都难以撼动分毫。只听那小伙子吃力道："总算……赶上了。"羊滇何时吃过这种瘪，大吼一声，抽手回枪，准备给这家伙当头一枪。不料，那小伙子的手在枪身上那么一抹，自己就怎么也扣不动扳机，那小伙子兀自喘息道："枪……不是这样玩的。"

羊滇抽枪，抽了两次未抽动，一拉手臂，跟着一记杖腿，用膝盖向那小伙子腹部顶去，不曾想，那小伙子单手竟然按住了自己的膝盖。身后三个小弟见老大受制，前来帮忙，那小伙子看也不看，一记鞭腿，将三人逼开。羊滇心中不知道说了多少个邪门儿，看来今天真是撞鬼撞到家了，这些厉害的家伙，是从哪里钻出来的？他撒手放枪，同时旋身侧踢，那小伙子轻轻避开，还伸手将他的侧踢腿拍向一边。羊滇腿一荡，将枪踢开，赶紧退出两步，向他的兄弟招呼道："看什么看！给我上啊！"

又是一团混战，只是这次，对手由一个人变成了两个，很快，又由两个变成了三个……

前面二人拖着那小伙子，后面一人手举酒瓶准备偷袭，突然酒瓶被人拿住，他扭头一看，不知何时又多了一个满脸胡子的凶貌大汉，握着啤酒瓶身道："想搞偷袭啊，这活儿不好使。"说着，手上加劲，竟然把啤酒瓶空手捏碎了。那搞偷袭的人被溅了一脸玻璃碴子，捂着脸大叫起来。

两人手持砍刀，准备从卓木强巴背后捅他，突然手腕一紧，再一看，那两把刀不知怎么没了，突然一张洋溢着青春的笑脸出现在两人之中。两人还没反应过来，那人双手交叉一挥，两柄刀的刀背砍在两人后颈，顿时又倒下两人。

这人拿着两个酒瓶，正蹑手蹑脚准备靠近，前面突然出现一个光头，竟然是一个老和尚挡路。这人当头砸落一个酒瓶，叱道："滚开！"那光头和尚手持佛印，好似没事一般看着这人。这人急了，另一个酒瓶也砸了下去，咦？这个光头好像还是没事，突然一个手掌印在自己胸口，这人有一种从未有过的感觉，好像无数的气流在体内乱窜，再看前方才发现，原来自己飞出去了！

场中人多为患，外面的人打不进去，里面的人退不出来。忽然间，只见一个身姿矫健的女性,从人群外延着墙面起身,顺着墙壁越走越高,在无数人的注目下蹬踏十余步,屈身一弹,跃入了人群之中,落地时身体一旋,双拳一拦一挥,顿时倒下一片。飞檐走壁啊!那些小混混都看呆了眼,只有一个念头在心中:"今天,到底是什么日子?"

有精明的人见势不妙,准备悄悄撤退,刚到门口,只见一个娇滴滴的小姑娘站在那里。正准备对这美人儿挤出一个笑容,突然眼前一黑,倒地时还在思考:"我好像被什么打中了?我真的被什么打倒了吗?"

而更多溃逃的人,则被另一个男人堵在门口。他个子并不高大,罗圈腿,板寸头,冷傲如霜,目光如狼,出手极狠,碰上他很难不断手断脚的。

倒地的人越来越多,而那几个背着大背包的却越打越轻松,那两个年轻一点的小伙子,甚至嚼起了口香糖,另一个大胡子还抽闲点了根烟,羊滇审时度势,情知不妙,这样打下去,自己的人全都被人家当肉沙袋练习。他大叫道:"停手,都给我停手!"

剩下为数不多的街头霸王相互搀扶着远远退到羊滇背后,一双双眼睛痛苦又无辜地看着场中那几个背包客。除了卓木强巴兀自和几个死命缠着他的小混混纠缠不清以外,那几个背包的人也不追击,双手插在兜里,似笑非笑地看着这群地方势力团伙,看得这伙人相当紧张。当他们发现门口还有背背包的,人群又是一阵骚动,他们被包围了!百来个人,被七个人包围了!每个人都在想:"我们会被杀了吗?还有机会逃掉吗?"

七个背着大背包的人有男有女,有老有少,但他们有一个共同的特性,就是那双眼睛。那眼睛直和场中那个醉汉一样,不,比那醉汉更可怕!那是怎样的眼神啊,那是一种藐视死神的目光,从他们的眼中只能看见自己那张绝望的脸。

羊滇近乎绝望地问道:"你们,到底是,什么人?"

那个较高的小伙子来到他身边,毫无惧色地看着高自己一头的羊滇,嚼着口香糖道:"中国第一零一师,海陆空三栖作战特种部队第一支队，编号107657。"他回望卓木强巴道，"那是我们队长！"

羊滇呆住了，刚才自己没听错吧？"特，特……特种部队！"那小伙子弹着羊滇脸蛋道："兄弟，还想找麻烦吗？好好掂量掂量吧。"

羊滇这才彻底蔫了。若是别的涉黑势力，自己还可以找回场子，可是，人家报出特种部队这个名头，哪怕他势力再强大十倍，再借他十个胆，他也不敢找军队单挑啊。那些人的身手他也见识过了，至少吹出去不觉得丢脸，至于特种部队里怎么会有僧人，他已经考虑不到那么多了。

硝烟散尽一片狼藉，还能爬得动滚得转的，都跟着羊滇撤离了。一夜恶斗，卓木强巴的酒也渐渐醒了，虽然他眼前还是一个一个模糊的人影，但意识开始清醒过来，浑身上下多处伤口，也开始感应到疼痛了。同时，这场恶斗，将他这段时间所遭受的所有屈辱、愤懑，统统发泄了出来，心中郁积的悲观失望也稍有舒缓。他颓然倒地，只想躺下休息，太累了，这样的生活，真的好累。为什么，当我在接受那折磨似的训练时，经历那让神经紧绷的生死历程时，尚且不感到累，而当我享受生活时，却这样累呢？

卓木强巴已经反应过来，刚才与自己打斗的，并不是幻觉中可怕的敌人，那都是这一带的流氓。他们都走了吗？怎么还有几个站在这里？蓦然，其中一个朝卓木强巴猛扑了过来。卓木强巴一惊，原本准备招架，却发现身体脱力似的，手臂也举不起来，就看着那个身影，扑入了自己怀中。模糊的目光中有如惊鸿一瞥，啊！妹妹啊！卓木强巴心中一颤，力量涌了出来，紧紧地抱住了怀里那娇小的身影。只听妹妹哭泣道："我再也不任性了……呜呜……我……呜……我再也不离开你了……"

不，这不是妹妹的声音，这个声音是——敏敏？卓木强巴不可思议地捧起那张脸，模糊中只见那如妹妹的目光，她需要人疼爱，需要人怜惜。卓木强巴猛地甩了甩头，自己不是在做梦吧？他用力揉了揉眼，眼前的景象渐渐清晰起来，于是，那一张张熟悉的面孔，再次出

第三十八章 人生的宿命 291

现在他眼前!

张立、岳阳、巴桑、胡杨队长,亚拉法师,吕竞男,还有自己怀里的敏敏……

卓木强巴挣扎着站了起来,在心中问自己:"这是在做梦吗?还是我的酒未醒?"可是意识又在提醒着他,这不是在做梦,那一张张鲜活的面孔就在自己眼前,还有怀里那柔软的身体,那熟悉的体香,这不是在做梦。

在目光交汇的静默中,张立说出了让卓木强巴一生悸动的那句话:"强巴少爷,该归队了,我们在等你!"

泪花在眼眶中滚动,那一双双清澈的眼睛,投来鼓励的目光,那是一种激励的眼神。若说在这世上,还有什么能让卓木强巴回想起人间的温情,无疑便是这种生死与共的友谊。他们曾相互提携着,一次次从死神手中爬出来,每个人都清楚并坚守着这样的信念。不管前面有多大的危险,不管还将遭遇什么样的挫折,他们依然会一次次相互提携着,从死神手中再爬出去。大家,都没有放弃……

卓木强巴借助敏敏的支撑,颤巍着向昔日的队友迈出了脚步,动容道:"你们……你们不是都回去了吗?"

岳阳露出那充满阳光的笑容,微笑道:"强巴少爷,特训队解散已经四个多月了,这么长的时间,什么事都有可能发生,不是么?呵呵。"

卓木强巴心中一荡,一个踉跄,这时,搀扶着卓木强巴的唐敏拿起自己的手道:"呀,血。"

岳阳等人赶紧搀扶过来,岳阳解开卓木强巴衣衫,看了看肩部枪伤,道:"没关系,小伤口,去医院处理一下就可以了。不过话说回来,强巴少爷,你怎么搞成这个样子?"

张立对着岳阳就是一后脑勺子,道:"你说话还是这么直接,不要老学胡杨队长嘛。"

胡杨队长一瞪眼,道:"小伙子,这可是我的优点,你别把它当做缺点来说!"

吕竞男道："别吵了，先带他去医院吧。"

在众人的簇拥下，卓木强巴被架抬出酒吧长廊。门口微微发亮，卓木强巴这才发现，天边，已出现了第一抹曙光，沉醉多日后，他再一次在天明时分醒了过来。

从头再来

一路上，卓木强巴百感交集，同时也充满了疑惑，他实在想不明白，人家为什么又都回来了。当他问出来的时候，张立做了个无所谓的姿势道："我退役啦。"接着笑道，"其实，强巴少爷第一次见到我的时候，我只有半年就该退役了。我是超期服役，可惜没有多要到一分津贴，哈哈！"

"那岳阳也是吗？"

"哎，别提那小子了，如果不是他手续老是办不好，我们提早两个月就回来了。"

岳阳道："当然啦，我们部队可不打算放人的，怎么说也是部队里的精英。谁像你，报告一写，上面马上批准了，生怕卖不掉似的。"

"你说什么？你再说一遍看看！我是早到退役年龄了，他们敢不放！"

卓木强巴将目光转向吕竞男，吕竞男微微一笑，道："我很简单，这是一个自由民主的国家，你有选择职业的自由，如果我想走，也没有谁可以留住我。"

卓木强巴又望了望胡杨队长，胡杨队长忙道："别用那种眼神看着我，我没有那么伟大。我的工种，也不是那种自由职业，我是和国家签

第三十八章 人生的宿命

了工作协议的。之所以到这里来,是因为最近几个考察计划都还在制定当中,我闲得发慌,经不起老方的软磨硬泡,算是卖他一个人情好了。"

到了医院,经检查,子弹非常幸运地从肩胛骨和锁骨之间穿过,没有伤到大动脉和筋腱。其余的皮肉伤有些已经凝固结痂了,有些还皮开肉绽的,医生破开伤口,做了止血清创处理,卓木强巴被安排住院观察一周。由于伤口太多,纱布将卓木强巴缠得像个木乃伊,躺在病床上,卓木强巴只能睁着两只眼打量队友们。唐敏见到卓木强巴一身绷带,不由潸然泪下,胡杨队长半开玩笑道:"这点伤算什么,大家都是老病号,医院就是我们最常光顾的地方。"

通过张立和岳阳你一言我一语的解释,卓木强巴才渐渐了解,原来,张立和岳阳早就被方新教授所感染,表示愿意继续帮助他们寻找紫麒麟,他们商量着,回去之后就退役手续办了,处理完各人私事在医院集合。在自己离开拉萨医院后不久,张立就兴冲冲跑回去了,得知自己已经外出,他先回了趟老家,然后去青海等着和岳阳一起回来,胡杨队长则一直没走。据说亚拉法师是第一个回到医院的,他回去和他们宗教方面的领导商量后,觉得有必要继续寻找紫麒麟和帕巴拉神庙,所以回来继续查找线索。在自己对童方正一个多月的追寻以及在上海独处期间,大家陆续回到了医院,准备等自己回去,给自己一个惊喜,谁知道不仅没等到自己回去,反而联系不上人了。

那时正是自己得知命不久矣、颓废沮丧至极之时,他们八方打听,还是岳阳查到了天狮养獒集团已经破产的消息。方新教授询问了几个养獒的老友,都没有自己的消息。原本大家还以为自己只是经受了一次小小的打击,过几天就能恢复了,但亚拉法师又告诉了大家他所中的蛊毒,大家才意识到情况不妙。尤其当岳阳从网络上查询到自己在上海的境遇和地址时,大家都马上赶了过来,只是那时候自己已经没有住在那小旅店了,上海那么大,人口众多,他们在上海找了好几天,都没有线索。后来根据方新教授回忆,估计自己会去相约酒吧,大家才跟着连夜寻来,偏偏小巷交通阡陌,大部分人走得晕头转向。岳阳和张立是最先发现相约酒吧的,只是当时看见自己在撒酒疯,没敢惊动,加上吕竞男等人找不到路,他们折返回去给他们引路,不过后来总算及时赶到……

岳阳津津有味地说道:"强巴少爷破坏力惊人,就像那个美国电影里的金刚,当时我和张立见了,真的是不敢叫出声来。要是他已经喝得不认识我们,那我们就惨了……"

岳阳还待继续说下去,敏敏打断道:"好了,电脑接好了,教授要和你说话,强巴拉。"卓木强巴将耳机拿在手里,音量被敏敏开得很大,大家都竖着耳朵在听呢。

当方新教授从视频里看到躺在病床上,裹得像个木乃伊的卓木强巴时,也不禁发出"咿"的惊呼,教授的耳机里道:"怎么搞成这个样子?"

卓木强巴无言以对,如今他最不敢面对的就是自己的导师。方新教授的声音里带着讥讽:"我知道了,看样子,你已经放弃了——是吗?"

卓木强巴呢喃道:"导师,我——"

方新教授严厉道:"你的情况,我都已经了解,只是没想到,你会这么快就放弃。那你现在打算怎么办?躺在床上掰起手指算日子?能过一天算一天?"

卓木强巴黯然失色。

方新教授接着道:"强巴拉啊强巴拉,你让我说你什么好……你在害怕什么?是什么使你放弃的?是公司破产还是只剩一年性命?或者两者皆有?你的承受能力就只有这个样子吗?我记得你不是一个怕死的人啊,在玛雅,在倒悬空寺,在斯必杰莫,哪一次不是大家拿命在拼,你又有几次不是历尽九死一生才活出来的?如果不是这条腿断了,我都准备赌上这条老命陪你继续找下去。如今你不过中了小小蛊毒,浑身上下不痛不痒,你还有整整一年时间,你在怕什么?若说是公司倒闭,你那家公司,五起五落,还记得吗?那次,你把你几个创业朋友的房子全抵押了,就为了抢购一条并不起眼的幼獒,你说一定赚,结果呢,小狗拉稀死了,你们十几号人挤在一个漏雨的草棚里足足一年,不是一样谈笑

第三十八章 人生的宿命 295

风生？你那家公司就和你这个人一样，经常在生死线上徘徊，你自己创造的那些起死回生的奇迹，你都忘记了吗？你当时怎么跟我说来着？认准了的事情，就要放手一搏……如今，你已失去了那一搏的勇气吗？"

卓木强巴缄默着，他隐约觉得，这次和以往都不一样，可是到底哪里不同，他一时又说不出来，只能保持沉默。

方新教授换了口气，委婉道："强巴拉，你告诉我，这次，究竟是什么困难，让你过不去。你说出来，如果确实是你已经无法对抗的困难，我也就不再说什么了。"

卓木强巴极力争辩道："导师，我已经什么都没有了啊！"

"不！"方新教授斩钉截铁道，"你怎么会有这种想法？你双亲健在，尚待子赡；你的爱情，就站在你旁边；你的朋友，生死共患的兄弟，一个个都看着你；你能吃能喝，能跑能跳，整个身体依然活力充沛。你的家庭、爱情、友情、健康，一样都不缺，你怎么会什么都没有呢？你所说的什么都没有了，指的是什么？你是说你没钱了吗？还是说你没权了呢？还是说以前权钱交易时的笑容和奉承、虚荣和尊贵，都没有了？难道你放不下的就是这些？！"

卓木强巴愣了一愣，被方新教授这样一说，他自己都有些迷糊了，心中暗自忖道："难道我真的是在意这些？不对啊，我什么时候在意过这些？但是听导师所说，我什么都有，我干吗还这样颓废伤心？究竟是哪里不对呢？"

张立和岳阳暗中竖起拇指，两人对视着微微点头。教授果然是教授，辩才无碍，难怪连胡杨队长这种老而成精的人物都被教授说服了；同时两人又想，那天在病房里被方新教授感动得痛哭流涕，指天发誓要帮助强巴少爷，会不会被这老教授的口才给蒙蔽了？

只听方新教授继续道："还记得那句格言吗：我因失去一双鞋而沮丧不已，直到我在街上看见，有人失去了一双腿。强巴拉，你并不是已经山穷水尽，也没有说遭遇什么惨绝人寰的事情。你以前那股永不屈服的韧劲和你向獒学来的那种精神，难道说，只是你自我吹嘘的一句大话？有人比你惨上一百倍，他同样要坚强地活下去。这次突然发生的一些事情，对你来说是一个打击，但绝不至于打击得你再也振作不起来。我就坚信，我认识的那个卓木强巴，绝对可以挺过这次难关。你不要忘记你这个名字的意义，哪怕是不可能的事情，在你面前，也应该变为可能。孤鹰不褪羽，哪能得高飞？蛟龙不脱皮，何以翱云霄？我希望你，能够在经受了生不如死的痛苦挣扎之后，绝地——重生！看看你身边的这些人，他们为什么会在这里？如今，寻找帕巴拉神庙和紫麒麟，已经不是你一个人的梦想！它是这群人的梦想，一个人的力量或许并不强大，可是，当一群人聚在一起时，他们的力量，就能够改天换地！"

方新教授一席话，说得敏敏、张立等人热泪盈眶。卓木强巴心中在呐喊，其实，哪怕方新教授不说出这番话来，只是卓木强巴看见那些昔日的队友一个个站在自己面前时，他的眼中，便已经燃烧起希望的光芒。如今，这股力量越来越大，已经使他的血液重新沸腾起来。

方新教授仍在道："我知道，你心中还有一个结，或许不解开它，你始终郁郁不安。关于你体内的蛊毒，听亚拉法师亲口对你说吧。"

亚拉法师道："是这样的，在生命之门内，强巴少爷你体中的那些喷雾，我起初认为，那是尼剌部陀，其意义取于八寒地狱中的第二地狱，俱舍光记十一曰：'尼剌部陀，此云疱裂。严寒逼身，身疱裂也。'四阿含暮抄下曰：'尼赖浮陀，寒地狱名，此言不卒起。'说的是，因为寒冷，而全身起了冻疮，然后裂开。事后我发现，经水浸泡后，你身体上的蛊毒并没有就此消失，而是进入了血液，当时你的嘴角发青便是证明。后来在丁布村，我询问了村里的长老，他们告诉我，那应该是八寒地狱意境中的第六地狱嗢钵罗，梵意青莲花，那蛊毒入血，循周身运转，最终全身青紫而亡。但是他们也只知道一个大概，知道青莲花的意义是赎罪，大约是给中蛊者两年时间，以求行善，减轻罪孽，否则，将极其痛苦地死去。当倒悬空寺之行结束后，我回到寺院，查阅了很多古籍，由于当时时间太短，我没能找到相关资料，只从智者圣上师他们那里得到一些指点，知道你在两年内都会没事。我们没有马上告诉你，是

第三十八章　人生的宿命　297

因为怕你的心里有负担，毕竟人的思想对疾病的影响是十分巨大的，只是没想到会变成这样。其实这次我不辞而别，正是为了帮你找到你身上的蛊毒究竟是什么。"

亚拉法师一口气说了许多，突然停了停。大家都全神贯注地听着，张立、唐敏等皆忍不住问道："究竟是什么？"

亚拉凝眉思索，似乎在找一个能让他们听懂的解释，终于，眉头舒展开来道："我这样来解释，这样比较好理解：那是一种微生物，非常的细小，比现在的细菌、病毒，估计还要小许多，以至于在显微镜下根本无法发现它们的存在，必须用电子显微镜才能一窥真貌。而这种微生物，吸附在你的血液细胞上，它们以你的血细胞细胞壁为食物，并在你体内繁殖。如你们所知，血液细胞的存活时间并不太长，由你们的骨髓不断地在产生新的血液细胞，所以目前，强巴少爷和那些微生物是一种寄生关系，你的血液细胞成为它们的粮食，只要你的血液细胞能满足它们的需要，你的身体就不会有事。但是它们的数量始终会与日俱增，直到有一天，你生产的血液细胞不能满足它们的要求，你的生命，也就此结束。"

唐敏急道："那有什么办法解除？"

岳阳道："多吃鸡蛋，多产血。"

张立道："可以换血啊！"

亚拉法师摇头道："这种微生物，是非常均匀地分布在每一个血液细胞上，是每一个，包括成形的、未成形的所有细胞。医院里的医生检查，发现强巴少爷的骨髓有异常，那正是因为，那些微生物吸附在造血干细胞的表层，看起来就好像造血细胞发生了异变，所以才会得出血癌的结论。以现在的医疗技术，可以换血，试问，可以将人体的全部骨髓都换掉吗？只要还剩下一个细胞，那种微生物就会继续繁殖。目前医治血癌的换髓，那是先杀死体内的患病细胞，然后进行骨髓移植，你不能说把所有的血细胞都杀光吧。而且，那种微生物，我想……很难消灭。"

亚拉法师看了众人一眼，道，"它们或许拥有自己的芽孢结构，有着空气囊胚。能够在假死状态下存活上千年的微生物，恐怕不是轻易就能被除掉的。"

巴桑突然问道："如果强巴少爷体内的血液细胞到了无法供应那些微生物的那一天，会怎么样？"

亚拉法师道："血液中的不同细胞有不同的功用，有的用来止血，有的清除细菌，有的运送氧气。一旦血液细胞无法供应那种微生物，它们会将细胞壁啃出缺口，导致大量细胞同时死亡，那时候，强巴少爷的血液将失去所有功能，身体因缺氧而发紫，所有脏器开始衰竭，因为无法处理细菌而产生坏血症，大量细菌繁殖会使他整个人肿胀起来，因为没有凝血因子而全身流血不止。真的到了那个时候，任何医疗手段，都将派不上用场。"

所有的人都是一怔，一个肿得像紫葡萄的人全身流血，那是一种什么状态，想想都令人毛骨悚然。"蛊毒……"巴桑低声将这个词重复了两遍，突然全身一颤，真希望这辈子都不会接触到这种东西。

唐敏几乎要哭了，道："难道，难道真的一点办法都没有吗？大师，那些活佛、金刚圣师、上师，他们也没有办法吗？"

亚拉法师解释道："按照古籍里的记载，这种蛊毒有一种独特的解法，梵语翻译过来，就是洗血，它需要利用另一种生物，进行一些……一些古老的操作。"

当亚拉法师说起有办法时，大家又关注地听着，可是法师一说另一种生物，大家又起了一层鸡皮疙瘩。天知道那个宗教里的蛊毒都是一些什么方法。

亚拉法师苦笑道："问题是，那种用来洗血的古生物，任何人都没见过、没听过，已经不存在于这个世界上了……"说着，亚拉法师望向卓木强巴道，"由于我查阅的经典残缺不全，所以再找不到别的方法。如果说还有别的解除蛊毒的方法，那些完整的经卷，只有一个地方还有可能存在……"

"帕巴拉！"几乎所有的人都叫了出来。亚拉法师点头道："这也是

第三十八章 人生的宿命

我来告诉强巴少爷的原因。"

卓木强巴喃喃道:"这样说,除非我真的想放弃生命去自杀,否则不管是为了重建公司,还是为了自己能活下去,我都不得不去继续寻找那个神秘的地方啊……帕巴拉!"

亚拉法师看着卓木强巴道:"强巴少爷,你还记得多吉吧。或许,这就是宿命吧,你的——宿命!"

卓木强巴看了看方新教授,视频里透来鼓励的目光,教授在暗暗点头。他转向病房,床边站着的每一个人,都带着期望地看着自己。他微微一笑,道:"看来,这一切都是命运的安排啊,那我还考虑和犹豫什么呢?我真的没想到,在我最困难的时候,你们又把我拉了回来。谢谢,谢谢大家……那么,我们从头再来!"

裹着绷带的手,紧紧地握住了亚拉法师的手,跟着,是张立、巴桑、吕竞男……一个接一个,大家的手,再次摞在了一起……

图书在版编目（CIP）数据

藏地密码.5/何马著.-重庆：重庆出版社，2008.12
ISBN 978-7-229-00284-8

Ⅰ.藏… Ⅱ.何… Ⅲ.长篇小说-中国-当代 Ⅳ.1247.5

中国版本图书馆CIP数据核字（2008）第179822号

藏地密码.5
ZANGDIMIMA

何马 著

出 版 人：罗小卫
策　　划：华章同人
责任编辑：陈建军　刘玉浦
特约编辑：闫超　刘按
封面设计：1P5 Band

重庆出版集团
重庆出版社　出版

（重庆长江二路205号）

三河市金元印装有限公司　印刷
重庆出版集团图书发行公司　发行
邮购电话：010-85869375/76/77 转810
E-MAIL：sales@alphabooks.com
全国新华书店经销

开本：680mm×990mm　1/16　印张：19.25　字数：290千
2009年1月第1版　2009年1月第1次印刷
定价：29.80元

如有印装质量问题，请致电023-68706683

版权所有，侵权必究